Geraldine Brooks

PEOPLE OF THE BOOK

书之人

杰拉尔丁·布鲁克斯——著
孙法理——译

上海译文出版社

献给

图书馆工作者

谁在那地方焚书，
谁最终就要焚人。

——亨利希·海涅

目　录

汉　娜

一九九六年春，萨拉热窝

一

我还是一开始就说清楚吧：那不是我的日常工作。

我喜欢在自己清洁、宁静、明亮的实验室里一个人工作。温度能控制，需要的一切都在手边。可不得已时我也做点实验室外的工作，也确实赢得过不错的名声。那是在博物馆不愿为藏品的运输付保险费的时候，在私人收藏家不愿让外人确切知道他们有什么藏品的时候。而且，为了完成有趣的工作，我也曾飞越半个地球。但是我还从没到过这种地方：这座城市停止互相射击才五分钟，我已来到城市正中一家银行的会议厅里。

首先，若是在我家里，是不会有保安在我实验室里晃来晃去的。我是说，我那博物馆里虽有几位专业保安人员巡逻，他们都是一声不响的，做梦也不会想到闯进我的工作空间里来。这里的几位跟他们可是不同。这儿一共有六位，两位是银行警卫；两位是来监视银行警卫的波斯尼亚警察；还有两位则是联合国"维和"部队的，来监视波斯尼亚警察。他们都在哔啵乱响的手机上大声交谈，说的是波斯尼亚话或丹麦话。这样的人群似乎还不够，还来了位联合国观察员哈密什·萨冉。这是我见过的第一位苏格兰血统的锡克教徒，一身苏格兰呢服装，缠着靛青色大头巾，非常精干。只有联合国有这样的人。我只好请他去向波斯尼亚人指出：抽烟这件事不要发生在暂时放置一份十五世纪手稿的房间里。那之后他们就更加无聊了。

我也开始无聊了。我们已经等了差不多两个小时。我尽力消磨着时间。为了利用光线，几位警卫已帮助我把会议桌搬到窗户附近。我已安装好立体摄像显微镜，也摆出了工具：文件编制摄像头和手术刀。白明胶已在大口杯里的加热垫上融化。小麦糨糊，亚麻线和金箔也全都摆好了。还有几个玻璃纸信封，是准备在有幸发现装订碎屑时使用的——从研究面包皮的化学你所能得到的知识有时可能很惊人。我还摆出了各种不同的小牛皮样品，一卷卷色调、质地各不相同的手工纸，还有放在“摇篮”里的泡沫塑形，为放古卷做好准备——如果他们真带来了古卷的话。

“我们还得等多久，你有数吗？”我问萨冉，萨冉只耸了耸肩。

“我估计是从国家图书馆来的代表耽误了，因为那书是博物馆的财产，代表不到，银行是不能进圆穹地窖取书的。”

我心里烦躁，来到窗户面前。我们是在银行的顶楼。这是一座婚礼蛋糕式的奥匈帝国建筑，跟城里其他建筑一样，灰泥门面都已被迫击炮轰了个千疮百孔。我的手一触到玻璃，寒冷就透了进来。据说已是春天，下面银行大门边的小花园里番红花已经开放。那天上午早些时还下过雪，一盏盏小花上覆盖着蓬松的雪花，仿佛是一小杯一小杯的热牛奶咖啡。白雪至少使房里的光线均匀明亮，形成了最佳的工作光线。要是能工作就好了。

就为找点事做，我打开了几个纸卷——法国制作的亚麻纸。我用金属镇尺碾过每张纸，把它压平。镇尺擦过大幅亚麻纸的声音像是我在悉尼家里听到的海涛。我注意到自己的手在发抖。干我这种工作，手抖可不是好事。

你不会认为这手是我较好看的部分。手背皲裂，松弛，简直不像手腕的延伸部分——我可以满意地说，我的手腕倒是纤小光润，跟我其他部分一致的。上次跟妈妈吵架时，妈妈就说我这手是“老妈子手”。从那以后，我跟妈妈非得在“大都会”见面喝咖啡不可时——对，时间很短，我俩都像冰凌柱一样易碎——我就戴上一副从“救世军”商店买来的手套，算是给自己解解嘲。当然，在悉尼，也只有在“大都会”人们才不会意识到其中的自嘲意味。我妈妈就意识不到，她还说要给我买顶帽子，跟手套匹配呢。

在明亮的雪光里我这手显得比平时更难看了。因为用浮石从牛肠上磨去脂肪，我的手全红了，而且蜕皮。你在悉尼生活，却想弄到一米牛犊肠，那可是世界上最不简单的事。自从屠宰场因为要给二〇〇〇年奥运会提供场地而被迁出霍姆布什起，你就得开了车去买——你的车基本上是在呜呜地叫，却不动弹，终于到达目的地时，却又遇到那么多保卫措施(因为动物解放者众多)，你几乎就进不了门。他们觉得我有点古怪，我倒不责备他们。为什么会有人需要一米牛犊的盲肠？人家一时也确实难以明白。但是，你既然是在五百年前的古物上工作，你就得知道那类东西五百年前是怎么做的。这是我的老师沃纳·亨利希深信的道理。他说关于研磨颜料混合石膏粉的道理你可以愿怎么读书就怎么读，但是要想真弄懂它，唯一的办法只能是亲手做过。如果我想弄懂像 cutch 和 schoder 这类词语所描述的东西，我就得自己打造金箔：敲打，叠过来再敲打，放在它不会黏附的东西上再敲打——比如洗干净的柔软的牛犊肠上。到最后，你才能得到一小包金箔。每一片的厚度不足千分之一毫米，而你那双手就狰狞得可怕了。

我把手捏成了拳头，想让老太婆般松弛的手光滑起来，也想看看能不能控制住颤抖。从前一天在维也纳换飞机起就一直紧张。我常常旅行。既然你生活在澳大利亚，想在这中世纪手稿维护领域得到一份最有趣的工作，基本上就只好四处奔波了。但是我一般都不去战地记者能发出划时代的重大报道的地点——我知道有人搞那类活动写出了伟大的作品。我估计他们有一种“不会落到我身上”的乐观主义情绪，而造就了他们的正是那情绪。可我呢，我却完全是个悲观主义者。如果我去的国家在什么地方有个狙击手，那么，进了他的瞄准镜的准会是我，我充分肯定。

飞机还没降落，你已经见到了战争。我们穿出灰蒙蒙的云幕（它似乎是欧洲天空亘古不变的状态），起初，环抱亚得里亚海的赤褐色小瓦房似乎成了我所熟悉的景观：远处，悉尼城的红色房顶就在下面，靠近邦迪海滩的深蓝色的弧线。但在眼前这景色里，一半的房屋已经不存在了，只留下一排排断垣残壁，参差不齐地耸立着，俨然是一排排腐败的牙齿。

越过高山时，空中出现了湍流，到波斯尼亚时我不愿让自己看窗外，于是拉下了遮光板。我身边那年轻人，从他那柬埔寨围巾和瘦削的害痄痄的形象看，估计是位工作助理。他显然想往窗外看，我却没理会他那肢体语言，反倒提出了问题，想分散他的注意力。

“来这里有什么贵干？”

“排雷。”

我想说点真正接近问题的话，比如“业务多么”之类的，却终于违背性格，闭了嘴。然后，我们就降落了。他跟机上的每个人一样，站了起来，在甬道里挤来挤去，在头顶的行李柜里寻找。他扛上了一个庞大的帆布背包，一走动几乎撞破了挤在他身后的人的鼻子——他挎背包那动作真要命，一晃九十度。这情景那时你在邦迪的公共汽车上也能见到。

机舱门终于开了，旅客们仿佛粘到了一起，往外渗透。我是唯一仍然坐着的人。我感觉像是吞下了一块大石头，把我固定在座位上了。

“是西斯博士么？”航班空姐在空出的甬道上跑来跑去。

我正想说“不，那是我妈[1]”，却意识到她指的就是我。在澳大利亚只有傻瓜才拿博士头衔招摇。我除了“女士”从没填写过其他的头衔。

“您的联合国陪护人员在停机坪等您。”谜底揭晓了。在为这份工作办手续时我就注意到，联合国喜欢给人加上最闪光的头衔。

“陪护人员？”我傻呵呵地重复，“停机坪？”他们倒是说过有人来接我，但我以为不过是个懒洋洋的出租车司机，举着牌子，而且拼错了我的名字。航班空姐给了我一个快活而完美的德国式微笑，对我躬下身来，掀起拉下的遮光板。我往外一望，三辆深色窗户的装甲车懒洋洋地停在飞机翅膀尖下，也就是把美国总统拉来拉去的那种。这场面本该叫我放心，却让我肚子里的石头加重了一吨。装甲车外的深草里插着牌子，用几种文字标明：小心地雷。我可以见到一部庞大的货运飞机的机身，已经生了锈。它一定是闯到跑道外遭遇了不愉快的事故。我望了望那位“笑靥小姐”。

“我还以为他们遵守了停战协议呢。”我说。

“确实遵守的，”她灿烂地说，“大部分日子都遵守的。您的手提行李要人拿么？”

我摇摇头，弯下身子想拽出那紧塞在前面座位下的沉重的箱子。一般情况下，航班都不愿接受带金属尖角的行李登机，但是德国人非常敬业，我解释了不愿托运我的工具的理由：怕它们到欧洲

---

① 在英语里博士和医生是一个词：doctor。“我”的母亲是医生，而“我”是博士，所以引起了这场误会。

旅游去了，扔下我一个人傻坐着无法工作。检查人员倒真谅解了我。

我是个世界水平的胆小鬼，可我同意了干这样的工作，那是因为我爱好它。确实如此。说实在的，我从来就没想到过放弃。有机会在一份世界上最珍稀最神秘的文卷上工作，你是不会说“不”的。

电话是凌晨两点来的。你要是住在悉尼，许多电话常常就在这时打来。连最聪明的人，管理着全球驰名机构的博物馆馆长，能告诉你某一天的恒生指数(准确到分)的首席执行官，也都会忘记一个最简单的事实：悉尼比伦敦一般要早九个小时，比纽约早十四个小时。这骚扰有时让我恼火。阿密泰·扬托夫是个精明人，也许还是这个领域里最精明的人，可他怎么就算不出耶路撒冷和悉尼之间的时差呢?

“你好，占娜，”他说。跟往常一样，他那浓重的土生土长的以色列口音照例改变了我名字的一个音，把汉娜叫做了占娜，“我没吵醒你吧？”

“没有，阿密泰，”我说，“我一向就是凌晨两点起床的——一天里的最好时刻。”

“啊，好吧，对不起，但是我以为你知道了会感兴趣：萨拉热窝《哈加达》出现了。”

“啊！”我猛然彻底清醒了，说，“倒真是，啊，了不起的消息。”确实是的。不过那了不起的消息也可以在文明点的时间让我在电子邮件里读到的，我真想不出阿密泰干吗非吵醒我不可。

阿密泰跟所有的土生土长的以色列人一样，属于自我克制型，但这个消息却让他忘乎所以了。“我可是一直认为这书能‘活’下来的，能逃脱炮弹的轰击。”

这个萨拉热窝《哈加达》，是有名的稀世古卷，一部有大量插图的希伯来文手稿，创作于中世纪的西班牙，那还是犹太信仰坚决反对任何形式的插图的时代。一般人认为，《出埃及记》里的诫命“不可为自己铸造神像，也不可敬拜”[①]，已使中世纪犹太人禁绝了人像艺术。可那书一八九四年在萨拉热窝重见阳光时，那一页一页的彩色微型人像插图却把压在它头顶的这个说法推翻了，艺术史也随之改写了。

从一九九二年萨拉热窝围城开始，博物馆和图书馆就成了战斗攻击的靶子，这部古代手稿也随之遗失。有谣言说波斯尼亚的穆斯林政府已把它卖掉，买了武器。不，摩萨德[②]的特务已通过萨拉热窝机场的隧道把它偷运出去。这两个“电影脚本”我都不信。我认为这本美丽的书大有可能已随燃烧弹的烈焰卷进了烧毁的书页的旋风，跟奥斯曼帝国的土地文契、《古兰经》的古卷、斯拉夫人的卷轴一起，化作了热烘烘的雪花，飘落到城市各地。

“但是，阿密泰，这四年里它在什么地方？是怎样发现的？”

“你知道佩萨赫[③]，对吧？”

事实上我知道。一个朋友曾招待我们在沙滩上野餐，让我过了一个很不正统的喧嚣的逾越节，到现在还在调理喝了红酒后很不舒服的余醉。在希伯来文里，那个逾越节家宴叫做塞德尔，原意是“秩序”，可那却是我近年的经历里很没有秩序的夜晚之一。

“对，昨天晚上萨拉热窝的犹太社区举行了塞德尔，非常戏剧性的是，在家宴进行时他们竟把那份《哈加达》捧了出来。社区首

---

① 参见《圣经 · 旧约 · 出埃及记》第 34 章，第 14、17 节。

② Mossad，以色列情报和特殊使命局(the Institute for Intelligence and Special Operations)，以色列政府的主要情报组织之一。

③ Pesach，犹太人的逾越节。

脑还发表了一篇演说，说这本书之大难不毁正象征了萨拉热窝多民族理想的大难不毁。你知道那文卷是谁抢救出来的么？那个人名叫奥兹仁·卡拉曼，博物馆下属图书馆的馆长。是冒着猛烈的炮火钻进屋里去的，”阿密泰的声音似乎突然嘶哑了，“你能想象么，占娜？一个穆斯林，为了抢救一本犹太人的书，拿自己的脖子去冒险。”

为了某种英勇行为而感动似乎不是阿密泰的性格。有位不大谨慎的同事曾经透露过，阿密泰服义务兵役时是被分在突击队的。那是个超级保密的部队，以色列人只叫它“单位”。虽然已是很久前的事，我第一次见到他时他那身板和神情仍给了我深刻的印象。他有举重运动员般结实的肌肉，还有一种超级的机警。他跟你说话时正眼望着你，其他时候却似乎都在分析着周围的事物，把一切都看在眼里。我问起他关于“单位”的事时，他似乎真生气了。“我从没对你说过那是什么好玩意儿。”他狠狠地说。我觉得他那回答相当惊人。像那样爱护书籍的退伍突击队员，你肯定没见过几个。

“那么，那老家伙把书拿到手之后又怎么办了？”我问。

“他把它存进了中央银行的地下圆穹保险库的箱子里。你可以想象那情况对羊皮纸所起的作用……萨拉热窝的保险库至少从前两个冬季起就没有送过暖气了……还有那金属的现金箱——偏偏是金属的……现在那书又回到箱子里去了……一想起那情况我心里就难受。总之，联合国需要派人去检查情况了。他们愿意拨款做一切必要的维护工作——他们想用它尽快举行一次展览会，为了提高城市的民心，你知道。于是我在他们下个月打算在泰特美术馆召开的会议程序里见到了你的名字。我觉得既然你愿意来北半球，说不定让你来干这份工作倒合适？”

“我？”事实上我的声音变成了尖叫。我决不假惺惺地谦逊，我的工作确实做得很棒。但这样一份一辈子只能遇见一回的、能叫你一鸣惊人的工作，在欧洲至少有二十个人可以做，他们资格都比我老，关系都比我好。“他们为什么不找你干？”我问。

阿密泰比任何活着的人都懂得这份萨拉热窝《哈加达》，他写过好多篇关于它的论文。我知道他若有机会办这份古代抄本的事一定会非常高兴。但是他却发出了一声深沉的叹息。“塞尔维亚人三年来一直在说波斯尼亚人是狂热的穆斯林，这说法终于使一些波斯尼亚人相信了。现在那儿的捐款大户似乎都是沙特人，有人就反对把这工作交给以色列人做。”

“啊，阿密泰，很抱歉……”

“没事，占娜。我的朋友很多。他们也不愿让德国人干。当然，我首先推荐的是沃纳——你别生气……”沃纳·马瑞亚·亨利希博士先生不但是我的老师，而且除了阿密泰本人，他也是世界上最顶尖的希伯来文手稿专家。我是根本不会生气的。但是，阿密泰解释说：波斯尼亚人对德国人也不满意，因为正是德国人承认了斯洛文尼亚和克罗地亚，从而引发了战争。“而联合国又不愿意让美国人来干，因为美国国会老是苛刻地攻击联合国教科文组织。因此，我觉得倒是你最合适，因为，谁会对澳大利亚人有多大意见呢？我还告诉过他们，你在技术上很可靠。”

“谢谢你的大力支持，”我说，然后更真诚地讲下去，“阿密泰，这事我是永远不会忘记的，谢谢你，真的。”

“你可以用整理好资料来感谢我的。那我们就至少能印出一份美丽的复印件了。你还可以把你画出的图也给我，对，还附上一份你的报告稿，尽可能快，好吧？”

他的口气带了那样的向往，我为自己的高兴感到了内疚。但是有个问题我还非问不可。

“阿密泰，对于这书的真伪是否还存在争论呢？你知道那些谣言的，打仗时流传过的……”

“不，对那类问题我们根本不理会。既然图书馆馆长卡拉曼和他的上级博物馆馆长都鉴定是真的，就不会有问题。在这方面你的工作只是技术性的。”

技术性的！我们就看看吧，我心想。我的大量工作都是技术性的。科学和技术，凡是有相当的聪明和精细的运动神经技术的人，都可以通过培训学会。可另外还有一个问题：对历史的直感。研究还得与想象相结合，有时我可以钻进书卷制作人的头脑里去。我可以想象出他们是什么样的人，是怎样进行工作的。那就是我能为人类知识的沙箱增加一两粒细沙的原因，也是我所进行的工作最让我着迷的部分。而萨拉热窝《哈加达》的问题又那么多，我哪怕能解决掉一个……

我再也睡不着了。我披上运动套装出了大门，走过了夜晚的街道。那里依稀还有点酸味，混合了呕出的啤酒和油煎脂肪的臭气。我来到海滩边，那里有从覆盖了半个星球的浩瀚无涯的大洋上刮来的海风，清爽，带点咸味。因为是秋天，又是在一周正中的夜晚，除了几个醉汉在冲浪俱乐部的墙根趔趄，一对情侣在海滩的浴巾上拥抱之外，周围几乎阒寂无人，没有人会注意我的。我沿着浪花走了起来。黑暗的沙滩闪着漆光，浪花在沙滩边闪烁。我还没意识到，却已像孩子一样奔跑起来。我跳跃着，闪避着浪花。

这一切已是一周前的事。在随后的日子里，欢快的心情逐渐被申请签证、购买两个航班的机票、办理联合国的例行手续和一大堆焦虑和紧张埋葬掉了。在我承受着包裹的重压摇晃着走下舷梯来到停机坪时，我只好不断提醒自己，这正是我这一辈子为之活着的任务。

我只打量了一眼像大碗边缘一样卷起在周围的山峦，一个戴蓝色头盔的士兵(斯堪的纳维亚型的高个儿)已从中间那辆车跳了出来，抓过我的包裹，扔进了装甲汽车的后厢。

“稳着点！”我说，“里面有精密仪器！”那士兵的唯一回答是抓住我的手臂，把我塞进了后座，砰一声关上门，跳到前面的司机身边坐下。自动锁断然地喀哒一响，司机开大了油门。

“好呀，这倒是我头一回，”我说，想表现得活跃一点，“古籍保护人员是没有多少必要坐装甲汽车的。”那士兵和躬在庞大的装甲车驾驶盘边的老百姓都没回答。那司机瘦削，紧张，脑袋像乌龟缩在肩胛里。被摧毁的城市从有色玻璃窗外闪过，依稀可见，是一幢幢被开花弹炸碎的建筑物。几辆装甲车急速地开着，绕着一个一个迫击炮弹狰狞的弹坑，在装甲车掘起的沥青块上颠簸。街上车辆稀少，大部分人都步行，看去全都高瘦、憔悴，拉紧了外衣，顶着还没完全到临的春天的寒气。我们经过了一个公寓街区。那里简直就像我小姑娘时代的玩具房屋，前面的墙壁全炸掉了，露出了后面的房间。在这个街区，墙壁被爆炸剥掉，露出的房子内部却像玩具房屋一样还有家具。经过时我才意识到，有人还在那里设法过日子。他们仅有的保护就是几块飘动在寒风里的塑料布。他们还洗了衣服，衣服飘荡在绳索上，绳索牵在被炸碎的水泥里扭曲的钢筋之间。

我还以为他们会立即送我去看古卷呢，可那一天却是在没完没了的沉闷会晤里消磨掉的。首先是跟考虑过文化问题的每一位联合国官员见面，然后是跟波斯尼亚博物馆馆长见面，跟一群政府官员见面。一想到即将开始的工作，我担心自己不会有多少觉睡了，可就连那天给我送来的十一二杯土耳其浓咖啡也没有用，我还是昏沉了好一会儿——那也许是我的手仍然发抖的原因。

警察的无线电发出静电的噪声，所有的人都突然站了起来：警察、保卫人员、萨冉。银行官员抽开了门闩，又是一群警卫人员排成楔形，飞跑着进来了。正中是一位瘦弱的青年，一身败了色的牛仔装，很可能就是那位让我们等了许久的博物馆懒虫。但是，我已经没有时间跟他生气了，因为他捧着一个金属箱子。等到他把它放在长椅上时，我才看见箱子上还有好几处盖了印章的蜡封和胶纸密封。我把我的解剖刀递给他。他破掉封印，揭开盖子，打开了几层丝绢，然后把书交给了我。

二

我曾做过多次珍稀美丽的东西的工作，每一回的第一次触摸都会产生一种奇怪的感受，很强烈。那是一种擦过带电的电线和抚摩新生婴儿后脑勺的混合感觉。

这手稿已有一个世纪没有维护人员接触过了。我放好模板，做好准备。我犹豫了一秒钟——这是一本希伯来文书，书脊在右边——然后把它放到承放它的塑料泡沫上。

在打开它之前，那书简直什么都不是，没受过训练的眼睛是不会瞄它第二眼的。首先，它很小，是为了方便在逾越节宴会桌上使用的。其次，它的装订是十九世纪的常见形式，肮脏了，磨损了。像这本书这样有着豪华插图的古代经书原应有考究的装帧的——你既然做的是里脊肉，当然不会用纸盘子上菜——装订的人可能使用过金箔或银线加工，说不定还镶嵌过象牙或珠贝，但是这书在漫长的寿命里可能经过了多次装订，其中因有文献记载而为我们所确知的只有上一次，那是在一八九〇年代的维也纳。不幸的是，那一次的装订做得非常可怕，那位奥地利装订匠把羊皮纸剪掉了很多，把老装订全抛弃了，那可是后来的人谁也不会干的事，尤其是重要博物馆的专业人员。那时曾损失了什么信息，现在已无法说清。那人只用普通的硬纸板做了个封面，胡乱用了些土耳其印刷花纸装饰，就把羊皮纸书页装订到一起。花纸已模糊，色彩也败坏了。只有四角和书脊还用了犊皮纸，而犊皮纸也变成了暗棕色，蜕着皮，露出下面的灰色纸板。

我用中指顺着裂开的书角摸了摸，这部分我会在接下来的几天里加固。我的手指沿着纸板摸下去，注意到了一点意外的东西：装订人在纸板上轧了一对槽，还在边缘上打了一排小孔，是准备使用锁扣的。羊皮纸书籍常用锁扣压紧书页，使之平顺。但这书却没有锁扣。我做下记录，准备以后调查。

我移动着模板支持着书脊，揭开了封面，仔细检查了卷首卷尾撕破的空页。得用小麦糨糊和相应的麻纸条把这里补好。我立即看出，维也纳那装订匠使用的麻线已经磨损，几乎维系不住了，那意味着我只能把叠成叠的羊皮纸拆开，重新缝合。然后我才深深地吸了一口气，翻看起了手稿本身——这才是最重要的部分，可以揭露四年的痛苦时光对那五个世纪的幸存书卷所产生的作用。

天光里闪着雪影。蓝色：像仲夏天空的浓郁的蓝色，是研磨了珍贵的天青石画成的。而天青石却是驼队从辽远的阿富汗大山里驮来的。白色：纯洁得像奶油，不透明，魅力不如蓝色，却更加复杂。那时说不定还是用古埃及人发现的方法制造的：用老酒酒渣裹满铅条，放在满是动物粪便的棚子里密封起来做成的。我照做过一次，在我妈妈那美景山的温室里。她堆积了许多肥料，我挡不住诱惑。经过醋化的酒形成的酸把铅变成了醋酸铅，醋酸铅跟粪便释放的二氧化碳化合，变成了基本上是白色的碳酸铅 $PbCO_3$。当然，我妈妈发了一通脾气，说她几个礼拜都不愿走近她那些名贵的兰花。

我再翻了一页，更耀眼了。插图很美，但我不能让自己只把它当艺术品看待。现在还不能。我首先得把它们当作化学元素理解。其中有黄色，是藏红花做的。那开在秋季的花朵叫 Crocus sativus Linnaeus[1]，每一朵里只有三根花粉柱头可用，当年就是豪华的奢侈品，至今如此。即使我们现在知道了那浓郁的颜色来自胡萝卜素，藏红花素，分子结构是碳 44 氢 64 氧 24，却仍然无法用人工合成同样复杂同样美丽的代替品。还有孔雀石的绿色。也有红色，那浓郁的红色，号称虫子红，希伯来语叫 tola'at shani，是用生活在树上的虫子提取的——碾碎后再在碱液里熬煮。后来炼金术士学会了用硫磺和汞制造同样的红色颜料，却仍然把那红色叫做“小虫红”，vermiculum。有些东西是不会变的。即使在今天我们仍把朱红叫做 vermilion[2]。

变化。那就是敌人。在温度、湿度和整个环境保持不变时，书本的情况是最好的。这本书所经历的变化几乎最有戏剧性。没有准备，没有预防措施，就在异常困难的条件下运来运去，暴露于急剧的气温变化之下。我曾担心羊皮纸会皱缩，颜色会皴裂或剥落，但是颜色没变化，像刚画上去的时候那样纯洁生动，也没有像书脊上的纸那样剥落。插图上擦亮的黄金仍然新鲜闪烁。五百年前的金匠所掌握的技术远远超过了维也纳的书籍装订工，后者可比他现代化许多。还有银箔，已氧化成了深灰色，这倒是预料中的事。

“你打算把它换掉么？”说这话的是从博物馆来的那位瘦削青年。他指着一片明显的氧化成的污灰色。他站得太近了。因为羊皮纸就是皮，是可能因人的细菌而降格的。我晃了晃肩膀，他只好收

---

① 藏红花的拉丁文学名。

② 请注意 vermiculum 和 vermilion 跟英语 vermin（害虫）拼写的相同之处，可以看出虫与朱红之间的关系。

回手，退开了几步。

“不，”我说，“绝对不会换的。”我没有抬头。

“但是，你是个复原师，我认为……”

“我是维护师，”我纠正了他。那时我最不愿做的事就是进行书籍维护原理的长篇讨论。“你看，”我说，“你在这里，有人指示我说你必须在场，但是如果你不来干扰我的工作，我倒会更感谢你。”

“我理解，”他说，在我那几句生硬的话之后他的声音仍然温和，“但是你也必须理解，我是监管人，这书是由我负责的。”

监管人。我好一会儿才明白过来，转过身瞪大了眼看了看他：“你不会就是奥兹仁·卡拉曼，抢救这书的人吧？”

联合国代表萨冉浑身歉意地蹦了出来：“对不起，我应该先作介绍的。但是你太急于工作了，汉娜·西斯博士，我能不能向你介绍奥兹仁·卡拉曼博士？国家博物馆的图书馆馆长，波斯尼亚国立大学的图书馆学教授。”

“我——对不起，失礼了，”我说，“我还以为你的年纪要大许多呢，一个负责这么重要的藏书的馆长。”我真没想到处于那么重要地位的他竟会那么不修边幅。他穿了一件皱巴巴的白色T恤，外面套一件有袖扣的皮夹克。牛仔裤已毛了边。一头乱七八糟的鬈发，既没有梳，也没有剪，胡乱堆在一副眼镜上，两个镜片正中还是用管子胶带缠好的。

他抬起一条眉毛。“你自己这么大年龄，当然有一切理由这么想。”说这话时他一直板着面孔。我估计他大约三十岁，跟我差不多。“但是，如果你能抽点时间告诉我你打算怎么维护，我会非常高兴的，西斯博士。”说话时他瞥了萨冉一眼，从那一瞥我可以看出许多意思。联合国认为能使这份《哈加达》好好展出而拨出款项是对波斯尼亚人的一种恩惠，但是谈到国宝，却是谁也不愿让外国人操纵的。奥兹仁·卡拉曼显然认为自己被撇到了一边。可对于这类问题我却是最不乐意卷入的。我到这儿来是保护书的，不是来照顾某位馆长受到伤害的自尊心的。不过，他毕竟有权知道联合国凭什么选用了我这样的人。

在彻底检查过手稿之前，我无法确切说明我打算做到什么程度。但是这里有一个问题：人家聘用我并不是为了化学清洗或大型复原，我写了太多的论文反对那种做法。把一本书恢复到写成时的样子就是缺乏对历史的尊重。我认为维护人员应该按他从多少代人接过手来时的样子接受这本书。一定程度的伤害和磨损都是它对历史的反映。我对这问题的看法是：我的任务就是把它充分稳定下来，使它可以接受安全的使用和研究，只在绝对需要的地方进行修补。"这地方，这儿，"我指着一页书说，上面那遒劲的希伯来书法上出现了一点黄褐色的污迹，"我可以取下显微镜量的一点纤维做样品，进行分析，说不定能查出那污迹是什么东西造成的——我的第一个猜测可能是酒。但是充分的分析可能提供线索，说明污迹形成时这书的所在地。即使我们现在还查不出来，五十年后，一百年后，实验室技术进步了，我的同行还是可以查出来的。但是，如果我使用化学手段抹去了那污迹(那所谓的伤害)，我们就永远失去了获得那知识的机会了。"我深深地吸了一口气。

奥兹仁·卡拉曼带着全神贯注的神情望着我。我突然觉得难为情了。"对不起，这一切你当然知道。但这对我多少是一种偏好，一说起来就没有个……"我的窟窿越戳越深了，我住了嘴。"问题是，他们只给了我一周时间使用这书。因此我确实需要每一分钟。我很想工作……我可以使用到今晚六点，是么？"

"不，并不完全如此，我在六点之前还要占用十分钟，在银行警卫换班之前对它采取安全措施。”

“好的，”我说着把椅子拉近了一点，我把脑袋往长桌那头偏了过去。警卫班就坐在那里。“有可能减少几个么？”

他摇了摇他那没梳理的头。“恐怕我们全都得留下。”

我忍不住叹了一口气。我的工作对象是物，不是人。我喜欢物质，纤维，喜欢形成书籍的各种物品的性质。我理解书页的肌理和纤维，理解古代颜料的鲜明土质和致命毒素。一谈起小麦糨糊我可以谈得你昏昏欲睡。我在日本学了六个月，学的就是熬到它的黏合力恰到好处。

我尤其喜欢羊皮纸。它非常坚韧，可以保存多少个世纪；却又非常脆弱，瞬间的疏忽就可能损害它。我相信我能得到这份工作的理由之一就在于我发表了那么多研究羊皮纸的论文。光凭细胞孔的大小和细胞的分布，我就可以说出我面前这种羊皮纸是用一种现已灭绝的西班牙高山密毛羊的皮做的。如果你知道那个特殊品种的羊在当地的羊皮纸制造商之间走红的年代，你就可以确定这个手稿的年代——从亚拉冈王国，卡斯提尔王国[①]到之后的一百年之内。

从根本上说，羊皮纸是皮，但看上去和摸起来却跟皮不同，那是因为它的皮质纤维已经被抻拉得改变了结构。可一遇见潮湿，它的纤维就会恢复原来的三维空间的网状结构。我曾为在金属箱里的挤压或运输中的雨雾担过心。可是那两种变化的迹象在这里都还很少发现。有几页表现了更老的水渍损害的迹象，但是在显微镜下我看见了一层我认识的立方晶体：NaCl，也就是古时餐桌上的简单的食盐。损害这书的水很可能是节日圣餐上代表埃及奴隶眼泪的

① 亚拉冈王国和卡斯提尔王国 1035 年建立，1479 年两国合并，形成了现代的西班牙的核心部分。

盐水。

当然，书籍并不只是它的材料的总和，而是艺术品，出自人类的慧心与巧手，敲打金箔的人，研磨颜料的人，书写员，装订工，这些人都让我感到非常愉快。有时，在寂静里，这些人还会向我讲述，告诉我他们的种种意图，那对我的工作很有帮助。可我担心我那些友好的幽灵会受到干扰：监管人和他那好心的注视，警察与他们那无线电的低声哔啵。而我却需要那些幽灵的帮助——我的问题太多了。

开始时大部分这类的书(使用了这么贵重的颜料书写和绘画而成的豪华的书)都是为宫廷或大教堂制作的。但是《哈加达》却只在家庭里使用。“哈加达”这字来自希伯来文字根 hgd，意思是“讲述”。而讲述又来自《圣经》的命令，它指示父母向儿女讲述《出埃及记》的故事。这个“讲述”变化很大，多少个世纪以来，每个犹太社会都在这个以家庭为基础的庆祝会上发挥出了不同的讲述。

但是，在一个大部分犹太人都觉得人像艺术违背诫命的时代，这本《哈加达》为什么又会有这么丰富的小插图呢，却没有人知道。以犹太人的地位而言，他们是不大可能学习书里这种精美的绘画技巧的——它的风格跟基督教插画家的作品并非不像。但是大部分描绘《圣经》场面的小型插图，都是照《米德拉什》里的诠释或犹太人对《圣经》的注释画的。

我翻着羊皮纸，突然发现自己注视着一幅比其他画幅更能引起学术猜想的插图。那是个家庭的场面。一个犹太人的家庭；从服装看是西班牙犹太人，坐在逾越节的家宴上。我们见到几种仪式食品：无酵饼，为纪念希伯来人在逃出埃及前夕匆忙中用没有发酵的面粉烤成的饼；小腿骨，为了纪念门框上的羔羊血，那血使死神“逾越”了犹太家庭[1]。父亲按习俗斜靠着，表示他是自由人，不是奴隶。他用金杯喝着酒，小儿子在他身边举起酒杯。母亲穿着精美的袍子，头上戴着镶嵌珠宝的时尚头巾。这个家庭画面很可能是纪念这本独特的《哈加达》的。但是桌边还另有一位妇女，皮肤乌木色，穿藏红花色的长袍，手上拿着无酵饼。她穿得太好，而且完全参与着犹太仪式，不像仆人。这个穿藏红花色长袍的非洲妇女的身份困惑了一个世纪以来研究《哈加达》的学者。

我细心地慢慢地检查着每一页的情况，记着笔记。我每翻开一页羊皮纸都要检查和校正一下支持模板，绝不让书本受到任何力量的影响。这是维护人员的主要诫命。但是当年这书的主人却经受过无法承受的压力：灭绝犹太人的活动，宗教裁判，流放，屠杀，战争。

我读着希伯来文本时遇见了用另一种语言写的一行字。Revisto per mi，Gio. Domenico Vistorini，1609。这一手威尼斯风格的拉丁文，翻译出来是“我审讫，乔·多门尼科·威斯托里尼，1609”。要不是教皇的审查官员在这里写下的这三个字，这书早在那一年就在威尼斯毁灭了，绝不会跨越亚得里亚海来到巴尔干半岛。

“你为什么救下了这本书呢，乔万尼[2]？”

我皱起眉头抬头一望，说话的是图书馆馆长卡拉曼博士。他含着歉意轻微地耸了耸肩，很可能是觉得我因为受到打扰而生了气，事实上我是因为他说出了我心里的疑问而感到了意外。没有人知道答案。对于这书，除了它是为什么、怎么样甚至什么时候来到这城

---

① 关于逾越节的传说，详见《圣经·旧约·出埃及记》第12章，第12至29节。
② 指上面提到的审查官员 Gio. Domenico Vistorini，Gio. 是 Giovanni 的缩写。

市之外，没有人知道更多的东西。一八九四年的一份抵押证书说明，一个叫做科亨的人把它卖给了图书馆。但是没有人想到过对那卖家提出疑问。第二次世界大战中萨拉热窝有三分之二的犹太人被屠杀，城里的犹太区全部被抄家，已经没有叫科亨的人可以查询了。这书也是那时由一个穆斯林图书馆人员从纳粹手下抢救出来的，但他是怎么抢救的，留下的细节很少，而且有些细节又自相矛盾。

我做完初次检查，记完笔记，就摆好一部 8×10 的摄影镜头，从头开始拍摄。在维护工作开始之前我要拍摄这书的状态，准确地记录每一页。完成维护工作后，重新装订前，我还要对每一页重新拍摄一次，然后把底片送到在耶路撒冷的阿密泰那里。一套高水平的印刷品将在他的指导之下制作出来，送到世界各地博物馆去，并出版一本摹本书，使各地的读者也能欣赏到。正常情况下这些照片都是由专家拍摄的，但是联合国不愿因为另寻专家再找城市赞助者通过而再次受到折磨，于是我同意了拍摄。

我耸了耸肩，伸手要取解剖刀，却坐下了，一只手撑着下巴，另一只手悬在了空中。动手之前你总会有瞬间的自我怀疑。明亮的钢刃闪着光，令我想起了妈妈。如果她也这样犹豫，病人是要在手术台上流血的。但是我妈妈，澳大利亚历史上第一位主持神经外科的女性，却从来不知自我怀疑为何物，也从未怀疑过自己藐视一切传统的权利。她生了一个孩子，却没有经历过寻找丈夫的麻烦，甚至没透露过那当爸爸的人的姓名。我到现在也还不知道我爸爸是谁。是一个她爱过的人么，还是一个她用过的人？似乎更像是后者。她觉得就该按照她自己的形象来培养我。多滑稽的玩笑！她金色头发，白色皮肤，因为打网球总是晒得很黑。而我呢，肤色较深却苍白，像哥特人。她会品尝香槟，我却喜欢直接喝听装啤酒。

我很久以前就意识到，因为我选择了当书本修补匠而不是人体修理工，妈妈永远不会尊重我。在她眼里，我的化学和古代近东语言学的双优学位证书大概只像用过的卫生纸。我的化学硕士和艺术维护学博士学位也改变不了她的印象。她说我的纸张颜料和糨糊是“幼儿园的活儿”。我从日本回来时她说，“现在，你该结束你的实习期了吧。”我从哈佛回家时她只说了一句，“到你这个年龄，我已经是住院主治医师了。”

有时我觉得自己成了我所维护的一个波斯微型人像。一个小人，永远有人板着面孔望着我，有的从高处的走廊上俯视我，有的从带格子的屏风后窥视我。但是看着我的面孔总是那一张，我妈妈那一张，噘起的嘴巴和不以为然的眼神。

现在我已经三十岁了，已经来到这儿，可她仍能插在我和我的工作之间。她那不以为然地凝视着我的感觉终于激励了我。我把解剖刀插到装订线下，古本书的书页散开了，成了宝贵的对开叠。我拿起了第一叠。一点细微的东西扇动着从装订处飘了下来。我用紫貂毛刷小心地刷到玻片上，放到显微镜下。太好了！是一小片虫类的翅膀，半透明，有翼纹。我们生活在一个节肢动物的世界里，这翅膀可能来自一个普通的虫子，告诉不了我们什么；但也说不定是稀有的、地理分布狭窄的品种；甚至说不定来自已经灭绝的物种。后两种都可能补充有关这书历史的知识。我把它放进一个玻璃纸信封里，用标签记录了发现它的位置。

几年前我在装订中发现的一点翎管碎片曾引起过一次轩然大波。作品是一套美丽的代祷辞小书。那向不同的圣徒做的短小祷告已经是绝本，估计是用于某特定时段的一种祈祷书。书主是一个有影响的法国收藏家，洛杉矶盖蒂博物馆[①]已听信了他的话，正考虑花一笔巨资购买。收藏家还提供了出处文件，追溯得很古老，把它算成了一四二五年前后曾在巴黎画过画的贝德福德大师的作品。可我总觉得有点什么东西还不大踏实。

一般说来，一点翎管碎片说明不了多大问题。做笔并不需要特殊的翎管。凡是鸟类的飞行翼翎管，只要结实的都能做成可用的笔。我在看描写某些特定时代的电影时见到演员挥动华丽的鸵鸟翎管写字，总会觉得好笑。首先，在中世纪的欧洲并没有成群结队的鸵鸟跑来跑去。其次，书写人通常都把翎管剪成棍子一样，以免写字时毛茸茸的羽毛碍事。但是我坚持找到一个鸟类学者，查明了那翎管碎片的来源。你知道是什么情况么？原来那翎管碎片来自一种疣鼻栖鸭的羽毛。疣鼻栖鸭现在很平常，到处都有，但是十五世纪初还只局限于墨西哥和巴西。在十七世纪初之前，它还没有被引进欧洲。原来这位法国“收藏家”伪造手稿已经多年。

我轻轻拿起《哈加达》的第二叠书页，抽掉已经发了毛的装订线，注意到一根白色的毛缠在装订线的纤维里，大约有一厘米长。在放大镜下检查，可以看出那毛在描绘那西班牙家庭宴会的书页上留下了一丝凹痕。我用外科手术镊子把那毛小心地抽出来，放进信封。

我不用担心大厅里的人让我分心了，甚至没有注意到他们还在那里。人们走来走去，我头也不抬，直到光线暗淡下来我才意识到自己已经工作了一整天，没有休息。我突然感到累得僵硬了，饿得要命。我站起身来，卡拉曼立即来了。那可怕的金属箱子早已准备

---

① the Getty，美国商人让·保罗·盖蒂(1892—1976)，1953 年在加利福尼亚的马利布建立了盖蒂博物馆，在那里展出他的大量艺术藏品。

好。我把拆散的一摞摞书页小心翼翼地放了进去。

“我们必须换个合适的箱子，”我说，“在冷热变化的传导上，金属是最坏的东西。”我在书页上放了一块玻璃，再用天鹅绒小沙袋镇住，保持羊皮纸平整。奥兹仁忙着搞蜡封、印鉴和绳子那一套，我就洗涤和收拾工具。“你对我们的宝贝有什么看法？”他的脑袋向书本一歪。

“就其古老而言，已经很了不起，”我说，“没有新近处理不当造成的明显伤害。我要对几个样品进行显微镜检查，看看它们能告诉我们什么。此外就只有稳固和装订修理了。如你所知，那装订是十九世纪下半叶做的，而且和你想的一样，物理上和机械部件上都很陈旧。”

卡拉曼对着箱子使劲弯下腰来，在封蜡上盖上图书馆的印鉴，然后站到旁边。这时银行官员又来盖上了银行的蜡封。花哨复杂的捆扎和蜡封印鉴，意味着跟箱子内容的任何未经批准的接触都会立即暴露。

“我听说你是澳大利亚人，”卡拉曼说。我想叹口气，却忍住了。我仍然陶醉在这一天的工作之中，没有心情谈琐屑的问题。“对一个那么年轻的国家的人而言，照顾别人的古代珍宝似乎是个奇怪的职业。”我什么都没说，可他照说不误，“生长在那样的地方，我猜想你渴望某种文化，是么？”

因为以前曾经简慢过他，所以我现在克制着自己——还略为费了点劲。所谓年轻国家文化沙漠的说法为时已久，澳大利亚恰好有着世界上最悠久的没有中断的艺术传统。在拉斯科人[①]咬着他们第

---

① Lascaux，拉斯科，到目前为止所发现的最古老的史前艺术所在地。在法国韦泽尔河谷的山洞里，共绘画和雕刻了六百多个动物，其中却只有一个人，而且是鸟头。碳14测定作品作于公元前一万五千至一万三千年。

一支画笔末端之前三千年，澳大利亚的原住民已经在居住地的墙壁上创造出很前卫的艺术。但是我决定豁免了对他的全面训斥。“好的，”我说，“你应该认为我们之所以成为世界上种族最复杂的国家，原因在于移民。可是澳大利亚人的根扎得很深很广。这才使我们在全世界的文化遗产里占有了一席之地，包含你们的文化。”我没有加上一句：在我成长的年代，南斯拉夫人还是那里唯一闻名的移居人群。他们把旧大陆的怨恨带进了澳大利亚。别的人热得中暑，对一切都不感兴趣时，塞尔维亚人和克罗地亚人却还在打冤家，对彼此的足球俱乐部扔炸弹，即使到了库伯佩迪①这样天涯海角的鬼地方，也还在打个不停。

他心平气和地接受了我那一刺，只捧着盒子对我笑。他笑得很可爱，我得承认。嘴巴似乎同时上下翕动，有如查尔斯·舒尔茨②的漫画。

卫士们站好队，准备护送卡拉曼和书。我跟着他们下了装饰华丽的长廊，直到他们下了大理石台阶，来到圆穹地窖。我等着人来关大门。卡拉曼回来了，招呼着我。

“我请你吃顿晚饭可以么？我知道老城有个地方，是上个月才重新开张的。坦率地讲，我不敢保证东西好吃，但可以保证它是波斯尼亚风味。”

由于条件反射我正想拒绝，可我又想，干吗不去？总比在我旅馆那冷清清的小屋里接受客房服务，吃那莫名其妙的乏味的肉好些。我还告诉自己，这也是真正的研究工作。奥兹仁·卡拉曼的抢

---

① Coober Pedy，位于南澳大利亚州地下的小镇，世界唯一的地下城，只有几千人口。世界上大部分猫眼石出产于此。

② Charles Schulz（1922—2000），美国漫画家。画了大量卡通系列，比如小朋友们熟悉的史努比。

救使他成了这书的历史的一部分，我想多知道一些关于他的情况。

我在台阶顶上等他，听着圆穹地窖通风的嘶嘶声，然后是圆穹地窖金属栅栏关闭时的咣当声，那声音果断，令人放心。至少在这个晚上，那书是安全的。

三

我们出了门，踏上城市阴暗的街道，我不禁打了个寒噤。大部分白天的雪都融化了，可现在气温仍在下降。浓云遮没了月光，街灯完全没有亮。等到我明白卡拉曼是建议步行到老城去时，压了石头的感觉又在我胃里出现了。

“你肯定那东西没问题么？为什么不让我的联合国护卫人员开车送我们呢？”

他做了个轻蔑的表情，似乎闻到了什么倒胃口的东西。“他们开的那些超大型坦克，到了巴采西热的狭窄街道上就过不去了，”他说，“何况已经一周多没人打过冷枪了。”

了不起，太好了。我让他跟联合国那几位维京人①去讨价还价，希望他说服不了他们让我自己走，不用警卫。不幸的是，他是个很善说辞的家伙，至少很顽强。我们终于步行出发了。他的腿很长，跨度很大，我得加快步伐才能赶上他。他一路发表着劝说别人观光的独白，像是地狱参观的导游②什么的。他描绘了那城市被粉碎的各个建筑物。“那里是总统府大楼，新文艺复兴风格，也是塞

① Viking，原意为北欧海盗，此处戏指斯堪的纳维亚人。
② 这儿显然借用了但丁《神曲》的典故。维吉尔带领但丁游览了地狱和涤罪界。

尔维亚人最喜欢打的靶子。”再过去几个街区“就是奥林匹克博物馆废墟。那里原来是邮政局。这里是大教堂，新哥特式风格，上一回圣诞节他们还在这里举行过夜半弥撒，却是在正午办的，因为，当然，那时候没有人敢半夜出门，除非想自杀。大教堂左边是犹太教的会堂和穆斯林的清真寺，右边是东正教的教堂。这些地方我们谁也不去朝拜，它们彼此之间只有百十来米距离，倒是很方便”。

我设想着如果突然之间悉尼也变得这样处处废墟，我会是什么感觉？如果我儿童时代的标志受到了伤害，或是被摧毁了；如果我某一天醒来发现北悉尼的人在海港大桥上筑起了街垒，对歌剧院开炮，我会怎么想？

“我估计，经过了四年躲避狙击手的生活之后，”我说，“在城里走一走也算得是一种奢侈了。”他原走在我前面的，这时却突然站住了。

“对，”他说，“很算得上。”他不知怎么竟把一整桶的嘲讽灌进了那简短的回答里。

奥匈帝国时期的萨拉热窝的宽阔大道逐渐让位给了奥斯曼帝国市镇的狭窄的鹅卵石小路。在那里你伸出手臂几乎可以摸到街对面的房屋。建筑物都矮小，似乎是为半成年人建造的，而且紧密地挤在一起，让我想起彼此搀扶的醉醺醺的朋友，从酒馆出门往家里走。这个地区的大部分都在塞尔维亚人的大炮射程之外，因此受到的伤害比现代城市显然要少得多。一个和卓[①]在尖塔顶上呼唤教徒做晚祷。那呼唤令我联想到开罗和大马士革之类的炎热地区，而不

① khoja，用英语字母转写的波斯语，原为“圣裔”之意，指伊斯兰教先知穆罕默德的后裔。后来在一些信仰伊斯兰教的民族中被用作头衔、人名。在中亚与南亚的一些地方，和卓被用作伊斯兰教中宗教长者的尊称。元、明时期译作火者，清代以后译作和卓、霍加、和加。

是这儿这个寒霜在脚下嘁嚓，未融的雪在清真寺穹顶和石栏间凝聚的地方。我必须提醒自己，伊斯兰教徒曾长驱北进，直到维也纳的大门；在《哈加达》写成的黑暗时代，庞大的伊斯兰帝国曾是黑暗里的明灯，是科学和诗歌仍然繁荣的唯一地区，遭到基督徒屠杀的犹太人在那里可以获得一定程度的和平。

这个小清真寺的和卓是个老头。但是他的声音坚毅，嘹亮，能在寒冷的夜空里远播。只有几个老人回应了呼唤，踅进了鹅卵石铺的院子，在冰凉的喷泉里虔诚地洗着手和脸。我站了一会儿，望着他们。卡拉曼来到我前面，又转回身子。我望着他，他回望着我。“那就是，”他说，“塞尔维亚人想象中穷凶极恶的恐怖分子。”

他选择的饭店温暖而喧哗，弥漫着烤肉的美味香气。门上有幅照片，上面是穿部队工作服的店主人挥舞着巨大的火箭筒。我叫了一盘塞佛奇西[1]，他叫了一盘白菜色拉和一份酸奶。

“有点太简朴了吧。”我说。

他笑了笑。“我从小孩时起就是素食者。这在围城时很有好处，因为那时没有肉可吃。当然，那时能得到的绿色食品大部分是割来的草。草汤成了我的特殊菜品。”他叫了两份啤酒。“啤酒，即使在围城时也能买到。啤酒作坊是那时城里没有关门的企业之一。”

“澳洲人倒会赞成这个。”我说。

“我在思考你刚才的话，关于从这里去澳大利亚的移民的话。事实上我们也有很多澳大利亚人来参观博物馆的图书馆，在打仗之前。”

“是么？”我啜着啤酒，心不在焉地说。那酒有点像肥皂水。

“那些人穿得很好，说很蹩脚的波斯尼亚语。从美国来的人也

---

① cevapcici，塞族人的民族菜肴，烤肠，味浓。

都一样。我们平均一天接待五个人，他们寻找自己的家庭历史。在图书馆我们给了他们一个绰号，用的是美国电视里那黑人的名字，金塔·孔特。”

“昆塔·金特。”我纠正了他。

“对，就是他。我们把他们叫做昆塔·金特，因为他们是来寻根的。他们想看一九四一到一九四五年的官方公报。他们从来不在家族谱系里寻找游击队的人，因为不愿做左派的后裔，不愿做狂热的民族主义者的后裔。 他们找的永远是切特尼克[1]，乌斯达莎[2]党徒，‘二战’时期的杀手。想想看，想跟这样的人攀亲。我真希望那时就知道他们是暴风雨里的乌鸦。但是我们不愿相信那样的疯狂会在这里出现。”

“我一向就有点佩服萨拉热窝——被战争突袭。”我说。在我看来那似乎是个理性的回答。你的左邻右舍突然把你当做多余的引进物种，像农民消灭野兔一样，对你随意开枪，而且毫不后悔，谁还能不反对呢?

“没有错，”他说，“多年以前，在看见黎巴嫩分裂时，我们就说，‘那是在中东，那里的人很原始’。然后，我们看见了杜布罗夫尼克大火，我们又说，‘我们是在萨拉热窝，跟那里不一样’。我们的想法就是这样。在这儿，这座城市怎么可能出现民族战争呢? 这里的居民每两个人就有一个是民族婚姻的后代。在这个城市里就没人进教堂，怎么可能出现宗教战争呢? 对我而言，清真寺就像博物馆，是个古怪的东西，只跟爷爷奶奶有关。它很有点与

---

① chetnik，塞尔维亚游击队员。

② Ustashe，克罗地亚独立运动组织。Ustasha，原意为“起义”。1941 年轴心国入侵并分割南斯拉夫，乌斯达莎组织趁机宣布克罗地亚独立，成立克罗地亚独立国，同时却残酷地镇压塞尔维亚人、犹太人和吉卜赛人。

众不同，你知道。我们说不定一年一次去看看齐克尔[1]仪式，看看伊斯兰的苦修僧跳舞，就像上戏院，就像看——你们叫什么？啊，看哑剧。我最好的朋友丹尼洛就是个犹太人，可他甚至没有行过割礼。大战后就没有割礼师了，还得去找当地的理发匠。总之，我们的父母都是左翼分子，认为这类事太原始……”他的声音微弱了下去，几大口就喝光了啤酒，又叫了两杯。

“我想问问你关于抢救《哈加达》那天的事。”

他苦笑了，低头望着自己的双手——他那手放在咖啡馆带污迹的胶合板桌面上，手指长而纤细。我以前怎么会没注意到呢？有趣，那时我对他很不客气，还担心他那没有得到批准的爪子会伸到我宝贵的羊皮纸上来呢。

“你必须理解。正如我刚才所说，我们不相信战争。我们的领袖说过，‘要打仗就得双方动手，可我们不愿打’。不在这儿打，不在我们宝贵的萨拉热窝打，不在我们这理想主义的奥林匹克城市打。我们太理智，太愤世嫉俗，我们是打不起来的。当然，你要死得愚蠢和原始，未必需要自己也愚蠢和原始。现在我们知道那道理了。但是，刚开始那几天，我们全都做过一些带几分疯狂的事。孩子们，十来岁的少年们，出去游行，反对战争，拿着标语，放着音乐，好像是搞野餐。即使在他们中的十多个被狙击手打死了之后，我们也还没明白过来。我们估计国际社会可以制止这事。我就相信这个。我只为熬过那几天担心，如此而已。而全世界，怎么说呢，也在努力。”

餐馆里弥漫着嗡嗡的笑声，他说得那么平静，那声音我几乎听不见了。“我是监管人，博物馆遭到了炮击。我们没有这方面的准

---

① Zikr，一种穆斯林的祈祷仪式。原意为：通过颂诗、赞词的念诵，表示对安拉的怀念。

备。那里的一切都暴露在外面。博物馆里的书有两公里长，而博物馆本身离切特尼克的大炮才二十米。我在想着，一个燃烧弹就可以把这一切烧掉，或者这些……这些……波斯尼亚语叫帕普西。我译不出来。”他把手捏成拳头，在桌上走。“你们把动物的腿那部分叫什么？牛或马的？”

“蹄子？”我说。

“对，就是那个。我们就把敌人叫做‘蹄子’，从畜牧场来的蹄子。我认为如果蹄子们进了博物馆，就会蹂躏这地方，搜查黄金，破坏那些他们因为太愚蠢，想都想不到猜一猜价值的东西。我设法去了警局。大部分警察都出去了，他们正竭尽全力保卫着城市。坐办公室的警官说，‘谁愿意舍出脑袋去救那些老古董呀？’但是当他听说我即使是一个人也要去的时候，就拦了两个‘志愿人员’去帮助我。他说他不能让人家说一个灰头土脸的图书馆人员比警察更有胆量。”

他们把一些大东西搬进了内室，把值钱的小东西藏到了抢掠的人不会找的地方，比如看门人的储藏室。奥兹仁在描绘他抢救出的艺术品时，长长的手掌扇着空气——波斯尼亚的好几个古代国王和王后的骷髅架子，自然史的珍稀标本。“然后我就设法找《哈加达》。”一九五〇年代有一个博物馆人员卷入了一桩盗窃《哈加达》的阴谋。从那以后，存放那书的保险箱的密码锁号就只有博物馆馆长一个人知道了。但是馆长却住在河对岸，那里是战争最激烈的地方。奥兹仁知道馆长是绝对来不了博物馆了。

奥兹仁继续平静地说着，句子简短，丝毫不追求戏剧性。没有灯，水管裂缝，水往上淹，炮弹打在墙壁上。他留下的空白我只能够想象。我进过很多博物馆的圆穹地下室，那情况我可以设想到。每一颗炮弹的爆炸都震动着建筑，泥灰碎石像雨点一样落到珍贵文物上，也落到他头上和眼睛里——他在黑暗里弓着身子。他的手在发抖。他划燃一根又一根火柴，看着自己做的事。他在试着用一个个的号码开号码锁。他等候着炮击的间隙，想听见密码锁制动栓落下的声音。然后，因为血液在脑子里搏动的声音太大，他已经什么都听不见了。

“可你究竟是怎样打开它的？”

他举起了双手，手掌向上。“那是一个旧保险箱，并不太先进。”

“可是，毕竟，那机会……”

“我告诉过你，我不信宗教，但是，如果我也相信奇迹的话……我在那样的情况下取出那本书的事实就是……”

“就是奇迹，”我说，“你就是……”

他没有让我说完。“请你，”他插嘴道，反感地皱起了面孔，“可别叫我什么名号，我没有那感觉。坦率地说，我觉得自己太窝囊，因为有那么多书没能救出来……”他把头别向了一边。

我激动了，因为那眼神。那沉默。也许因为自己跟勇敢相反，我对英雄一向带几分怀疑。我有一种倾向，认为英雄是因为缺乏想象力，或是因为走投无路才铤而走险，干出疯狂的事的。但是，这人却因为失去的书而哽咽了，而且是在我煞费苦心启发之后才讲述了他的行动的。我开始很有点喜欢他了。

这时菜来了。细嫩的小肉馅饼，带着辛辣，有百里香味。我饿得要死，扑在盘子上就吃，拿一卷卷松软的滚烫的土耳其饼铲着肉吃。我吃得太专注，好一会儿才意识到奥兹仁并没有吃。他只是瞪大眼望着我。他的眼睛是绿色的，青苔样的深绿，有时闪着黄铜或青铜色。

“对不起，”我说，“我不该问你那些问题的，叫你吃不下饭了。”

他笑了。一种歪扭的笑，颇有吸引力。“倒不是吃不下。”

“那又是为什么？”

“啊，我今天见你工作时那张脸那么宁静安详，让我想起了东正教教堂神龛里的圣母像。我觉得非常有趣，天堂般的面孔却有这样世俗的胃口。”

我像女学生一样红了脸，这可叫我受不了。我能感到血液在上升，于是装作没有听见赞美的样子。“你这是一种暗示吧，说我吃得像猪。”说着我哈哈地笑了。

他伸过手来，抹去了我面颊上一点油脂。我不笑了，抓住他的手不让收回，翻过来放在我手上。那是一只学者的手，确实。指甲保养得很好，也干净。但是也有老茧。我估计在围城期间即使是学者也得劈柴的——如果能找到柴的话。我面颊上那羔羊脂还在他手指尖上闪亮。我把手指放到我唇上，一根根慢慢地吮吸。他那绿色的眼睛盯着我，问出了一个谁都理解的问题。

他的公寓就在附近，在十字路口的一家糕饼店阁楼上，路口名叫甜食角。店铺门前水雾氤氲，进门时一道温暖的气墙迎面堵住。老板举起带着面粉的手招呼，奥兹仁举手回答，然后就带了我穿过拥挤的小餐厅，来到阁楼楼梯。酥脆的糕点味和焦糖味尾随着我们。

在阁楼陡斜的房顶下，奥兹仁只能勉强站直身子。他那不受拘束的鬈发拂到了最低的房梁。他转过身来拿我的短外衣，同时轻轻摸了摸我的喉头。他用中指抚摩我后颈窝的弧形小骨。我的头发从那里上掀，卷成了一个圈。他沿着我的肩膀摸下去，摸过毛线衫，摸到我的腰部时，便把双手插进我的开士米衫，撩了起来，掀过头顶。发夹被羊毛一挂，当啷一声掉到了地上，卷好的头发在我裸露的肩上披散开来。我打了个寒噤，他用双臂搂住了我。

后来我们躺在乱七八糟的被窝和衣服里。他生活得像个学生。床是一个薄薄的床垫，紧靠墙壁，一摞摞书籍报纸随意堆放在屋角。他精瘦得像匹比赛用的马，一身瘦肉加上长长的骨头，一克脂肪都没有。他抓起我的一绺头发，“这么直，像个日本人。”他说。

“专家么，你是？”我戏弄他。他傻笑着站起来，倒了两小杯火辣辣的瑞吉扎[①]。我们刚进来时他没开灯，现在他点起了一对蜡烛。火焰稳定之后我可以看到阁楼远处的墙壁被一张大幅人像填满了。是一个女人和一个婴儿的画像，一幅画得很认真的厚涂颜料画。妇女身体的曲线遮住了婴儿的一部分，仿佛是一道保护性的圆弧。妇女从我们的位置向婴儿转过身去，但是回头望着艺术家(也就是我们)，衡量似的平静地注视着，美丽而严肃。

“一幅很精彩的画。”我说。

“是的，我的朋友丹尼洛画的，我和你谈起过他。”

“女的是谁？”

他皱起了眉头，叹了口气。然后仿佛祝酒似的说：

“我的妻子。”

四

工作完成后就要像完全没做过似的，不留下丝毫工作过的

① rakija，用英语字母转写的阿拉伯文，指一种从发酵过的李子中蒸馏出来的烈酒，产自巴尔干地区。

痕迹。

我的导师沃纳·亨利希如是教导我。“千万别把自己当成艺术家，西斯女士。你应该永远藏在自己工作对象背后。”

一个礼拜后，世界上大概不会有十个人能有把握地说我曾把那书拆散过又缝合到了一起。我随后要做的事就是去拜访几个老朋友。如果可能的话，他们就会告诉我，我从那古书里找到的几个小小的标本有什么意义——如果有的话。联合国建议我写一篇论文，在那书展览时放到目录里去。我没有传统意义上的雄心壮志，我并不想要大房子或是大笔的银行存款，对那些玩意儿我都瞧不起。我不想当任何东西的老板，也不想操纵谁，除了我自己。但是，发表点我的循规蹈矩的老同事们所不知道的东西，让他们大吃一惊，我倒挺高兴。我就是喜欢推动人类的伟大探索前进，查个清楚，哪怕只是一毫米。

我离开桌子，伸了个懒腰。“那么，我的监管人，现在我觉得可以把《哈加达》送还你保管了。”

奥兹仁没有笑，甚至没有望我一眼，他只站起身子，取来按我的种种规定重新制作的盒子。一个设计合理，适宜保存档案文件的容器。当联合国在博物馆准备好有温度控制的展览室之前，它可以安全地保存那本书。展览将是个纪念萨拉热窝多民族遗产的圣坛。《哈加达》将处于一个值得自豪的地位，但是环绕周围的墙壁边将展览伊斯兰手稿和东正教的神龛，表明人民和他们的艺术是从同一条根里生长出来的，彼此影响，互相启迪。

奥兹仁取书时我把一只手放到他的手上。“他们邀请我回来参加开幕式。估计我在开幕前一周要在泰特[①]宣读一篇论文。如果我那时从伦敦飞来这里，能见到你么？”

---

① the Tate，泰特现代美术馆，在伦敦。

他动了动，让我的手从他的手上掉了下来。“在开幕式上，能。”

“之后呢？”

他耸了耸肩。

我们在甜食角过了三个晚上。但是他一句也没有谈到他那从画幅上呆望着我们的妻子。然后，在第四个晚上，我在黎明前不久醒来——因为面包师傅已经在哐当哐当地生火，烧着面包炉子。我翻过身来发现奥兹仁完全醒了，呆望着那画，样子很憔悴，很伤心。我轻轻地抚摩着他的脸。

“跟我讲讲吧。”我说。

他转过身来望着我，双手捧着我的脸，然后下了床垫，穿上牛仔裤，把我头天晚上的衣服扔给我。穿好衣服后，我跟他下了楼。他和面包师傅谈了几分钟，那人扔给他一串车钥匙。

我们在狭窄的小巷尽头找到那辆带了伤的雪铁龙。我们默默地开出城，上了山。山上很美。早晨第一束阳光把白雪映成了金色、粉红色和橘红色。一阵猛烈的风摇晃着松树的枝桠，那香气带来了无关的回忆：圣诞树上的松香味，悉尼十二月仲夏日[①]的热浪送来的浓浓的树汁香。

“这是依格曼山，”他终于说话了，在塞尔维亚人带了高效能步枪和望远镜瞄准器到来，把它变成狙击手凹地之前，原是冬季奥运会的大雪橇跑道。我向那凹地走去，他一把抓住了我。“这里仍然处处有地雷。你非走在路上不可。”

---

① 悉尼在南半球，十二月正是盛夏。

我们站的位置是俯瞰城市最好的地方。他们就是从这里瞄准她的，那时她抱着孩子站在联合国的输水管旁边。第一枪打断了她的股动脉，她拖着孩子向最近的墙壁爬去，身体弓在孩子身上。没人敢救她，连站在旁边的联合国军人也没敢——他们就站在旁边，直到她流血死去。慌乱的老百姓也没有，他们只是叫喊着乱跑，往能找到掩护的地点跑，不管它多么没有用。

“英雄的萨拉热窝人民，”奥兹仁的声音厌倦而愤恨。他对着寒风大叫，声音听不清楚。“CNN① 一直就这么称呼我们，可我们大部分人并不英勇，相信我。枪声响起时我们都拼命地跑，谁都那样。”

阿伊达受了伤，流着血，成了依格曼山上的杀人犯无法抗拒的靶子。第二枪射穿了她的肩膀，打中了骨头。子弹开了花，只有一小部分射穿她，然后穿进了孩子的脑袋。婴儿名叫阿利亚。奥兹仁说出这个名字，像耳语，像叹息。

“首次打击”，这是神经外科的技术用语。我十多岁时常听见妈妈在接电话时用到。 那种干扰很受欢迎，它打断我们饭桌上的争论。可能是神经科急诊室的年轻留院医师打来的。我总以为“打击”这词意思很宽泛，是脑袋被子弹打穿，或是脑袋挨了小板子。我倒很想多来点打击。但是在阿利亚的伤情上，因为萨拉热窝没有神经外科医生，更没有儿科专家，那“首次打击”就复杂化了。普通外科医生尽了全力，却仍然出现了水肿和感染的“后续打击”。小娃娃昏迷了。等到神经外科医生几个月后来到城里，也只好宣布无能为力了。

我们从山上下来时，奥兹仁问我是否愿去一趟医院，看看他的

---

① Cable News Network，美国有线新闻网络，以提供即时的电视新闻报道而闻名。

儿子。我没有去。我讨厌医院，一向讨厌。有时在周末，我们的管家休假，妈妈就带我去查病房。我对那明亮的灯光，浮冰绿的墙壁，金属碰撞的叮当声，尸衣一样笼罩在各病房的纯粹的流血痛苦，都很厌恶。到了医院我内心里那胆小鬼就完全控制了我的想象。我在每一张病床上都看见自己，或是上了牵引架，或是昏迷在担架上往承接袋里渗血，或是插上导尿管。每张脸都是我的脸。就像小孩那种书，翻着看，脑袋不动，身子却不断变换。那是伤感情绪，我知道，可我忍不住。于是我不愿当医生。但妈妈不理解。

可奥兹仁却带了一种表情望着我，像一条非常温和的狗，抬起头，希望看到好脸色。我不能拒绝。然后他就告诉我，他每天都去，在上班之前。我还没注意到。前几天早晨他陪我回到我的旅馆后，就让我去淋浴，换衣服——如果有自来水的话。可我并不知道那以后他还去医院陪了儿子一个小时。

我们在大厅里走时我努力不往病房里张望。然后我们就进了阿利亚的病房。那里除了他，没有别的可看。那是一张甜蜜而平静的脸，为了维持生命而输进他体内的液体使他面部微显浮肿。小小的身子上挂着塑料管。监视器的声音度量着他那有限的小生命的每一分钟。奥兹仁告诉我，他的妻子是一年前死去的，因此阿利亚不可能大于三岁——这很难说清楚。他那发育受阻的身体可能属于更小的幼儿，但他脸上掠过的表情所反映的却似乎是老人的情绪。奥兹仁从那小小的额头上拂开棕色的头发，在床上坐下，用波斯尼亚语低声地说着话，握着一双小手，弯过来，又拉直。

“奥兹仁，”我平静地说，“你考虑过接受别的意见么？他的扫描可以由我来做，然后……”

“不。”他打断了我的话。

“为什么不可以？医生也是人，也会犯错误的。”我曾经无数次听见妈妈否定过据说很杰出的同事的意见，“他么！我是连指甲反翻也不会找他看的！”但是奥兹仁只是耸了耸肩，没有答话。

“你搞过 MRI 扫描么？或者只照过 CT？MRI 能查出的情况要多得多，他们……”

“汉娜，别说了，我已经说过了，不。”

“有意思，”我说，“没想到你会相信那些瞎话，什么‘若主意欲’①，那是宿命主义心态。”

他从床边站起，向我走近了一步，双手捧住我的脸，让自己的脸逼近我，近得他那愤怒的面目都模糊了。

“你呀，”他说，声音是有控制的轻声耳语，“你呀，你就是满肚子瞎话。”

他那突然出现的狰狞吓了我一跳，我挣开了他。

“你，”他抓住我手腕说下去，“你们这些从安全世界来的人，你们那些保险气袋，防翻背包，无脂肪膳食规定，那才叫迷信呢。你们让自己相信可以欺骗死亡，而在发现办不到时却又恼羞成怒，绝对。我们在打仗，你们却坐在房里看电视，看新闻，看我们流血，心里想着‘多可怕！’然后站起身子再给自己斟一杯美食家咖啡。”他说这话时我退缩了。他的描述相当准确。但他的话还没有完。他非常愤怒，真的吐了口唾沫。

“有过许多不幸，有一些非常痛苦，就出在我身上。而我跟这个城市一千个其他的父亲一样，都有受苦受难的孩子。我就这样过着。并不是每个故事的结尾都是快乐的。成长吧，汉娜，接受现实吧。”

---

① insha'Allah，用英语字母转写的阿拉伯语，意为托靠真主。

他扔掉了我的手。我在发抖，我想走，想离开那里。他转过身去，又对着阿利亚坐了下来，背对着我。我出门时从他身边挤过，看见他手上有一本波斯尼亚文的童书。从那熟悉的插图我看出是翻译本的《小熊维尼》[1]。他放下书，用手掌擦了擦脸，抬头看了看我，没有表情。“我读给他听，每天读。没有这些故事的儿童时代是没法过的。”他翻到做了记号的一页。我的手扶住门，但他的声音抓住了我。他每念一会儿都要抬头看看阿利亚，对他说几句。也许是在解释一个难字，也许是在共享米尔恩的英国式幽默的微妙之处。我从没见过父子之间这样的温情场面。

再看下去我怕会受不了，我知道。那天晚上下班后奥兹仁为自己发脾气道了歉。我没有把握那是不是要求再跟我过夜的前奏，但是我没让他继续。我找了个蹩脚的借口说我非回旅馆房去不可了。第二天晚上也同样。第三天晚上，他不再要求了。我离开的时候也到了。

有一回一个很英俊却受到我伤害的植物学家告诉过我，说我对性的态度有点像他在一本社会学课本上读到的一九六〇年代的人。他说我的行为像书本上所描写的前女权主义时代的男性，寻找伙伴满足偶然的性要求，到需要感情纠葛时却把对方抛弃。他有个假说：因为我没有父亲，而从母亲那儿又得不到温情，于是没有人为我的生活建立互相关心的健康的关系模式。

我告诉他，如果想听心理学唠叨我可以找澳大利亚国民健康保险的心理庸医。我对性并不随便，根本不。事实上我很挑剔，只选称心如意的少数，而不选平庸的大众。我还不拿架子，绞别人的湿手巾也行。我要是想找合伙的，倒不如加入律师事务所。我选定了

① *Winnie-the-Pooh*，英国作家 A · A · 米尔恩的儿童故事集，出版于 1926 年。

跟什么人生活，我就要过得轻松而有趣。伤害别人的感情不会让我快乐，根本不会。尤其是像奥兹仁这种悲剧人物，他显然是个惊人的角色，勇敢，聪明，有一切的长处，甚至漂亮——如果你能接受他不修边幅的话。那植物学家也叫我不好受。但是他已谈起用背包背着孩子在灌木丛中散步了，我只好请他走人。那时我甚至还不到二十五岁。在我看来，孩子肯定是人到中年的一种奢侈品。

至于我那不正常的所谓家庭么，事实上我从它继承了一个中心信念：想找情感营养就别求别人，找点让自己着迷的事干，它让你废寝忘食，你就没工夫自怨自艾了。我母亲喜欢她的工作，我喜欢我的工作，所以我对母女不和这一事实就……对，就几乎没有想过。

奥兹仁盖好蜡封，拴上绳索，我跟他一起下了银行大楼台阶。可能是最后一次了吧。即使我为参加开幕式回到萨拉热窝，那书也会到了它该在的地方，在博物馆的展览室里，处于它那可爱的、艺术的新状态，有严密的安全措施保护。我等着奥兹仁把那书送进圆穹地窖，但是他回来上台阶时却在用波斯尼亚语跟警卫谈话，没有转过身子。

警卫为他锁上了前门。

“晚安，”我说，“再见，谢谢。”

他把手放在华丽的门把手上，回头看了看我，就随意点了点头，推开门，踏进了黑暗里。我一个人回头上楼收拾工具去了。

我带了我那玻璃纸信封，里面装着从装订上发现的虫翅和白毛，还有几个小标本，每一个都不比句末的句号大，是我用解剖刀尖从有污迹的书页上挑下来的。我把这一切都放进了我的文件箱，然后一页页地翻起了笔记本，确认自己没有遗漏了什么。我浏览了第一天的笔记——书是那一天拆开的。我看见了潦草的备忘录，关于纸板边沿的两道压槽和因它没有使用锁扣而对自己提出的疑问。

从萨拉热窝到伦敦必须在维也纳转机。我计划着利用那必要的逗留办两件事。我有一个老朋友，昆虫学家，是维也纳自然历史博物馆的研究员兼馆长。她可以帮助我确定那昆虫残片的种属。我还想去看看当年的老师沃纳·亨利希。那是个很可爱的老人，慈祥，礼貌，像是我从来没有过的爷爷。我知道他急于听我关于《哈加达》工作的描述，我也想听听他的建议。也许他的影响力可能让我免除进维也纳博物馆的种种手续——一八九四年那次重新装订就是在那里做的。如果他能给我接触档案的机会，我就很可能找到关于那《哈加达》来到博物馆时的情况的老记录。我把笔记本放进了箱子；最后，又把医院的马尼拉纸大信封也插了进去。

我冒用名义向妈妈提出了个措辞含混的要求："……按照卡拉曼博士一个同事的请求，对他儿子的病情进行咨询……"即使是在这里，他们也知道妈妈的名字。她曾参与编写了一部关于动脉瘤的教材，那教材后来成了那领域里的标准参考书。不是说我有求她帮忙的习惯，但是她说她正要去波士顿，要到美国神经外科年会上宣读一篇论文，而我在波士顿又有个委托人，一位亿万富翁，手稿收藏大家。那人一直在找我，想让我去看一份他打算购买的古代典籍抄本——霍顿图书馆出售的藏品。

澳大利亚人对旅行一般都挺随便的。如果你是在那里生长的，你基本上就习惯于长途飞行。一坐十五个小时、二十四个小时我们都习惯。对我们而言，八小时飞越大西洋似乎稀松平常。那人提出给我买头等舱机票，我也很少坐狭窄的飞机尾巴。我估计可以插进这次鉴定之行，拿一份不错的报酬，然后回伦敦的泰特美术馆宣读论文。我一般都把路线安排得跟妈妈刚好错过。那时就打个短电话："太遗憾了！""是呀，你能相信么？"彼此耍心眼，超过对方。前天晚上，我建议我们真在波士顿见见面，电话里就出现了死寂，只有萨拉热窝和悉尼间的静电噪声在哔啵。然后是那不带感情的声音："太好了，我安排一下时间看。"

我没有问自己为什么那么做，为什么要横插进去侵犯一个男人的隐私，违背别人的意愿——人家表示得已经够清楚的。我估计那回答是：如果有可以知道的东西而我不知道，我是会受不了的。阿利亚的脑电图跟我的玻璃纸信封里那少许纤维一样。专家的眼睛能为我读出它的密码里的种种信息。

五

共产主义之后的维也纳似乎干得不错，整个城市都翻新了，像有钱太太动了手术。我的出租车从环形大道出现时，到处都见到建筑用的起重机在城市的结婚蛋糕建筑物的天际线前低头干活。阳光里闪耀着新贴了金的霍夫堡[1]的房檐装饰。喷沙机从几十个新文艺复兴建筑门面上吹掉了黑灰，露出了被多少个世纪的油污掩盖的奶油色石质的温暖色调。西方资本家显然想为他们与附近国家，如匈牙利和捷克共和国合营的企业找到一幢焕然一新的总部大楼。现在他们在东部找到廉价劳动者给他们干活了。

一九八〇年代初，在我靠旅行奖学金来到维也纳时，那地方还是一片灰黑与脏污。每一幢建筑物都肮脏，虽然那时我还没意识到，以为它的设计原本是灰黑色。只觉得它阴森森的，令人沮丧。

---

① Hofburg，维也纳的皇宫建筑群，位于市中心，政府机构所在之地。有各个朝代各种风格的建筑，也是国家图书馆和博物馆所在之地。

维也纳处在西欧的远边缘上，摇摇欲坠，使它成了个冷战时的窃听前哨。带着资产阶级的殷实的肥硕夫人和穿罗登呢服装的绅士似乎生活在一种略带激动和电荷的气氛里，有如电闪刚刚闪过的空气。可我却曾喜欢那洛可可风格的镀金咖啡厅和音乐。无处不在的音乐简直就是维也纳的脉搏和心跳。有一个玩笑说，在维也纳，如果有个人没有带乐器，他准是个钢琴家、竖琴家，再不就是个外国特务。

谁也没把那城市看作科学中心，但是它却有一批高科技商业和力求先进的实验室。我的老搭档，昆虫学家阿玛丽·萨塔就是那样一个实验室的主任。我是多年前遇见阿玛丽的。那时她在读博士后，住的地方尽量远离了镀金洛可可咖啡厅。我是在辽远的北昆士兰的一座山边认识她的。她住在一个倒扣的波状铁皮水箱里。那时我十六岁，放弃了昂贵的贵族女校，搞背包旅行。那是我的头一个能摆脱学校的机会。早些时候我曾设法让她们开除我，但是她们太怕妈妈，不管我设计出什么无法无天的动作，她们都不敢冒昧行事。我径直走出了我那皇宫样的家，加入了流浪者的队伍——假期打工的斯堪的纳维亚的健壮小青年、失败的冲浪迷、高而瘦的吸毒者。我们往北方的拜伦湾流浪，然后沿海岸线北上，经过凯恩斯市，库克敦，一直走到了无路可走的地方。

为了摆脱妈妈，我步行了差不多两千公里，结果是找到了一个在某些方面跟她非常像的人，或者说，如果跟她大环境相同就可能跟她一样的人。阿玛丽就是我妈妈，只是剥掉了社会的虚荣和现实的野心。但是她也同样受到自己的工作的驱策。她的工作是，研究某种蝴蝶是如何依靠蚂蚁使它的蠕虫不受掠食者侵犯。她让我住到她的水箱里；她把肥料厕所和太阳能淋浴的知识教给了我。而让我掉头回到悉尼，开始我真正的生活的，也正是在山上那几个礼拜，虽然当时我还没意识到。我看见她带着那样激情的专注迫切地观察世界，为了有机会发现一点关于世界运转的新东西，她可以一直坐到精疲力竭。

几年后，我到维也纳做了沃纳·亨利希的门徒，再次遇见了她。沃纳要求我调查一种他从装订里找出的书虱的DNA。有人说那边的自然博物馆的DNA实验室是维也纳最好的。那时我还觉得那说法似乎奇怪。那博物馆是一座令人想入非非的古董建筑，塞满了叫蛾子啃着的动物标本和十九世纪绅士们的矿石藏品。我喜欢到那里去闲逛，因为你就不知道可能发现什么。那简直像个储藏奇珍异宝的密室。有一个传说，虽然我从没证实过：他们甚至保存了一六二三年围攻维也纳遭到败北的土耳其宰相被砍下的脑袋。据说他们把那脑袋保存在圆穹地窖里。

但是阿玛丽·萨塔的实验室里却有能代表当前最尖端的进化生物学研究的设备。我还记得，指引我去那里的指示就很有几分古怪：乘电梯去三楼，沿梁龙骨骼前进，到梁龙腭骨时，左手就是门。一个助手告诉我，阿玛丽在藏品室里，然后陪我沿走廊向前走。一开门，强烈的樟脑球味就迎面扑来。阿玛丽就在那里，跟我离开她时差不多一样。她在观察着一个抽屉，里面闪满银蓝的光。

见到我她很高兴，但见到我带去的标本时就更高兴了。“我还以为你会再给我带来一个书虱呢。”上一回她只好把那书虱碾碎，提取了DNA放大，几天后才开始分析。“但是这一个，”她小心地拿着信封，“这一个，如果我没太搞错的话，就容易多了。我觉得你装在这里的东西是我的老朋友。”

“是蛾子？”

“不，不是蛾子。”

“不可能是蝴蝶吧？”蝴蝶碎片一般是不会落到书里来的，蛾子倒是可能，因为房里有书，蛾子是进房的，但蝴蝶是户外的动物。

“我看有可能。”她站起身来，关上藏品间。我们回到她的办公室。她在那里望了望从地板直到天花板的书架，取下一本关于翅脉结构的大书。她推开一道高门，那里有一张她做研究生时的真人大小的照片——那是在马来西亚的热带雨林里，挥舞着一个四英尺长的捕虫网。不同寻常的是，从那时到现在她几乎没怎么变化，我觉得她对工作的绝对热情似乎起着近似驻颜灵丹的作用。门那边是个熠熠闪光的实验室，博士后研究生用吸管在电脑监视器上观看着DNA图像。她把我那一小片翅膀轻轻地取来，放到玻璃片上，送到高倍显微镜下。

“哈啰，多可爱，”她说，“真的是你呀！”她抬起眼睛对我快活地笑了。她连翅脉图都没瞟一眼。“觅梦绢蝶①，全欧洲都常见的。”

倒霉，我的心往下一沉脸上一定也有所表示——没有新的信息。阿玛丽却是笑逐颜开。“帮助不大么？”她招呼我跟她沿着走廊回到满是藏品小间的房里。她在一个小间前站住，哐一声打开高高的金属门，拉出一个木抽屉。几排绢蝶属蝴蝶保持着永恒的静态，飘浮在各自工整书写的名字之上。

那些蝴蝶无声无息，微妙，可爱。奶油白的前翅上洒了些黑色斑点；后翅几乎半透明，像彩绘玻璃，黑色的线条把翅脉画成清晰的网格。“无论如何算不上世界上最华丽的蝴蝶，”阿玛丽说，“但是收藏家们喜欢，说不定是因为要爬完一座山才能捕到一只。”她关上抽屉，对我转过身来，“全欧洲都常见，没有错，但只局限于高峻的山系里。一般要在两千米左右。绢蝶属的幼虫只吃一类高山燕草属植物，那植物只在陡峭的石头环境里生长。你那手稿，汉娜，亲爱的，上过阿尔卑斯山么？”

---

① Parnassius mnemosyne leonhardiana，觅梦绢蝶的拉丁文学名。

虫　翅

一九四〇年，萨拉热窝

坟墓在这里，请稍稍停步！
森林在谛听。
脱帽吧！这里长眠着
一个民族的精英，
他们知道怎么牺牲。

——第二次世界大战纪念碑铭文，波斯尼亚

狂风刮过米利契卡河，猛烈得像抽打耳光，萝拉薄薄的外衣已抵挡不住。她双手塞在口袋里，跑过狭窄的桥。江对面一组粗粗打造的石台阶笔陡地升起，通向几条凌乱的小巷，小巷两侧是破败的公寓住房。萝拉一步两级地跳上台阶，拐进第二条小巷，终于避开了凌厉的狂风的吹打。

还不到半夜，她住的那栋楼的大门还没锁。可大门里也不比街上温暖多少。她站住，喘了一会儿气。大屋里流荡着煮白菜和新撒的猫尿味。萝拉爬上楼梯，轻轻拨开他们家的门闩。溜进去之前，她本能地伸出右手，想摸摸门框上的门柱圣卷[①]，虽然不知道为什么。她脱掉外衣，解开皮靴带子，拿起皮靴，踮起脚尖，从爸爸妈妈睡着的身子边踅了过去。住房只有一间，用门帘分开，那是唯一体面的方式了。

小妹妹只是被窝下鼓起的一团。萝拉拉起被窝，钻到妹妹身边。多拉像小动物一样蜷了起来，散发出令人舒心的暖意。萝拉往妹妹背上的温暖靠过去，孩子在睡梦里抗议了，发出一声轻微的叫喊，挪开了身子。她把冰凉的手放到自己腋窝底下。天虽然冷，她的脸还是红扑扑的，额头上还有汗迹，那是因为跳舞。如果她爸爸醒来是可能注意到的。

萝拉喜欢跳舞，吸引她参加犹太青年近卫军会议的就是跳舞。她也喜欢远足，在高山上作艰苦的长途步行，到悬湖或古代城堡的废墟去。别的她都不感兴趣。她不喜欢没完没了的政治讨论，而希伯来文——她连自己语言的书都不喜欢读，更不用说破解那些奇怪的花体黑字了，可末底改却老要她去背。

她想起末底改在旋转时搂住她肩膀的手臂，还能感到那愉快的压力。由于干农活，他那手臂有结实的肌肉，卷起袖子时，前臂像榛子一样棕红而结实。她虽然不懂步伐，有他在身边笑嘻嘻地鼓励着，也很容易跟上舞步。萨拉热窝人对波斯尼亚农民是瞧不起的，即使萝拉这样的可怜人也一样。哪怕是个富裕农民，城里人也都自以为高他一等。但对末底改却完全是另外一回事。他是在特拉夫尼克长大的，那地方虽不是萨拉热窝，却还是个好城市。他有文化，上过中学。但是两年前，他十七岁时，却坐船去了巴勒斯坦，到一个农场干活。可照他的描述看来，那农场并不发达。一片干枯荒凉的灰沙地，要收庄稼就得累折了腰，而且没有赢利，只够弄到嘴里吃的和身上穿的，事实上比农民还艰苦。但是他一谈起来，却俨然世界上没有比挖沟造渠收获枣椰子更有趣和更高贵的职业了。

末底改谈起闯世界必须知道的种种实际问题时，萝拉很喜欢听。比如给蝎子蜇了怎么办？伤口大了怎么止血？卫生的厕所怎么寻找？临时棚子怎么搭建？萝拉知道自己决不会离开家到巴勒斯坦去闯荡，但是她喜欢想象需要这类技巧的冒险生活。她也喜欢想末

---

① Mezuzah，用英文字母转写的希伯来文，指犹太人总安放在住家门口的羊皮纸，上面写着《圣经 · 旧约 · 申命记》第 6 章第 4 至 9 节；第 11 章第 13 至 21 节。内容为听耶和华的话，就得到耶和华保佑。

底改。他说话的样子令她想到爷爷给她唱过的拉迪诺语[1]的古老歌曲。那时她还是个小丫头。爷爷在露天市场摆了个种子摊。有时萝拉的妈妈工作时就把她留在那里跟爷爷一起。爷爷有一肚子关于骑士和西班牙小贵族的故事，还有从一个叫做塞法拉德[2]的神奇地方来的诗歌。爷爷说他们的祖先很久以前就住在塞法拉德。末底改谈起自己的新土地，仿佛那就是塞法拉德。他告诉那群人，他迫不及待地想回那里去，到以色列地[3]去。“我嫉妒我不在那里时的每一个黎明，我很想看到约旦河谷的白石变成黄金。”

小组讨论时萝拉不发言，跟别人一比较，她只觉得自己无知。小组里有许多是说意第绪语[4]的犹太人，是十九世纪末奥地利占领时来到这城市的。像萝拉这种说拉迪诺语的家庭却是从一五六五年起就住在这城里的。那时萨拉热窝还是奥斯曼帝国的一部分，而穆斯林的苏丹为受迫害的基督徒提供了避难所。到这里来的人大部分都是一四九二年从西班牙被驱逐，找不到长居之所而四处流浪的。他们被萨拉热窝接纳，找到了和平，但是只有很少的家庭真正兴旺了起来，大部分还是她爷爷一样的小生意人或是只有简单技能的工匠。说意第绪语的犹太人教育程度较高，观点也较为欧化。他们很快就有了更好的工作，融入了萨拉热窝高层社会。他们的孩子上了中学，有的甚至上了大学，在青年近卫军里他们是天然的领袖。

其中一个是市委会委员的女儿，一个是药剂师的儿子。药剂师死了妻子，萝拉的妈妈就帮他家洗衣服。另一个姑娘的父亲是财政局的簿记员，萝拉的爸爸就在财政局看门。而末底改对每个人都平

---

① 犹太人说的一种语言，是希伯来语和中古西班牙语的混合。
② Sepharad，用英文字母转写的希伯来语，西班牙。
③ Eretz Israel，犹太人对巴勒斯坦的称呼。
④ 中欧东欧犹太人中通行的语言，是希伯来语和德语的混合语。

等对待。于是萝拉鼓起足勇气提出了问题。

“但是，末底改，”她怯生生地问，“你是不是喜欢回到自己的国家，说自己的语言，工作也不必那么苦呢？”

末底改微笑着对她转过身来。“这里不是我的家，”他温和地说，“也不是你们的家，犹太人真正的家就是以色列地。我回这里来就是为这个。我是来告诉大家你们可能得到的生活的。我是来让你们做好准备，要带你们跟我一起回去建设犹太人的家园的。”

他举起双臂，仿佛把她跟众人拥抱到了一起。“只要你们有决心，我这话就不是梦想。”他停顿下来，让自己的话悬在了空中。“这是一个伟大的人的话，我是相信的。你怎么样，萝拉，你愿意为梦想行动，实现梦想么？”她脸红了，不习惯那样被注意。末底改温和地笑了。然后张开手，包括了全部的人，“但是，你们想一想吧，你们愿做什么呢？像鸽子一样跳舞，刨来刨去，找点别人的面包屑呢，还是做沙漠上的雄鹰，展翅飞向自己的命运？”

艾萨克，药剂师的儿子，是个勤奋的瘦弱孩子，手和脚都像铅笔一样纤细。萝拉的妈妈常发表意见说，尽管药剂师有一肚子学问，却连喂养正在长大的儿子的基本常识都没有。但是，在末底改发表这篇漂亮的意见时，大厅的人里只有艾萨克感到了烦躁，听不下去。末底改注意到了这个，于是把全部热力转向了他：“怎么回事，艾萨克？你是有意见么？能说出来让我们听听么？”

艾萨克把钢丝边眼镜往鼻梁上一推，“你这话对德国的犹太人也许是事实。我们都听见了消息，谈到了那边的麻烦。但是这儿并没有麻烦。反犹太主义并不是萨拉热窝生活的一部分。你们看看那犹太教的会堂吧：就在伊斯兰教徒的清真寺和东正教的大教堂之间。我很抱歉，巴勒斯坦是阿拉伯人的家，不是你的家，也肯定不是我的家。我们是欧洲人，为什么要对一直为我们提供着繁荣和教育的国家背过身子，到并不需要我们的人那里去当农民呢？”

“那么，你觉得当鸽子快活么？”末底改说时微笑着，但藐视艾萨克的意味很明显。可是，即使萝拉也很清楚艾萨克的想法。艾萨克夹了夹自己的鼻梁，抓了抓脑袋。

“也许是的，但是，鸽子至少不会伤害人，而雄鹰却是要靠沙漠里的其他生物过日子的。”

萝拉早听过他俩的辩论，听得头疼。她不知道谁对谁错。就在薄薄的褥垫上转了转身子，想让心里平静下来。她非睡觉不可了，否则明天干活就要打瞌睡，爸爸就会追究的。萝拉跟妈妈若塞拉一起在洗衣房里工作。她要是疲倦了，背着沉重的篮子在城里的街道上走，送出新洗的衣物和收来肮脏的衣物时就会非常吃力。温暖潮湿的水汽也会让她在照看锅炉时打瞌睡。她妈妈就会发现她靠在一个角落里，而水却冷了，水面上结起油腻的泡沫。

她爸爸路卓不是粗野的人，但是严格而且实际。起初他准许她做完工作去参加青年近卫军，希伯来语叫“哈硕玛·哈扎依尔[1]”。他的朋友莫萨，犹太社区中心的管理员，为那群小青年说好话，说那是个青年人的健康组织，跟非犹太人的童子军一样，不会有妨害的。但是之后有一次萝拉睡着了，让炉子里的火熄灭了。妈妈骂了她，爸爸问她为什么，等到他知道男男女女在一起跳舞，霍拉舞[2]，就不许她参加任何集会了。“你才十五岁，女儿，你再大一点，我们就给你找个好未婚夫，跟你作舞伴，那时候你就可以跳舞了。”

她争辩过，跳舞时说她只坐着，“在那里我可以学到许多东西。”她说。

---

① Hashomaer Haza'ir.

② hora，用英语字母转写的希伯来语，一种传统式圆舞。

“东西！”路卓轻蔑地说，“那些东西能给家里赚来面包么？不能吧？我不相信。尽是些胡思乱想。从我所听到的看来，那是共产党的思想，在我们国家是禁止的思想，会让你惹上不必要的麻烦的。还有那个死掉的语言，除了会堂里几个老头子，再没人说了。我真不知道莫萨想的是什么。你的清白我得关心，即使别的人忘了这类东西的价值。星期天远足我也不反对，只要你妈妈没活儿要你干。但是从现在起你晚上就得在家里过。”

从那以后，萝拉事实上就过着一种双重的生活，弄得她非常疲惫。青年近卫军一周有两个晚上开会。这些晚上她很早就跟小妹妹上了床。有时，工作很累以后，要凭极大的意志力才能保持不睡着，听着身边多拉的小身子发出轻微平稳的呼吸。但是大部分时间她的期望都使她很容易假装睡着，一直到爸爸妈妈的鼾声告诉她可以安全离开的时候。然后，她就爬出被窝，在楼梯口匆匆穿上衣服，希望没有邻居从门里出来注意到自己。

那天晚上末底改告诉小组，他要走了。起初她还没懂，“我要回家了。”他说。萝拉以为他是回特拉夫尼克，然后她才明白，他要搭一艘货船回巴勒斯坦去。他邀请大家在他离开那天到火车站去给他送行。然后他宣布，一个印刷工学徒阿伏拉姆也决定跟他一起走。

“他是第一个。我希望你们还有很多人会跟上来。”他瞥了一眼萝拉，她似乎觉得那目光滞留了一下。“无论你们什么时候回去，我们都会在那里欢迎你们的。”

末底改和阿伏拉姆离开的那天，萝拉很想到火车站去。但是她妈妈有很大一堆衣服要洗。若塞拉苦苦地使用着沉重的熨斗，萝拉就在平时的锅炉和轧干机边工作。到末底改的火车向海岸开出的时候，萝拉就呆望着洗衣房白色的墙壁，望着氤氲的水汽在冰凉的石头上凝结成水流下。霉菌的气味塞满了她的鼻孔。她努力设想着末底改所描述的强烈的白炽的太阳，让枣椰树闪起银光的太阳，还有耶路撒冷石头墙壁里盛开的橘柑花的香气。

接替末底改做组长的是一个从诺维萨德来的年轻人，叫撒母耳。那是个合格的户外活动技巧教练，却缺少了使萝拉在开会的晚上保持不睡的魅力。现在，她在等候筋疲力尽的父母睡着时自己却睡着了的时候多了起来，常常要到和卓天亮唤祷，让穆斯林做祷告时才醒。她意识到错过了会议时只感到轻微的遗憾了。

别的青年男女也确实有跟末底改去巴勒斯坦的，每一次在火车站都举行盛大的送别仪式。他们常常给小组的人写信。报告的内容大体相同：工作艰苦，但是土地值得开垦；作为犹太人，建立犹太国就是世界上的头等大事。萝拉有时为这些信感到困惑。怀念故乡的人肯定是有的，是么？这样的生活肯定不是每个努力了的人都能适应的，是么？但是离去的人似乎成了一个人，说起话来调子都那么枯燥。

从德国传来的消息越发糟糕了，离开的人也加快了速度。奥地利的兼并①使第三帝国在他们边界上闹起了麻烦。但社区中心的生活照样进行。老年人照样在一起喝咖啡，聊天，虔诚的人星期五晚上照样享受安息日的喜乐②。没有危险意识。即使政府也只对在街头游荡的法西斯歹徒抱视而不见的态度，一任他们骚扰他们认识的犹太人，跟吉卜赛人打架。“他们只是些笨蛋而已，”路卓耸耸肩，“每个社区都有笨蛋，我们的社区也有，没什么意思。”

在萝拉到城市的富庶区公寓收脏衣物时，偶尔可以瞥见艾萨

---

① 希特勒的“第三帝国”在1938年兼并了奥地利。

② 犹太人的每周星期五在会堂或家里举行的一种家宴，有时伴以音乐、唱歌（宗教歌曲）、演戏、闲谈。参见《圣经·旧约·以赛亚书》第58章13节：“称安息日为可喜乐的。”

克，肩上老挂着一个沉重的书包。他现在上大学，跟他爸爸一样学着化学。萝拉很想问他对那些笨蛋的看法，问他是否为法国陷落难过。但是她却为自己背篮里的脏衣服的酸臭感到狼狈。她也没有把握自己有足够的知识，在提问时不会泄露出自己是个笨蛋。

斯泰拉·凯马里听见自己房门口轻轻的敲击声时，立即伸手到头顶，拉下网眼面纱去开门。她到萨拉热窝已经一年多，仍然坚持原来在普里什蒂纳①的较为保守的生活方式。在普里什蒂纳，传统的穆斯林家庭是不允许妇女让男人见到脸的。

不过，下午这客人却不是男人，而是她丈夫安排的洗衣女工。斯泰拉为那姑娘难过。她背了个柳条筐子，装满洗熨好的衣物，而在筐子的背带上，还挂了几个棉布口袋，装满脏衣物。那姑娘看去又疲倦又寒冷，斯泰拉给了她一杯热饮料。

开始时萝拉听不懂斯泰拉阿尔巴尼亚口音的话，斯泰拉把遮住脸的精细的面纱掀到脑后，再次让她喝饮料，而且做了个从杰兹瓦②倒咖啡的样子。于是萝拉快活地接受了。外面太冷，她又走了好几里路。斯泰拉招呼她进了屋，自己来到曼噶拉③，那里还有余火。她把咖啡渣倒进杰兹瓦，再烧开了一两次。

浓郁的咖啡香叫萝拉直吞唾沫。她四面望了望。她从没见过这么多的书，房间四壁全是书。那公寓不大，里面的东西朴实却高雅，似乎一直就放在那里。矮矮的木桌子，按照土耳其风格镶嵌了珠母。桌上还有几本翻开的书。色调柔和的家具使闪光的打蜡地板显得温暖。

---

① Pristina，科索沃地区（现为国际托管）的中心城市。当地居民以阿尔巴尼亚人为主，此外还包括塞尔维亚人、波斯尼亚人、罗姆族等。

② džezva，波斯尼亚语，咖啡壶。

③ mangala，热咖啡的铜架。

古老的曼噶拉紫铜擦得锃亮，半圆形的盖子上装饰着新月和星星[1]。

斯泰拉转过身来给了萝拉一个精美的细瓷菲尔赞[2]，杯底也有釉画的新月和星星。斯泰拉高举起杰兹瓦给萝拉倒咖啡，斟成了一道深色的长线。萝拉用指头捂住没有柄的杯子，感到氤氲的香气抚摩着自己的脸。喝着浓酽的咖啡时，她通过杯子边沿望着那年轻的穆斯林妇女。即使在家里，斯泰拉的头发也是用一尘不染的白丝巾拴在脑后的，网眼面纱漂亮地盖在头顶，可以在礼仪需要时拉下。那年轻女人非常美丽，深色的温暖的眼睛，奶油般白皙的肤色。萝拉很惊讶地注意到，她俩的年龄很可能差不多。她感到了妒忌的刺激。斯泰拉提着杰兹瓦的手洁白光润，不像萝拉的手那么深红而且脱皮。这样舒适的生活有多好呀！住在这样惬意的房里，烦人的家务还有别的人做！

然后萝拉注意到一个银画框，画框里是那妇女的照片。一定是结婚那天照的，虽然表情没有表现欢乐。她身边的男人修长出众，戴土耳其毡帽[3]，穿深色齐膝大衣，但是年龄似乎有她的两倍。婚姻很可能是安排的。萝拉早就听说过，阿尔巴尼亚的传统要求，新娘在结婚那天从早上直到黄昏静静地站着，任何庆典活动也不能够参加。即使微笑也会有失规矩，会受到责备。萝拉习惯于无拘无束的快活，即使在最严格的犹太婚礼上也如此。这样的事她确实难以想象。她不知道那话是真的还是不同的社会彼此间编造的谣言。望着照片，她的嫉妒减少了。她至少可以嫁一个像末底改那样年轻健壮的男人。

斯泰拉看见萝拉凝望着照片。“那是我的丈夫谢立夫·艾凡

---

① 新月和星星，是伊斯兰信仰的象征，用于好几个伊斯兰教国家的国旗上，如土耳其、突尼斯、阿尔及利亚等。

② fildžan，波斯尼亚语，咖啡杯。

③ 一种平顶的圆筒形男毡帽，通常为红色，顶部垂有黑色的流苏。

提·凯马里[1]，”她说。现在她笑了起来，脸上泛起了红晕。“你知道他么？萨拉热窝大部分人似乎都知道他。”萝拉摇了摇头。她那没有文化的穷家跟凯马里的家似乎没有交叉点。那是个有势力的穆斯林的阿利穆[2]，或知识分子大家族，为波斯尼亚贡献了许多穆夫提[3]，省里的最高宗教长官。

谢立夫·凯马里在伊斯坦布尔大学学过神学，在巴黎索邦学院学过东方语言。在他做国家博物馆馆长之前曾做过教授和宗教事务部的高级官员。他说十种语言，写过研究历史和建筑学的学术著作，虽然他的专业是古代手稿研究，他在智识上却钟情于萨拉热窝的文化交融：斯拉夫族的穆斯林以古典阿拉伯文写的抒情诗，遵循的是从达尔马提亚海岸戴克里先[4]宫廷引进的彼特拉克[5]十四行诗的格律。

谢立夫由于学术追求而推迟了婚姻大事。他是为了平息周围人的催逼才娶妻的。他曾多次拜访斯泰拉的父亲，他教他阿尔巴尼亚语。那老教授曾嘲笑过他那长期的单身生活。谢立夫轻佻地说，他只在他的朋友愿嫁一个女儿给他时才结婚。谢立夫马上有了新娘。一年多之后他仍然感到惊讶，跟新娘在一起的生活竟然会那么幸福，尤其在她悄悄告诉他她已怀孕之后。

斯泰拉细心地折好脏被单和脏衣服，几乎不大放心地交给了萝拉。她的衣服一向是自己洗的。她也想自己洗，但是快生孩子了，

---

① Serif effendi Kamal。Serif 是头衔，一般是“酋长”、“王公”之义，effendi 是对上流人士的尊称，Kamal 才是人名。

② alim，用英语字母转写的阿拉伯语，指伊斯兰社会的知识阶层，懂得伊斯兰科学，在社会上曾有过巨大影响。

③ mufti，用英语字母转写的阿拉伯语，指解释伊斯兰教义的伊斯兰学者，有许多就是宗教官员。

④ Diocletian，古罗马皇帝(284—305)。

⑤ Francesco Petrarca(1304—1374)，意大利早期文艺复兴时期的诗人、学者，欧洲人文主义运动的主要代表。他的十四行诗形式有极深远的影响。

谢立夫一直坚持减少她的家庭杂务负担。

萝拉背起筐子，谢了斯泰拉的咖啡，走了。

四月[①]的一个清晨，初融的冰雪带来了山里的草香，纳粹德国空军却派来了一拨又一拨的斯图卡式俯冲轰炸机，袭击了贝尔格莱德。四支敌对国的部队突破了边界线，南斯拉夫军队不到两个礼拜就投降了。甚至在那以前德国就已宣布萨拉热窝为它的一个新州的一部分。“这就是现在的乌斯达莎和克罗地亚独立国，”纳粹任命的首领宣布，“塞尔维亚人和犹太人必须被清洗。这儿没有他们的位置。以前属于他们的东西，就连石头上的石头都不给他们。”

四月十六日，德国部队开进萨拉热窝，随后的两天里在犹太人区域横冲直撞，洗劫一切值钱的东西。古老的犹太会堂被烧毁，没有人抢救。“保护雅利安血统和克罗地亚人荣誉”的《反犹太法》意味着萝拉的父亲路卓不能再在财政部工作，而且被迫跟其他犹太人一起参加了劳动队伍——即使像艾萨克的父亲这样的药剂师，自由职业者，也都必须参加。他们都被迫戴上黄星[②]。萝拉的小妹妹多拉也被学校开除了。这个一向就贫困的家庭现在只好靠萝拉和若塞拉能挣来的几个硬币过日子了。

斯泰拉·凯马里心烦意乱，她那一向礼貌体贴的丈夫这两天几乎就没有跟她说过一句话。他从博物馆回来很晚，晚饭碰都不碰，就把自己关在了书房里。早饭也不大说话，出门也很早。斯泰拉去收拾书房，却发现他的抽屉里塞满了稿纸，有的涂改得很严重，划

① 指 1941 年 4 月。
② 黄六角星，由两个正三角形正叠而成，那时成了纳粹影响下的欧洲国家犹太人的识别标志，又称大卫之星。

去了许多句子，有的又揉成一团，扔在地上。

谢立夫工作时一般都很平静，他的抽屉一般也都整理得井井有条。斯泰拉几乎内疚地抻平了一张被扔掉的稿纸。“纳粹德国是盗贼统治国。”她读道。她看不懂。“博物馆有义务抵抗对文化遗产的掳掠。如果法国和波兰的博物馆馆长们没有提供技术和专长协助纳粹掳掠，法国和波兰的博物馆的损失是可能减轻许多的。相反，令我们感到耻辱的是，我们正在成为最纳粹化的职业之一……”稿纸上再没有别的。这一张写了个标题，下面画了一根重重的横线：反犹太主义对波斯尼亚和黑塞哥维那的穆斯林而言是外来货。这一页似乎是篇短文，或公开信，谴责反犹太人法的通过，划掉了很多，但是斯泰拉可以读到一些句子：“……只是一根避雷针，引开了人民对他们的真正问题的注意。”“为犹太人群里的穷人提供援助，他们的人数比一般估计的要多得多……”

斯泰拉揉掉稿纸，塞进垃圾箱。她用指关节揉着后腰，那儿有点痛。她从来没有怀疑过她丈夫是最睿智的人，现在也不怀疑。但是他的沉默，他揉掉的这些稿纸，那惊人的句子……她想跟他谈谈这些问题。她整天都在排练着可能说的话，但是等到他回到家里，她却只拿起杰兹瓦给他倒咖啡，一句话都没说。

几个礼拜以后，大搜捕开始了。夏天一开始路卓就接到命令，要他去报到，要送到劳工营去。若塞拉哭了，跟他吵，要他不接受征召，逃到城外去。但是路卓说他身体健壮，很能干活，可以对付。他一只手抬起妻子的下巴说，“这样做要好一点。仗总不会永远打下去的。我如果跑掉，他们就会来抓你。”他从来不是感情流露的人，却亲了她，亲了很久，很动情，然后就上了卡车。

路卓并不知道其实没有劳工营，有的只是忍饥挨饿和遭受折磨的地方。年底以前他还会被押进黑塞哥维那的山里去。那里的石灰石像被虫子蛀过，满是乱七八糟的“虫眼”。河流在那里消失，流进地下岩洞去，然后在几英里之外突然冒着泡冲出来。路卓跟别的人（犹太人、吉卜赛人、塞尔维亚人）一起站到一个很深的岩洞边上，他看不见那洞的底。一个乌斯达莎党卫军一刀砍到他腿肚，把他推进了深渊。

他们又来找若塞拉。那时萝拉出门送新熨烫好的衣服去了。士兵们有丈夫或儿子被抓走的犹太人妇女的名单，他们把妇女们赶上卡车，关进被捣毁的犹太教会堂。

萝拉回来时发现妈妈和妹妹不见了，门大开着。她们那点可怜的东西在他们搜查值钱的东西而没有得到时被扔了满地。她跑到几条街外的大姨家，敲门敲到指关节疼。一个穆斯林邻居，一个仍然穿着从头盖到脚的传统长袍的善良妇女，开了自己家的门，让萝拉进去，给了她水喝，告诉她已经发生的情况。

萝拉一阵慌乱，大脑空白，她尽力稳住。她必须动脑筋。应该怎么办？能够怎么办？慌乱中心里闪过的唯一念头是：必须找到妈妈和妹妹。邻居把手放到她手臂上。“你一到那里就会给认出来的，把这个拿去吧。”她递给她一件从头遮到脚的长袍。萝拉把它往身上一披，就往犹太会堂跑。会堂大门被斧头劈破了，松松地挂在残破的铰链上，门口有卫兵站岗。萝拉悄悄绕到了会堂旁边，来到存放犹太人祈祷书的小屋。窗户已被砸破。萝拉脱去长袍，用它裹住手，把一片尖锐的破玻璃从铅框上扳下来，然后伸手进去，拉开了门闩。被扳掉玻璃的窗框往外歪斜，她把头伸到窗台边，小屋里乱七八糟，书架掀倒了，祈祷书撕破了，扔了满地。还有一股臭味。有人在书页上拉了屎。

凭着她提湿衣服练出的结实胳臂，萝拉肋骨往窗台上一撑，身体跃起来。铅窗框刮着她的衣服，她扭了几下，钻进了小屋，尽可能轻地落到地上，然后就打开了沉重的光滑的木门。一种刺鼻的臭气弥漫了那神圣的避难所：是恐惧和汗水的气味，烧掉的纸张的气味，小便的酸骚味。若干个世纪前从西班牙安全运来的供奉社区古代神谕的方舟烧成漆黑，张着大口。一排排破椅子和堆满灰烬的甬道上挤满了痛苦的男女老少。有人在哄着婴儿，婴儿的哭声在石质穹顶下更觉得响亮。别的人弯着腰，捧着头。萝拉慢慢挤过人群，努力避免受到注意。妈妈、妹妹和大姨一起挤在一个角落里。她来到妈妈身后，一只手轻轻放到她肩上。

若塞拉以为她也被抓来了，惊叫了一声。

萝拉"嘘"了一声，匆忙说，"有一条路出去，爬窗。我就是那样爬进来的。我们都可以逃掉。"

萝拉的大姨任娜举起胖乎乎的双手，做了个失败的姿势，指着她那肥硕的身子。"我不行，亲爱的姑娘，我心脏不好，不能呼吸。我哪里也去不了。"

萝拉急坏了，她知道妈妈不会放弃她心爱的姐姐。"我可以帮你，求你了。试试吧。"

她妈妈那张永远布满忧患和皱纹的脸似乎突然陷入了更深的皱纹里，又老了许多。她摇了摇头："萝拉，他们有名单。上车时他们会发觉我们不见了的。而且，我们又能到哪里去呢？"

"我们可以到大山里去，"萝拉说，"我知道路。有山洞可以隐藏的。我们可以逃到穆斯林的村子里去，他们会帮助我们的。看他们会不会……"

"萝拉，也有穆斯林来过这里的会堂的。他们也烧，也砸，也抢，跟乌斯达莎分子一样。"

"那只是少数，是些蠢货——"

“萝拉，亲爱的，你的心是好的，我明白。但是任娜病了，多拉又太小。”

“但我们能做到。相信我，对大山我很熟，我——”

妈妈把手重重地压在萝拉手臂上。

“我知道你熟。在青年近卫军过了那么多个晚上，我应该希望他们教会了你一点东西。”萝拉瞪大眼睛看着妈妈。“你以为我是真睡着了么？没有，我是同意你去。我跟你爸爸不同，他担心你的贞操。我知道你是个规矩孩子。但是现在我要你离开这地方，对，”她坚定地说，“我是你妈妈。在这个问题上你必须服从我。你走吧。我就在这里，跟多拉和我姐姐在一起。”

“我求你了，妈妈，求你至少让我把多拉带走。”

妈妈摇摇头，竭尽全力忍住眼泪，屏得脸上出现了斑点。“你若是一个人，机会就是最大的，你妹妹跟不上你的。”

“我可以背她走……”

多拉靠在妈妈身上，轮流望着两个最爱的人，等到她明白了必须失去一个时便放声大哭。

若塞拉拍着她，四面望着，希望哭声没引起警卫注意。“战争结束后我们还会见面的。”她对萝拉的脸伸出了双手，抚摩着她的面颊。“快走，活下去吧。”

萝拉把双手使劲插进乱发，狠狠地揪着，揪得自己生疼。她张开双臂，搂住妈妈和妹妹，使劲地抱住，然后转过身来，用手掌擦着眼泪从七歪八倒的人丛中蹿蹿跌跌地挤了出去，她来到通往储藏室的门，等到卫兵的目光转到一边，立即开门溜了进去。她背靠到门上，用袖子擦着鼻涕。她放下手臂时，一只小白手伸出来抓住了它。那是个小姑娘的手。小姑娘有一张精灵般的紧张面孔，大眼睛，戴了副厚眼镜。她用一根手指使劲压在嘴唇上，使劲把萝拉拉了下去，然后指指窗外。萝拉看见一顶钢盔的轮廓和一支步枪的枪尖从破窗外移过。

“我认得你，”小姑娘悄悄说。她看去大约九或十岁。“你跟我哥哥艾萨克一起参加过青年近卫军。我今年也要到……”

“艾萨克在哪里？”萝拉知道他已被大学开除了。“被抓去当劳工了么？”

姑娘摇摇头。“他们把爸爸抓走了，但是艾萨克跟游击队在一起。那里还有你们组里其他的人，麦克斯，孜拉塔，奥斯加……现在说不定更多了。艾萨克不愿带我去，因为我太小。我告诉他我可以送情报，可以侦察，但是他不听。他告诉我跟邻居一起更安全，但是他错了。现在他非接受我不可了，因为这里什么都没有，只有死。”

萝拉惊得一退。她这样年龄的孩子没有能说出这样的话的。但是那孩子说得对，萝拉已经在自己所爱的人们脸上见到了死亡。

萝拉打量了一下艾萨克的小妹妹。一个流浪儿童，比多拉大不了多少。但是她的脸已经因跟她哥哥相同的忧患与紧张而活跃起来。“我不知道，”萝拉说，“但是要想逃出城去，走路很累，而且很危险……我觉得你哥哥……”

“如果你想知道他在哪里，你就得带上我，否则我就不告诉你。而且，我还有这个。”

小姑娘伸手到围裙里掏出了一把德国的鲁格手枪。萝拉大吃一惊。

“你从哪里弄来的？”

“偷来的。”

“怎么偷的？”

“他们到家里抓我们时，我故意呕吐在带我上车的大兵身上。我刚吃了炖鱼汤，特别难闻，他就把我扔到地上大骂。他收拾身上的肮脏时，我从他枪盒里取了枪就溜掉了。我躲在你大姨的住房附近，这才跟你到了这儿。我知道我哥哥在哪里，路怎么走，你带不带我？”

萝拉知道这个倔强的野性的孩子是怎么劝说也不会告诉她艾萨克和别人住在哪里的。不管喜不喜欢，她们俩倒是彼此需要。天一转暗她们就爬出窗户，融入了城市的僻街小巷之中。

两天来萝拉和易娜都在山洞里睡觉，在仓库里藏身，偷来蛋就吸着蛋壳生吃，终于来到了游击队地区。艾萨克告诉过易娜一个农民的名字。那人年龄相当大了，满面风霜，一双结实的大手。

那人没有提问题，开了农舍的门就让她们进了屋。他的妻子一面为两个孩子纠缠的头发和肮脏的面孔唠叨忙碌，一面在一个黑色的大水壶里烧水。她给她俩各倒了一碗，让她们洗过，就在她俩面前放了一大烤盘土豆胡萝卜烧羔羊肉。那是她俩离开城市后第一次吃到的真正饭菜。她还用药膏给她们治脚上的燎泡，然后让她俩在床上睡了两天，这才同意她丈夫带她们去山上游击队的营地。

他们在差不多笔陡的岩壁上攀爬时，萝拉因为食物和休息倒很高兴。可是继续爬时她开始体会到了自己的苦难现实。她只想过逃出城外，却没有觉得自己可以做抵抗运动的战士。一个洗衣女工能有什么用处？有一些关于游击队袭击铁路和桥梁的谣言，也有些关于受伤的游击队员被法西斯抓住后的谣言。有一个故事说，德国人把伤员摆到路上，然后开了卡车在他们身上来回地碾压。萝拉扒紧山坡往上攀时，满脑子这类可怕的故事。

他们来到一道山脊线上，那里的地面平坦了，绿草和青苔长成厚厚的小丘，像些垫子。她筋疲力尽地往地上一倒。突然，一个灰色的人影从前面的灌木丛里钻了出来，是德国人的制服。那农民趴到地上，拿鸟枪瞄准了，然后却笑了，翻身跳了起来，拥抱了那青年。

“麦克斯！”易娜大叫。她向那青年跑去，那青年一把把她搂了过去，抱在怀里。麦克斯是艾萨克最好的朋友。易娜抚摩着纳粹胸章从制服上扯掉的地方，那地方粗粗地缝了一颗红色的五角星，抵抗运动的标志。

“哈罗，艾萨克的小妹妹，哈罗，萝拉。看来你们是我们的新女队员了？”麦克斯等候两个姑娘跟农民道谢告了别，就领她们沿着山脊线去到了一幢平房。那是用结实的木料和木板与灰泥修建的。萝拉认出了奥斯加，他坐在温暖的草上，背靠着墙壁。还有两个她不认识的小伙子，懒洋洋地靠在他旁边。大家都忙着在衣服里捉虱子。其中还有两件是德国人的制服，另一件是用灰毯子缝的。

麦克斯领着萝拉和易娜走过几位青年，穿过猪圈，那是通向房子的唯一入口。那道门开向厨房。一个长茅草房顶搭在房子正面顶上，形成了一个阁楼，由楼梯上下。“是个睡觉的好地方，”麦克斯说，“暖和，可是有点烟熏。”厨房地面是粗粗踏成的泥地，一部分砌了砖，形成了火塘火。没有烟囱，火烟直接升到房梁，从草顶散出。火上用大链挂了几个烹饪用的锅。萝拉注意到门口有几桶水。再过去还有两间房，地上铺着木板。一间房里有个“佩克”，水泥炉子，萝拉看见牵绳子的杆子，上面晾着洗过的衣服，点头表示赞赏。即使遇见雨雪日子，不能在屋外晾，也可以洗衣服晾干了。

“欢迎你们来到小队部，”麦克斯说，“我们一共有十六个人……现在是十八个了，加上你们，如果队长接受的话。我们有九个是犹太复国青年团员，你们都认识。另外的都是当地的农民。很好的小伙子和大姑娘，但是都还年轻，虽然比你们俩大，”他胳肢着小易娜，易娜格格地笑了。萝拉第一次看见那小姑娘笑。“你哥哥会大吃一惊的。他是副队长，指挥着小队。我们的队长布朗科是从贝尔格莱德来的。他是那里的学生的秘密领袖，共产党。”

“他们现在在哪里？”萝拉问。麦克斯态度虽然友好，他那“如果队长接受的话”却让她满肚子担心。她原来很怕当游击队员，现在却更怕当不成游击队员，被打发回阴森森的城里去。

“他们去接收骡子了。我们很快就要离开这里往前走。执行任务时需要一匹骡子驮物资。上一回我们带的炸药和雷管就把全部的背包装满了，还没到达计划炸掉的铁路，就没有东西吃了。有两天大家连一片面包皮也没见到。”

麦克斯这样一说，萝拉就更担心了。她不懂炸药，也不懂枪，只盯着厨房四面看。突然间她发现了一件她不知道该怎么办的事。

“水，我能用么？”她问。

“当然能用，”麦克斯说，“离这里不到十码就有个泉眼，你愿怎么用就怎么用。”

萝拉在最大的黑乎乎的水壶里装满了水，挂到火上，捅了捅火，又加了几块柴，然后就出去了。

她站到奥斯加和两个陌生青年面前，脚尖紧张地铲着草皮。

“什么事，萝拉？”奥斯加问。

她觉得脸快要红了。

“我不知道你们……可不可以……把上衣和裤子给我？”

几个小伙子彼此望了望，笑了。

“有人告诉过我们，萨拉热窝姑娘就是利索！”有一个说。

“虱子光凭捉是消灭不了的，”萝拉急忙解释，“虱子钻在衣服缝里，你找不到。我把你们的衣服煮一煮，就全消灭光了。你们等着瞧。”

几个青年为了不再痒得难受，无论什么都肯干，就脱下了外衣给她。交衣服时像小狗一样彼此戳着，挤着：

“内裤也得给她！”

“要了命我也不给！”

“那我给。虱子在你卵子上跑，光外衣上没有，抵个屁用！”

过了一会儿，萝拉正在晾冒着热气的衣服，把外衣、长裤、袜子、内裤往灌木丛上挂，布朗科和艾萨克从树丛后面出现了，牵着一头骡子，鞍袋里装满了物品。

布朗科是个高个儿青年，黑头发，很严肃，黑眼睛似乎永远眯缝着，透出怀疑的神情。艾萨克只有他的肩膀高。但是在艾萨克一晃身子抱起小妹妹时，萝拉注意到他的胸脯和手臂都比做学生时健壮多了，脸也晒黑了，再没有室内生活的那种苍白。他看起来很高兴见到易娜，萝拉甚至觉得他眼睛湿润了，但是他随即仔细地追问起她来，生怕她走错了一步，暴露了游击队的地点。

他放下了心后才转向萝拉：“谢谢你带了她来。也谢谢你来了。”

萝拉耸了耸肩，不知道说什么好，倒不是她没有选择来，而是她不愿在布朗科面前提起，因为她能不能留下还得由他决定。小易娜对他们似乎还有用处。小孩可以在城里走来走去，观察敌人的活动而不引人注意。萝拉的用处对布朗科就不那么明显了，而艾萨克的指示又似乎不起作用。

“萝拉是青年近卫军的同志，”艾萨克告诉布朗科，“所有的会议她都参加的，对，几乎全都参加的。她很能走路……”艾萨克过去对萝拉完全没有注意过，找不出可以向队长推荐她的话。

布朗科眯细了眼睛望着她。她觉得自己脸红了。他抓起她晾晒的一件夹克的一角。“衣服倒洗得不错。不幸的是，我们没时间享受这一类奢侈。”

“虱子，”她吃力地说了出来，“会传染伤寒的。”她赶在失去勇气之前匆匆地讲，“虱子多了，你们……就得把衣服和被窝全煮过，至少一周一次……为了……杀死虮子……否则整个小队都会长满虱子的。”这话她是从末底改那里听来的，那是她能听懂而且记住的实际知识。

“那么，”布朗科说，“你还是知道点东西的。”

“我……我……会给骨折上夹板，会止血，会治咬伤……我还可以学……”

“我们可以用一个卫生员。”布朗科继续打量她，仿佛光凭望一望就可以估计出她的能力。“这类事一直是艾萨克做的，但是他还有更重要的任务。说不定他能把他知道的东西教给你。以后，如果你干得好，我们还可以送你到一个秘密医院学习治伤。这我可以想一想。”

然后他就转过身子——萝拉嘘了一口气——他似乎又想了想，拿蓝眼睛盯了她一会儿。“现在我们需要一个赶骡子的。你对骡子有什么感觉？”

萝拉几乎无法说她对骡子是连胸口和屁股都分不清的，但是她担心艾萨克会觉得她太笨，干不了卫生员。她望着那啃着青草的畜生，走了过去，拿起扎进它毛皮里的带子，那里的肉磨破了，流着黄水。

“既然你们要这畜生干活，”她说，“要它驮这么重的担子，就该给它垫个鞍垫，这我知道。”她打开鞍袋，把几个最重的包裹搬了下来，扛进屋里。奥斯加大步赶过去，想减轻她的负担，她却摇了摇头。“我扛得起，”她不好意思地笑了笑，说，“我在家里就是头骡子。”

大家都笑了，包括布朗科，没有再说别的话。但是萝拉明白，小队已经接受她做队员了。

那天晚上，大家围着水泥炉子，在布朗科向他们讲述他的计划时，萝拉又担心了。布朗科是个狂热分子，因为政治上的活跃，在贝尔格莱德曾受过审问和拷打。他谈到铁托和斯大林，说是我们有责任毫不怀疑地跟随那两位光辉人物。“你们的生命不是你们的，”他说，“给予你们的每一个多出来的日子都属于你们死去的亲属。我们一定要见到我们的国家获得自由，否则宁可死掉。在我们面前再没有其他的未来。”

那以后萝拉躺在硬床上没有睡着。她只感到孤独和失落，渴望着多拉那小小的圆背的温暖。她不愿承认布朗科说她家里的人都死掉了的事实，但心里的空虚又没让她抱多大的希望。她一心想着从城里逃亡到乡下时的种种情况。但是现在，她听着陌生人的鼾声，感到一种沉闷的痛苦。从那以后她所做的一切都像在云里雾里。

随后几天她都在考虑骡子。骡子不想干的事是很少能让它干的。她接受的第一项任务是牵它到一个空降地点领了物资驮走。可骡子却对山坡造起反来，把背上的东西扔到树莓丛里。萝拉只好在荆棘里把一箱箱军火扛了回来，同时挨着布朗科鞭子一样的臭骂。

萝拉每天努力接近骡子，从有限的供应里弄出药膏敷在它的皮上，给它治伤，涂时骡子呜哇呜哇地乱叫，好像她在用鞭子抽它。不过，那几处伤口却慢慢愈合了，萝拉又缝了个垫子垫在鞍袋下，用轻便的柳枝设计了个 A 字形的支架，让骡子的负担均匀一些。长途行军时，凡遇见大片野茴香草或苜蓿地，她也请求给骡子机会饱餐一顿。

那骡子在遭到虐待时行为本来乖张，现在却对萝拉的种种照顾产生了反应。不久后它就拿湿漉漉的嘴拱她，表示亲近了。她也喜欢抚摩它那毛茸茸的耳朵。因为它的毛皮是胡萝卜色的，也因为红色是游击运动的标志色，所以她给它取了个名字："红崽"。

萝拉很快就发现，尽管布朗科那么讲，他们那小队却并不太像个战斗队伍。除了布朗科自己，只有艾萨克和麦克斯扛着斯特恩式轻机枪。乡下的小伙子和姑娘来时携带的都是火药枪。部队领导答应给他们更多的武器，但每次空降之后都似乎感到别的小队的需要更迫切。

对这一情况奥斯加比谁都抱怨得厉害，后来布朗科就告诉他，既然那么迫切地想有枪，就该自己缴获去。"易娜就缴获了一支，而她才十岁。"他还揶揄他说。

当天晚上奥斯加就离开了宿营地，第二天还没有回来。萝拉偶然听见艾萨克责备布朗科。"你刺激了他，让他去完成一项傻瓜的任务。他自己就没有武器，怎么能缴获武器？"

布朗科耸了耸肩。"你妹妹就搞到了。"他把那把鲁格枪从她手上拿来自己用了，挎在腰上，颇有点洋洋得意。那天晚上萝拉在帮助孜拉塔收集柴火准备做饭时，奥斯加从树林那边闯进来了，一脸傻笑，像个小丑。他肩上扛了支德国步枪，身上穿一套松垮垮的灰色制服，比他的身材大了几号，裤腿卷了起来，腰上用细绳当肚带系住，还提了个纳粹背包，鼓鼓囊囊的，装满了物品。

他拒绝讲述他的胜利故事，直到布朗科、艾萨克和小队的其他人都到齐了。他一面传递着德国香肠，一面讲述：怎么样去到附近一个被占领的村庄，埋伏在路边的灌木丛里。"我在那里趴了差不多一整天，眼望着德国人走来走去，"他说，"他们常常是两三个人走在一起，终于来了个落单的。我等着那人过来，就从灌木丛里跳了出去，用棍子顶在他肩胛骨之间大叫，'站住'那笨蛋还真以为我有枪呢，举起了手。我取掉了那家伙的枪，然后叫他脱得只剩下了裤衩。”

这时大家都笑得岔了气，只有布朗科例外。

“然后呢，你就毙了他。”布朗科口气平稳，冷冷的。

“没有，我……我觉得没有必要……他已经没有了武器……我以为……”

“明天他又会有武器的。后天他就会杀死你的同志的。感情用事的笨蛋。把你的枪给孜拉塔，她至少还知道怎么用。”黑暗里萝拉见不到奥斯加的脸，但是她感觉到他没有出声的愤怒。

第二天晚上小队得到指示，协助清除空降点。萝拉的任务是让骡子不叫，不跑，准备好把降落伞降落的武器、无线电设备或药品驮走。他们的小队隐蔽在森林线之外时，另一支游击小队就准备好细柴和火绒，以便点燃信号——有人说它受一个外国人（英国间谍）的指挥。信号布置在林中空地上，按照盟军飞行员能识别的形式排列。萝拉又冷又怕，发着抖。她靠紧红崽的厚毛皮，求得一点温暖。她没有武器，只有一个每个游击队员腰间都必须挎着的手榴弹。“如果你快要被俘了，你就得用它自杀，和尽可能多的敌人同归于尽，”布朗科说过。“绝对不能被活捉。用手榴弹，你就不可能受到拷打和出卖机密了。”

月亮还没有升起，萝拉抬头仰望，寻找着星光。但是浓密的树叶连那也不让她看到。她想象着黑暗里有德国人在等待着伏击他们。夜缓慢地爬行着，黎明快到时刮起了风，抽打着松树的枝条。布朗科断定空投已经流产，给萝拉发出了撤走的信号。萝拉冻僵了，又很疲倦，这时一骨碌站了起来，整理着红崽的缰绳。

就在这时远处却传来了隐约的飞机嗡嗡声。布朗科大叫着发出点火命令。艾萨克的火老点不着，他一边使劲一边乱骂。萝拉不觉得自己勇敢，也不把那时支配了她的情绪看作勇敢。她只知道不能让艾萨克一个人暴露在那里，单打独斗。她穿出树林，进入林中空地，往地上一趴，就对那顽固的柴火使劲吹了起来。正当那达科塔飞机的黑影从头顶掠过时，火焰飘扬起来。飞行员转了一圈，侦察着，又转了回来，投下了急雨般的包裹。每一个包裹都带了小降落伞。游击队员从四周的树林出现，来捡宝贵的物资了。萝拉哗哗地割断降落伞绳，把丝绸收了起来，准备以后做绷带用。

东方渐渐明亮了。几个小队行动很快，等到黎明到来，萝拉已奔忙在一道狭窄的山岭上。驮满物资的红崽在她身边温驯地走着——他们在德国人赶到之前把自己跟空投点的距离尽量拉到了几公里以上。他们每来到一条小溪，布朗科就命令麦克斯下到水里，把青苔覆盖的石头翻转过来。小队过去后，再翻还原，不让靴子和骡蹄留下痕迹。

萝拉的小队七个月来都在游动，执行破坏铁路或桥梁的任务，很少在同一宿营地停留两个晚上以上。有几个晚上有机会在仓库里过夜，他们就铺上厚厚的干草，借着牲口的暖气睡了个好觉。但是别的夜里都是在森林里度过的，只好用松针凑合着当垫被睡，抵挡严寒。虽然距离敌人的岗哨最多五英里，他们的队伍却躲开了敌人的伏击(别的小队都说遇见过)。布朗科便以此吹嘘自己，似乎那都是因为他领导有方。他希望自己受到军官一样的尊敬和服侍。有一回在受尽煎熬的行军之后，他就靠着一棵树躺着休息，别的人却还得忙着赶在天黑前捡拾枯枝生火。奥斯加把一大捆枯枝扔到了躺着的他的身边，嘟哝了几句关于共产党人应该清除高人一等的特权思想的话。

不到一秒钟布朗科已经站了起来，一把抓住奥斯加的制服前襟，把他往一棵树干上狠狠地磕。

“你们这些流鼻涕的娃娃，有我的领导算是你们走运。你们应该每天都感谢我，因为是我救了你们的命。”

艾萨克踏到了两人之间，轻轻地推开了布朗科。

“救了我们命的，”他平静地说，“不是运气，也不是阁下您的领导，而是广大群众的忠诚。没有他们的支持我们是连五分钟也支持不下去的。”

有一会儿布朗科似乎想揍艾萨克，但是他努力控制住自己，退了回来，往地上轻蔑地吐了口唾沫。

萝拉早就意识到艾萨克对布朗科越来越强烈的不耐烦了。她知道他对布朗科不时发表的长篇大论深恶痛绝——即使在长途行军之后，他有时也讲到深夜——那时筋疲力尽的青年们只想睡觉，而不想听那些对剩余价值和错误意识的夸夸其谈。艾萨克努力想结束他那政治训词，布朗科却多次径直地讲下去。更大的挫折却来自布朗科的自负和地区司令官对他的不重视。布朗科答应给大家更好的武器，但是武器并没有出现；他告诉萝拉要安排她到野战医院受训，她也并没有去野战医院。

但是萝拉仍然觉得自己管骡子还是有用的，即使很不乐意表扬人的布朗科也多次称赞过她。冬天越来越近了，大部分人都病了。早晨猛烈的干咳成了一种起床号。萝拉从农民那里要来大葱做成葱泥作敷剂；艾萨克教她如何把几种原料混合成祛痰剂。她用那药勤奋地治病。她建议改变定量供应的方式，使痊愈中的病号能得到更多的供应。布朗科答应把病号送到过冬的地方，但是几个礼拜过去了，小队仍然在冷酷无情的山上露营。人数在减少。孜拉塔胸部感染严重，病了几个礼拜，被一个当地农民家庭收留下来，却死在了那里——总算死在了温暖的床上。奥斯加厌倦了艰苦的生活和布朗科的冷酷，晚上跑掉了，还带走了一个农村姑娘斯拉娃。

萝拉为易娜担心。小姑娘跟小队大部分人一样，咳得很厉害。但是她向艾萨克提出给她找个避难处过冬时，他却没同意。“第一，她不愿离开；其次，我也不会让她离开。我向她保证过绝不再离开她了。就这么简单。”

三月份一个暴风雪的日子，地区游击队队长密罗万召集剩下的小队队员开了个会。那群十多岁的瘦弱的人聚集到他身边后，他开始发言。密罗万说，铁托对他的部队有了新的设想。部队要强化为一支坚强的职业部队，直接跟德国人作战，把敌人部队赶回城市，切断敌人之间的联系，直到游击队控制整个农村。

萝拉用围巾裹着脑袋，帽子扣紧在耳朵上，起初还以为自己听错了上校随后的话。但是别人的面部表情也证实了她觉得自己听到的意思。他们的小队要解散了，而且要立即执行。“铁托元帅感谢你们所做的贡献。到了光辉的胜利日子它一定会被记住的。现在，有武器的人，把武器架起来，准备收缴。你，赶骡子的姑娘，你负责让骡子驮上武器。我们现在就离开。你们等天黑以后再走。”

大家都望着布朗科，希望他站出来说句话。但是布朗科只低着头，对着呼啸的风雪一言不发。只有艾萨克提出了抗议。

“长官？我可不可以问一句，你建议我们上什么地方去？”

“你们可以回家呀。”

“家，什么家？”此时艾萨克已是在吼叫。“我们都早就没有家了，家里的人大部分都被杀了。我们全都成了非法分子，你不会真希望我们不拿武器就落到乌斯达莎手里吧？”他转身对着布朗科。“你告诉他呀，娘的。”

布朗科抬起头，冷冷地望着艾萨克。“上校的话你是听见的。铁托元帅说了，再也没有可以让挥舞棍子和爆竹的破烂娃娃队伍活动的地方了。我们现在已成了职业部队。”

“啊，我明白了，”艾萨克口气里透露着轻蔑。“那支枪你还可以当作你的，可那是我小妹妹抢来，给你拿走的。她就是个‘破烂的’女娃娃，而我们这些人得到的却是死刑判决！”

“住口！”密罗万举起戴着手套的手，“你要是服从命令，你所做过的贡献以后还可以得到报答。不服从，我就枪毙你。”

萝拉麻木了，惶惑了，按照命令往红崽身上驮东西。她把一口袋手榴弹和几把枪捆好，就用双手捧住骡子柔软的鼻子，望着它的眼睛。“祝你安全，朋友，”她悄悄地说，“你对他们还有用处，但愿他们对你比对我们表现更多的诚恳和关心。”她把缰绳交给密罗万的一个副官，同时递给他一个口袋。她在里面保存了宝贵的燕麦口粮。那副官望了望口袋，从他那眼神她已看出，如果红崽能在那燕麦进那副官肚子之前再看一眼，就算是幸运的了。于是她把戴了手套的双手伸进口袋，抓出了两大把燕麦。红崽那湿漉漉的呼吸让她的手温暖了一会儿。红崽还没有在旋卷的风雪里消失，它的唾液就已在织补过的毛呢上结成了坚硬的冰凌条。布朗科，她注意到，并没回头望一眼。

小队的其他人聚集到艾萨克身边，等着他给他们出主意。“我觉得我们最好是三三两两地走。”他的打算是去解放区。大家围着火堆一个接一个地发言，萝拉坐着没有做声。有的人打算往南方走，进入意大利占领区，有的人说他们想去找远房的亲戚。萝拉没有亲戚，而往南方没去过的地方走的念头又叫她害怕。她等着人家问她的打算，建议她跟他一起走，但是谁也没有说话，似乎她已完全不存在。她站起身子离开人群时，也没有人对她道一声晚安。

萝拉在一片林中空地的角落里给自己找了个地方，却翻来覆去地睡不着。她已经把自己那点东西放进了帆布背包里，也拿保存好当绷带用的布一层层地缠好了脚。她躺着没睡，却闭着眼睛。这时她感到易娜褐色的眼睛在使劲地盯着她。那孩子用毛毯裹着自己，好像成了个蚕蛹，把毛帽子拉到额头底下，只有一双眼睛还看得见。

萝拉没有意识到自己已进了梦乡，这时她感到易娜的小手在推她。天还黑，但是易娜和艾萨克已经起身收拾好了背包。易娜把指头放在唇上，示意她别出声，然后伸手拉她站了起来。萝拉急忙卷好毛毯，塞进背包，和小物件放到一起，跟着易娜和她哥哥走了。

接下来的日日夜夜以后常回到她梦里，但醒时回忆起却总成了一种模糊的痛苦和恐惧。三个人在黑暗里行动，白天时间短暂，如能找到仓库或草堆隐蔽，就睡个不安稳的觉；一听见狗叫就吓一跳，因为那可能意味着德国巡逻兵。第四天晚上易娜发烧更厉害了，艾萨克只好背着她。她冻得发抖，却在出汗，说胡话。第五天晚上气温骤然下降。为了制止她那剧烈的寒战，艾萨克已经把自己的短袜给了她，还用自己的外衣把她裹紧了。那一夜，才走了一半，刚刚踏过冰封的河流，艾萨克就停了步，往冰冻的松针上一躺。

“怎么回事？”萝拉悄悄说。

“我的脚，我已经感觉不到脚了，”艾萨克说，“冰，有个地方冰太薄，踩穿了，浸湿了脚。我的脚现在已经冻死，我走不动了。”

“我们不能在这儿停留，”萝拉说，“得找个地方隐蔽。”

“你走吧，我不行了。”

“我来看看。”萝拉拿火把照着艾萨克张着大口的破靴子，露出的肉已经乌黑，在河里出事前很久，那脚就已经坏死。她用她戴手套的手去焐它，想给它点温暖，但是没有用，脚趾成了冻僵的脆树枝，最轻微的压力也可能让它折断。萝拉脱下外衣铺在地上，把易娜放上去。孩子的呼吸急促而不规则。萝拉想摸摸她的脉搏，却摸不到。

“萝拉，”艾萨克说，“我再也走不动了，易娜就要死了。你只好一个人走了。”

“我是不会离开你们的。”她说。

“为什么不？”艾萨克说，“我就要离开你了。”

“也许吧。”她站了起来，开始从坚硬的地面掰出冰冻的枝条。

“烧火太危险，”艾萨克说，“而且，冰冻的枝条也点不燃。”

萝拉感到走投无路了，心里甚至升起了愤怒。

“你不能这么就放弃的。”

艾萨克没有回答。他手脚并用，吃力地撑起身子，终于站了起来。

“你的脚。”萝拉说。

“它不用带我走很远的。”

萝拉心慌意乱，伸手要抱易娜，艾萨克轻轻地推开了她。

“不，她跟我走。”他说。

他抱起孩子。孩子非常轻，几乎没有了重量。但他不是往他们前进的方向走，而是回头向河边跛去。

“艾萨克！”

艾萨克没有转身。他抱着小妹妹离开了河岸，往冰面踩去。他在往外面走，往河心走。河心的冰很薄。他妹妹的头靠在他肩膀上。他们在那里站了一会儿，冰呻吟了，破碎了，塌了下去。

晨曦刚洒满山脊，把闪着雨光的小巷变成银色，萝拉已回到了萨拉热窝。她知道不能只靠自己去到辽远的解放区，只好掉过头来往城里走。她沿着熟悉的街道走着，靠近房屋边沿一切能提供遮蔽，躲开细雨或不友好的眼光的处所。她嗅到了种种的气味：潮湿的人行道、腐烂的白菜、燃烧的煤。她非常饥饿。她湿透了，也绝望透了。她漫无目的地走着，终于发现自己来到了财政部的台阶前。那是她爸爸当初工作的地点。大楼静悄悄的，空无一人。萝拉爬上宽阔的台阶，伸手摸了摸门框上深色的浮雕，就一屁股坐到了门里。她望着雨点滴落，打着台阶，一滴雨形成一组同心圆，同心圆彼此融合，转瞬间就消失了。在山上时她把对家人的思念推到了心底，怕的是一打开伤感的闸门就难以堵住。到了这里，对爸爸的思念使她沉重起来，恨不得仍然是个孩子，受到爸爸的保护，获得安全。

她肯定打了几分钟瞌睡。从门后传来的沉重的脚步声惊醒了她。她往阴影里挪了挪，拿不定主意是跑掉还是留下。没有润滑过的金属嘎嘎地响着，门闩拉开了，一个穿工装的人出来了，围巾高高地捂住下巴。

那人还没看见她。

她打了个传统的招呼，“愿上帝拯救我们！”

那人回过头来，吃了一惊。见到那鬼魂样的湿淋淋的人形缩在阴影里，那人一双炯炯的蓝眼睛瞪大了。他没有认出她来。高山上那艰苦的几个月使她样子大变了。但是，她认识他。他是跟她爸爸一起工作的撒瓦，一个慈祥的老头。她叫出了他的名字，然后说了自己的名字。

他认出她后就弯下腰伸手把她搂进怀里。他的慈祥使她放下了心，却忍不住抽泣起来。撒瓦仔细看了看街头，确信没有人注意到他俩，这才搂着她抽抽噎噎的肩膀，领她进屋，关了门，闩上了。

他把她带进看门人的更衣室，用自己的外衣裹在她身上。他从杰兹瓦里给她倒了杯新鲜咖啡。她说得出话时，才告诉了他自己被游击小队遣散的事。在谈到易娜的死时，她再也说不下去了。撒瓦伸手搂住她的双肩，轻轻地摇着她。

“你能帮助我么？”她终于说，“如果不行，现在就请把我交给乌斯达莎，因为我再也走不动了。”

撒瓦望了她很久，没有说话，然后站起来，抓住她的手。他关上门，带她出了大楼。两人默默地走过了一个街区，两个街区。来到国家博物馆时，撒瓦带她进了看门人的房，让她在门边凹室里的长椅上休息。

他去了很久，萝拉听见附近屋里有人在走动。她开始猜想撒瓦是否就把她扔在那里了。但是因为疲劳和悲伤，她已经麻木，无法用行动解救自己了。她只坐着等候。

撒瓦重新出现时，有一位高个儿先生在他身边。那是个中年人，穿戴得很整齐，一顶圆筒形朱红土耳其帽扣在带了些银白的黑发上。他身上有点她似乎熟悉的东西，但又想不起在什么地方见过。撒瓦抓住她的手捏了捏，示意她放心，然后就走掉了。高个儿先生做了个手势，让她跟了他去。

两人离开了大楼，他让她上了一部小车，对她做了个手势，叫她躺下。直到马达发动，离开了街边，他才开始说话。他问她到过哪里，做过些什么，说时温文尔雅，轻言细语。

车没开多远他就停下了。他告诉萝拉躺着别动。他只离开了几分钟，回来时递给她一件穆斯林妇女的黑袍，又急忙让她躺好别动。

“愿上帝保佑我们，艾凡提！”

一个邻居从他身边经过，他对他开了几句玩笑，装作在车里寻找东西。那人一转过街口，他又开了后门，对萝拉做了个手势，让她跟他走。萝拉用穆斯林女黑袍遮住脸，像她常见的稳重的穆斯林妇女那样眼睛盯着地面。一进大楼他就匆匆地敲门，门马上开了。

他的妻子站在门里候着。萝拉抬头一看，认了出来。那就是她来收脏衣物时请她喝过咖啡的年轻太太。斯泰拉丝毫没表现出认识萝拉的样子。考虑到她外形的巨大变化，这倒也不奇怪。这一年的生活让她似乎长了好几岁，高瘦了，结实了，头发也剪短了，像个小伙子。

斯泰拉从萝拉那憔悴的面孔望向丈夫那关切的神情，有几分着急。他跟她用阿尔巴尼亚语谈了起来。萝拉不知道他们说了些什么，但是她看见斯泰拉瞪大了眼睛。他继续温和但急迫地说了下去。斯泰拉的眼里饱含了泪水，她用一张带花边的手巾擦掉眼泪，转向萝拉。

“欢迎你来我们家，”她说，“我的丈夫告诉我你受了很多苦。现在，你洗一洗吧，然后吃点东西，睡一觉。等你睡好了我们再商量怎样最好地保证你的安全。”谢立夫带着混合了温情与骄傲的表情望着妻子。萝拉看见了那目光，也看见斯泰拉回望他时脸上泛出的羞红。像这样受到爱宠，她想，真是美好。

“我现在必须回博物馆了，”他说，“要到今天晚上才会再见到你。我的妻子会好好照顾你的。”

对萝拉说来，温暖的水和浴皂的香味似乎已是下辈子的奢侈品。斯泰拉给她吃了热腾腾的汤和新鲜面包。萝拉饿得要死，却竭力控制住自己，慢慢地吃，虽然她大有可能双手捧起碗来就一口气吃个精光。她吃完饭，斯泰拉带她去到了一个小凹间。那里有一张婴儿床，一个婴儿正在午睡。“这是我的儿子哈比布，是去年秋天生的，”她说，又指着靠墙的矮沙发说，“这也可以做你的房间。”萝拉躺了下去，还不等斯泰拉取了被子来，早已经筋疲力尽地睡着了。

醒来时她仿佛在从深水里往上浮。身边的婴儿床已经空了，听得见柔和的话语声，一个着急，一个安慰，然后是婴儿咿咿呀呀的啼哭，又被抚慰得安静下来。萝拉看见床上放有给她准备的衣服，她很不习惯的衣服：阿尔巴尼亚农民妇女穿的全长裙；还有白色的大围巾，可以遮蔽她剪短了的头发，也可以拉到鼻梁上，遮住下半截面孔。她知道她那套几个月前用灰色毯子缝成的游击队劳动服，只好被化为灰烬了。

她穿上衣服，围巾不习惯，有点折腾。她走进满墙书籍的客厅时，谢立夫和斯泰拉挨在一起正专心说话。谢立夫一只手把儿子抱在膝头上（小家伙有一头浓密的黑发），一手牵住他妻子的手。两人立即缩回了手。萝拉知道，保守的穆斯林认为，即使是结了婚的夫妇，在别人面前表现身体的亲密也是不恰当的。

谢立夫对萝拉温和地笑了笑。“天呀！你可真像个地道的农民！”他说，“你不在意的话，为说明你的来历，我们对外就编这么个故事：你是斯泰拉家送来帮她带孩子的保姆。你要装作完全不懂波斯尼亚语的样子，这样，你就用不着跟别人说话了。斯泰拉和我跟你都说阿尔巴尼亚语，不管我们说什么，你光点头就行了。你能完全不离开公寓最好。那就连知道这儿有个你的人也少了。我们得给你一个穆斯林名字……你觉得‘莱拉’行不行？”

“我真不配这种大恩大德，”她低声说，“你们是穆斯林，竟会帮助犹太人……”

“可别这么说，”谢立夫见她几乎要哭了，急忙说道，“犹太人跟穆斯林都是亚伯拉罕的后裔，都是兄弟姐妹。你这新名字在我们神圣的《古兰经》的文字里是‘黄昏’的意思，在阿拉伯文和你们的神谕文字希伯来文里也是‘黄昏’的意思，你知道么？”

“我……我……我从没学过希伯来文，”她结结巴巴地说，“我们家并不虔诚。”她的爸爸妈妈去过犹太人的社交俱乐部，却从没上过犹太会堂。那几年还负担得起的时候，他们在光明节[①]设法让孩子穿上新衣服。除此之外，萝拉对自己的宗教知道得很少。

“是的，希伯来文是一种很美丽很迷人的文字，”谢立夫说，“之前，有个拉比[②]正跟我合作翻译一些文章和书……在我们遇到这场噩梦之前。”他伸手在前额揉了揉，叹了口气，“好人，一位了不起的学者，我为他哀悼。”

随后的几个礼拜，萝拉感到自己在适应一种不同的生活节奏。随着时间的流逝，她不那么害怕被发现了。不久，作为凯马里家孩子保姆的宁静安详的日常生活，似乎显得比她以前的游击队员的生活更真实了。她习惯了斯泰拉用新名字莱拉呼叫她时那温和的声音。她很快就喜欢上了斯泰拉，她那穆斯林家庭的物质生活显得保守，完全过着家庭的、个人的生活；但是作为有学问的家庭的女儿和妻子，她的智力世界却很广阔。对跟她父亲差不多年纪的谢立夫，萝拉起初还有点畏惧，但他那彬彬有礼的态度很快就叫她宽下心来。开始时她还不知道他跟她所认识的其他男性有什么不同，然后有一天，他耐心地启发她，听了她对一个问题的看法后，就仿佛认为她那想法值得思考，又再亲切地诱导她达到了更全面的观点，这才让她意识到那种差别是什么。谢立夫，她所认识的最有学问的人，从来没有让她感到自己愚蠢。

---

① 犹太人庆祝光明的节日。从犹太历基斯流月的第 25 日开始，持续 8 天。也叫修殿节。

② 犹太教的神职人员，一般精通律法。

凯马里家的生活是围绕两件事组织的：祷告和学习。斯泰拉一天五次停下手边的工作，仔细洗干净，抹上香膏，再把一张只用来做祷告的丝垫铺好，匍匐在上面，按宗教要求诵经。萝拉听不懂她的话，只觉得阿拉伯语那圆润的韵脚给了她安慰。

晚上斯泰拉绣花，谢立夫就给她朗读书本。起初，萝拉一到那时就带了哈比布走开。但是他们告诉她，如果她愿意，也不妨听听。她就坐在那圈黄色的灯光之外不远处，把哈比布放在腿上，轻轻地摇晃着他。谢立夫选择生动的历史或美丽的诗歌朗诵，萝拉觉得自己越来越盼望晚上那几个小时了。如果哈比布吵闹起来，她也只好抱他离开房间，谢立夫要么等她回来，要么给她概括介绍她所漏听的内容。

有时她半夜醒来，为梦中追逐她的德国猎犬，或在密林里蹿跌时小妹妹的呼喊吓出一身冷汗。有时却一次又一次梦见艾萨克和易娜消失到嚓嚓碎裂着的冰里。醒来时她把哈比布从小床上抱过来，搂在怀里，那胖乎乎的小身子轻轻压在她身上，让她感到安慰。

有一天，谢立夫很早就从图书馆回来了，既没有招呼斯泰拉，也没有问孩子的情况，甚至没有跟平时一样在门口脱掉外衣，就直接进了书房。

几分钟后他把她俩叫进了书房。萝拉不大进书房，书房都是斯泰拉自己收拾的。现在她看见了沿墙摆满的书。那里的书甚至比屋里别处的书还要漂亮和古老。那是五六种古代和现代文字的书，皮面的、闪亮的、手工装订很精美的书。但是，谢立夫那戴了手套的手却捧着一本装订简朴的书。他把它放到桌上，凝望着它表情跟凝望儿子的时候一样。

“今天费伯将军来博物馆参观了，”他说。斯泰拉倒抽了一口气，伸手摸了摸头。费伯是黑手部队[①]的恐怖将军，有谣传说，这次几千人的大屠杀都跟他有关系。

“没有，没有，没有发生什么可怕的事，事实上我倒觉得已经发生的倒是好事。今天在馆长的帮助下，我们设法保存了博物馆一件最珍贵的宝贝。”

他没有详细叙述那天早些时发生的问题，甚至没有让她们看看那《哈加达》的模样。但是那书的存在，在他房里和在他手里的存在，不知道怎么竟压倒了他的谨慎。他把它一页页地翻开，让她们欣赏那书的精美艺术，只告诉她俩，是馆长把那书交给他保管的。

谢立夫的上级约西卜·伯斯科维茨博士是克罗地亚人，他谈判时装出跟萨格勒布的乌斯达莎政权合作的样子，内心仍是萨拉热窝人。在转入博物馆行政工作之前，伯斯科维茨是古代钱币部的负责人。他在萨拉热窝名望很高，在文化大事里常常出面。他一头黑发，涂了喷香的发油，光溜溜地梳到脑后。他每周必要让指甲匠修指甲，把那当作一种固定的仪式。

费伯送去他要来参观博物馆的通知时，伯斯科维茨意识到自己那走钢丝的把戏要动真格的了。他的德语不行，就把谢立夫找到办公室，要求他做翻译。他和谢立夫的背景不同，智力上的兴趣也不同。但是两人对波斯尼亚历史和形成历史的多样性都有强烈的忠诚和挚爱。两人还有一个没有表明的共识：费伯所代表的正是对那种多样性的毁灭。

“你知不知道他想要什么？”谢立夫问。

“他没有讲，但是我认为可以猜到。我在萨格勒布的同事告诉

---

① the Black Hand Units，塞尔维亚秘密军事组织，成立于1901年。通常认为是他们引发了1914年的萨拉热窝刺杀事件。

我，他们搜刮了博物馆的犹太藏品。而我们这儿的藏品不知道还要贵重多少！这一点你知道，我也知道，他要的是《哈加达》，我相信。”

“约西卜，我们不能给他。他会破坏它的。他的人已经破坏了这城里所有的犹太事物。”

“谢立夫，朋友，我们还能有别的选择么？他也有可能不破坏，我听说希特勒计划在犹太人全部消失之后，成立一个绝灭民族博物馆，展出犹太人最优秀的东西……”

谢立夫拍着面前椅子的椅背：“这种人的堕落还有个完没有？”

“嘘，”伯斯科维茨举起双手让他的同事安静，声音也降低，变成耳语，“上个月在萨格勒布有人开玩笑，叫它 Judenforschung ohne Juden——没有犹太人的犹太人研究。”伯斯科维茨从桌子后面走出来，一只手放到谢立夫肩上，“如果你把这书藏起来，你可是在拿生命冒险。”

谢立夫郑重其事地望着他。“我们还能有什么选择？我是监管人。这书活了五百年，难道就要在我的监管之下毁灭？如果你认为我能允许这样的事发生，朋友，你就是太不了解我了。”

“那么，你就得做该做的事，但是要快，我求你。”

谢立夫回到图书馆，用颤抖的手取出一个匣子，他在上面写有标签：ARCHIVE DER FAMILIE KAPETANOVIC——TÜRKISCHE URKUNDEN（卡匹坦挪威茨家族档案——土耳其文文件）。他从匣子面上取出几张古老的土耳其文地契，下面是几个希伯来文古代典籍抄本。他取出最小的一本塞进裤子皮带，放下外衣，遮住了鼓起的部分，再把土耳其地契放回匣子，重新封好。

费伯很瘦削，骨头小，不太高，声音也温和，很少高于耳语。

这样，在他说话时人家就得非常注意地听。他的眼睛是不透明的玛瑙绿，镶嵌在鱼肉般的半透明的灰白色的皮肤里。

约西卜是靠他那迷人的、有时几近油滑的态度擢升为行政人员的。在他向将军彬彬有礼地表示欢迎时，他已经紧张得后颈窝流汗，感到刺痛了。虽然没有人知道。他为自己的蹩脚德语表示抱歉，说了许多不必要的道歉的话。这时谢立夫在门口出现了，约西卜介绍道："我这位同事是个了不起的语言学家，他令我相形见绌。"

谢立夫向将军走去，伸出手来。将军的握手意外地轻软。谢立夫感到软软的手松松地躺在他手里，同时意识到那书在自己腰间轻轻晃动。

费伯没有说明此行的目的，在令人尴尬的沉默里约西卜建议转一圈，看看他们的藏书。在他们穿过圆穹地窖时，谢立夫对不同的藏品作了学术性很强的解说，费伯跟在他身后，用黑手套拍打着苍白的手掌，没有出声。

他们来到图书馆时，费伯毫不客气地点了点头，第一次开口说话了："让我看看你们的犹太手稿和古版书籍吧。"谢立夫微微发着抖，从架上选来了几本，放到长桌上。一本是艾里亚·密孜拉席的数学教材；一本是珍贵的一四八八年那不勒斯版的《希伯来文阿拉伯文拉丁文字典》，还有一卷威尼斯出版的《塔木德》①。

费伯那苍白的手抚摩着每一本书，小心翼翼地翻看着。在他把玩着最罕见的古版典籍，观看着淡化了的墨水和精美的带纹理的羊皮纸时，他的表情出现了变化。他舔舔嘴唇，瞳仁像情人一样扩大

---

① 犹太教认为地位仅次于《塔纳赫》的宗教文献。源于公元前2世纪至公元5世纪间，记录了犹太教的律法、条例和传统，包括《密什那》《革马拉》《米德拉什》三部分。

了。谢立夫望向别处。他感到一种厌恶与受到伤害的混合情绪，仿佛在目睹一个淫秽的场面。最后，费伯放下威尼斯的《塔木德》，抬起头，狐疑地扬起一道眉毛。

“现在，请你，给我看一看《哈加达》。”

谢立夫感到一股滚烫的汗从背脊流下。他摊开双手，耸耸肩，说：“那不可能，将军先生，”他说。

费伯本来发红的脸突然煞白了。

“你这‘不可能’是什么意思？”费伯的声音平静，却阴森。

“我同事的意思是，”约西卜说，“您的一位军官昨天来过这里，要求把那《哈加达》交给他，说是元首的一个关于博物馆的特别计划需要使用。拿我们的珍宝用于这样的目的，我们当然会感到荣幸，于是把书给了他……”

谢立夫开始翻译约西卜的话，将军却打断了他。

“哪个军官？把名字告诉我。”他向约西卜走去。将军个子虽小，却突然变得威严起来。约西卜倒退了一步，撞在了书架上。

“长官，他没有告诉我名字，我……我……觉得凭自己的身份没有资格问他名字……但是，如果您能去到我的办公室，我可能给您条子，是他签了名给我当收条用的。”

谢立夫译完馆长的话，费伯吸了口气。

“那好。”他一转身就往门口走。约西卜跟谢立夫瞬间交换了个眼色，做出了平生最雄辩的表情。谢立夫以宁静得像平静日子的湖面的声音对将军说，“请，长官，随馆长去，他将带您从主楼梯上去。”

谢立夫知道他的时间非常短促，他希望自己正确理解了馆长的意思。他潦潦草草写了一张收条，在上面写好《哈加达》的目录号，然后换了一支笔，在下面潦草地签了个无法辨认的名字，叫看门人把它送到馆长办公室。“走工作用的楼梯，尽快飞跑，放到办公桌上他一进门就能见到的地方。”

然后他故意强迫自己缓慢地行动。他来到衣帽架前取下大衣和土耳其毡帽，然后出了图书馆，穿过大厅，来到博物馆大门。他望了望等候费伯的随行人员，点了点头，表示见到了。他才下了博物馆台阶的一半，又站住了，跟一个上楼去的同事磋商了点什么。他又从等候在街边的黑色员工车边走过，在他喜欢的咖啡馆站了站，微笑着跟熟人打了个招呼，像地道的波斯尼亚人的样子，慢慢地喝起了咖啡，品尝着每一滴。那以后，也只在那以后，他才往家里走。

谢立夫翻看着《哈加达》时，那插图之精美惊得萝拉倒抽了一口气。

“你应该为这书感到非常骄傲，”他对她说，“它是你们民族给予全世界的一个艺术精品。”

斯泰拉绞着双手，用阿尔巴尼亚语说了几句。谢立夫望了望她，表情坚定但是温和。他用波斯尼亚语说，“我理解你的顾虑，亲爱的，你有一切权利顾虑。我们已经掩护了一个犹太人，现在又在掩护一本犹太书，一个年轻的生命和一件艺术品，都是纳粹渴望得到的，都非常珍贵。你说你不担心自己的危险，为此我赞美你，而且为此而自豪。你为我们的孩子害怕，那是很现实的，我也为孩子害怕。我已经跟一个朋友一起安排了莱拉的事，明天我们就要跟那朋友见面，他要带她到意大利区的一个家庭去，那人能给她安全。”

“但是，这书怎么办呢？”斯泰拉说，“将军肯定会查出你在骗他。他们搜查过博物馆后会不会来搜查我们家呢？”

“不用着急，”谢立夫平静地说，“伯斯科维茨博士既然能从容镇定地说是费伯的人来拿走了书，就不会把我们交代出去。凡是纳粹都具有一种抢劫犯的心态，费伯也知道他的军官都受过盗窃掳掠的训练。那样的人他很可能有半打，他相信他们可能盗窃了那书，塞进了自己的口袋。不管怎么说，”说着他把小书用它那布裹了起来，“后天它就不在这儿了。”

“你要送它到哪里去？”斯泰拉说。

“我还不能肯定，最好的藏书地点是图书馆。”他考虑过把书放回博物馆，在几千本书里插进不该放的地点。但是他又想起了另一个小得多的图书馆，他曾在那里的一个好朋友身边读过书，度过了许多美好的时光。他对斯泰拉转过身来，微笑着说，“我要把它，”他说，“送到一个谁也想不到去看一眼的地方。”

第二天是星期五，穆斯林的安息日。谢立夫跟平时一样去上班，但到中午却请了假，说是要去参加社区祈祷仪式。他回到家里就把斯泰拉、哈比布和萝拉带走了。他没有去当地的犹太教会堂，而是开了车出了城，上了山。开车时萝拉抱着哈比布，跟他玩他喜欢玩的逮猫猫、打手心的游戏。只要可能就把他搂得紧紧的，努力把小脑袋的香味留进记忆里，那叫她想起新割的绿草的清香。路又窄又弯，很难走。现在正是盛夏季节，阳光浓得像奶油，照着一片片金黄的小麦地，也照着陡起的山崖间一湾湾梯田上的向日葵。冬天一到，冰雪就会封闭道路，直到冰化雪消。萝拉把注意力集中到哈比布身上，克制着因行车颠簸所引起的反胃和焦虑。她知道离开城市是聪明之举，因为在城里她随时都有被发现的危险。但她已经很不愿离开凯马里家。虽然除了心里的忧伤和如影随形的恐惧，在他们家的这四个月给她带给了从不曾经历过的宁静。

他们穿过最后那道狭窄的隘口，见到那花朵般开放在笔陡的峡谷口的乡村时，已是夕阳西下时刻。一个农民正赶了牛群从地里回家。唤祷声跟移动着的牛群的哞哞声和呜呜声融汇在一起。在山谷里，在群山环抱的幽寂中，战争和穷困似乎已是非常辽远。

谢立夫在一幢低矮的石屋前停了车。墙壁一律白色，精确地砌合在一起的石头全像复杂的拼图游戏。壁龛式的窗户又深又高又窄。厚重的百叶窗漆成了蔚蓝色，冬天可以拉下来阻挡风暴。蓝得更浓的野飞燕草绕着石屋丛生漫长着。一对粉蝶在花朵间懒洋洋地翻飞。一株古老的桑树在庭院里展开了枝桠。他们的车刚到，六七张小脸儿就在闪亮的叶丛间往外看。树上坐满了孩子，像站在枝头的色彩靓丽的小鸟儿。

孩子们一个个跳下树，围到谢立夫身边。谢立夫给他们每人都带来了糖果。一个像斯泰拉一样遮住脸的年龄略大的姑娘出来了，呵斥起孩子们的吵闹。“但是谢立夫伯伯来了！”孩子们激动地叫喊着。萝拉可以看见那姑娘在面纱上方的眼里露出了笑意。

“欢迎，非常欢迎！”她说，“爸爸去清真寺了，还没回来，但是牟尼布哥哥在屋里。请进来休息吧。”牟尼布，一个大约十九岁的文质彬彬的青年坐在桌边，一手拿放大镜，一手拿镊子，正在安装一个昆虫标本。桌上的虫翅残片闪着光。

听见妹妹的叫喊，牟尼布转过身来，因为干扰了他的注意力，他原有些生气，但一见到谢立夫，态度立即变了。“先生！多么意外的荣幸！”谢立夫深知他朋友的儿子对昆虫的强烈兴趣，在他读书的假期里曾在博物馆自然史部门给他安排过助手的职务。

“很高兴你还在坚持研究，不顾时世的艰难，”谢立夫说，“我知道你父亲仍然希望有一天能送你上大学。”

“安拉保佑。”牟尼布说。

谢立夫在一道穹顶窗户下的矮榻上坐定。牟尼布的妹妹把斯泰拉和萝拉带进了妇女的闺房。这时小孩子们送上了似乎没完没了的盘碟：葡萄汁（自家藤上的葡萄榨的），茶（在城里茶已成了珍宝），自己种的黄瓜，还有手工制作的种种糕点。

因此，在谢立夫·凯马里要求他的好友，牟尼布的父亲，村里的和卓保藏《哈加达》时，萝拉没有在场。她没有见到和卓脸上那份热情——他迫不及待地推开儿子在桌上干着的工作，腾出地方放下手稿。他翻开《哈加达》看时，眼里充满了惊奇。太阳落山了，房间沐浴在温暖的红霞里，尘埃在逐渐暗淡的夕照里闪亮地飘飞。一个孩子进了屋，用盘子送上茶，微风随着他推开的门吹进屋来，一小片绢蝶翅飘飞着，晃晃悠悠地落到《哈加达》翻开的书页上，谁也没有注意到。

谢立夫和和卓把《哈加达》带进了清真寺的图书馆，在一个高书架上给它找了个狭窄的地方，插在了伊斯兰法规典籍之间，一个不会有人想到搜查的地方。

那晚稍后不久，凯马里一家就下了山。刚回到城外，他们就在一幢有高耸的石壁的漂亮建筑前停了车。谢立夫转身对斯泰拉说，“现在告别吧，我们不能在这里逗留。”萝拉和斯泰拉互相拥抱。“再见了，妹妹，”斯泰拉说，“愿真主赐予你安全，下次再见。”萝拉的喉咙哽咽了，说不出话来。她亲了亲婴儿的脑袋，把他交给他妈妈，跟随谢立夫向黑暗里走去。

汉　娜

一九九六年春，维也纳

Parnassius.

用于蝴蝶身上，这可是个伟大的名字，带了某种崇高感[①]。我穿过博物馆修剪得整整齐齐的花园，向环形大道上飞旋的车流走去时，不禁感到兴高采烈。从没在书里发现过蝴蝶的残骸，我迫不及待地想到沃纳家，把这一切告诉他。

取得学士学位[②]后的游学奖金可以让我去任何地方，最合理的地方是耶路撒冷或是开罗，可我却去了维也纳。我下定决心要跟沃纳·马瑞亚·亨利希，或大学教授，教授先生，亨利希博士一起研究——他的这称呼是人家告诉我的。奥地利人跟澳大利亚人相反，坚持要把一个人所获得的头衔逐个地罗列出来。我听说过他在传统技术上的专长：在鉴定赝品方面是全世界最优秀的，因为他对最初的技术和原料的知识比谁都丰富。他还是个希伯来文手稿专家。而作为他那一代的德国天主教徒，这些特长就更令我着迷了。我提出要做他的学徒。

他对我的第一封信的回答是委婉的拒绝："猥蒙垂顾，深以为荣，惜处境未便"什么的。我的第二封信得到的是一种更简短更不客气的回绝。第三封带来的是颇为考验的一行字，译成澳大利亚话就是“没门儿”。可我仍然来了。我摆起碰大钉子的面孔来到他在玛利亚·特丽莎街的住处，求他收下我。那是冬天，我像大部分第一次来到酷寒地区的澳大利亚人一样，没做好应付严酷气候的准备。我以为我那件经过改进的极具魅力的皮夹克已是过冬服装，因为它在悉尼确实已经够用——我对那种寒冷没有丝毫概念。我一定是在他的门口全身发抖，露出了惨象。融化在我头发上的飞雪结成了小冰凌，脑袋一动就簌簌地响。他那内在的高雅教养使他无法赶走我了。

那几个月，我就在他那居室兼车间的房里研磨颜料、刮光羊皮纸、在附近大学图书馆的维护部门坐在他身边，我觉得所学到的东西比读我那几个正式学位所学到的总和还多。头一个月他很生硬，“西斯小姐”这个，“博士先生博士[③]”那个，正确却冷冰冰的。但是到毕业时，我已经成了他的“汉娜，亲爱的”了。我觉得我们彼此填补着对方生活里的空白。我俩在家庭方面都有缺陷。我从没见过我的祖父母，而他的家人也在德累斯顿轰炸和燃烧里死去了。他去过柏林，当然是在部队，虽然他从没提起。他也从没提起他在德累斯顿度过的、被战争缩短了的童年。即使在那段时间里，我也已懂得足够的世故，没有问起。但是，我注意到，每当我跟他一起从霍夫堡附近经过时，他总要绕道避开海尔登广场那英雄广场。我是在很久之后才偶然见到那张一九三八年在那广场拍摄的著名照片的。照片上挤

---

① Parnassius 来自 Parnassus，希腊中部的帕纳塞斯山，在希腊神话里是神灵居住的地方。

② 此处原文为 undergraduate（大学本科生），只能译学士，但显然与后面内容矛盾。疑为 postgraduate（研究生）之误。

③ Her Doktor Doktor，前面的“博士先生”在这里几乎当作姓名用了，后面的“博士”才是头衔。如前所说这是奥地利人的讲究，也说明沃纳的礼貌与对“西斯小姐”的生疏。

满了人，为希特勒宣布把他出生的国家[1]合并入第三帝国欢呼。不少人为了看得更清楚，还爬上了巨大的骑马人雕像。

到我离开沃纳到哈佛读博士时(没有他满腔热忱的推荐我很有可能落选)，他还常常给我写信，告诉我他正在进行的有趣项目，也在事业上给我提出建议。他来过纽约两回，我也从波士顿坐火车去见过他。但那已经是多年前的事了，因此我没有想到，他那瘦弱的身影竟然站在通向他公寓的大理石台阶上迎接我。

他撑一根白银镶头的乌木手杖，头发相当长，成了银白色，从前额梳向后脑，身穿一件天鹅绒的黑夹克，柠檬色滚边的翻领，脖子上系十九世纪的蝴蝶结：一条很长的花丝带在衣领下松松地结成，纽孔里还插了朵白玫瑰。我知道他很重视外表，因此我也特别注意打扮，让我的法式盘花头不光实用而且奇巧不俗，还插了朵紫红色的晚樱花，配我这黑色的头发。

“汉娜，亲爱的！今天你多美呀！多美呀！每一次见你，你都更可爱了一些！”他抓住我的手吻了吻，然后细看着我那皲裂的手，啧了一声。“我们这技术的代价！是么？”他说。他自己的手也很粗糙，疙疙瘩瘩的，但是我注意到他的指甲却是新近才修剪过的。而我的指甲呢，唉，却没有。

沃纳七十五六了，已经从大学退休，却仍然发表着不同凡响的论文，常常在重要的手稿问题上接受咨询。我在踏进他住宅的那一分钟就看出，而且嗅出，他还没有停止在古代书卷材料上的工作。高峻的哥特式窗前的长桌上仍然凌乱地放着玛瑙石，难闻的没食子，古代金箔匠的工具，按照各种需要准备的羊皮纸。我曾坐在那里，在他身边学到过许多东西。

---

① 希特勒出生在奥地利。

现在他有了个女佣，在他领我进入图书馆之后，送来了咖啡。那是我在世界上最喜欢的房间之一，因为那里的每一卷书都似乎能带来一个故事。

那浓郁的小豆蔻香让我再次成了个二十岁的学生。在他到耶路撒冷的希伯来大学做过客座教授之后，就按阿拉伯风格喝咖啡了——他跟巴勒斯坦人一起住在耶路撒冷老城的基督徒区。我每一次闻到小豆蔻香就要想起他和他那住处。沐浴着房间的是欧洲的灰色的光，让眼睛感到轻松，你可以连续几小时做精细的工作。

“嗨，见到你真是好呀，汉娜。谢谢你抽出时间绕道来迁就我这老头子。”

“沃纳，我很喜欢见到你，你知道的。但是我也有事希望能得到你的帮助。”

他的脸一亮，从扶手椅上靠过身来，“说来听听！”

我带了笔记，于是看着笔记告诉了他我在萨拉热窝的工作。他赞许地点了点头。“要是换了我，我也会那么做的，你是个好学生。”然后我就告诉了他绢蝶翅残片的事。那也很让他入迷。然后又谈到其他的艺术产品，那根白毛，那污渍和盐，最后，我谈到了那纸板上的奇特的凹槽。

“我同意，”他说，“他们肯定打算过用锁扣，”他抬头望着我，金边眼镜后的蓝眼睛炯炯有神，“可为什么又没有用呢？有趣极了，神秘极了。”

“你觉得国家博物馆对这本《哈加达》有影响么，还有一八九四年对它的修复？那是很久以前的事了……”

“对维也纳而言不算很久，亲爱的。我相信是有影响的。但是影响的好坏却是另外一回事。不过，手稿初发现时可是引起了严重的大惊小怪。第一部有装饰画的《哈加达》重新被发现，当今最前列的两位教授为做鉴定远道而来。博物馆至少留有他们的文件，我可以肯定。一个是牛津大学的罗斯柴尔德，对，没有错，我有把握。另一个是巴黎大学的马特尔。你能读法文，是吧？但是装订工的记录却很可能是德文——如果保存下来了的话。但是装订工也有可能没有做记录。第二次装订简直是瞎弄，你自己也看见的。”

“可这书为什么成了那么多人注意的中心呢，你觉得？”

“我认为存在一个由谁保管的争论。维也纳当然想保管，为什么不呢？它是奥匈帝国的首都，欧洲艺术精神的中心……但是要记住，那时的哈布斯堡王朝只是占领了波斯尼亚，在一九〇八年以前还没有兼并，而斯拉夫民族主义者却仇恨占领。”他举起一根弯曲的手指——那是他在遇见特别有趣的话题时的习惯动作。

“巧合的是，引起第一次世界大战的人正好是在《哈加达》到这儿那年出生的，你知道么？”

“你指的是在萨拉热窝刺杀哈布斯堡王朝那家伙的人？”

沃纳下巴一收，得意地笑了。他喜欢把别人不知道的事告诉别人。在这一点上谁都一样。

“总而言之，我认为这书终于还给了波斯尼亚国家博物馆，是因为害怕挑起民族情绪。我猜想那拙劣的装订就是维也纳的一种报复，一种狭隘的自大：既然要送到小地方去，马马虎虎装订一下就已经够了。但也还可能有更恶劣的解释。”他的声音降低了些，几个指头敲打着椅子的锦缎扶手。“我不知道你是否意识到，在上个世纪末的几年里，这里掀起过一个反犹太高潮。希特勒后来对犹太问题的说法和措施当年都在这里排练过，你知道。在奥地利长大的希特勒呼吸过那空气。《哈加达》来到这里时他应该是……我想想看，五岁左右，在布劳瑙，刚上幼儿园。这类事想起来多么奇怪……”他的声音渐渐低了下去。我们差不多开始接近了禁区，他抬头望着我说下去时，我觉得他在努力转换话题。

“告诉我，汉娜，你读过施尼茨勒的作品[①]吧？没有？一定得读读！不读施尼茨勒你就不可能理解维也纳人，即使到了今天。”

他摸到手杖，吃力地站了起来，缓慢而小心地来到书架前，指头沿着书脊摸过去(几乎全是初版或珍稀版)，“我只有德文书。你仍然不会读德文，是吧？非常遗憾。非常有趣的作家，施尼茨勒，极其色情——请原谅——描写自己的多次诱惑行为非常坦率。但是他也写了许多关于‘食犹人’[②]的崛起的作品。也就是吃犹太人的人，因为在他儿童时代‘反犹太主义’这个词还没出世。施尼茨勒是犹太人，当然。”

他从书架上取出一本书：“这书叫《我在维也纳的青年时代》[③]。版本很好，是学会版，施尼茨勒送给他的拉丁文老师一个叫约翰·奥尔的，‘谢谢您把您的奥尔风格传授给了我。’你知道不？我是在萨尔茨堡的一次教会书籍降价处理时淘来的，真怪，竟没有人发现……”他翻着那书，找到想找的那一段，“在这儿，他为自己写了太多的‘所谓犹太人问题’表示歉意。但是他说：不管一个犹太人已被同化到什么程度，却是谁也不准许忘记自己的血统。”他调整一下眼镜，大声地朗读着，翻译着，“即使你在行为上没有露出痕迹，人家仍然念念不忘；正如你即使麻醉了皮肤，也不可能睁大眼睛望着肮脏的刀子割破你的皮，连流出血来也满不在乎一样。”沃纳合上书。“这话是他在二十世纪初写的。考虑到随

---

① Arthur Schnitzler(1862—1931)，奥地利戏剧家，小说家，犹太人。以心理剧独树一帜，刻画了维也纳资产阶级的生活方式，代表作如《爱情游戏》(1896)、《自由游戏》(1896)，嘲弄了奥地利军队空洞的荣誉观。

② Judenfresser，德俚语，实际意思是“言辞激烈的反犹主义者”。

③ *My Youth in Vienna.*

后的情况，他笔下那意象真叫人心都凉了，是吧？……”

他把书放回书架，从口袋里取出一张熨得平平整整的白手巾，擦了擦额头，一屁股坐到圈手椅上，“因此，那蹩脚的装订很可能是因为装订工正是施尼茨勒笔下的‘食犹人’。”

他喝光了最后一口咖啡。“但是，也可能完全没有过这类事。那时即使是最蹩脚的装订能说明什么问题也不会有人意识到。旧装订被切掉和扔掉时，许多信息随之消失了。我每回在这样的书上下功夫时，一想到这类情况就很难过。非常可能的是，这书刚到维也纳时的老装订是用了某种形式的锁扣的，那可能是原版上的……但是谁也说不准……”

我咬了一小口被称作“多瑙河之波”的油腻得可怕的蛋糕。那是沃纳喜欢吃的食物。他站了起来，掸掉夹克上的蛋糕渣，拖着脚步来到电话前，拨了他在博物馆的联系人的电话。他激动地说了一番德国话，放下话筒。“那个部门负责人明天可以见你。她说从那个时期开始的文件归某个档案馆管，那地方和博物馆有一定的距离。她让他们明天把文件送到她那里去。你需要什么时候回波士顿？”

“还可以过两天再走。”我说。

“那好！你和我电话联系。对，如果你发现了什么，请告诉我，可以么？”

“当然可以！”我说完就起身离开。来到门口，我弯下身来。现在他有点驼背，比我略矮了一点，我亲了亲他那纸一样的面颊。

“沃纳，请原谅，我要问问你，你身体还好么？”

“亲爱的，我已经七十六岁，到了这个年龄还有几个人身体能好呀，可我倒还能凑合。”

我下楼时他站在门口。我转向了华丽的门廊，抬头一看，给了他一个飞吻。不知道还能再见到他不。

那天下午晚些时候，我坐在彼德教堂附近的小旅馆里狭窄的床上，电话放在膝头上。我非常想把蝴蝶的事告诉奥兹仁。但是，我从文件包里取笔记本时，装着阿利亚脑电图的信封却掉了出来。我突然因为不顾奥兹仁的意愿就闯进他的私人痛苦感到了内疚。如果他发现了我做的事，是极有可能大发脾气的。他是对的，那事跟我没有任何他妈的关系。虽然我非常想跟他谈蝴蝶翅膀的事，可我的欺骗却像块湿布悬在了我的头顶上。最后，我觉得他在博物馆的上班时间早该过了，这才鼓起勇气打了过去。他还在，加班。我匆匆说完了那书的消息，我能从他的声音里听出高兴。

“有个大问题是一向存在的：二战时期那《哈加达》在哪里？我们知道监护人设法对纳粹隐瞒了它的情况，但是有着不同的说法，有的说他把它混到一些土耳其文件里了；有的说他把它送到山上一个村子里的清真寺里了。你那蝴蝶翅膀似乎就是上过山的证据。我可以查一下高度，看看是否可以把范围缩小到某个村庄，然后打听，看那监护人跟哪个村庄有过特别的联系。要是能找到在战时保存《哈加达》的人，并向他致谢，那该是多么愉快的事呀！非常遗憾的是，那人活着时没人问起过他。二战以后他受了许多罪，共产党加给他的罪名是跟纳粹合作。”

“但是他保存了《哈加达》，怎么可能是合作呢？”

“还不光是《哈加达》，他还救了一些犹太人。但是合作者的罪名对共产党是有用的，他们可以借此摆脱太聪明、太信宗教、太直言不讳的人。而那人呢，三个特点都有。他跟他们做过很多斗争，尤其在他们打算拆毁老城的时候。他们有段时间曾经有过些可怕的市区重建计划。他帮助制止那疯狂，但是付出了代价。六年的单人监禁——绝对可怕的环境。然后他们又突然把他放掉了。那时就是那样子。他又得到了博物馆的老工作。但是，也许是监狱里的生活破坏了他的健康吧，一九六〇年代，他在长期卧病之后死去了。”

我用一只手揪着头发，固定头发的夹子给揪掉了下来。

“六年的孤独生活，我真不知道怎么能过下去，作为人。”

奥兹仁好一会儿没出声。“不知道，我也不知道。”

“我的意思是说，那跟他是军人不一样，甚至跟是政治活动家不一样……那种人是知道自己在为什么而斗争的，你看。但是，他只是个图书馆人员……”

这话一出口我就意识到自己像个白痴。奥兹仁不也“只是个”图书馆人员么？可那也没有阻止他在必要时挺身而出。

“我的意思是……”

“我明白你的意思，汉娜。因此，告诉我，你现在的计划是什么？”

“明天我就到博物馆去查档案，看看有没有关于锁扣的记录。然后我就要去波士顿两三天，我可以在那里的朋友的实验室里做些关于污迹的实验。”

“好的，有所发现就告诉我。”

“我会的……奥兹仁……”

“嗯？”

“阿利亚现在怎么样？”

“我们差不多读完了《小熊维尼》。我想随后也许给他读一点波斯尼亚的童话。”

在我口齿不清地答话时，真希望电话线的静电可以隐蔽我那反常的声音。

维也纳国家历史博物馆档案馆馆长茨威格夫人完全不是我所预期的样子。二十八九，穿十多岁姑娘那类格子花呢裙和黑色高统靴，挺刺激的蓝色紧身羊毛衫，衬托出一副令人嫉妒的身材。黑头发剪得参差不齐，间杂些深浅不同的红与黄的头饰。上翘的鼻子边还戴了个银珠。

“你是沃纳的朋友么？”这一问又吓了我一跳——在维也纳她是我唯一见过的对沃纳·亨利希直呼其名[①]的人。“他代表一种生活方式，对吧？那身天鹅绒套装，还有上世纪的全套行头，我简直服了他了。”

她带我来到博物馆后面的楼梯，走进地下室小屋群的迷宫。她的高跟长统靴踏在石地板上引起丁丁的回响。“对不起，带你到这样的垃圾堆里来了。”她打开门走进储藏室时说。那里的功能性金属架上放满了展厅的设备：拆散的旧架子，旧展板和展柜，还有一瓶瓶防腐剂。“我很愿带你到我的办公室去，但我那里实际上是成天在开会——员工评议时间，你知道，太……枯燥，”她骨碌碌地翻着眼珠，像个对抗爸妈指示的半大丫头，“奥地利式的官僚主义垃圾，知道吧？我受训练是在纽约，可我回到这繁文缛节的地方，真要命。”她皱了皱小鼻子，“我希望搬到澳大利亚去，纽约人都以为我是澳大利亚人，你知道吗，我一说起奥地利，他们就说，‘啊！多么可爱的袋鼠！’我就由他们那么想去。你们澳大利亚的名声比我们奥地利好得多了！澳大利亚！休闲，有趣。而奥地利呢，旧大陆，沉闷。我是不是该搬到澳大利亚去呢，你觉得？”我不愿意让她的理想破灭，所以没有透露一个事实：我在澳大利亚就没见过一个像她那样的高级档案人员有她那么毫不沉闷的。

房间正中的工作台上有一个档案箱。她掏出开箱刀，拆了封。

---

① 西方习惯，为表示尊重一般都称姓，还带“先生”、“博士”之类的称号。直呼其名表示亲昵或不客气。沃纳·亨利希是很受尊敬的人，她竟然这样叫他，所以令汉娜感到惊讶。

“祝你好运，有什么需要就告诉我。请代我狠狠地亲亲沃纳。”她关上了门，但我仍可以听见她靴子的丁丁声在走廊里逐渐远去。

箱子里有三个文件夹，我怀疑这一百年来是否有人看过。全都盖着博物馆的钢印，还有缩写字母 K. u. K.，是 Kaiserlich und Koniglich，“帝国与王国”的意思。哈布斯堡王朝在奥地利有皇帝的称号，而在匈牙利又有国王的称号。我吹掉第一个文件夹上的灰尘。里面只有两份文件，都是波斯尼亚文。可以看出，其中一个是出售合同，科亨家出售给博物馆。第二个文件夹里是一封信，字写得非常漂亮。幸运的是附有译文，说不定是为来访问的学者翻译的。我细看了英文译文。

写信的人介绍自己是个教师——因此字迹工整。他说他是萨拉热窝马达尔的希伯来文教师。译者在这里加了个注解，说‘马达尔’是西班牙裔犹太人办的小学。“科亨家族的一个儿子原是我的学生，把《哈加达》带给了我。这个家庭新近死了养家糊口的人，想把这书换成钱，买点东西，减缓经济压力……来征求我对这本书的价值的看法。我虽然见过几十本《哈加达》，有一些还很古老，可我还从没见过这种的插图本……我到这一家去了解更多的情况，却发现除了它在科亨家‘已经多年’之外，再没有关于这《哈加达》的任何资料。寡妇说她的丈夫曾讲，那书当年在他爷爷主持逾越节家宴时使用过。这就说明这书十八世纪中叶已经在萨拉热窝……她说，我还可以肯定，科亨那位爷爷是个领唱人，在意大利受过培训……”

我坐回椅子上。意大利。威斯托里尼写有 Revisto per mi（我审讫）的签名，这就把这本《哈加达》放到了一六〇九年的威尼斯。科亨爷爷是在威尼斯接受培训的么？那里的犹太人社区要比波斯尼亚的犹太人社区大得多，也繁荣得多。那城市的音乐遗产还很丰富。他是在那里得到这《哈加达》的么，说不定？

我想象着那家庭跟他们那书香门第的四海为家的家长一起坐在逾越节宴会席上的情况，想象着那孩子长大成了人，到时候埋葬了父亲，取代了他在宴会上的首席地位。很可能他死得非常突然，因为他的家庭落入了那样岌岌可危的境地。我为那寡妇悲伤。她只好一个人为哺育孩子，抚养他们成人而奋斗了。而更为悲惨的是，我意识到那些孩子们的孩子都一定已经绝灭，因为在第二次世界大战之后，萨拉热窝再也没有留下一个叫科亨的犹太人了。

我为自己记下一笔账，要查一查十八世纪亚得里亚海地区的犹太人社区的交流情况。也许意大利有个独特的犹太高等学校，波斯尼亚的歌唱队领唱到那里去培训过。如果能对于那《哈加达》来到萨拉热窝的情况做出有水平的猜测，倒是很不错的。

但是，这一切跟锁扣问题都没有关系。于是我把这文件夹放到一边，拿起另外一个。不幸的是，牛津大学波德利安图书馆近东古代手稿专家赫尔曼·罗斯柴尔德的字迹比那位希伯来文教师的难认了许多。他那份报告密密麻麻写了十页，非常潦草，也许还有波斯尼亚文，辨认起来非常困难。但是我很快发现，他根本就没有谈装订的问题。那些插图已经弄得他眼花缭乱。他的整个报告更像是一篇艺术史的论文，从中世纪基督教艺术的语境对那些小型插画进行美学的评价。我读完了他那内容渊博，行文绚丽的报告，抄下了几行，准备在我的论文里引用。但是这东西也跟锁扣没有关系。我把那文件放到一边，揉了揉眼睛。我希望他的法国同事的视野会开阔一些。

马特尔先生跟他的英国同行形成了鲜明的对比。他是逐条记录的，文字简练，只谈技术。一页又一页读得我直打哈欠。那种枯燥的常见的条分缕述：书页折叠，对折形式……我一直读到了最后一页。这时我却不打呵欠了。马特尔以技术语言描述了那破损的褴褛的羔羊皮书页的古老、脏污和破败的装订。他记录说麻线已经发毛或消失，因此折页已有好多叠跟装订彻底分了家。虽然惊人却还幸运的是：按照他的描述，书页完全没有遗失。

然后，有些短句就被划掉了。我拉低台灯，想看看是否能看清马特尔先生重新考虑过的地方。运气不好。我翻到书页背面，对了，他用力的书写在纸背上留下了尚能部分辨认的字迹。我对着可以认出的字母猜测了好几分钟。从反面辨识零碎不全的法文字句很考验人。但我终于把大部分文字读了出来，而且知道了划掉的理由。

"银锁扣氧化失效。双钩。有洞孔。机械疲劳。以 $NaHCO_3$[①] 稀释液洗涤，露出被翅膀裹住的花朵图案。镂雕术 = 硬印 + 金属细工。无纯度标记。"一八九四年马特尔先生在这博物馆里用软布和小刷子处理了发黑的古代金属，直到白银再次在阳光里熠耀。一向沉静的马特尔先生高兴得发了狂。

"锁扣，"他写道，"美丽绝伦的锁扣。"

---

① 碳酸氢钠。

羽毛和玫瑰

一八九四年，维也纳

维也纳是《启示录》的实验室。

——卡尔·克劳斯

“是格罗尼茨的接线员小姐么？我能有幸祝您享有一个美妙的下午么？您今天一定很愉快，我相信。电线这头的法朗兹·赫什菲尔德医生先生因为您帮助接通了电话，很愿在您手背上盖一个最为感恩的吻。”

“祝您享有一个快乐的下午，亲爱的维也纳接线员小姐。谢谢您的良好祝愿，请接受我最衷心的祝贺。为回答您亲切的关注，我很乐意指出：我今天过得非常惬意，也希望您和您的朋友同样享受这美好的夏日天气。作为我们这群人的卑微代表，我是否可以冒昧说明，伯爵阁下也盼望有机会加上他给您的良好祝愿和……”

法朗兹·赫什菲尔德让话筒离开了耳朵，拿铅笔在桌上敲着。他没有耐心听这种啰嗦不绝的社交玩笑，浪费时间。他心里闪过的话远远不是那么客气。他很想插嘴，让那些女人闭上鸟嘴，把电话接通。他的铅笔在镍质桌边上敲得太重，敲断了一截儿，飞过诊疗室，落到铺了白床单的检查台上。这些女人就不知道市外电话还有个十分钟的时间限制么？赫什菲尔德有时候似乎觉得，跟对方还来不及通话，规定的时间就浪费完了。但是上一次他跟一个接线员来了几句短的，她却立即掐断了他的全部线路。因此，他只好保持平和。

只不过再一次小小的不愉快，就像洗衣妇不理会他多次的专门指示，非得把衬衫领子浆到磨脖子的程度一样。这类烦心事在这个城市太多：纠缠不清的胁肩谄笑，勒得人憋气的流行衣领。老有问题纠缠本身对他就是一种纠缠。他已经三十六岁了，有了两个迷人的孩子，娶了个他至今心爱的妻子，还有一串情妇小心伺候，给他欢乐。职业上他很成功，甚至兴旺。此外，他还住在维也纳，那当然是世界上最了不起的城市。

赫什菲尔德听凭接线员小姐在辽远的电话线上懒洋洋地彼此问候，把目光从桌上抬起，望向带檐板的窗户之外。这城市很自信，在拆毁着自己中世纪城堡的墙壁，要用喜气洋洋的环形大道的崭新道路代替；它也很务实，正在以一片工业化的繁荣氛围拥抱尘土飞扬的地平线。

这就是他的城市，辉煌而壮丽的城市，一个帝国的首都。从提洛尔阿尔卑斯山越过波希米亚高地和匈牙利大平原，直到达尔马提亚海岸和辽阔的乌克兰金色的土地。它是文化的轴心，吸引着最优秀的知识分子和最富创造性的艺术家。就在昨天晚上他妻子安娜还拉他去听了马勒[①]很离奇的曲目的最新演奏。马勒难道不是从波希米亚之类的地区来的么？他俩还看了克里姆特[②]的画展。那可是别具一格。有人会说是艺术许可协议，他估计。那家伙对女性身体的结构有非常独特的构想。

维也纳并不是死水一潭，相反，这座城市以其伟大发明的疯狂强力脉动着，华尔兹，但是……

---

① Gustav Mahler(1860—1911)，奥地利作曲家，乐队指挥。波希米亚犹太人。
② Gustav Klimt(1862—1918)，奥地利现代派画家，作品带强烈的装饰趣味。

但是，七个世纪的奥地利王室以其过度的光辉把这个帝国首都罩住了；以其旋卷的灰泥建筑把它掩埋了；以其浓厚的香膏使它停滞了；以其金色的花边把它绾住了（哪怕是清洁工也佩戴肩章！）；以它这流水般的，不，瀑布般的圆滑礼仪把它弄成了个傻瓜……

“……如果赫什菲尔德医生先生方便，还能接电话的话，伯爵阁下将非常乐意……”

对，他会乐意的，赫什菲尔德想。小姐想得不错。伯爵会非常乐意的。非常乐意听说他在很忌讳的地方长了个疮。还不是急剧发展的梅毒，还不必使用几乎是毒药的汞剂治疗，或住进疟疾病房去感染高烧，把更糟糕的传染病烧掉。由于幸运，伯爵还没有向夫人作愚蠢而内疚的交代。医生建议他把身上那流脓的东西自己带走，到山庄里去，等到赫什菲尔德找到机会检查完他的情妇再说。

伯爵的情妇却是个天真的姑娘，年轻的肌肤很健康，她的故事可说是赫什菲尔德巧妙狡猾的打听的范例。她刚离开外科手术室——她轻微地哭过，矢车菊蓝的眼睛还红着。她们总要轻微地哭上几声的：受到传染了，就由于害怕而哭；没有受到传染，则因为放下心来而哭。但是这姑娘的哭却是由于屈辱。检查台床单上还留着她那苗条身段留下的凹印。她刚才就煞白得像床单。赫什菲尔德要求她张开大腿时，她发起抖来。这姑娘并非麻木不仁的欢场老手。赫什菲尔德体会到了她那屈辱，对她很体贴。在深入了解病人私生活细节时，有时是需要粗鲁的。但对这位娇弱的姑娘他用不着。那姑娘其实很愿讲述自己被引诱的简短历史。她的第一位是个文学界的绅士，碰巧也是赫什菲尔德的病人。他深知那人非常注意保护健康。他和姑娘的关系时间不长，就把她交给了伯爵照顾。

赫什菲尔德很细心，在私人日记里记下了她的地址。到适当的时间之后，在医患关系可以公开时，他就可以安排一次邂逅了。在这个城市里，比这更丑陋得多的事都可以做到。

伯爵那轰轰响的次中音终于震响在电话线上，代替了接线员小姐的呢喃碎语。不过赫什菲尔德说话仍然小心。接线员小姐们之喜欢偷听可是众所周知的事实。

“伯爵，你好。我只是想尽早利用机会告诉你，我们要想鉴定的植物很可能并非你所关心的入侵的野草，几乎可以肯定不是。”

他听见电话线那头的伯爵长吁了一口气。

“赫什菲尔德，谢谢你，谢谢你这么快就通知了我，这叫我一块大石头落了地。”

“不必客气，阁下。但那植物仍然需要耕作，”——脓肿还得开刀——“我们还需要注意。”

“我一回城就来看你。谢谢你，跟过去一样谢谢你的关照。”

赫什菲尔德放下了电话。关照，他们给他钱就是因为他的关照。所有的贵族老爷们，羔羊皮手套遮住了手心的皮疹。所有的道貌岸然的资产阶级都被紧身裤里搏动着的溃疡痛吓得要死。他很明白，他们好多人都不愿让犹太人玷污他们的厅堂，甚至不愿跟犹太人一起喝咖啡，但是他们却非常乐意把自己的私密器官交给他这个犹太人处理，把私生活的秘密向他透露。赫什菲尔德是头一家向全市患秘密疾病者宣传可以使用“与世隔绝”的候诊室的医生，但那还是他刚挂牌行医时的事，他不用广告宣传已经多年了。

关照： 在这座城市，关照是一种昂贵的商品。这里是肉欲的首都，谣言与诽谤是为社会引擎提供动力的燃料，而谣言的材料又比比皆是。皇太子跟情人在梅耶林的狩猎山庄结束自己的生命①已经六年，人民对那悲剧或闹剧（视人们的浪漫主义或愤世嫉俗心情而定）的谣传仍然未曾疲倦。皇室掩饰此事的决定当然只会把谣言之火扇得更加旺盛——这类企图只能如此。奥地利王室可能有权在半夜把玛丽·维兹拉的尸体用扫帚柄撑住身子运走，掩饰她已死去二十四小时的事实；可能把她的名字从奥地利的出版物上删去，却无法制止外国报纸找到门路跨越边境线，或钻到维也纳马车的座位底下。而赶车的却可以把它们送到过路的旅客贪婪的目光之下，卖个高价。

受过御医教诲的赫什菲尔德认识皇太子鲁道夫，而且喜欢他。他们俩同年，都有自由主义倾向。在他俩的几次接触里他体会到了皇太子所感到的巨大挫折，因为他只能扮演礼仪性的角色，只能在宴会和舞会上扮演个衣冠木偶，而等到咨询国家大事时他却受尽了排斥。那可不是成年人的生活。他等待着熠耀在他前途的命运，但是他每次向目标前进，那光辉却都后退。不过，赫什菲尔德仍然无法谅解那荒唐的自杀协议。对于那位在放弃了教皇宝座去做沉思者，却仍被打进地狱最底层的教皇，但丁是怎么说的呢？大体是：他受到了惩罚，因为他拒绝了为世界做善事的绝佳机会……自从皇太子惊人的死亡之后，维也纳就一直处于一种衰亡的过程之中，衰亡过程是情绪的，而不是物质的，几乎是看不见的。但是“食犹人”却一年比一年嚣张起来，因为那张提倡自由的面孔没有活下来瞪住他们。

谁会想到一个人的自杀（更恰当地说是两个人的自杀）能破坏整

---

① 梅耶林事件，1889 年 1 月，奥地利皇太子鲁道夫大公在距离维也纳 24 公里的梅耶林狩猎山庄，与女友玛丽·维兹拉殉情自杀。

整一个城市的情绪呢？维也纳对自杀案件很重视，尤其是带几分花哨的戏剧性的自杀，比如那位从高速行驶的火车上跳下的全身婚礼盛装的年轻妇女，或是那位在表演中途扔掉平衡杆从最高的钢丝上跳向死亡的马戏艺术家吧——观众为他鼓掌，因为他跳得那么潇洒。观众都以为那是表演的一部分，欢呼声是直到他那摔破的身体下流出了一大摊血时才转变成惊呼，而倒抽起凉气的，妇女们也把脸别开了。这时他们才明白，这人又给已为欧洲最高的自杀率增加了一个数字。

自杀和性病是维也纳人的两大杀手，从高门大第到蓬门小户。

赫什菲尔德写完伯爵的病历，让秘书呼叫下一个病人。他瞥了一眼那天的流水账。啊，对了，密托先生，书籍装订工，可怜的家伙。

“医生先生，赫什菲尔德队长来了，要见你。我让他先进来怎么样？”

赫什菲尔德发出了一声几乎听不见的烦恼的呻吟。大卫怎么会到诊所给他添乱来了？他希望他那一意孤行的弟弟能懂得点策略，离他这“与世隔绝”的候诊室远一点。密托先生是个神经质的小个子，严守传统，为辽远的青年时代的一次短暂的不检点付出了高昂的代价。他深为自己的状态感到难为情，其结果是在还有点希望的疾病早期羞于求医。他最害怕遇见的人正是国民步兵团的军官。

“代我向队长问好，但是让他等一等。密托先生早预约好了，必须给他先看。”

“好的，医生先生，但是……”

“但是什么？”赫什菲尔德把手指插进领子里，那领子浆得比平时还硬。

“他在流血。”

“啊，看在上帝的分儿上，让他进来吧！”

多么典型！他想。他这位同父异母的弟弟比他高了一英尺，但是小了足足十三岁。他弟弟大踏步进了手术室，抓住一块带血迹的丝绸，捂在雕塑般的面颊上。金黄色的大胡子上闪着几粒红宝石般的血珠。

“大卫，以上帝的名义，这回你又干什么了？又是决斗么？你已经不是小青年了。怎么就学不会管住点脾气呢？这回是跟谁？”

赫什菲尔德已经从桌子后面站起来，领弟弟来到检查台前。这时他才想起还没叫护士进来换被单。宁可安全，不可遗憾。他让弟弟往窗户前的椅子走去，然后从伤口小心地揭开了浸透血迹的丝绸，一个漂亮的蝴蝶结毁掉了。

“大卫，”他的话语沉重，带着责备，指头沿着弟弟右眉上的旧疤痕画了道弧线。“若是一道决斗疤痕，我看是可以原谅的，在你的圈子里甚至是可取的。两道就肯定是过分了。”他用酒精擦着新伤。他弟弟皱了皱眉头。又会变成疤痕，肯定。剑伤虽短，却是很深。赫什菲尔德判断，如果把伤口用胶布贴紧，再用绷带牢牢固定，是可以不用缝线的。但是他这位虚荣的弟弟能让绷带老贴在脸上么？很可能办不到。他转身取缝合用的线。

“你能告诉我么？是谁？”

“不是你认识的人。”

“啊？你要是知道我认识些什么人，是会大吃一惊的。梅毒并不尊重部队的级别。”

“不是军官。”

赫什菲尔德停了停，闪亮的缝合针尖悬在了他弟弟肌肤的上方。他把弟弟的脸转向自己。那双疲惫的眼漫不经心地凝视着他，那眼睛跟青年上尉那剪裁得体的夹克是同一种深蓝色。

“是个老百姓么？你也太过分了，可能惹大祸的。”

“我可不这么想。我无论如何也受不了他说出我名字时那样子。”

“说出你名字？”

“啊，行了，法朗兹。有些家伙读犹太人名字时那调调儿你是知道的，他们能把每个音节读成一出轻蔑的独幕闹剧。”

“大卫，你太敏感了，在什么地方都能听出藐视来。”

“你当时没有在场，法朗兹，在这个问题上，你这种情况下不能对我作评判。”

“对，这一回我不在现场。但是以前，我都是看见的。”

“好吧，就算我太敏感吧，就算我在名字的问题上错了吧，随后出现的事却证明了我没有错。在我把他叫出来以后，他却宣布我没资格要求他解释清楚，因为我是犹太人。”

“他是什么意思？”

“他当然指的是《威德霍芬宣言》。”

“什么宣言？”

“哎呀，法朗兹。有时我真不明白你是在哪座城市里生活。《威德霍芬宣言》在维也纳成为每个咖啡馆的谈资已经好几个礼拜了。那是德国的民族主义派别对一个他妈的事实的反应。那事实是，在大学和军官团队里许多犹太人已成了娴熟而危险的击剑手。因此，他们不得不在越来越多的挑衅面前保卫自己。总之，那宣言宣称：犹太人自出生之日起就无荣誉可言，犹太人是分不清干净和脏污的。从种族看，犹太人天生就是可耻的劣等人种，因此，对犹太人无侮辱可言。犹太人无论受到什么侮辱也不能要求说明道理。”

法朗兹长长地吁了一口气，“天呀。”

“你懂了么？”大卫笑了，然后，由于裂了口的皮肤的抗议，他做了个鬼脸。“就连你，我明智的哥哥，也可能抓起解剖刀去跟那家伙干的。”

带反讽意味的是，大卫·赫什菲尔德跟法朗兹不同，他反而不是犹太人。法朗兹的母亲因肺结核去世后一两年，他爸爸就爱上了一个巴伐利亚的天主教徒。为了追求她，他改信了基督教。他们的儿子大卫就是在星期日的馨香和新砍来的圣诞松的气氛里成长的。这位在维也纳城防部队里升起的新星，半巴伐利亚血统的金发蓝眼的人，只有一个东西是犹太的，那就是他的名字。

“还有呢。”

“还有什么？”

“还有谣言说我要给赶出西里西亚俱乐部。”

“大卫！他们不可能。你是他们中的第一名，从中学起就是。是因为最近这次……冒险么？”

“不会，当然不会，在西里西亚，每个人都在某个节骨眼上和人非法决斗过。但是我那巴伐利亚的妈妈再也提供不了足够的纯洁血液，对抗我们的父亲的污染了。”

法朗兹再也找不出话说了。他弟弟如果被赶出俱乐部，就会被毁掉的。俱乐部也将失去它最优秀的赛手。如果大卫没有错，如果他不是过分敏感的话，情况就比他所能够想象的要糟糕多了。

他那一天的最后一个病人被叫进来时，赫什菲尔德已经是心不在焉。

“很抱歉，让你久等了，密托先生，但是来了个急诊病号……”这时他抬起头一看，注意到了密托走路时的步伐。那人恶化的状态立即使他十分注意。密托那僵硬的双腿分得很开，他在体检台前紧张地站住了，手里扭着帽子。他那一向就窄的脸拉得更长了，灰白色。衬衫上有一个不太寻常的污迹。赫什菲尔德想起来，密托对衣着是特别挑剔的。赫什菲尔德对他温和地说："请坐下，密托先生，告诉我你怎么样。"

"谢谢，医生先生，"他小心地爬上台子，放松下来。"我一直不舒服，很不舒服。"

赫什菲尔德进行了检查，他知道会发现什么：严重的肿大，几个关节部位都可以触及，视神经萎缩，肌肉衰退。

"你还坚持工作么，密托先生？一定很吃力的。"

那人眼里闪过几分畏惧。"啊，坚持的，我非工作不可，必须。没有选择，哪怕他们串通一气跟我作对。收入多的工作给自己人，剩下的才给我……"密托突然住了嘴，伸手捂住。"我忘了，你……"

为了不让两人尴尬，赫什菲尔德急忙插嘴，"你的视力退化得那么严重，精细工作怎么能做得下来呢？"

"缝缀的工作有女儿帮忙。我能信得过的就只有她了。别的徒弟都联合起来反对我，他们什么都偷，连麻线都偷……"

赫什菲尔德叹了口气。妄想型幻觉跟身体残废的病征一样，都是这病三期的症状。他不知道密托在受到这种损害后，是否还有人向他订货。他一定有个很信任他的客户群。

密托突然清醒地盯着他，声音降到正常的音调。"我感到头脑不行了。没办法治了吧？"

赫什菲尔德转过身去，走向窗户。他应该告诉他多少？他能接受多少？他不愿向病人谈尝试性的治疗方案。他们也许不能充分理解自己所冒的风险和那没有把握的回报。而且这类治疗又很猛烈，只能在晚期和垂危病人身上应用。可是，不治疗就是把可怜的密托交给痛苦的衰败，直到被死亡赶上。

“有一个办法，”赫什菲尔德终于说了，“我在柏林的一个同事正在研究。有希望获得效果，但是治疗面广而且痛苦，我担心会很贵。它要求在一年之内注射四十次。我那同事研究出的药剂以砷化物为基础，毒性很大。他的想法是：那合剂伤害身体有病的部分比伤害健康的部分厉害，而健康部分以后还可以恢复。但是，效果可能严重。注射部分的痛苦倒是常事，跟治胃功能紊乱时一样。但我的同事曾经记录下惊人的疗效。他甚至宣布过几个痊愈的病例。可我必须警告你，下那样的结论为时尚早。”

密托的模糊的目光露出了强烈的兴趣。“你说过‘很贵’，要多少，医生先生？”

赫什菲尔德叹了口气，说了个数字。密托双手捧住头。“我没有那么多钱，”然后，他就像个孩子似的呜咽起来，赫什菲尔德不知所措了。

赫什菲尔德不愿让那天的最后一个病号失去希望，他不愿意带着失落的心情离开诊所。他原打算去看情妇的，但是来到路口要向她那条街转弯时，他却犹豫了一下，径直往前走了。那不光是因为密托，已经十个月了，罗撒琳那肥臀的丰满的美让他厌倦了。是时候换个地方了……一个眼睛如矢车菊般蓝的形象蓦然闪过他的脑际。长身玉立、娇颤依人。他懒洋洋地猜测着伯爵要多久才会厌倦她。不要太久，他希望……

那是夏末的一个愉快的黄昏。西沉的斜阳温暖着几个冷冰冰的雪花石膏水泥裸塑——她们在阔绰的新公寓柱顶的挑檐上嬉戏。这种楼谁会买呀，他猜想着。新的工业阶级，说不定，希望在物质上接近霍夫堡。那是他们唯一有希望的办法。那些人的财富的总和也无法使他们跻身贵族阶层的。

暖意吸引着人们上了街，赫什菲尔德为人群的多样感到愉快。这边是一个家庭，妻子戴面纱，丈夫戴筒形平顶毡帽，说不定是从波斯尼亚远道来看这个帝国中心的——他们的土地正是在这帝国的保护下失去的。那边，是个波希米亚的吉卜赛女人，衣服边缘闪亮的金属片随着摇曳的步伐叮当作响。还有一个是乌克兰农民，肩上骑着个红脸蛋的小男孩。德国的民族主义者若是想清除这个国家的异国影响，首先应该清除的就是大量的彰明较著的外国因素，然后才能轮到犹太人。他弟弟大卫这样的完全同化的犹太人离得就更远了。但是，一个声音仍然对他唠叨着。波斯尼亚人和乌克兰人在艺术界，工业界，金融界都不占支配地位。有几个花哨的游客在城市风景线上可算是别致的因素，也许连德意志民族主义者也觉得有趣。而叫他们吃不消的却是犹太人在奥地利各种活动里的杰出地位。到现在，他们甚至在部队军官里也出人头地了。

赫什菲尔德曾亲眼看见环形大道的林荫路的莱檬树苗和槭树苗扎下根，现在它们已经长高了，可以在路上投下一排排稀疏的阴影了。有一天它们是会浓荫密布的，说不定他的孩子还可以享受到……

他想回家，去孩子们那儿，对，就这么做。说不定向妻子建议，全家人到朴莱拓公园[1]去逛一逛。他要跟她谈谈大卫，她会理解他的关心的。但是他回到家里时，妻子却不在，孩子也不在。女仆说赫什菲尔德太太到赫茨尔[2]家去了；保姆也带孩子们到公园呼吸新鲜空气去了。赫什菲尔德很不痛快，虽然也觉得自己那情绪没

---

① Prater，维也纳的中心公园。

② Theodo Hertzl（1860—1904），犹太复国主义的奠基人。

有道理，因为他自己也经常说这时在诊所回不了家，不过，他仍然想跟妻子在一起，而且已经习惯于要什么就有什么了。赫茨尔那老婆索然寡味，她究竟喜欢她什么呀？而赫茨尔又看中了他老婆什么呢？但是就在赫什菲尔德提出问题时，他已知道了答案。

赫茨尔太太那白肤金发的美和她那轻佻的画过的指甲，对黝黑的西奥多的拉比式的庄重是一种十足的陪衬。他抱着朱丽的时候看上去就不那么像犹太人了，法朗兹也意识到对于他那文化人朋友而言，这就越发显出了重要性。但是那女人太沉默寡言，她的整个存在似乎就局限在时装里。他那有教养的、体贴的妻子很难觉得她有吸引力。安娜竟然会在他需要她在家时把时间浪费到这种没有用的友谊上，也是他的另一种烦恼。他走进寝室，扔掉领子很讨厌的衬衫，穿上吸烟便装，好过一些。他从左到右扭着脑袋，放松受到拘束的脖子。他来到大厅里，叫来了一杯荷兰产杜松子酒，钻进报纸里看他的新闻去了。

安娜从门口闪过时没有看见他。她低着头，双手正忙着取发夹，宽边草帽落下时她转过身来对着厅道里的镜子。法朗兹看见了映在镜子里的她。指头在随着草帽落下的丰厚发环里忙着时，她还在为一个私人笑话发笑。法朗兹默默地放下酒杯，来到她身后，伸手抓住她几绺鬈发，用手指背沿着她的脖子摩擦着。她吃了一惊，颤抖了。

“法朗兹！你吓了我一跳！”她抗议道。回过头时她的脸红扑扑的。但是，光这一点还不足以让那不愉快的判断穿透赫什菲尔德的心。她还没转过身，他已注意到她紧身胸衣背后一个细棉布裹的小扣子扣错了扣眼。她的女仆一向挑剔，绝不会容许这种错误出现的。这样一件小事，一个小小的漏洞，泄露了一场严重的背叛。

赫什菲尔德双手捧着妻子的脸盯着她打量。是她的嘴唇磨伤了松弛了，还是他的想象？他突然不想碰她了。他放开她的脸，垂下手，在裤缝上擦着，似乎想擦掉什么脏污。

“是赫茨尔？”他咝咝地说。

“赫茨尔？”妻子的眼睛打量着他的脸，“是的，法朗兹，我是去看了赫茨尔太太，可她不在家，所以我就……”

“不要，不要撒谎。我这一辈子都是在性放纵者、戴绿帽子的和堕落的女人之间度过的。”他用拇指使劲地摁她的嘴唇，在牙齿上摁破了它，“你让人亲过，”他伸手到她脖子后，使劲拉扯那细棉布，把扣子从管住它的细扣袢里扯了下来。“有人脱过你的衣服，”他靠近了些，“有人操过你。”

她后退了一步，发起抖来。

“我再问你一句，是不是赫茨尔？”

她棕色的眼里闪满泪光。“不，不是赫茨尔。是你不认识的人。”

他发现自己重复着几小时前才对他弟弟说过的话，“我认识的人可以吓你一跳。”他的心里满是形象：伯爵那灌脓的凹陷的生殖器；一个姑娘那腐烂的阴唇上流着的黄脓；折磨着可怜的神志不清的密托的肿瘤。他无法呼吸了，他需要空气。他转身离开了妻子，砰一声带上身后的门，走了出去。

罗撒琳已经放弃了晚上见到赫什菲尔德的希望。她正在打扮，要去音乐会。前一天晚上，在一个私人沙龙里，有个迷人的第二小提琴手在演奏贝伦朵夫四重奏时老是越过琴弓望她。演奏结束后又找到她，特意告诉她今晚要在音乐协会金色大厅表演。她在耳根抹了香水，正考虑是否拿她那柠檬色的紧身真丝胸衣冒险，扎上个带小蓝宝石的胸花时，仆人却通报赫什菲尔德来了。她略感到几分愠怒。他为什么没有在往常的时间来？他一身便装就冲进了她的闺房，看去很古怪，脸上还带着一种古怪的表情。

“法朗兹，你怎么这么奇怪！可别告诉我你是穿着这东西就上街的？”

他没有回答，只是用不耐烦的手指解开短外衣的饰扣，扔到床上，向她大步走来。他把她长袍的带子从肩上抹下，以几个月来从未表现过的情急亲吻起她来。

罗撒琳接受了，不是参与了，随后的并不温柔的交合。事后，她手肘撑着头问道，“出什么事了？愿意告诉我么？”

“没事。”

她等了一会儿，但是他没有再说什么。她站了起来，把刚才掉在地上的长袍捡起来，继续穿衣服，准备去金色大厅——如果她快一点，还可以在第一次休息时间前赶到。

“你要出去么？”他似乎不高兴了。

“对，如果你继续躺在那里，绷着张石头脸，我是绝对要出去的。”她现在已经生气了，“法朗兹，你注意到没有？你已经一个月没带我去过任何地方了，也没有带给我礼物，让我笑过一回了。我觉得我应该度个假了，我可能去巴登的温泉疗养地。”

“罗撒琳，求你了，现在别去。”他有些愠怒。分手得由他决定，而不由她。

她拾起胸花，蓝宝石配柠檬色很好看，而且能引人注意到她那灵动的眼睛。她把胸花扎进细薄的丝里。“那你得给我提出个留下来的理由，我的朋友。”

说着她就站起身，把一件轻便的披肩披到凝脂般的肩上，离开了房间。

伏洛瑞安·密托在逐渐暗淡的暮色里朝一棵纤细的莱檬树抓去，想稳住自己。这时戴毛皮帽的哈西德派①教徒们从会堂里一拥而出，刺耳的意第绪语的唧呱声充满了街道。他的步子太不稳定，不敢迎着人流走，只好等候他们过去。在他生长的奥地利北部那个城市，犹太人是要向基督徒让路的，就是说那些人得等候他先过去。毫无疑义，维也纳太自由化了，竟然容许这些犹太人忘了自己的地位。难道他们就没有个完？那天不是星期六，因此他估计一定是个什么犹太节日，出来了那么多人，还穿那么古里古怪的漂亮服装。

说不定那正是让他重新装订的书所庆贺的那节日。他不知道，也不想知道。有了那份工作他就很高兴。他们给他的是犹太人的书，一本命定了要塞进外省博物馆的偏僻角落的书，这事很少见。他当年曾加工过皇家收藏的珍品，最精美的圣诗集，最漂亮的祈祷书……可是，博物馆已经好几个月没把东西往他这里送了。因此，一味回忆往昔是没有用的，他只好尽力而为了。他已经在木板上开始重新装订了。木头锯好了，槽也打好了，准备装锁扣了。从那些锁扣看，那书原来的装订一定漂亮得惊人，能媲美任何皇家藏品的。四百年前就那么阔绰的犹太人，他们一直就知道怎么搞钱！可他伏洛瑞安·密托怎么就不行呢？让装订赶上那标准，那是他努力的方向。给博物馆馆长一个印象，证明他不是往垃圾堆扔的东西。他必须接到更多的工作，积攒起钱来，让犹太医生给他治病。当然，那医生很可能在费用上撒了谎。要是对犹太人，他是不会要那么吓坏人的高价的，他可以打赌。吸血鬼，全都是吸血鬼，靠着基

① 一般指德国路德宗教会中的一派，虔敬派。其参与者主张认真攻读《圣经》，敬虔侍奉，过圣洁生活。

督徒的痛苦养肥的。

密托一肚子怨气，又害怕，又痛苦，沿着街道走着。他害怕必须转身往广场转去的时刻。那小小的广场简直就像撒哈拉大沙漠，要穿过去太困难了。他沿着广场边沿，紧靠着建筑物的墙壁走。因为那样在大风突然刮来时才能够庆幸自己有栏杆可抓，不至于被吹倒。他终于来到了自己的大楼。他跟厚重的大门进行了搏斗，才筋疲力尽地靠到楼梯脚下的栏杆柱上。他在那里喘过气，休息了很久，再鼓足勇气慢慢往上爬。他害怕楼梯，他看见自己就死在楼梯脚下，脑袋撞成一团渣，一条断腿奇形怪状地弯着。他抓住栏杆，像登山运动员一样将自己一把一把地拽了上去。

公寓里黑而且臭。是常有的牛羊皮味和糨糊味，还加上没洗的衣服和腐烂的肉的更强烈的臭味。他点燃一盏煤气灯(他只点得起这一盏)，然后打开女儿留给他的一片羊肉。啊，那是几天前的事了。那丫头对他怎么这么马虎？现在他所有的一切就是她了，自从她妈妈……自从丽萨……

一想起妻子，一阵内疚与悔恨就闪过他心头。他给她的是什么样的结婚礼物呀！他女儿知道了么？如果让女儿知道了，她是会受不了的。可那也许就是她疏远他的原因，她只在义务要求的最低限度内帮助他。很可能的是，他让她恶心了。可以肯定的是，他让自己恶心了。就像那羊肉一样，腐烂了，从内里腐烂了。那羊肉已经带绿色，摸着黏糊糊的，可他仍然把它吃了下去，因为他再没有别的食物。

他打算重新开始干活。他在一块破布上擦了擦手，向工作台走去。那书就放在工作台上，等着他去收拾。它已经多少年，多少个世纪没有修补过了。这正是他露一手的好机会。赶快做好，让他们看看，就会有更多的订单来了。耀花他们的眼吧！那才是他必须做的事。但是光线太弱，疼痛又在胳臂里上下游走，一刻不停。他坐下来，把灯拉近，抓起刀子，却又放下了。他要干的是什么？第一道工序是什么？是把夹板卸下来？是把叠页拆散？还是准备糨糊？他重新装订过的书有好几百本，宝贵的，珍稀的书，但是他突然把工作程序全忘光了。那程序对他原是像呼吸一样自然的。

他把脸埋入双手。昨天他突然想不起怎么烧茶了。这么简单的工作！他不用想就会做的事。一天烧几次，一辈子的大部分日子都烧的。但是，昨天烧茶的问题出现在他眼前时，却像可怕的楼梯一样，梯级太多了。他把茶叶放进杯子，把糖放进了茶壶，让开水烫了手。

如果能说服犹太医生治好他的病就好了。他必须保留剩下的心力，保留剩下的体力。除了钱他还必须给医生一点能拿得出手的东西。没有，他没有。犹太人感兴趣的只有钱。必须有他可以卖掉的东西。他想到了妻子的结婚戒指。可是女儿已经拿走了，很难要回来。而且也差得太远。一个不很好的戒指。她值得更好的东西，可怜的丽萨，已经死去的可怜的丽萨。

有这样的担心不断咬啮着他的心，他怎么还能思考呢？怎么还能工作呢？他还是睡一会儿吧，睡过了就会好些的，就能回忆起来，做下去的。

接近中午的阳光终于在跟窗上脏污的斗争中取得了胜利，伏洛瑞安·密托醒了过来。他躺在那里眨巴着眼睛，衣服完全没脱。他努力整理着凌乱的思绪。他想起了那本书，然后想起了头天晚上那恐惧。他是怎么想起自己已经想不起来的呢？那些逃掉的事实仍然那么飘忽不定。一个人怎么会可能把一辈子的技术都忘掉了呢？那知识到什么地方去了？他的思想像是一支撤退的军队，老在对敌人让出阵地，敌人就是他的病。不，那还不是撤退，这几天已经不只是撤退，而是溃退了，更像是溃退了。他转了转僵直的脑袋。工作台上横着一段光线，像黄色的彩带，照在还没有碰过的破败的书的凄凉的封面上，然后在刚清洗过的银锁扣上灼灼地闪光。

是赎罪日，可赫什菲尔德没有斋戒。种族团结是一回事，他已按义务上过会堂，对应该点头的人点过头，然后才抓住第一个机会溜了出来。而不健康的斋戒却是另外一回事。他认为那是原始时代的古老的迷信习惯。安娜一般都同意他的看法，但是今年她却斋戒了。她一只手按着太阳穴在屋里徘徊，直到白天过去。脱水性头痛，这是赫什菲尔德给她下的诊断，只是没说出口。

天光在逐渐暗淡，孩子们挤在阳台上等候着第三颗黄昏的星星闪亮，那是斋戒结束的信号。他俩是在幼儿园茶点后才停止进食的，只才短短几个小时。但是他们喜欢那套仪式的排场。先得尖叫几回，错误地警报几回，然后才送上盛满美味(罂粟子蛋糕和新月形糕饼)的银盘，正式允许进食。

赫什菲尔德把一小方安娜喜欢吃的果子奶油蛋糕放进盘子，从水壶里给水晶杯倒了水，送到妻子面前。他对她的激怒突然平息了，突然得连自己也吃惊。他不禁无限地赞美起自己的宽宏大量和成熟通达来。他从没想到过自己竟会是这么个世故深沉的人。在发现问题的那天上午回家时，他见到了眼泪汪汪，满心忏悔，一肚子乞求的安娜，这对宽恕肯定起了作用。可奇怪的是，别人对安娜产生情欲的事实却燃起了自己的情欲。在他从她那饥渴的唇边亲到点甜蜜的蛋糕渣时，他不禁沉思了： 性的欲望确实令人销魂。那位弗洛伊德的住房就在他家附近，他一定得多认识认识他。那人写的东西有的确实充满了真知灼见。他几乎忘记了远在巴登的罗撒琳或是眼睛像矢车菊般蓝的姑娘了。

“我不知道，密托先生，我以前还从没收过这样的诊费……”

“请你，医生先生，这是从我们密托家族的《圣经》上取下来的。请你务必看一看，非常精美的。”

“很精美，可爱，密托先生，我对银匠工艺虽是一窍不通，但这东西的细节是谁也能欣赏的……是能工巧匠的活儿……艺术家的活儿，的确。”

“全是纯银的，医生先生，不是镀银。”

“啊，我绝对没有怀疑，密托先生。问题不在这里。只不过我……我们……我们犹太人，总体而言都没有家用《圣经》的。我们的摩西五经都保存在会堂里，而且在任何情况下都是卷轴本……”

密托皱了皱眉头。他几乎脱口而出，想说这锁扣就是从犹太人的书上取下来的，但是他不能透露那事实，否则就会暴露出自己的盗贼面目了。他曾说服自己，博物馆不会有人想起那锁扣的；即使想起了，他也可以否认那东西曾到过他手上，也可以把嫌疑往外国学者身上推。这是不是表现了他的利令智昏或铤而走险呢？

谈判进行得不顺利，密托在座位上挪了挪，他一直相信那贪婪的医生会像澳大利亚的园丁鸟一样，本能地扑向那白花花的银锁扣的。

“即使是你们犹太人也必然有某种……祈祷书的，对吧？”

“当然是有的，我们有，比如我做祷告就有一本《西都尔》[①]。

---

① 犹太教所用的祈祷书，内收家庭礼拜和会堂崇拜的全部礼文。

过逾越节我们还有《哈加达》。但是我从来没想到它们配得上用银子做锁扣。平常人家的版本，我担心是，当代的装订。应该有好一点的，我估计。我常常打算……”

话说到一半，赫什菲尔德住了嘴。倒霉。这个小矮子又要哭了。女人的眼泪是一会事，他已经习惯了，也不在乎，在一定的意义上说，那眼泪甚至可以迷人。你可以乐于安慰妇女。但是男人的眼泪却叫赫什菲尔德畏惧。他第一次见到男人真哭是在他妈妈死去那晚的爸爸。那叫他非常难受。他曾经以为爸爸是打不倒的硬汉子。对他说来，那天晚上他受到了两方面的损失：他爸爸那没有抑制住的悲伤把他那小孩子的眼泪变成了歇斯底里的号啕大哭。而从那晚以后，他跟他爸爸就再不曾像从前那样对待彼此了。

而这回这哭也叫人难堪。赫什菲尔德不自觉地用双手捂住了耳朵，想堵住那哭声。太可怕了。密托哭成这样子，他有多么山穷水尽！连家里的《圣经》都舍得这样破坏！他有多么走投无路！

于是，赫什菲尔德冲破了多年的训练和经验所筑成的壁垒。他在眼前那嘶哑的哭泣的人面前暴露出了自己。他被感动了，不是作为医生被病人感动了，产生了安全的有益的同情，而是作为人，让自己对别人的苦难产生了充分的感同身受的体验。

“好了，密托先生，没这个必要。我马上就和柏林的爱尔利希医生联系，为你要一个疗程的他那种针剂。下礼拜初我们就可以开始。我不能保证疗效，但我们可以希望……”

“希望？”伏洛瑞安·密托抬起目光，接过医生递来的手巾。希望，那就够了。那就是一切。

“你真是那意思？你愿意？”

“是的，密托先生，”在望见他那耗子样的瘦削面孔的变化时，赫什菲尔德再次感到了宽宏大量的情绪的冲击。他站了起来，把锁扣拿到手上，绕过办公桌，来到密托抽抽噎噎坐着的地方。他正准备把锁扣还给他，让他装回应该装的地方去。

这时一道光线在银锁扣上一闪。多么娇弱的玫瑰！罗撒琳，他必须在她从巴登回来时送她个告别礼。尽管不是从头到尾无懈可击，毕竟应该好聚好散，做得漂亮一点。他把锁扣换到另一只手上，更仔细地研究了一下。对，有技术的珠宝匠是可以把玫瑰做成一对耳环或完美的胸针的——他还认识那么一个工匠。罗撒琳的美是高大型的，夸张的。她就喜欢这种精美的小东西做首饰。

说到底，他有什么对不起密托的家庭《圣经》的呢？那书至少还存在，不像多少世纪以来在密托先生的教会的命令下送进火里的堆积如山的《塔木德》和其他犹太书籍。那《圣经》没有了锁扣又有什么关系？他要使用的爱尔利希医生的针剂可是特别昂贵的。给罗撒琳的耳环只是他必须付出的费用的一部分。他再看了看那锁扣，注意到用以包围玫瑰花的羽毛有一道弧线，令人联想起收起的翅膀。那东西不加以利用是多么可惜呀！说不定珠宝匠还可以拿它再做一对耳环呢。一时间他又想起了小鸟一样的娇弱的肢体和矢车菊一样的蓝色的眼睛。

不，不是给她的。现在还不能给她。也许永远不能了。多少年来他还是第一次不那么迫切地需要情妇。他有安娜。一想起她，想象着被一只陌生的手抚摩着，他就被欲望压倒了。他笑了。再恰当不过，一对翅膀，在他自己那堕落天使的黑发间闪亮。

汉　娜

一九九六年春，维也纳

我放下报告时手在发抖。到哪里去了，那对银锁扣？连马特尔这样的干棍子老头也被打动了，多么美丽呀？那么，把他的记录划掉的又是谁呢？

我的心在一个一个的情节间飞掠。那书到达时已经松散了，发了黑，还有层脏污覆盖，它的价值未必能直接显露。科亨家为什么没有擦亮它呢？说不定他们根本没意识到那黑色的金属是银子。马特尔说的是“失效”，“机械全疲劳”，这很可能意味着那锁扣已经扣不住，失去了把羊皮纸压平的作用。总之，马特尔把它们从书上拆下来清洗过，再交给了装订工，要他在重新装订时再装上去——如果锁扣交了出去的话。也有可能是马特尔太喜欢，就顺手留下了。可是不，那不可能。木板上有槽，装订工准备好了使用锁扣，因此马特尔不可能是小偷。

那么，锁扣送到装订铺去了。或者没有送去。说不定送到银匠铺修理去了。那么，随后的问题是：它们回到博物馆没有呢？我从匣子里取出最后的一个文件夹。

一共有十份文件，全是德文。有一份似乎是账单，或发票，写得非常潦草，但是有签名。有个名字，有名字你就该祈祷上帝。名字可能像线团的线头，能带领你走出迷宫。账单上有潦草的旁批，是另一种笔迹，却清楚得多。其他的文件是维也纳国家博物馆跟波斯尼亚地方博物馆之间的往返信件。读完日期我看出，其间有好几年的时间。好像是关于收回《哈加达》的安排，此外，我见到的只有一团漆黑。

我必须找茨威格夫人。可事实上我没有去找她。我不能在腋下夹着别人的文件箱在别人的博物馆里走来走去。我还不能留下箱子没人管，而我又不能等待。到我终于找到她的办公室时，她正跟一个头发灰白的小个子谈得很融洽。那人灰色头发，灰色服装，连领带也是灰色的。走廊里还有个浑身黑衣的长青春痘的青年在排班，等着见她。茨威格夫人像一只被错关进鸽子房的彩虹小鹦鹉，见我晃来晃去，就做了个手势：再有几分钟就完。

说到做到，她带点匆忙地打发走那灰头发的人，然后请年轻的黑衣先生再等一等。我们进了她的办公室。

我关上门。“啊！”她说，“我相信这意味着你发现了一个丑闻。相信我，我这地方正需要！”

“啊，我不知道，”我说，“但是我弄清楚了，那书来到这里时有一副银质的锁扣，而且从全部资料看来，这书离开时，锁扣已经没有了。”

我迅速概括了读过的材料，把德文文件递给了她。她取出一副绿镜框的阅读镜，往她那滑雪台般的鼻子上一放，正好挂在鼻尖上。如我所料，发票是装订工开的，有一个名字，或是一部分名字。“某某某 · 密托。字签得太潦草，前一半姓名我看不清楚。但是密托……密托……我以前见过。我认为他是博物馆频繁使用过的一个装订工，在某个时期……我似乎想起他跟皇家藏品的关系。很容易查出来，我们去年刚把全部记录输进了电脑。”她对桌上的电脑转过身去，敲打起来，“有趣，伏洛瑞安·密托——教名是伏洛瑞安。根据这资料，他给博物馆完成过四十多项业务。但是你猜怎么回事？”她戏剧性地停顿下来，手一推，身体离开了电脑，让办公椅转了个圈，“《哈加达》是最后一项。”她转身对着发票，“这个写在边上的附注很有趣……从口气看来，是个很有地位的人写的。他发出了指示：这份发票先不付账，把显然存在的问题查清后再说。”

她细看了其他的信件。“这些信也很奇怪。这一封是一长串借口，说明《哈加达》那时不能送还波斯尼亚的原因。理由很蹩脚，大部分是……国家博物馆似乎是在拖延送还的时间，而波斯尼亚方面则……你们是怎么说的？是说 piss[①] 还是 pissed？”

“澳大利亚人说‘pissed off’（生了气），光说 pissed 就是醉了——piss 原是酒的意思。To take the piss 的意思是：找出人来，拿人开涮。”（我干吗跟她扯这些？）

“因此波斯尼亚人非常 pissed off，我从字里行间的猜测是：密托偷了银质锁扣，或是把它弄丢了，代价是从此得不到博物馆的业务了。博物馆怕惹恼了波斯尼亚人，把这事保了密。但是他们也只好尽量拖延归还《哈加达》的时间，希望到归还时不会有人再注意那对黑黢黢的破旧锁扣已随着新的装订而消失。”

“这样看来，他们倒很幸运，”我沉思着。“历史帮了他们一个大忙，我只好说。等到那书终于回到老家时，知情人已经全部死掉，或忙别的事情去了……”

“说到忙别的，我还得忙一个愚蠢的估价问题……你什么时候

---

① 表示厌恶的话，（感到）恶心，讨厌。

回美国？我可以给你找到密托，需不需要？”

“啊，太好了，麻烦你了！”

“另外，今晚让我带你出去吧，到维也纳的某个地方。在那里你绝不会遇见不愉快的事，我还可以绝对保证你听不到华尔兹。”

在茨威格夫人带我进行的后半夜漫游里，我们去了几家歌唱器乐俱乐部，一个爵士乐地下室，和一个概念艺术创作室——有一个概念艺术家光着身子像小鸡一样给捆住，从天花板上倒吊下来。那晚的大事之一是他对下面的观众撒了一泡尿。这一来我就只好一觉睡到波士顿，浪费了头等舱票。我倒不如坐牲口舱回去，跟他妈的平时一样。

我取道隧道从洛根机场来到哈佛广场。我讨厌在波士顿坐汽车，交通阻塞让人恼火，还有司机那咄咄逼人的态度。新英格兰人把马萨诸塞州的司机叫“麻省钻洞客”。那里有一大堆别的理由叫你不去那里：隧道。确实极难避免，你遇见的总是“单行道”，“禁止左转弯”，然后你就往张大了嘴的洞钻进去。一般说来我并不反对隧道，我胆小，没那勇气。比如，我在悉尼的海湾隧道就不觉得有问题。不过，悉尼那下面的隧道干净，明亮，让你有信心。但是进了波士顿隧道，你却真有点毛骨悚然。光线阴暗，砖瓦渗着水渍，似乎波士顿港在往里面渗透(因为通过爱尔兰黑手党诱骗城市购买的那类不达标的水泥)，看上去随时都有裂口的危险，像斯皮尔伯格电影里的玩意，那冷冰冰的海水的奔腾咆哮就将成为你最后听到的声音了。我的想象力越发不可收拾了。

隧道是美国最老资格的地下体系，它既然维持了这么久，首先总能建造得不错吧，我估计。我从机场出发的地铁逐渐上满了学生。他们的T恤似乎全带有信息，彼此像萤火虫一样打着招呼。“骄者必蠢”，有一个上面写着；背后是“全面者锋芒必敛”。另一个是，“世上只有十种人，懂二进制者与不懂者[①]”。两个人都在麻省理工学院站下了车。

有时我想，如果你把全部大学和医院从大波士顿区拿走，剩下的部分大体就只够凑成六个街区了。哈佛大学横跨河流区域两岸，这一面通麻省理工学院，那一面通波士顿大学。三所大学校园都绝对辽阔广大。然后是布兰迪斯大学、塔夫斯大学、韦尔斯利女校。还有一串小家伙，莱斯利呀，爱默生呀什么的，共十来所，都是你从没听说过的。吐口唾沫都能砸到一个博士。我现在就是因为一个博士来到这里的。我从伦敦来的机票是一位亿万富翁买的，麻省理工学院的数学天才。他发明了一种运算法则，计算出了一个数据，可用于所有的硅片上的某个拨动开关，或那类东西——人家给我解释时我没太听懂，我也没跟那天才富豪面对面地谈过话。他作了安排，让哈顿的图书馆人员给我看他感兴趣的圣书抄本。我在图书馆开门时去了，我有充分的时间作鉴定，然后就利用上午时间去看我妈妈。

她在我悉尼的留言机上留下过话：我飞回来的那天上午，她只有很短的喝茶时间有空。我简直可以听见她脑子里的打算：“也许她不会查她在悉尼的电话，那我就可以不用见她了。”但是我在离开维也纳时查了悉尼的留言。我听见她那心不在焉的试探的声音时忍不住笑了。“逃不掉的，寇克船长[②]，”我嘟哝道，“在波士顿你可是非见到我不可了。”

---

① 二进制的二相当于十进位的十。所谓十种人，实际上是两种人。

② Captain Kirk，影片《星际迷航》里的寇克船长。

但是，要找到她那地点可是煞费工夫。波士顿的医院也跟那里的大学一样彼此交融：麻省总医院，布利安及妇科医院，丹纳·法布尔医院。简直就是个献身于疾病的庞大工业园林。会议中心是专为各种疾病修建的复杂庞大的医学会议大楼的一个分支。我问了四次路才终于找到了报告厅——她说她就在那里。我在登记处取了一份日程表，发现为她安排了令人艳羡的机会作主题发言——在大会没人发言的时候。不太辉煌的星星们为了引起注意，只好跟别的医生的陈述进行竞争了。等而下之的则只好跟十来个人一起到某大厅里去为自己的研究成果打广告。

妈妈的报告标题低调：《庞大的动脉瘤，我如何处理》。我溜进去在后排坐下。她在讲坛上，奶油色开士米衬托出她那运动员的身材，颇为潇洒。她发言时走来走去，炫耀着那两条长腿。演说厅里的人几乎全都到了头发稀疏的年龄，也几乎全穿着皱巴巴的黑衣服。妈妈让他们听得出了神。在她展示着自己最新的研究成果时，他们不是狂喜地呆望着她，就是发疯地记着笔记。那成果跟她率先使用的一种新技术有关。她不用开颅，只用一种导管蜿蜒进入脑里，再把金属小螺旋管射进肿瘤，封闭它们，使它们不至于爆开。

她是那种罕见类型的人：仍然研究着“手术台与病床”的药物，在实验室里发展出技术，到手术室里应用。我个人的感觉是：她对科学的严峻比对跟实际病人的往来更感兴趣。她有一种倾向：认为病人只是一张清单，记录着一组组复杂的数据和问题，而不是有追求和有情感的人。但是她仍然喜欢趾高气扬地夸耀自己是个第一流的外科医生，第一流的女外科医生。

“你认为我这都是为了我自己么？”有一天我感到心情阴郁，曾指责她喜欢医院里每个人向她顶礼膜拜时的感觉，她说。“我这不是为了自己，而是为了每一个护士或女实习生。人家瞧不起她们，侮辱她们，摸她们的屁股，怀疑她们的智慧，她们只好忍气吞声。我这是为了你们，汉娜，为了你们这一辈的妇女，让你们在工作地点不再受到骚扰，不再被人色眯眯地打量。我这样的女性就是为斗争而活着的。我现在处于支配地位了，我不准任何人忘记这个。”

我不知道这整个的利他主义的夸耀有多少真实性，但我知道她自己是确信无疑的。总之，我喜欢她在这样的背景下听别人提问，虽然我的眼睛回避着她身后的大屏幕上那些黏糊糊滑溜溜的器官。她完全控制着她的资料，亲切地、有说服力地回答着她认为提得好的问题。但是提出半生不熟的问题或怀疑她的结论的人可就倒霉了，她会带着迷人的微笑盯着他，可你听到的却是加快着转速的链锯。她声音里不带丝毫愠怒或傲慢，却将对手来了个五马分尸。若是对学生这么做我可真有点于心不忍，但是在这个满是笨蛋的房间里，另当别论。他们应该是跟她旗鼓相当的专家，因此挨那切割倒也天公地道。她确实知道如何掌握群众，她的报告结束时那欢呼声更像是在摇滚乐现场，而不像在医学会议上。

人们还在鼓掌，我已经溜了出来，坐在会议厅的长椅上等候。她出来了，一群崇拜者簇拥在她身后。我站了起来，进入了她的视线。我正准备加入对她那杰出的报告唱赞美歌者的行列，她已发现了我。事实上她的脸色阴沉下来，我看出她确实希望我找不到她。可她随即省悟了，改变了表情，恢复到刚才的样子。那变化几乎有点滑稽。

“汉娜，你竟然赶到了，太好了，”别的医生散了后，她立即说，“你脸色太苍白，亲爱的，你确实应该找点时间出门散散步。”

“对，是的，工作，你知道……”

“当然要工作，亲爱的，”她那双用棕色眼影衬托得愈加明亮的蓝眼睛从我的靴子打量到头顶，又从头顶打量了下去，“我们都有工作，对吧？可那并不意味着就不能出门锻炼锻炼了。我能找到时间，亲爱的，你也肯定能找到的。总之，你最近那本小破书怎么样了？卷了角的书页收拾平顺了没有？”

我深深地吸了口气，让她感到她那话起到了作用。在我达到此行的目的之前，我不愿惹她生气。她望了望表，“非常抱歉，我没有更多的时间。我想我必须到咖啡馆吃茶点了。我的会‘背靠背’。今晚还非得参加一个晚餐前的小饮会不可。他们请来了一位尼日利亚作家作主题发言，叫瓦利什么的。就因为目前的神经外科大会的主席是尼日利亚人，我们就必须在波士顿找一个默默无闻的非洲人，在十来个说英语的当地作家提出问题时，至少可以出面作答。”

“不，沃莱·索因卡[①]是诺贝尔文学奖得主，真的，妈妈，而且在尼日利亚，人们也确实说英语。”

“好的，这类事你当然懂。”她已经把一只手放到我穿短外衣的背上，推着我沿走廊走去。

“我，唔，我不知道，我有几张透视片。关于一个在萨拉热窝跟我一起工作的人，图书馆长。他的孩子在战争中受了伤，肿了……我不知道你可不可以……”

她在走廊里站住了。一分钟的沉默。

“啊，我明白了，大驾光临，总是会有道理的，这我早就知道。”

① Wole Soyinka（1934— ），尼日利亚戏剧家、小说家和诗人。1986年诺贝尔文学奖得主，也是第一位获此殊荣的非洲作家。

“啊，可别这么讲，妈妈，你可以给我看看这透视片么？”

她一把抓过我手上那马尼拉纸信封，回头沿着长廊走去。我们不得不走了一英里路，才来到通向医药建筑群的人行天桥。我们进了电梯，快要关门时一位穿睡衣的老先生却朝我们踉踉跄跄地赶了过来。我有个朋友为摆出不让门关上实际上却想关上的模样生造过一句话——“抓门作样”，我妈妈那“抓门作样”是“抓”得最蹩脚的。那门对着老笨蛋的脸关上了。我们让一层层楼往脚底默默地下沉，然后她向一个实习医生打听在什么地方可以找到灯箱。我等着。

她打开一个开关，一堵耀眼的白墙出现了。哗啦，哗啦，哗啦，妈妈让片子对着灯光，对每张片子望了大约两秒钟。

“完了。”

“什么？”

“孩子完了。告诉你那朋友，他现在还是拔下插头的好，给自己省点医疗费。”

我的愤怒急剧上升，又强烈，又痛苦。叫我最气愤的是，我竟然感到眼里有了泪珠。我把片子从灯箱里取了出来。我确实愤怒得手腕都软了，几乎无法把片子装进信封。“你这是怎么回事了，妈妈？你学临床态度课时逃课了么？”

“啊，汉娜，看在上帝的分儿上，医院里每天都在死人，如果我每看见一次不幸的片子就伤心得说不出话来……”她夸张地叹了一口气，“这类道理你要是医生就会明白的。”

我无法回答，我太难受，只别开脸擦着眼泪。她伸手拉我转身对着她，打量着我的脸。

“可别告诉我，”她说，声音里浸满了轻蔑，“可别告诉我你跟那孩子的父亲有什么关系，一个来自东欧穷乡僻壤的衣衫褴褛的书呆子。萨拉热窝不都是伊斯兰教徒什么的么？就为这才打起仗来的，对吧？可别告诉我你跟一个伊斯兰教徒搅到了一起。事实上，汉娜，我还以为我把你培养成了女权主义者，划得清那线了呢。”

“培养我？你？”我把信封往桌上啪地一扔。“你从来就没有培养过我，除非你把给女管家签支票就算作培养。”

我早晨醒来时她已经走了，我上床前她很少回来。我早年对她最生动的回忆就是半夜时分车道上的尾灯。我们家有一道自动开关的门，经常轧轧作响，把我惊醒。我在床上坐起来往窗外望，向开走的弼马仕挥手。有时我再也睡不着了，就哭起来，女管家格丽塔只好睡眼惺忪地进到屋里说：“你知道吗，今天晚上你妈妈在救人的命呢。”于是我就因为希望她留在家里而感到了难为情(我希望她睡在隔壁房里，我可以爬上床，躺到她身边)。她的病人比我更需要她。这是格丽塔常说的话。

妈妈把一只手放到光溜溜的头发上，似乎在整理她那已经无懈可击的发式。我总算有一回抢到了她身边，我为此感到几分满意。但是她很快就已经是重整旗鼓了——她这人从来寸步不让。“对，我从来就没有使你产生过过分的自怜。我怎么会知道你在这个病例上的感情投入呢？你一直对我说你是科学家，所以我就把你当科学家对待，请原谅。啊，坐吧，看在上帝的分儿上，别对我瞪眼了，人家还以为是我杀了那宝贝孩子呢。”

她从桌后拉出一张椅子，拍了拍，我警惕地坐下了。她坐到桌面边上，把一条匀称的腿跨到另一条上。

“我要说的话很简单，用门外汉朴实的大白话说：孩子这地方的脑部组织已大部分死亡，海绵状混乱。如果你继续用人工维持生命，就会加剧肢体的挛缩，在皮肤上出现褥疮溃疡，在胸腔和泌尿器官出现感染，那是一场旷日持久的斗争。孩子已经永远醒不过来了。”她手心向上，摊开双手，“你既然要征求意见，这就是我的意见。那里的医生肯定已经把这话告诉了那位爸爸，对吧？”

“是的，但是我还以为……”

“如果你是医生的话，就不会‘以为’，而是‘知道’了。”

我们一起吃了茶点——别问我为什么。我们进行了例行的谈话，问了问她发表的论文，它什么时候可以出版。她是否回答了，我已经没有印象。我不断地想起奥兹仁和倒霉的小熊维尼。

我乘哈佛交通车过河回来见到拉兹姆斯·卡纳哈时，还在回味着那问题。卡纳哈是佛格艺术博物馆①的文物维护专家组组长，我读博士后时的老同学。他在事业上提升很快，作为美国最古老的艺术研究中心的负责人，他很年轻。他是从化学途径研究文物维护的，跟我一样。但在这方面，他跟得更紧。他以分析海洋环境中的二氧化碳和脂肪质著名。这研究带来了一整套处理海难获救艺术品的新模式。他是在夏威夷长大的，这也许说明了他对海洋情有独钟的道理。

佛格博物馆的保安措施非常严密。道理很明显，这个博物馆收藏了全美国最优秀的印象派和后期印象派大师的杰作，还有若干幅毕加索的惊世骇俗的作品。参观者的通行证里都有电脑芯片之类的东西，它们跟踪着我在大楼范围的一切行动，还得拉兹姆斯下楼来亲自签名，接我进去。

拉兹是人种不明的前卫人物之一，我希望再经过一千年融合，我们注定会变成他那类杰出的混血儿。他的皮肤是从父亲遗传来的

---

① 属哈佛大学，1895 年创办。为历史博物馆性质。特色是绘画与印刷品的收藏。以其古典美术、钱币、文物维护、伊斯兰文化与东方艺术、摄影与印刷研究著称。

融浑的山胡桃色。他父亲一部分是美国的非洲裔人，一部分是夏威夷的土著。而他那黑而直的光亮的头发和杏仁形的眼睛却来自他的日本外祖母。而他那眼睛的冷冰冰的蓝色又来自他妈妈，一个瑞典的风帆冲浪赛冠军。我们在一起读博士后时，我曾对他着迷，可那也只是一种平淡、轻松、有趣的关系，没有附加的含义。有时他坐上海上营救用的快艇到什么地方长期搜集研究资料去了，回来后我们又恢复了关系——也许又并不恢复，视双方当时的心情而定。即使有一个因有别的事中止了来往，也不会引起什么芥蒂。

哈佛那几年之后，我们也常见面，关系仍然松散。他跟一个女诗人结婚时我把我发现的一本十九世纪的美丽的小书送给了他们，书上有描绘若干次著名海难的木刻。他们回赠我的结婚照也很有分量。拉兹的妻子是一个伊朗和库尔德混血母亲与巴基斯坦和美国混血父亲的女儿。我迫不及待地想看看他们的孩子，那简直可以看作是民族融合的活广告了。

我们俩尴尬地拥抱了一下(仿佛到了个工作地点，不知道是否该空吻示意，一不小心，却闹了笑话，真希望刚才只握握手就完事)。我们走过灯光辉煌的正厅，穿过几道走廊，上了石梯。那里有一道金属的安全门，关闭了最高楼层。拉兹和文物维护人员就在那一层工作。

斯特劳斯文物维护中心是一个离奇的混合体。跟绝对尖端的科学设备相结合的，是创办人爱德华·佛布斯的阁楼风格的藏品组合。上个世纪初，佛布斯周游世界，竭尽全力搜集了在各种艺术品上用过的已知颜料的样品。他在沿楼梯井的墙壁上安装了架子，展示出他所发现的颜料：一排霓虹光谱式的玻璃橱窗里陈列满了研磨好的天青石、孔雀石和确属稀有的颜料——如从只用芒果叶喂养的母牛尿提取的印度黄，这种带有石灰色调的神奇柠檬黄现在事实上已不存在了，是在英国人统治印度期间禁止的，因为那很受限制的饲料对母牛太残酷。

在一个长长的艺术车间的那一头，有人在一尊青铜躯干雕塑上工作。“她在把雕塑家生前所做的一个铸件和之后的铸件进行比较，观察最后工序上的差异。”拉兹解释道。车间的另一头是一张陈列台，里面是光谱仪。“那么，你带给我的是什么呢？”拉兹问。

“是从一张有污迹的羊皮纸上采来的标本。我可以打赌那是酒痕。”我取出我拍摄的污迹书页的照片，奶油色背景上开放的赤褐色的花。我在照片上做了记号，记录了取来两个细小的标本的地点。我希望采样已经够了。我把玻璃纸袋给了拉兹。他取来解剖刀，把第一点污迹放到显微镜用的圆玻片上。玻片正中有一点钻石，用以放置标本。他用碾子把标本在钻石上轧平了，便于让红外线穿透，再把玻片放到镜头下。

他看了看显微镜，确信标本放在了正中，然后调整两侧的蛇形光，使之照得恰如其分。在任何实验室，包括我家里那个，要取得十来个光谱，得花好几个小时。每一个分子在光谱下都发出不同颜色的光。有的物质更倾向于蓝色的一端，有的更倾向于红色的一端，如此等等。这意味着每个分子的光谱都像指纹，可以确认它的身份。拉兹这新玩具是最新的，不到一分钟就能取得两百个光谱。我们身边的电脑屏幕上，绿色条纹在测量光吸收情况的栅格上活跃地上下跳动，我感到了嫉妒的刺激。拉兹研究着图像。

“这就怪了。”他说。

“什么？”

“啊，我没有把握。让我看看另一个标本再说。”

他在玻璃纸袋里弄了弄，放上了另外一点污迹。这一回屏幕上的零乱形象画出的似乎是一道完全不同的山梁。

“哈。”他说。

“你这‘哈’是什么意思？”事实上我出汗了。

“等一等，”拉兹再换了镜片，图像再次在屏幕上起伏。他在电脑键盘上敲了几下。别的图像围绕着绿色线条跳动着，黄的，红的，橘红的，蓝的。

“哈。”他又说。

“拉兹，你如果再不告诉我你看见了什么，我就拿你自己的解剖刀捅你个窟窿。”

“啊，我见到的东西说明的问题不多。这是份希伯来文手稿，是吧？你说是一本《哈加达》，对吧？”

“对！”我几乎在吼叫。

“因此我们可以相当有把握地假定，洒在它上面的酒都是犹太教教规所允许的，是吧？”

“对，当然是，逾越节允许喝的酒，严格得不能再严格的。”

他在椅子上往后一靠，推开桌子，面对着我。

“关于犹太教教规允许的酒，你知道点什么么？”

“知道的不多，”我说，“只知道常常是甜的，而且很难喝。”

“现在而今已经变了，已经有一些教规允许的酒值得大口大口地喝了，尤其在戈兰高地。别的酿造厂也能生产。”

“你是怎么成了这类问题的专家的？你又不是犹太人。说不定你是吧？”拉兹的祖先非常混杂，什么情况都可能存在。

“我不是，但是你可以说我对酒怀着宗教般的虔诚。记得吧？我在以色列的技术学院工作过六个月，研究从地中海一个废墟回收到的艺术品。对，我跟一个妇女处得很好，她家就有个葡萄园，在戈兰高地，很可爱的地方。我在那里以种种形式度过了很多时日，尤其在收获季节。我得说，你真的很幸运。”他把双手抱到脑后，靠到椅子背上，得意地笑着。

“拉兹，确实很幸运，我是说，快乐的聚会。但是，看在上帝的分儿上，那跟这污迹有什么关系？”

“少安毋躁，我这就告诉你，”他转身对着图像，指着一个高高的尖头，“看见那东西了么？那是蛋白质。”

“那又怎么样？”

“教规允许的酒里完全不能有蛋白质。传统的酿造法里用蛋清做净化剂的时候很多，因此你估计可以发现蛋白质的痕迹。但是在教规允许的酒里，一切动物产品都是禁止的。按照传统，他们使用一种精细的黏土进行净化。”他哒哒地敲了几个键子，调出了第二个标本里的图像，“这个图像正是你估计它会出现的样子。”

“你要说明的是什么问题？他们在同一页上溅了两种酒么？太牵强了吧？”

“不，我要说的是，酒的有些地方混杂了别的东西。”他又敲了一个键，屏幕上再次活跃起各种色彩的线条。“我已调集了我们这里建立的所有的光谱，寻找到了跟它吻合的形象。就是这个。你看见那蓝线了么？它跟第一个标本所产生的绿色线条几乎完全同轨。我要说的是：那就是你在书页上所发现的东西，跟酒混在一起的，弄脏了你的羊皮纸的东西。”

“那又怎么样？”这时我几乎叫喊出来，“那是什么意思？”

“那蓝色的线条么？”他平静地说，“是血。”

酒　痕

一六〇九年，威尼斯

奉献于上帝的圣坛之上*。

——拉丁文弥撒

* 原文为拉丁文。

钟声敲击到他脑袋里，清脆、颤抖，仿佛钟舌敲击在他脑袋里红色的肉上。他把酒杯往神坛上一放，酒在杯口晃动。膝盖碰到地板时，他把额头靠近笔挺的神坛台布，跪了一会儿，让大理石的寒气透过台布。站起身时，他额头上沁下了一小块潮润的汗渍。

在做清晨弥撒时，老妈妈们都太虔诚，没有注意到他起身时趔趄了一下——她们只顾祈祷，低着被褴褛的围巾裹住的头，没有看见。只有眼睛敏锐得像蝾螈的神坛侍童皱了皱眉头。让年轻人和清醒的判断见鬼去吧！他作过努力——上帝知道他多么努力——把心思集中到神圣的奇迹上，但是黎明前呕吐留下的臭气仍缭绕他的鼻孔不去。

他口渴。话语粘在舌头上，有如羊皮纸烧成的灰；有如上次焚书后暖雨般飘落的书灰——有一片书灰还落到了他的长袍上。他伸手想拂掉它，却注意到灰上的字迹还依稀可辨，是烧黑的背景上的幽灵般的灰色字母。然后，它就化成了飞灰，飘散了。

“因他自己[①]”——他拿起圣体，举到圣血[②]上，画着十字架——“与他自己[3]”——该死的颤抖！——“在他内里[4]”——天堂的面包在圣餐杯上飞舞，像大头蜜蜂——“我等将全部荣誉与光辉庄严神圣地奉献给您，全能的天父上帝。[5]”他匆匆念完“我们的父”，“我们的书”，“神的苦难”，[6]又为和平、圣化与慈悲而祈祷，一直念到“上帝的慈悲”结束。他终于拿起圣餐杯倒进嘴里。他感到那清凉、烧灼、香醇的“宝贵的血”冲走了心里的忧伤、痛苦和肌肉里可怕的颤抖。他转过身来，把圣餐分给了侍祭。那男孩感激地闭上了眼睛，心里的判断隐藏到了浓密的睫毛背后。然后，他走向圣坛，把雪白的圣体放到六七条有舌苔的老舌头上。

弥撒后来到圣器收藏室，乔万尼·多门尼科·威斯托里尼再次感到那孩子带评判意味的注视，那目光老在他那颤抖的手上留连——他正取着长肩巾、解着腰上的饰带。

“你还磨蹭个什么呀，保罗？脱下长袍马上走，我在弥撒上见到你奶奶了。现在就走，她需要你搀扶。”

“是，神甫。”孩子带着夸张的礼貌说，居然微微地鞠了个躬。威斯托里尼有时反倒希望见他公开表示傲慢，但是，保罗在神坛之前和神坛以外都是文雅规矩，分寸得体的，让他无法抱怨。那孩子的轻蔑只表现在长时间的带评判意味的注视上。他用这种伤人的眼神看了神甫一眼，就转身脱衣服去了。那干净利落的动作又在嘲弄威斯托里尼的笨手拙脚。孩子一言不发地离开了房间。

---

① 原文为拉丁文。
② 圣体和圣血，做弥撒时的用的饼和酒，饼象征圣体，酒象征圣血，即耶稣的身体和血。
③ 原文为拉丁文。
④ 同上。
⑤ 同上。
⑥ 同上。

独自留在圣器收藏室的威斯托里尼打开了收藏尚未圣化的圣餐用酒的柜橱，瓶塞“啪”一声揭开，带着潮湿的空抽声。他舔了舔嘴唇。清凉的瓶上凝着雾露，因为手还发抖，威斯托里尼小心翼翼地抓起酒壶，咕嘟咕嘟地喝了一气，再咕嘟咕嘟地喝了一气，好过了些。

他正准备给瓶子塞好瓶塞，却想起了即将到来的上午。教皇在威尼斯的这个宗教裁判署并不以大方著名。共和国总督分配给宗教裁判署人员的住房很阴暗，家具也蹩脚，供应也差。威斯托里尼相信总督是为了强调一个问题：罗马的仆从在这里只处于附属地位，能做出有分量的决定的只有总督和十人团。总而言之，他要想再喝酒，还得等到正午以后很久。他又抓起酒瓶，把那柔和的液体灌进了喉咙。

威斯托里尼关上教堂侧门，踏进乳白色的晨光时，步伐几乎活泼起来。太阳刚能照进狭窄的街道，反射进运河的斑驳光影，用跳跃的耀眼的白光把石头变作了银色，圣马可钟楼的工人钟就响了。那钟声比城里任何钟声都深沉洪亮，它宣告兵工厂地区的工作日开始了，附近的犹太人区[①]的大门开了。于是，教堂前广场周围的无数扇百叶窗哗哗地拉开，商人们在准备着做生意。

威斯托里尼深深地吸了几口气。尽管他在威尼斯已住了三十年，他仍然喜欢这城市的阳光和空气，喜欢它那海水、青苔、霉菌和潮湿灰泥的混合气味。他来到这里时只有六岁。孤儿院的弟兄们都劝他彻底扔掉往日的回忆，包括他那外国口音和举止。他们让他感到回忆是件阴暗可耻的事，意味着对目前的种种幸福缺乏感恩之

---

① Geto，原是威尼斯一个铸铁厂的名字，以后专指犹太人区，并广泛使用于各国的犹太人区，拼写也从 Geto 改为 ghetto。但现代语言里“getto”一词也已不用来称呼犹太区，一般用来称呼市区中的贫民区或少数民族聚居区。

情。他所受的教育是：把对死去的父母的思念和跟父母在一起的短暂的时光推开。但是，零碎的记忆有时仍然会闯回心里——往往是在梦中或意志没有被酒精软化的时候。而在那类片断的记忆里，往昔总被一阵耀眼的光芒照耀，夹着炙热的烈风，带着沙尘的气味。

他在桥上走过时，货船的水手正在给屠夫递肉，洗衣妇正在运河里洗衣裳。他认出了自己教区的几个居民。他根据不同的家庭情况用快活的词语或关切的问候招呼着他们。一个没有腿的乞丐用应该是手臂的残肢推着自己前进。伟大的上帝呀！威斯托里尼在心里为那人祈祷。那人的肢体残缺得太怪，即使是外科医生见了也难免惊得倒退。他在那乞丐渗着血的残肢上放了一个钱，忍住厌恶之情，把一只手放到他有疮疤的头顶上，为他祝福。乞丐发出一声动物般的吭吭声作答，似乎表示着感谢。

作为教区神甫，威斯托里尼尽力装出对他放牧的"羊群"的渺小生活感到关切的样子。但是，真正吸引他注意的却不是神甫的职责。他在教会的主要业绩在其他方面。看出了威斯托里尼才华的是接受他进孤儿院的那些道兄。他在语言方面的聪慧和对复杂抽象的神学的出色理解给了他们深刻的印象。他们给了他希腊文、阿拉姆文[①]、希伯来文和阿拉伯文的教育，而他也把那一切都吸收了进去。在那些日子里，他对知识有着一种强烈的渴望，但是现在，支配他生命的渴望已是另外一种东西。

一五八九年，教皇西克斯图斯五世宣布了一项禁令，禁止一切犹太人和撒拉森人[②]的包含反天主教信仰内容的书籍。当时年轻的神甫威斯托里尼自然成了审查官的人选。十七年了，差不多是他整

---

① 一种闪族语文，包括几种方言，后被非阿拉姆民族广泛使用，自公元前7世纪至公元7世纪在西南亚流行。

② 阿拉伯人的古称。

个的圣职生涯，多门尼科一直在阅读和评判异教徒的著作。

作为学者，他对书籍原有一种天生的尊重。等到摧毁书籍成了他的职责的时候，他就只好压制自己的爱好了。他有时被撒拉森人那流畅的书法美所感动；有时又因某个博学的犹太人的杰出论点而踌躇犹豫。那时他就花足够的时间去思考那些手稿。如果他终于决定必须付之一炬的话，他就在那羊皮纸烧成黑灰时把头扭到一边。书本的异教倾向明显时，他的工作倒好办些，他可以直面火焰，感到快活，把焚烧当作一种让人类摆脱谬误的清洗。

今天早上他就遇见了这样一本书，一本犹太人的书。他今晨的工作就是草拟一道命令，要求全城将该书上交宗教裁判所，送去焚毁。那些字句，那些亵渎神圣的字句，在他的脑袋里舞蹈，他对那些希伯来文字母跟对拉丁手稿同样熟悉：

> 基督教对耶稣的崇拜是一种比以色列人对金牛犊[①]的崇拜更糟糕得多的偶像崇拜。因为基督徒错了，他们说某种神圣的东西进入了妇女那发臭的地方……那地方满是屎和尿，它排放分泌物和月经血，还接受男性的精子。

有时候威斯托里尼就想不通，宗教审查已经搞了一百多年，这样的话怎么还能出现在纸上？犹太人和阿拉伯人因为比这轻微得多的亵渎都曾受过罚款、监禁甚至杀头的处分。他认为这得怪威尼斯印刷所的急剧增多。从官方讲，犹太人是禁止经营出版生意的，但是他们的出版社却在一些脆弱的基督徒的门后面兴旺发达——有的

① 摩西在西奈山上与上帝对话时，以色列人在山下铸造和崇拜的偶像。见《圣经·旧约·出埃及记》第32章第4节。

基督徒就是愿意把自己的名字借给他们，换来几个金西昆[1]。

并不是每个想办印刷所的人都应该得到批准的。他们有的人显然是无知，有的人却怀着恶意。他得把这事跟犹大·阿尔叶商量一下。犹太人应该多克制点自己，否则就只好由宗教裁判官来帮忙了。最好是不让宗教裁判所进入犹太人区的墙壁，即使是智力不如犹大·阿尔叶的人也都能理解这道理。

好像他这一想，那拉比就从石头缝里冒了出来似的，威斯托里尼看见了犹大·阿尔叶拉比的红帽子在前面人群里不出声地走着。弓箭匠就在那地方制造着他们的商品。阿尔叶还是那么低着头，佝着腰。一出犹太人区他总是那姿势。威斯托里尼举起手想跟他打招呼，却感到了犹豫。他打量了那拉比好一会儿，思考着他。他那样畏畏缩缩地哈着腰，是被多少次小欺负逼成的？其中有粗野儿童的侮辱性的恶作剧，也有无知者的嘲弄和唾沫。可只要那倔强的家伙愿意接受基督教的真理，这一切欺侮作践都是可以结束的。

"犹大·阿尔叶！"

拉比的头猛然一抬，仿佛一头鹿担心着弓箭匠的箭。但一见到威斯托里尼，他那警惕的表情立即松懈，化作了由衷的快活的笑。

"多门尼科·威斯托里尼！好久没在我们的会堂里见到你了，神甫。"

"啊，拉比，一个人只能接受若干次关于自己的缺点的提醒。他可能想向你学习，却又在你的雄辩前感到畏怯。"

"神甫，你这是在嘲笑我。"

"用不着对我搞虚伪的客套，犹大。"这位拉比因为对《圣经》的雄辩出色的解释获得了很高的名望。他在犹太人的安息日到

---

① 意大利、土耳其、马耳他的古金币。

四个会堂讲道，许多基督徒都到犹太人区里去听，其中有修道士、牧师和贵族。“我上次带来听你讲道的帕多瓦的主教就说过，他还没听见谁把《约伯书》阐述得那么精辟的，”威斯托里尼说。他还没有补充说，他几个礼拜后在帕多瓦大教堂还听见那主教作了个布道演说，讲的是同一本书，他的感觉是，主教的布道辞只是从拉比那智慧的磨盘下碾出的面粉。威斯托里尼深知，有不少来听拉比讲道的牧师其实是来剽窃他的内容的。而对他自己而言，他想向他学的倒不是内容，而是那文辞精美激情澎湃的演说方式。“我真希望能像你一样掌握住会众的心理。我试着学习你的诀窍，把母教堂的道理阐述得更好。可惜的是，唉，我仍然觉得模糊不清。”

“人的思想和表达思想的能力都来自上帝，如果我的话还受欢迎，但愿它有助于上帝的荣誉。”威斯托里尼按捺住嘲笑，这位拉比真会相信他这油滑的陈词滥调么？阿尔叶注意到威斯托里尼不愉快的表情，于是改变了口气。“至于窍门么，神甫，我只有一个：如果会众估计将听见四十分钟布道，你就讲三十分钟。如果会众估计会听到三十分钟，你就讲二十分钟。我做拉比这么多年，从来没听见一个人抱怨布道时间太短的。”

一听这话，牧师笑了。“现在是你在嘲笑我了！但是，如果你愿意的话，就跟我走一走，有件事要跟你商量。”

犹大·阿尔叶在跟威斯托里尼说话时就已经挺直了身子，现在有这位有名的伙伴保护，就更是挺起胸、昂起头、伸直了腰板走着。他那深色的头发从帽子的猩红纤维下落下，成了跳动的发环，跟他的胡子一起被映成了耀眼的板栗色。威斯托里尼羡慕犹大的长相。他颀长匀称，虽然有点瘦削。他那肤色是一种橄榄金，跟很多知识分子的标志性的苍白不同。但那印象却被那顶血红色的帽子破坏了。

“犹大，你为什么要戴那帽子？你若要获准戴黑帽子并不是不可能的，你知道。”猩红色的意思是对基督的血的记忆，那血是犹太人自己吸引到头上去的。而威斯托里尼知道，有些犹太人已获得了豁免。

“多门尼科神甫，我很明白，在威尼斯是什么事都可以办到的，只要有朋友和钱。钱，你很明白，我是没有的，可朋友倒有几个，他们可能让我不再受这种强加的痛苦。正如你所说，在这儿或那儿疏通几句，我就可以戴上黑帽子，行动不再受到干扰了。但是，如果我那样做了，我就体验不到我的会众的生活了。而我却不愿跟他们隔离。我很虚荣，我要求女儿给我用天鹅绒做帽子，用丝线缝里子，但是我要按照法律的要求做，因为人的价值并不在他头上戴的是什么。红帽子，黑帽子，那能有什么关系？什么帽子也盖不住我的心。”

“说得好，我应该懂得，你是想耕耘好你的理性，就像耕耘好本笃会的花园一样。”

“但是我并不认为你叫我跟你一起走就是为了讨论帽子问题。”

威斯托里尼笑了。他感到跟这个聪明风趣的犹太人在一起，有时比跟自己教派的牧师在一起更为亲切——虽然这是个他不愿意对自己承认的事实。

“不，不是的。你要是愿意的话，我们就坐一会儿吧，”威斯托里尼指着运河边上一段短墙。“你读读这个看，”说着他把那书里犯讳的部分翻了开来，递给了他。

阿尔叶仿佛在会堂一样轻微地摇晃着身子读着。读完之后，他凝视着运河对岸，回避着朋友的目光。“显然是干犯了禁书录的规定，”他说，口气小心翼翼地中立，不表现强烈的情绪。威斯托里尼常常愠怒地注意到，虽然阿尔叶也是跟他一样从外地来到威尼斯的，这位犹太人说起话来却是字正腔圆，跟土生土长的威尼斯人一样，是城区里那种柔和轻快的方音，掺杂点自己独特的抑扬顿挫。牧师也曾想让自己的话地道起来，但儿童时代的腔调却无法完全剔除。

“这可是比犯讳还严重，”威斯托里尼说，“这种蓄意煽动的文字一定会引起宗教法庭①的注意和愤怒的，而且要归罪于整个犹太人区。你最好在我们不能不处理这个问题之前亲自过问一下，我的朋友。你应该把这些印刷所关掉。”

犹大·阿尔叶转过脸来对着神甫。“作者写这篇文字并没有煽动的意思，他只是表达他心目中的现实而已。你们自己的神学家在谈这个问题时，为了宣扬一种学说，把逻辑挽成了死结。什么叫童女生子？说穿了，只不过是在交代身体上那并不微妙的实物时，在认识上含糊其辞而已。我们犹太人对这类问题只不过更直率些罢了。”

威斯托里尼倒抽了一口大气，正想提出反对，阿尔叶已经抢先抬起手，制止了他。“这么美好的早晨，我不愿把它浪费在跟你讨论神学。我认为你和我，我俩很久以前就已经明白这种讨论是多么徒劳了。具体这本书的好坏先且不论，我觉得你需要现实地看一看你那官署对威尼斯所起的作用。这地方能送到宗教裁判所审理的案件正在一年一年地减少，而送上法庭的案件又因为大部分缺少证据而被撤消。我不是说我们已经不怕你们，但是我们已经没有以前那么怕了。我来告诉你我们的人对你那裁判所的看法吧：你们的毒素已经凝固，你们还没有得到制造新的毒素的药方。”

---

① the Holly Office，1542 年成立，是“宗教裁判所”的另一种称呼。

威斯托里尼剥落着身边石头上的苔藓。他这朋友所强调的道理往往很有意思。新近去世的教皇格里高利十三世也恰恰证实了这位拉比所谈到的弱点。“我在一切地方都是教皇，但在威尼斯例外。”他说过。但是威斯托里尼意识到罗马的新任教皇有一种危险的情绪，他未必会跟总督和十人团正面冲突，却可能拿这城市的犹太人开刀。即使是受了伤的野兽也可能聚集力量用爪子进行最后一搏的。

“拉比，我真希望你不会有理由再次感到恐怖的意义。我说这话是发自内心的。你们当中的西班牙流放者的后裔肯定还记得他们的祖先被赶到这儿来时所经历的艰苦，对吧？”

“没有忘记，但是那里已不是这里，那时也已不是此时。西班牙的宗教裁判是我们许多人的噩梦，至今还无法从其中醒来。而且，我们波能提尼家只是祖先遭到倾家荡产之灾的人家中的一群，只是一组回忆。除了我们家还有荷兰德家，特德斯齐家，勒凡提尼家。可是现在，每个贵族家庭都和犹太人成了知心朋友，总督甚至不许宗教裁判所强迫犹太人听改变信仰的布道演说。在这样的地方，我们怎么还会感到不安全呢？”

威斯托里尼叹了口气。“我自己就对宗教裁判官提出过意见，反对过这种布道演说，”他说道，“我告诉他，那样做只会激怒你们的人，而不是提高他们。”可真正的理由是，他不愿暴露一个事实：在听过犹大·阿尔叶布道的会众面前布道，他感到自己相形见绌。

拉比站了起来。“我非得去办事不可了，神甫。”他拉了拉帽子，考虑着说出心里的话是否安全。他断定神甫有权知道他的思路。“你知道，从第一台印刷机安装好，你们的教会对这类问题就一直抱着跟我们很不相同的观点。你们的教会是不愿让神圣的经典落到寻常百姓手里的。而我们的感觉却很不同。在我们看来，印刷是一种 avodat ha kodesh，神圣的工作。有的拉比甚至把印刷比作布道坛。我们把印刷称作‘万笔书写’，认为它促进了传播摩西在西奈山获得的神示的工作。因此，我的好神甫，你就去按教会的要求草拟焚书令吧。而我呢，就按照良心对我的要求，对印刷所一句话也不讲。无论是‘出版前审查’①，或‘出版后禁绝’②，结果是完全一样的。书总是会被毁掉的。你们来做，总比在智力上奴役我们，最终让我们替你们做要好。”

威斯托里尼无法对拉比的话立即作出反应，他心里一阵愤怒，感到太阳穴有砰砰的重击声。两人冷冷地分了手。犹大·阿尔叶离开了神甫，神甫还坐在运河边上。拉比走时，他的心还在猛烈地跳动。他的话是否太没顾忌了？谁若是偶然听见两人的对话，是会倒抽一口气，猜想着威斯托里尼为什么没有把拉比送到里兹监牢去的。但是偶然听见的人却不会知道两人之间的历史。他们俩成为朋友（就朋友一词在他俩间的意义而言）已经十年。那么，拉比问自己，他的心为什么还会那么猛烈地跳动呢？

阿尔叶刚转过方达门塔，来到威斯托里尼见不到的地方，就靠在墙壁上短促地喘起气来。他感到呼吸疼痛——这种疼痛已经多年。他清楚记得第一次在宗教裁判所见到神甫时，胸口就痛过。犹大·阿尔叶冒过一次极大的危险。很少有人自愿到宗教法庭去，他却自己要求到那里去申述。他用雄辩的拉丁文讲了两个钟头，要求取消对部分《塔木德》的禁令。犹太人从被流放开始的思想精华就是记录在由两部分组成的《塔木德》里的。剥夺这书就会形成一种

① 原文为拉丁文，出版审查用语。
② 同上。

苦难，一种智力上的禁食，大家都会感到饥饿。他明白，这书的主要部分《密什那》[1]是没有解禁的希望的。但他认为那书的第二部分《革马拉》却可以当作问题进行研究。《革马拉》汇集了拉比们讨论和争辩的种种意见，可以看作对基督教有益而不是有害。它表明犹太法律的许多方面，即使在拉比之间也有着意见分歧。在犹太教内部的这种分歧，难道基督教会不可以利用，以加强反对对手信仰的力量么?

那时威斯托里尼一直眯细了眼睛站在宗教裁判官的交椅背后。他没收和销毁了那么多《塔木德》，对希伯来文文本非常熟悉。他知道一个事实：一位略有学问的拉比拿起《革马拉》就可以为他的学生重建出受到诅咒的《密什那》来。但是宗教裁判官却被拉比那能言善辩的线团缠住了，答应了犹太人保存自己手上现有的《塔木德》，只不过必须是适当删削过的版本。

虽然在智力角逐上失败了，威斯托里尼对阿尔叶却有了深刻的印象，他佩服他的学识，他的勇气，还有他的策略。他暗自寻思，那只是一种技巧，像炼金术士那种以少变多的骗局一样。你分明知道他在玩花头，可无论你怎样仔细观察，那多出来的矿石是在什么时候、从什么地方出现的，你仍然觉得神奇。

拉比因为挽救了《塔木德》，放下心来，快活得几乎发昏。他正准备离开宗教裁判所大堂，威斯托里尼却靠近他身边，侧过身来悄悄地说，“狮子犹大[2]，叫你舒阿尔[3]·犹大怕是会更好一些。”拉比望进了神甫眼里。准确地说，他看见的不是愤怒，而是失败者对可敬的胜利者的矛盾情绪。下一回犹大·阿尔叶来到宗教法庭

---

① 《塔木德》的第一部分，对教律的早期的口头阐释。成书于公元200年左右。
② 希伯来语中，阿里是狮子的意思，阿尔叶应是音近。
③ 希伯来语中指狐狸。

时，就冒了个险，请助理牧师向威斯托里尼通报：犹大·伏尔普斯[①]求见。

威斯托里尼来跟阿尔叶一起享受过一次辩论。阿尔叶可以欣赏三种语言的猜字游戏。神甫一直过着孤独的生活，在孤儿院时害怕跟别的孩子往来，因为他那浓重的土音和一提起过去就似乎笼罩着他的一种耻辱阴影。而到了神学院以后，他的兴趣和才能又再次让他跟别人疏离。但是跟阿尔叶一起，他却可以跟一个在智力上旗鼓相当的人较量了。他所欣赏的是，阿尔叶从不浪费时间为明显的异端邪说或显然属于禁书的东西辩护。有时候威斯托里尼也被拉比说服，宁可删改而不烧毁。有一两回他拿起笔来就对一本面临危险的书宣判了缓刑，在那书的第一页上写上必要的权威断语。

他对阿尔叶的兴趣终于使他克服了长期的反感。他跨过小桥，进入了犹太人区。他还是神学院学生时，许多同学就常去那里。戏弄犹太人是一些学生喜欢的消遣。有的人也怀着传播福音的真诚精神，想争取灵魂，让犹太人改变信仰；有的人呢，却是去拿灵魂冒险，寻找不正当的快乐。但是威斯托里尼却一想起犹太人区就厌恶。他不能自愿进入邻近那道门，那里面除了犹太人爬来爬去，一无所有。一想到这个，他就感到进退两难，觉得窒息和肮脏。

一五一六年到威尼斯定居的犹太人，是一批日耳曼信贷银行家。其他的犹太人也跟着来了，但是只容许他们做三种生意：典当商，向贫穷的威尼斯人提供小额贷款；旧货商，购买和销售二手货；外贸商：利用他们跟黎凡特[②]的关系，促进城市数额巨大的进出口贸易。只允许他们在一个狭小的地区居住。那地方原来是一家

---

① 拉丁文，狐狸。
② the Levant，一个不精确的历史地理名称，大体指地中海东部从土耳其到埃及地区的几个国家。

铁器铸造厂，或者叫“隔都”。那是一座有围墙包围的火山岩小岛，只有两座狭窄的小桥通向城市的其他地区。有大门，每天晚上都上锁。

但是随着岁月的流逝，有的威尼斯人跟犹太人熟识了，就雇请犹太人演奏他们那余音绕梁的音乐，找他们做医生看病，或是在财务上给他们出主意。对于犹太人而言，一个既尊重财产权，又有法律保护的威尼斯，跟其他地方一比，这里简直就是福地乐土了。

于是犹太人不断地到来。被天主教君主驱逐出境的波能提尼家族先是从西班牙来，然后又从葡萄牙来；以后是逃避日耳曼各城市的灭绝犹太人活动的特德斯齐家族；还有从埃及和叙利亚之类的地方来的永远不能安定的黎凡特人。社区人口膨胀到了差不多两千，住处只好一层一层往上垒。六七个大家族挤在一起。最后，犹太人区的人口就成了威尼斯最稠密的，建筑物也成了威尼斯最高的。威斯托里尼打听去犹大·阿尔叶的会堂的路时，人家指给他的就是一座高而窄的公寓建筑。拉比做礼拜的房屋就在一道笔陡的黑暗的楼井顶上，跟一个鸽子笼和一个鸡窝分享着房顶的空间。

虽然最初吸引他去找拉比的是智力上的接近，但是形成他俩友谊的却不是才能，而是一种嗜好。有天下午，犹大偶然从犹太人区和神甫的教堂间经过——为了避免骚扰，他总选择最狭窄的小径，便道，而不是拥挤的大道通衢。他干扰了一个扒手的活动，那家伙正扑在一个人身上。扒手跑掉了，犹大却认出被偷的正是醉醺醺的多门尼科·威斯托里尼。他挨了小偷一顿打，头上在流血，教袍泡在了尿里。拉比冒着耽误到宵禁的巨大个人风险，找来了干净的服装，把神甫弄醒了。因此后者的教会从来不知道他们的代表曾经把自己弄成了多么丢人的形象。

多门尼科向犹大拉比表示感谢时，拉比却只说他也有自己的嗜好，不时地被撒旦利用，别的就不肯说了。但是，无论是白天做祈祷，还是晚上跟妻子温情细语时，那嗜好却一直咬啮着他的心，分散着他的注意力。在他斜靠在小巷的墙壁上时，他明白自己胸膛里的疼痛并不只由于跟神甫交换意见时的大胆；使他的心房沉重地跳动的也不是他早上那任务——那份违法的危险任务。那两件事跟在他脑袋里啾啾不止的声音，诱惑者的声音，混到了一起，使他安静不下来。再过几天嘉年华会就要举办了。上帝作证，为了安排离开威尼斯他曾做过多大的努力。他曾竭力不让自己被罪恶赶上，却仍然被诱惑压倒了。他希望隐藏到假面具背后，变成另外一个人，去做一件犹太人不能做的事。去年，他想在城外找到一个导师的职位。但是嘉年华会的时间一年比一年延长，合适的职位又很难找到。他曾请求到帕多瓦去给一个青年做导师，也曾想到费拉拉去给一个生病的拉比代职，可两处的职位也都落了空。

嘉年华会逐渐接近，知道他那危险倾向的妻子翻开了箱子，在衣服堆里寻找可以让他跟威尼斯的非犹太教徒混杂的假面具和披肩。她终于找到了收藏这两样东西的地点：原来被塞到他做裁缝的女儿的缝纫工具和布卷之间去了——她曾把那两件东西直接拿到旧货市场去，打算卖掉。他感谢过她，温柔的亲吻过她的前额。有那么一两天，他曾经因为他那耻辱的道具被收藏到了他找不到的地方而放下心来。但是随即，他心里能够想的仍然只有嘉年华会和它为他提供的机会。

即使现在，在他需要聪明的时候，那条蛇还盘踞着他的每一个念头，排挤着他的理智和良心。他来到了市场附近的几步台阶处，那是让他等待的地点。他不愿那样站着，暴露在城市的中心——他觉得有人在盯着他。市民们从他身边挤过时嘀咕着轻蔑的话。他是直到看见贡多拉船夫用长竿熟练地撑着船往石台阶边靠时，才感到如释重负的。那船按法律规定涂成了庄重的黑色，要求威尼斯人别太张扬地展示财富。这种统一规定的颜色和船夫极著名的谨慎能为情侣的幽会保密。

阿尔叶小心翼翼地下了滑溜溜的台阶。他很明白，犹太人踏上贡多拉可是件不平常的事。他神经紧张，心里又怦怦直跳，他感到有点晕眩。他若是威尼斯人，在上船时是会伸手抓住船夫的手肘，稳住自己的。但是他没有把握那船夫对犹太人的接触会有什么感觉——在威尼斯人中有一种广泛流传的迷信，说是犹太人可以把那接触用于巫术，把邪恶精灵传到基督徒身上。他一只脚刚踏上船，另一只船划过带来的尾浪却让甲板一翘，阿尔叶晃荡了，双臂风车似的一划，一屁股坐到了船上。粗野的哈哈声从市场传来，一口痰飞过运河墙壁，落到他的帽子上。

“天呀！”船夫叫道，伸出划桨练出的结实的胳臂抓住了拉比。拉比站了起来，船夫又关切地擦拭了他的衣服，然后还扔出一连串辛辣的咒骂，堵住了岸上青年们嬉笑的嘴。

阿尔叶因为自己刚才对船夫的想法责怪着自己。诺娜·雷依纳·西瑞娜当然不会雇用仇恨犹太人的人。她坐在那里等他呢，在铺着褥垫的船舱里。

“好一个入场式，拉比，”她抬起一只眉毛说，“不是最谨慎的上船方式。不过现在你先坐下。”她向自己对面的绸缎绣花褥垫做了个手势。外面，船舱的窗帘是色彩谨慎的黑帆布，舱里却排满了金丝绣花的锦缎，嘲笑着禁止奢侈的法律。

十天前雷依纳·西瑞娜颇为煊赫地来到了威尼斯。在以犹太人的身份逃出葡萄牙，来到威尼斯以后，她就宣称自己已经改变信仰，成了虔诚的基督徒。她换了个新名字，表现了她对这避难地的感激之情。作为基督徒，她就可以在拥挤的犹太人区以外安排住处了。她住进了威尼斯造币厂旁边的一座堂皇的府邸。有威尼斯人开玩笑说，西瑞娜那房里的金币比它隔壁的造币厂还多，因为西瑞娜是欧洲最庞大的银行财富的女继承人之一，而那个家庭把业务发展到了伊比利亚半岛以外很远的地区，所以落到西班牙和葡萄牙的掠夺性的王室人物手里的财富只是其中的一部分。虽然她不再使用自己家庭的犹太人姓名，大部分人却很少怀疑她仍掌握着自己的财富。

但是西瑞娜并非只把她那巨额的财富用于锦缎帷幕和娱乐——贵族阶层的精英都关心那类事。私下里她倒是阿尔叶施舍给犹太人社区穷苦人的周济金的主要来源。阿尔叶还知道，她还通过自己家族所建立的银行网帮助着好些其他城市的犹太人。他也知道她的虔诚的天主教徒的公开面貌只是一种面具，随意戴上的，跟嘉年华会上那面具差不多。

“那么，拉比，把你现在的需要告诉我，我要怎样帮助你，你才能帮助我们的人？”

阿尔叶为自己要做的事瞧不起自己。“小姐，您乐善好施的羽翼温暖了我们许多儿女，使他们免受流离之苦；您是一泓清澈的流泉，焦渴的人可以饮用；您是……”

雷依纳·西瑞娜举起戴珠宝的手，在面前摇了摇，似乎在扇走难闻的臭气。“够了，你就告诉我你需要的数目吧。”

阿尔叶提出了一个数目。他感到口渴，似乎是谎言让他干涸。他看见她那庄重的可爱的脸衡量了那数字一会儿，伸手到身边一大堆褥垫下，掏出了两个胖乎乎的钱袋。

阿尔叶舔了舔嘴唇，使劲地咽着唾沫。“小姐，那些家庭都会为您的名字祝福的！如果您知道他们遭受的苦难的详情的话……”

“我只知道他们是犹太人，有了困难，而你又知道他们值得我帮助，其他的，我都不需要知道。我连我的秘密都托付给了你，拉比，几个西昆还有什么不放心的？”

拉比感受到那金币的重量时，也猜想着她心里对“几个”的定义是多少。但是“相信”一词却使他的心抽紧了，似乎有个拳头猛然捏了它一把。

“现在，拉比，我有件事要你帮忙。”

“什么事都行，小姐。”那拳头放松了一点，因为有了机会做点什么来部分地弥补自己的欺骗。

“我听说你跟宗教法庭的审查官是朋友。”

“确切地说我还不能叫他‘朋友’，小姐，”他想起了两人在运河边那简短的对话，“不过我们认识，常在一起谈谈，还算亲切。事实上我刚从他那里来。他打算关闭亚伯拉罕·品奈尔的印刷所，也就是伯纳多迪借给它名字的那一家。”

“他真那样打算？我说不定可以跟路西奥·伯纳多迪谈一谈。我相信他会选择避免那种尴尬的场面的。说不定他可以安排出版社出一本歌颂教皇的书，那就会让宗教法庭突然关掉出版社在政治上显得不太方便了，对不对？”

阿尔叶笑了。难怪雷依纳·西瑞娜即使被人流放也能活下来，甚至能兴旺起来——那次流放可是毁灭了好多人家。“但是，我在审查官面前能为小姐做什么呢？”

“我有一本这个。”她说着，再次伸手到身边的褥垫底下，掏出一本羊皮纸封面的有精工细作的银锁扣的书，递给了他。阿尔叶双手接了过来。

“很古老。”他说。

“确实，一百多年了。就像我，从一个已经不存在的世界存活下来的。打开看看吧。”

阿尔叶掰开锁扣，欣赏着银匠的才华。每一对锁扣，关上就是一对翅膀，那精巧的锁一掰开——已经一百多年，开起来仍然轻松——翅膀就张开，露出包裹在里面的玫瑰花饰。阿尔叶立即看出那是一本《哈加达》，但是跟他以前见过的《哈加达》都不相同。那金叶，那浓郁的颜料……他迫不及待地一页页地翻着，呆望着那些插画，看到犹太人的故事通过跟基督徒祈祷书很相像的艺术讲述出来，他非常高兴，也有点激动。

“这书是谁画的，这些画？”

雷依纳·西瑞娜耸了耸肩。“我要是能知道会有多高兴呀！它是我妈妈的一老仆人给我的。那是个很善良的人，我知道他时他已经很老。我小时他常给我讲故事。多么恐怖的故事，都是邪恶的士兵、海盗、海上的风暴和陆上的瘟疫。我很喜欢，对世界知道不多又分不清事实和虚构的小孩都会喜欢的。现在我回想起当初逼他讲故事的情景，就会感到难为情，因为我以为那是他生活里的真实遭遇。他说他就是在西班牙驱逐犹太人那个月出生的。他妈妈是在那以后不久的一次海难里死去的——那时她在寻找避风港，想把他带大。因为某种因素他得到了我们家的保护——许多年来好多孤儿都这样。他青年时代为我爷爷工作。不是在银行里，而是做秘密工作，帮助其他的犹太人逃出葡萄牙。总之，那书是他的，是他的最古老也最心爱的财产。他死去时把它留给了我妈妈，我妈妈死后又传给了我。我一直把它当宝贝看，因为它很可爱，也因为它让我联想到他和许多像他那样的人所遭到的苦难。

“拉比，我需要审查官审查并通过这本书，但是我不能拿它冒丝毫风险。我必须在让他见到这书之前就知道他一定会通过它。而且，当然，也不能让任何人知道这书是我的——天主教小姐是不需要《哈加达》的。”

“西瑞娜小姐，让我带走仔细看看吧，我很清楚什么形式的话会触犯天主教禁忌。我首先必须弄清楚它里面确实没有教会禁止的东西，然后再送到威斯托里尼神甫那里去——以一种绝对保证能有满意结果的方式送去。”

“你能保证么？这本书走了这么远的路，经历了这么多艰险，如果给送到了火里，我是会受不了的。”

“因此，如果可以，我得问您一个问题，小姐。虽然我有信心保证从审查官获得你想获得的东西，可你既然要把它密藏起来，为什么又要让它通过审查呢？你当然没有理由担心你的私人财产会受到搜查或审查的，是吧？威尼斯不会有人敢于……”

“拉比，我打算离开威尼斯……”

“小姐！”

“——到了离开的时候，谁知道我的东西会遭到什么样的检查呢？我必须异常小心。”

“可这是叫人痛苦的消息，真的！我会想念您的。威尼斯所有的犹太人都会想念您的，即使是不知道他们乐善好施的恩人姓名的人也都会的。由于您准许我给他们的施舍，你简直不知道我从教民那儿得到了多少我不应得到的祝福。”

她举起了手，再一次因为他的赞美而感到了不耐烦。

“我在这里生活得不错，但是，随着时间的流逝我学到了一些东西、关于我自己。我发现我不能一辈子生活在谎言里。”

“那么，您是想撤消您的信仰改变？可那是一个冒险，您知道。虽然宗教裁判的力量已经削弱，可它毕竟……”

“拉比，别担心了，我已经安排好安全的路。”

“但是，您准备到什么地方去呢？哪里有幸福的乐土，能让犹太人生活而且昌盛的呢？”

“不太遥远，就在海那边，奥斯曼帝国中央政府治下的土地上。很久以来奥斯曼苏丹就在对我们表示欢迎了。他们欢迎我们的技术和财富。我年轻些时不愿去那里，但是从那以后许多东西都变了。社会成长了，我们在好些地方都有了自己的博士，自己的希伯来文诗人。苏丹在邀请我，就是目前，他的宫廷也给总督送来了一套护腿铠甲，附了通知，希望安排我安全出行。这事不是没有风险的。许多人愿意知道他们长期怀疑的东西果然是事实：我是为了在这儿过自由生活才假装信奉基督教的。但是，如果我留下，我就只好一辈子过单身生活了。我不能既跟一个基督徒结婚，又向他保密我的犹太灵魂。到了那里，找个伴侣生个孩子还不算太晚。你也许还会来为我的小宝贝祝福呢，是吧？他们说拉古萨城非常可爱——当然比不上威尼斯，肯定，可我在那里过的毕竟是诚实的生活。我就要恢复我本来的姓名了。好了，话说够了。跟我一起祈祷吧，因为我渴望耳朵里充满希伯来语的声音。”

过了一会儿，阿尔叶就在一条小运河边离开贡多拉，上了岸。那里距离拥挤喧嚣，满是探索的眼睛的里奥托桥很远。他的口袋因为装着西瑞娜小姐的钱包，很觉沉重。那本小书也靠在腰上。他一心一意只想回家。他低着头，眼睛望着地面走着。他已经走过了面具匠的车间，没有抬头瞧那工匠陈列了些什么面具。但是来到街角时，他却站住了。到了那里，口袋里的黄金让他抛了锚。

犹大一般是明白自己狂想着什么的。他知道那是撒旦的诱惑。但是有时他的理智和学问也容许他深信另外一个道理：以色列部落的人不也是靠抓阄获得土地的么？希伯来人的第一位国王不也是这么选出来的么？连神谕都批准的东西怎么可能来自撒旦呢？说不定指示他欺骗西瑞娜小姐的并不是撒旦呢；说不定给他钱包的是上帝的手呢；说不定让他孤注一掷的正是神圣的天意，为的是给他的人民赚来更多的财富呢。以后他就可以把那样的财富分给穷人，提高整个犹太人区的生活了。犹大的心在腔子里扑腾腾地跳跃着，变化着。他觉得这念头使他心里充满欢喜。他转过身，倒回去几步，来到面具匠的车间，踏进门去。

威斯托里尼从桌子边站起来，他想找块布擦擦额头。他已经把整个早晨花在草拟扣押离经叛道的书籍的命令上了。天气不该这么热。从一年说，季节已晚；从一天说，时间又太早。他的汗发出了酸味，让他想起自己有些日子没洗澡了。跟那犹太人的辩论让他脑袋里直跳，现在已经是尖锐的疼。他那不平静的胃里结了个愤怒的小疙瘩。他对自己说他受到了冒犯，那拉比过分地仗恃了他俩的友谊。他不能承认一个事实： 他不愿在辩论里被击败。他的肚子抽紧了，他得上厕所。他以一个生病的老头的蹒跚的脚步走进了宗教法庭的大堂。

大堂里至少要凉快些。一般情况下，长了霉的墙壁都让他感到抑郁，但是今天他高兴，因为暂时摆脱了屋里的气闷。可他在拐弯时却差点跟他那个仆役男孩撞了个满怀。那人端着盘子，盘里正是他那份可怜的午餐。他从盘子里取了餐巾，擦了擦脸，把沾了汗的餐巾递还给他。男孩露出厌恶的神情，小心地接了过去。下地狱去吧，神甫往厕所走时想，让这些小家伙都下地狱去！还有他们那评判人的神气！他容忍了那放肆的神坛侍童，那已经够烦人的了——那孩子叫保罗，是个有教养的大户人家子弟。可现在，怎么连个仆役也敢这样瞧他不起？

威斯托里尼把肚子里的东西排泄进臭烘烘的便槽，可肚子的疼痛却几乎没有减轻。说不定他害了溃疡痛，还在加剧。他不乐意地向餐厅桌子走去，想找点酒喝。他对厨子那稀薄的菜汤和用来蘸汤吃的面包不感兴趣。那地方只有一个杯子，最多半杯酒。他要加一点，仆役却说伙食管理员已经锁了酒橱。他觉得他看见那青年在报告这话时脸上也依稀闪出窃笑，虽然随即控制住了。

回到办公室，威斯托里尼的情绪更坏了。他开始了例行的删改工作。他的笔蘸上浓黑的墨水，一页页地改了下去。他把希伯来人谈到基督徒，谈到没有受过割礼的人、仇恨犹太人的人还有“遵行特殊礼仪的人”的地方全都改得暧昧模糊——除非那一段毫不含糊地确认古代偶像崇拜者并不暗指教会。他见到可能被解释为暗指基督徒的字眼，如邪恶王国、以东或是罗马人之类的话时，就都改掉。对于认为犹太教是唯一的真正信仰和即将出现的弥赛亚的话，对用于犹太人身上的虔诚或神圣之类的话，也都一律删除。

威斯托里尼在自己觉得好过的日子，处理起书来就温和些，有时甚至按照任务执行，不是划掉而只是修改犯忌的段落。如果在提到偶像崇拜者时加上了拜星人一词，他就排除了把对基督教圣徒的崇拜看作偶像崇拜的含义。

但是现在，他的脑袋在一抽一抽地痛，口里还有粪便的气味，他的笔就在字句上狠狠地画起叉来。有时用力太猛，笔尖竟刺穿了犊皮纸。他觉得自己大概是病了。他一页一页地翻着，认定错误太多了，就怀着报复的心情把书往决定烧毁的一边扔。这倒可以让犹大·阿尔叶瞧一瞧，那傲慢的驴。为什么不能一律烧掉完事呢？烧完了，他就可以回家了，至少他家的仆人就可以给他酒喝了。他往桌子上一伸手臂，把六七本还没看过的书扒拉进了标为“焚毁”的书堆里。

为了不惊醒妻子，犹大·阿尔叶在黑暗里慢慢地坐了起来。月光照在妻子面颊的曲线和散开的头发上。那头发白天一直谨慎地遮住，此时却在枕上凌乱地披散开来，厚厚的，黑漆漆地闪着银光。他只能克制自己，不去抚摩她。新婚时他们曾以最青春年少的无经验的方式疯狂地做过爱。那头发曾在他赤裸的胸膛上刺激过他，他曾把手插到它里面，使劲地揪。

萨莱仍然是个可爱的女人，即使是在二十多年后，只要她以某种方式望他一眼，他仍然会兴奋。有时他觉得威斯托里尼很不好理解：他怎么可能就那样过一辈子呢？床上没有女人的温暖，没有孩子，看不见婴儿，成长中的婴儿的可爱的面孔和他们的变化，看不见他们找出体面成长的路。他不知道他这朋友之所以酗酒，是否是一种使上帝赋予的自然需要迟钝麻木的方式。

倒不是阿尔叶瞧不起受到信仰约束的生活。相反，他懂得这种生活方式的苦行式的美。希伯来《圣经》的六百一十三条诫命是他每时每刻都注意的。他把奶和肉分开；他在安息日不工作；在跟妻子的关系上他严守家庭纯洁的诫命。这些都是很自然的。斋戒一个月的纪律也只使欲望更加强烈，使结合更加甜蜜。但是，完全没有妻子……对他说来却不是适合男人过的日子。

关门时吱了一声，阿尔叶在楼梯上站了站，看看那声音惊醒了谁没有。不过，那拥挤的高楼是从来没安静过的，这么晚了也一样。一个老人的猛烈沙哑的咳嗽穿过他家的房间跟隔壁房间那薄薄的木头板壁。既然非往上修不可，墙壁就必须是最薄最轻的材料。楼板下一个新生婴儿饥饿的哭叫穿透了黑夜。而那讨厌的小公鸡又似乎完全分不清黎明和黄昏，不时地从楼上传来啼鸣。应该有人叫厨子把那瞎了眼的家禽送进锅里去的，阿尔叶心想。他在黑暗里摸索着走下吱嘎作响的木楼梯。出了门就往一片狭窄地带走去。那片地带把他的楼房跟别家的楼房分隔开来。他跪下身子，把手插进黏糊糊的石头之间，掏出他藏在那里的帆布口袋。他悄悄地走出巷道。等到进入最深沉的暗影里时才打开口袋，倒出里面的东西。过了一会儿他又继续向犹太人区的大门走去。

那晚的欺骗活动里最困难的部分来到面前了。几小时前大门早已紧闭。在犹太人区里活动而流连到宵禁之后的非犹太人，只需给看门人塞上几个钱就可以出去；但是，犹太人要出门，唯一办法就是靠勇气和狡猾。阿尔叶在阴影里逗留，他那显眼的栗色鬈发从贵族的三角帽下露了出来，潮湿的空气甚至穿透了贵族外衣的细呢——那外衣跟面具一起完成了他的伪装。差不多一小时过去了，他扭着肩膀，想扭掉那僵硬；又换来换去地踢着腿，预防抽筋。他快要放弃今晚，准备明晚再来了。念头刚动，却听见一直等待的声音出现了。刺耳的话语声和沙哑的欢笑声传来，少顷，一群非犹太青年乱糟糟地进了场院，他们利用嘉年华会特许的自由来找国外来的犹太移民寻找点非法的乐趣——有些犹太移民处境太苦，只好给儿女拉皮条，满足那类需要。

共是六七个人，向警卫室摇摇晃晃地走来，吼叫着要警卫开门，放他们出去。他们都穿着嘉年华会的黑色大氅，戴着浪漫喜剧角色面具。阿尔叶的心在腔子里扑腾腾地跳。他能行动的时间非常短。他要混到人群里，而且希望他们喝醉了，不会在黑暗里找他麻烦。他伸手摸了摸面具，十分钟里第十次检查了带子的疙瘩。他选择了一个受欢迎的常见面具，长鼻子的瘟疫医生[①]。毫无疑问，那天晚上城里有许多人都作同样的打扮。但到最后时刻，在他从斑驳的阴影里踏进场院里时，怀疑仍在他心里翻腾。那肯定是一次可怕的冒险。几位年轻人有可能向他挑战。他最好还是用摸出

① 欧洲中世纪黑死病横行时期，治疗瘟疫的医生穿防护衣，戴面具，面具口鼻部位突出，像鸟嘴，又称“鸟嘴医生”。

来的办法再摸回去，悄悄蹲进黑暗，然后把假面具扔进下水道，自己走掉。

但是那时他想起了闪亮在一摞摞金币上的烛光，想起了翻开牌露出秘密时那令人晕眩的狂欢之感。他吃力地吞了口唾沫。那念头乐趣太大，他已在喉咙背后品尝到了。他一步抢了出去，跟在几个喧哗的青年身后。壮起胆子，他想。他把胳臂搭到最近的一个青年肩上，装出笑声，发出一种神经质的假嗓子的怪笑。

“帮帮忙，年轻的先生，我喝得太多了，两条腿都没有了。我不愿引起警卫的注意。”青年那双眼睛透过阿勒琴诺[1]面具的月牙形缝隙望了出来，目光像母牛一样迟钝。“好的，叔叔，咱们走。”他含糊地说，他那呼吸可以点燃火当灯用了，阿尔叶觉得。

穿过灯光照耀的大门只需要一会儿工夫，可阿尔叶已觉得怦怦心跳快要让自己露出原形——他们怎么就没听见呢？他已经出了门，已经过了那狭窄的桥。他上了三步下了三步，进入了非犹太人的威尼斯。过桥后他从青年肩上收回了手臂，融入一处房檐下的黑暗里。他把脑袋靠在粗糙的石壁上休息，使劲呼吸了几分钟，才又继续前进。

他回头向小运河走去。从他身边擦过的人群又把他卷回了人流。威尼斯嘉年华会期间，黑夜并不带来休息，从黄昏起，普通火把和枝形火把就照亮了络绎不绝的欢庆的人群。城里挤满了寻欢作乐的人。主街竟比犹太人区里还拥挤。奇装异服的贵族们吸引着扒手和骗子手，也吸引着玩杂技的变戏法的和玩狗熊的。前者想占他们便宜，后者想让他们快活。一时之间阶级差异消失了。那个戴长鼻子喜剧仆役面具的高个儿在阿尔叶面前撒野，他可能真像他的角

---

① 意大利浪漫喜剧里的传统角色，往往是贵族的随从，女仆的情人。聪明，贪婪。

色，是个仆役或看门的，但也有可能是十人团的大员。大家要求的招呼用语都是："晚上好，假面先生。"

阿尔叶碰了碰帽檐，侧身经过那高个儿仆役，又融入了人群，跟着大家来到离桥头不远的大厅。他跨进大厅，俨然是位跟许多晚上出门玩的人一起的戴假面的贵族。他上了二楼，进了叹气厅。那个沙龙的装饰庸俗炫耀，品位低下，枝形吊灯太多，也太亮。戴假面的妇女脖子上的皱纹暴露无遗。她们没精打采地靠在沙发上，安慰着输了钱的伴侣。那里有跟情妇厮混的丈夫，有跟名义上的伴护，实际上的同性恋情人偎依的妻子，也有妓女、皮条客和便衣警察。他们全都戴上面具，身份一律平等。只有荷官例外。赌场的荷官全是巴纳伯特贵族之家的成员——威尼斯人准许做荷官的只有他们一家。巴纳伯特家的人一律穿黑色长袍，戴飘拂的白色假发，站在隔壁沙龙自己的台子的后面。他们不戴面具，让大家知道他们的荷官身份。

那里有十多张桌子供人选择。阿尔叶望着荷官洗牌，发牌，玩"巴塞特"和"潘菲尔"。阿尔叶叫来了酒，信步走着，看着玩一种赌注很大的"十三点"。只有一个人在跟荷官赌运气。两人轮流坐庄，赌了几个回合，赌客把钱塞进了小钱包，对朋友们哈哈一笑，走掉了。阿尔叶找到地方，另外两个人也跟了进来。荷官站在两边的高高的蜡烛正中，赌客一排出西昆，他就洗牌。每个赌客都跟庄家对赌。赌法很简单。庄家一边翻牌一边从 1 到 13 叫牌名，也就是从 A，2，3，一直叫到老 K。翻出的牌跟叫出的数相同就赢，收了钱还继续坐庄。如果他一直数到老 K 都跟翻出的牌都不同，他就照赌注赔钱，让右手的人坐庄。

那人开始翻牌时声音低而平静，"A，"他说，翻到桌上的却是黑桃5，“2，”翻出的却是红心9，“3，”运气还是不好，翻出的是黑桃8。数到了“9”，翻出来的仍然不是他叫的数。他只有四个机会了，阿尔叶的西昆就要翻番了。

“J。”庄家叫了，翻出来的是方块7，不是J。只有两个机会了。阿尔叶瞪大眼望着自己的西昆。

“老K。”最后一张牌。但庄家翻出来的却是A。庄家长而白的手指伸向自己身边那摞西昆。他把一个西昆放到阿尔叶面前，四个西昆放到一个戴狮子面具的人面前，然后微微鞠了个躬，把七个西昆放到那位下大赌注的人面前。那人戴了个伯利格拉[1]面具。庄家输了，轮到伯利格拉坐庄了。阿尔叶松开面具，擦了擦额头，他伸手进了诺娜·西瑞娜的钱袋，取出了两个西昆，跟自己原来的钱和第一手赢来的钱放到一起。他现在的赌注已是四个西昆。他注意到两边的人轻轻地赞许地点了点头。

“A，”伯利格拉面具后面的声音深沉洪亮，翻出来的却是梅花9，“2，”来得太早的J对他没有用，“3，4，5，6……J，Q……”，伯利格拉的声音随着每一张牌而深沉起来，因为没有一张跟他叫出的数字相同。阿尔叶发现自己心跳加快了。他快要再赢四个西昆了。按照这速度他很快就会让雷依纳小姐的西昆翻一番的。“老K。”伯利格拉叫道，翻出的却是黑桃7。伯利格拉伸手进了钱袋，在每一个赌客的赌注面前赔了西昆。他的假面有球根状的面庞，眼睛透过月牙形的缝隙闪着光。

轮到阿尔叶坐庄了。狮子、伯利格拉和那不动声色的巴纳伯特家贵族各自排出了西昆。伯利格拉跟着已经输去的数目在台上排开了二十个金西昆。巴纳伯特下了个不大的注：两个西昆。狮子下了

① 意大利浪漫喜剧里的一个固定角色，机智、勇敢，有时粗野、残忍。

四个，他每回都下四个。

阿尔叶洗牌的动作灵巧而沉着，即使赌注高到了二十六个西昆，他感到的更多的是兴奋，而不是担心。“A，”他激动地叫喊。他仿佛有魔法，能从整副牌里召唤出A来，鲜红耀眼的唯一方块A竟然就闪耀在烛光里。

阿尔叶把赢来的钱扒拉过来。他赢了，继续坐庄。赌客们第二次下赌注。伯利格拉又赌了二十个；巴纳伯特两个；狮子四个。

“帽子，”阿尔叶的调子很轻快，虽然他翻出来的是个9。“2，3，4！”他一直叫到J。有了输的危险，他的声音紧张了。但是形成阿尔叶的赌博冲动的秘密却正隐藏在那样的时刻里。那时恐惧在他全身弥漫，有如墨汁在一杯清水里扩散。因为他欢迎那感觉，那阴暗的、恐怖的冒险。在失败或胜利的边缘摇曳，那才是刺激最强烈的时刻。在一种后果和另一种后果之间摇曳，他一辈子也没那么紧张活跃过。

“Q！”他叫道，翻出来的却是方块A。上一回给了他幸运的方块A这一回却出卖了他。他只有唯一的机会了。他肌肉在发麻。

“老K！”他大叫，他呼唤的老K竟然就在台子上瞪大眼回望着他。另外几个人不安了，踌躇着。这戴瘟疫医生面具的家伙运气好得玄乎。他靠第一张牌赢了一手，又靠最后一张牌赢了第二手。太神了，真的！

巴纳伯特再从钱袋里慢吞吞取出两个西昆，然后又慢吞吞加到注上。阿尔叶见到他手上的红宝石戒指在烛光里闪烁。那贵族赌的是，瘟疫医生的好运必须逆转了。

伯利格拉盯着眼瞧他。现在，在他把四十个西昆摞到台上时，他的目光隐敛下来。只有狮子坚持阵地，仍然拿四个西昆冒险。

不到一小时工夫，阿尔叶的财富不断增加，西昆越堆越高。他陶醉在欢乐里。他已经把雷依纳小姐的第一个钱袋里的西昆翻了一倍还多。狮子面具离开了赌博台，步履蹒跚地往叹息厅走去。接替他的是一位帕辛内拉①。那人似乎很激动，无所顾忌地大肆表演，每一次倒了霉都夸张地吼叫。贵族巴纳伯特保持了超然的高贵态度，但他那没戴面具的脸上也开始出现紧张的皱纹。最大的输家伯利格拉用手攥着台子，指关节都攥白了。好奇者在圈子外站成了个小小的画廊。

最后，阿尔叶叫到了老K，仍然一张牌都没对上。帕辛内拉发出快活沙哑的叫喊。阿尔叶行了个礼，给每家赔了钱：伯利格拉八十，帕辛内拉十个，巴纳伯特四个，把庄家交给了伯利格拉，然后考虑起自己下一把的赌注。

那一个小时真是其乐无穷。他觉得自己轻得像彩色气球，趁着嘉年华会在城市上空飘飞。真的，那一大堆赢来的钱可以为他会众里的穷人做许多好事。他站在那里，一只手摩挲着黄金。说不定是撒旦诱惑他来到这里的，但是给他选择时机的却是上帝。他要听从头脑里理性的声音了。他应该揣好赢来的钱离开化装舞会了。他已经喂饱了他的野兽，感受过血液在恐怖和欢乐里升腾。已经够了。他把钱往钱袋里扒拉。

一只结实的手落到他的手上，是伯利格拉的手。阿尔叶抬头一看，吓了一跳。面具后那双眼睛是黑色的，瞳孔瞪大了。“正人君子哪有占完坐庄的便宜就走人的。”

“说得好，”帕辛内拉口齿不清地说，“不能算完。想揣上别

---

① 一个很受欢迎的传统木偶戏角色，驼背，鹰钩鼻子。狡猾，欺诈，老顶撞上司。

人的钱就走掉么？你就把金子看得比快活还重要？那可不是嘉年华精神。看来你算不上正人君子，甚至算不上威尼斯人，我敢打赌。”

阿尔叶面具后的脸急得通红。他们知道了么？他们猜到了么？说出那句“算不上”的醉醺醺的帕辛内拉差不多捅到了痛处。他从伯利格拉的手下收回了手，放到心上，从台面退开了两步，深深地鞠了个躬。“先生们，”他用他那确凿无疑的威尼斯口音温和轻快地说，“请原谅，一时的疏忽，只是。我真还不知道自己在想什么。总之，咱们继续玩。”

随后的一小时里，牌继续玩，人人都是时输时赢。阿尔叶觉得时间过得差不多了，再一次打算离开台子。伸手要拿那仍然赢得不少的钱时，伯利格拉再一次阻挡了他，“忙什么呀你？”低沉的嗓音说，“要跟谁幽会去么？”然后更降低了声音，球根面具进一步逼近了他。“再不就是怕闯了宵禁？”

他知道了，阿尔叶想。大氅下的他冒汗了。

“再跟我们赌一把，赌注像样一点，瘟疫大夫先生！友谊赛，怎么样？”伯利格拉伸手从大氅下掏出满满一袋钱，放到台面上。此时阿尔叶的手发起抖来，把赢来的钱全推了出去。对输钱的畏惧压倒了他，那感觉又紧张又美妙。

巴纳伯特贵族再做庄家。“A，2，3……”阿尔叶觉得脑袋轻松了。

“……8，9……”

他觉得在面具后难以呼吸。他的心在腔子里扑腾，顶撞。他又要赢了。

“……J，Q……”

美妙的力量攫住了他，欢快与恐怖各半。然后，巴纳伯特翻开了一张老K。阿尔叶脑袋里的吼叫闷住了那贵族嘴唇上形成的音节，“老K！”恐怖赢了，阿尔叶倒了，他窒息了。

巴纳伯特向那堆金币伸过手来，把它拨向了自己，对伯利格拉的方向略微鞠了个躬。

“现在，亲爱的瘟疫大夫，如果你跟我们在一起感到厌倦的话，倒可以请便了。”

阿尔叶摇了摇头，他离不开了。现在他不能走。他不但输掉了赢到的钱，还把自己的赌注也输了一半。雷依纳小姐的一个钱包已经空了，瘪着，在他身边。他原来决定只拿一个钱包下赌注的——拿一半参赌，拿一半解决教民的困难——他对自己就是这么说的。可是现在，他已在另一面腰里摸索着第二个钱包。在手指摸到令他放心的那鼓起物时，阿尔叶觉得自己又已沐浴在光辉里了。他感到了充分的信心，今晚早些时那神奇的幸运会来陪伴他的。他把满满一个钱包推到台上时，指引他的已不是自己的手，而是那神圣意志的手。

即使是巴纳伯特那不动声色的脸也透露出了情绪。他把两道眉毛抬向了略带花白的假发边缘，对阿尔叶鞠了个几乎看不见的躬，然后发牌。

奴役着阿尔叶的是一种精妙的快活兼痛苦，那感觉他只有几秒钟时间品尝。赢去他那一袋金币的是一张8。8，Otto，圆唇母音O似乎从巴纳伯特的嘴唇上掉了下来，与表示无穷[①]的圆弧符号混合在一起，似乎拉成了一条隧道，吸走了他的灵魂。

他瞪着台子上庄家身边堆成的几座亮晶晶的西昆塔，简直无法

---

① 把8横看作∞，则是数学符号无穷大。而otto发音时口形一张一合一张，也很像∞。

相信。他举起手叫人拿翎管笔来，哆嗦着写了一张条子，再要一百个西昆。巴纳伯特贵族用两根指头夹起条子瞄了一眼，一声不响地摇着头。阿尔叶感到滚烫的血液往头皮直冲。

“可我看见你跟另一个输家赌过，凭他一句话就赌了一万达克特[①]。”

“威尼斯人的话是另外一回事。你要是想借债，干吗不去找找犹太吸血鬼？”他让那纸条落到了地上。

附近几张台子都突然寂静下来，戴假面的面孔一律往这边转了过来。是嗅到腐肉气味的一群秃兀鹰。

“犹太人！”帕辛内拉含糊地说，“这就说明问题了。我早就觉得他不是威尼斯人！”

阿尔叶一转身，打翻了自己的酒杯。他跌跌撞撞地离开了沙龙。在叹息厅，一个妓女伸出肥胖的胳臂，想把他拉到自己沙发上。“你急什么呀？”她低声诱惑地说，“谁都有输钱的时候。坐到我这儿来吧，我会叫你好过些的。”然后又提高了嗓门，“割过包皮的，我一直就想尝尝呢！”他一耸肩膀，甩开那女人，趔趄着下了楼，上了街。笑声像水一样尾随在他身后，奚落着他。

在避难所灰色的光里，犹大·阿尔叶用披巾罩住脑袋，在上帝面前低低地躬下身子。“我违犯了诫命，我行为邪恶，我盗窃……”他满脸泪痕，不断点头背诵着熟悉的赎罪祈祷文。“我怙恶不悛，做了邪恶的事。我恣意妄为，编造谎言，我说假话……我

① 金币名，在当时的威尼斯就是金币西昆。更早时可能是银币名。欧洲从中世纪后期至20世纪期间，作为流通货币使用的金币和银币。这一时期，各种达克特的金属含量和购买力都大不相同，威尼斯的金达克特获得了广泛的国际认可，地位等同于中世纪的拜占庭超纯金币，或现代的英镑和美元。

是非颠倒，触犯了刑律……我背离了您的诫命和正确的判断，却没有得到任何好处。我在您面前怎么说呢，高踞天庭的主？我在您面前怎么交代呢，高踞天庭的主？您不是对无论隐蔽还是公开的邪恶都无所不知么？因此，但愿您，啊，主，上帝，我们列祖列宗的上帝，宽恕我，宽恕我的邪恶，准许我赎罪，因为我违背了诫命……”

他已是筋疲力尽，心力交瘁了，一屁股落到长椅上。上帝对违犯诫命是可以宽恕的，但是阿尔叶明白(他在布道时已经说得够多的了)：宽恕必须从受到罪恶行为伤害的人去寻求，还必须对他们进行补偿。在绝望里他想去找雷依纳·西瑞娜承认自己的欺骗。他想到不能不面对自己会众时的羞辱。他必须承认自己从最饥饿的人的嘴里抢走了面包，从奄奄一息的病人身边拿走了医药。然后他，啊，可怜的人呀，还必须赔偿自己盗窃的数目。那得要求最苛刻的节衣缩食，他只好把他的书送进当铺了，说不定还得把家搬到更便宜的地方去。一家六口住在两间小房里，已经很难说奢侈了，虽然两间房的天花板还算高，有一间还有窗户。阿尔叶思考着最便宜的替换办法：祭祀屠宰员曾让他看过一个地方，只有一间房，没有光，就在屠宰场隔壁。他说过要出租，条件倒公道。犹大曾私自把那地方叫做麦比拉洞[①]，却答应记在心里，有会众需要住房时就向他们推荐。犹太人区的房屋紧缺，即使这样困苦的住处，只要租金公平，想住的人也还不少。但是他怎么能让萨莱搬到那样阴暗的房里去呢？何况他女儿以斯帖还是在家里干活的。她那裁缝桌子和一卷卷的衣料往什么地方搁呢？没有光线她又怎么缝衣服呢？罪过全

① 《圣经》传说中的亚伯拉罕为自己和妻子买来的墓地，亚伯拉罕死后就跟妻子一起埋葬在那里。

在他，而不在家里人。他怎么能让他们受这样的苦呢？

阿尔叶双手擦着面颊，在逐渐明亮的光线里他那皮肤显得惨白憔悴。祈祷班的人很快就要来了。他得准备好一副面孔招呼他们。

他离开避难所，下楼到了自己房里。煎炸的香味告诉他，萨莱已经起了床。阿尔叶喜欢吃她做的菜肉馅煎蛋饼，松脆滚烫，金子般棕黄。他要坐到坐满人的餐桌边，跟三个儿子和心爱的女儿一起，听他们围着他叽叽喳喳地逗乐说笑了。但是今天早晨那滚油的气味却让他难受，他觉得不舒服。

他在椅子上稳定了自己。萨莱在干活，背对着他，头发用细毛围巾朴实地系住，在后颈窝打了个迷人的结子。“早上好，”她说，“你比鸟儿起得还早呢……”她掉过头瞥了他一眼，嘴角的笑意立即消失了。她关注地皱起了眉头。“你病了么，老公，脸色怎么这么苍白？”

“萨莱，”他说，却说不下去了。几个儿子站在屋角做早祷，最小的已经做完，跟姐姐坐在桌子边吃着煎蛋饼。在他们面前他无法谈起自己的耻辱，虽然不久之后整个犹太人区都必然会知道。

“没事，我睡不着。”第二句至少还是真话。

“那好，你回头可得好好休息。你必须恢复精神，迎接新娘安息日。”她笑了笑。夫妇间在安息日做爱是诫命的要求。信仰的要求是，要执行得快活。他勉强地笑了笑作答，转身倒了一盆水，泼了泼脸，湿了湿头发，戴上圆帽，就上楼进了避难所。

祈祷班已经齐聚在灰色的光里。这时候要聚集十个人太容易了。不到一年前，爆发过一次瘟疫，死了很多人，至今还有二十多个长子每天都来追忆悲伤的日子，为死者祈祷。

阿尔叶往诵经台走去。一块蓝色天鹅绒，午夜色的，铺在台上。那是他女儿小姑娘时缝制的。那时她的针线就已平匀精巧。但是，那料子几乎跟屋里的每件东西一样，已经破败。阿尔叶的手在诵经台上抓扶的地方，天鹅绒也已磨平。可那并没有比摇晃的长椅或起伏的地板更让他在意。那一切都是有人使用的迹象，都是生活的迹象，证明有人愿意来，而且来得不少，常常是来跟上帝对话。

“愿他伟大的名字荣耀神圣……”哀悼者的声音同时响起。《卡迪什》一直是阿尔叶喜欢的祈祷文——为死者做祈祷，却只提生命、荣耀、和平，而不提死亡、忧伤和损失。这祈祷眼睛只望天庭，不看墓地和腐朽着的遗体。“但愿天上的浩瀚和平及生命降临于我等，降临于全体以色列！齐声同诵阿门！但愿在高处创造和平者也为人世和全体以色列创造和平。齐声同诵阿门！”

做完早祷阿尔叶没有停留，只在出门时跟会众简短地交换了几句。他也没有留在家里，他害怕萨莱那含情脉脉的本能的注视。他趁她还在烹饪，还在为他们晚上要吃的饭菜平静地做着准备时，就离开了她——那准备也是为第二天做的，因为在安息日是不能工作的。他离开时，她正耐心地一层层剥着洋葱，非常仔细地检查着，生怕里面有很小很小的虫子。吃掉那样的虫子，即使出于偶然，也都违背了不许吃蜂拥成群的生物的诫命。

阿尔叶来到了一个旧货商家里。那人生意兴隆，拿家里的一部分房屋做了个图书馆。因为阿尔叶辅导过他的孩子，那人就邀请他去使用藏书，安安静静地进行研究。他来到那里，小心地解开了西瑞娜小姐那本用亚麻布保护的《哈加达》。即使要去找西瑞娜小姐承认撒谎和贪污，至少也不能空着手去。他得先仔细读过那书，才能确定送到宗教法庭去后不会出问题。如果没有问题他当天就可以把它送到威斯托里尼那里去。如果运气好还可以让威斯托里尼写上必要的安全批语带回来。然后，安息日一过他就可以去见雷依纳·西瑞娜小姐了。

他把银锁扣拉开了。葡萄牙的犹太人区真不知是个多么好的地方！住在那里的犹太人能制作出这样的书来！他们是否过着王公贵族的日子呢？一定是的，只有那样他们才能用得起那么多金箔和银箔，请得起那种级别的工匠、插画艺术家和银匠之类。而现在，他们的后裔却在人世间流浪，走投无路，寻求着可以让他们安全地放下脑袋休息的地方。以前说不定还有许多同样精美的书，现在都成了灰烬，湮灭了，消失了，遗忘了。

但是，他还不能一味地惋惜哀叹或感到眼花缭乱。想知道谁是插画家没用的——那肯定是个基督徒吧？哪个犹太人描绘起形象来能达到基督徒的水平呢？想知道谁是书法师[①]也没用——谁抄写起经文来能达到这样完美的程度呢？

这些故事虽然迷人，他却只能暂不理会。他得让自己钻进乔万尼·多门尼科·威斯托里尼的心里去。那是个猎手的心，凶狠地搜求着离经叛道的痕迹，哪怕只一点点。那是个多疑的，甚至仇恨的心。阿尔叶希望作为学者的威斯托里尼能欣赏这书，因为它的精美与古老。但是作为宗教裁判审查员的威斯托里尼却已烧掉了那么多美丽的书！

于是阿尔叶一页页地翻看着插图，一直翻到了希伯来文开始的几页："这是痛苦的面包……"他读起了他所熟悉的逾越节的故事，仿佛还是第一次读到。

威斯托里尼举起酒杯，送到了唇边。好喝，这犹太人给他带来

---

① 原文为 sofer，相当于英语中的"scribe"一词，经文抄写员，此处音意兼译。

的酒很好喝。他不记得以前是否喝过犹太人准许喝的酒。他又喝了一大口。确实美味。

他刚放下杯子，犹太人又伸手拿起羊皮酒囊给他满上了。他快活地发现，那酒囊非常大，而且犹太人还几乎没碰过自己的杯子，只让它映着黄昏斜阳的红光搁在那里。聪明之举是诱导他把这笔交易提出来。因为他一说出自己打算说的话，犹太人就会走掉，酒囊也很可能被带走。

“你那书，是不是还很多？藏在你们犹太人区的坛坛罐罐底层？”

“我从来没见过，真的。我认为残存在西班牙或葡萄牙犹太社会里的这种书已经非常少了。”

“这书是谁的？”

阿尔叶早就估计到了这个问题，他很怕问到。他不能出卖雷依纳·西瑞娜。“是我的。”他撒了个谎。阿尔叶希望利用自己跟神甫之间的友谊，哪怕只一点点，假惺惺的一点点。

“是你的么？”神甫怀疑地抬起一道眉毛。

“我是从阿布利亚来的一个商人那儿得到的。”

神甫短促一笑：“是么？你？总在叫穷的你？这么精美的古代典籍抄本，你买得起吗？”

阿尔叶急速地思考着。他可以说是因为做了宗教仪式人家给的。但那不太像。他能做什么宗教仪式，值得那么高的回报？因为他的罪过还悬在心的表层，于是冲口说出了心里想到的东西：“是赢来的。是比赛赢的，赌运气。”

“赌注倒挺特别的！你叫我大吃了一惊。是什么比赛？”

拉比脸红了，谈话很靠近了问题的精髓。“下棋。”

“下棋？那可很难说是赌运气。”

“是这样的，那商人对自己的棋艺有几分太自负，于是拿那书赌了运气。就他的情况而言，倒可以说下棋是赌运气。”

神甫又笑了，这一回是真感到快活。“借口，对你说来，找借口也就是嘴里的糖果。这一点我没见到你时，还真忘了。”他又喝了一大口酒，对拉比的态度热情了些。上次见面叫他生过气的是什么事？现在他已不大记得。遗憾的是，他只好叫这家伙失望了，真的。

“好的，听说是这种情况，我倒高兴了。因为赌运气赌来的，没有了也不会太难过。”

阿尔叶在椅子上坐直了，僵硬了。“你的意思不会……你不是打算说不让这书通过吧？”

神甫的身子往桌上一靠，把一只手放在阿尔叶肩上。自愿地触摸犹太人可不大像他的做法。“说这话很遗憾，但是，情况正是如此。”

阿尔叶一耸肩膀，摆脱了神甫的手，站了起来。他叫愤怒和怀疑激动了。

“有什么可能的根据？每一页的文字、圣歌、祈祷文、颂歌我都读过了。就没有一点东西，没有一个字特别违背禁书目录的规定。”

“你说得对，在文字当中没有那种性质的东西。”威斯托里尼声音很低，很平静。

“那么？”

“可我说的不是文字。正如你所说，文字里没有反教会的东西。”他停顿一下。在寂静里，阿尔叶那怦怦的心跳似乎很响亮。“我遗憾地说，插图里却有严重的异端。”

阿尔叶用一只手捂住了眼睛。他根本没想过仔细研究插图。插图看得他眼花缭乱，他从没多望过一眼，仔细分析过它的意义。他又重重地坐进了神甫的雕花椅子。

“哪幅图案？”他的声音成了耳语。

“啊，不止一幅，我担心的是。”神甫伸手到桌子那边取那古书抄本，取时把酒杯在桌上一顿，阿尔叶下意识地扶住了酒杯。然后，为了勉强软化神甫，又拿起酒囊，把酒杯再次斟满。

“用不着翻很远，”威斯托里尼翻开第一组插画，说，“看见了么？这儿艺术家在讲《创世记》，给了我们光和暗分开的故事。这幅画画得很好，白色和黑色颜料的鲜明对比，庄重，鲜明，没有异端性质的东西。第二幅《神的灵运行在水面上》,可爱，使用金箔表达了难以表达的神的存在，也没有异端。但是随后的，再后的，和后面的三幅。你看看，告诉我你看见了什么？”

阿尔叶一看，脑袋里一亮。他怎么会没看见呢？全能的上帝创造出植物和动物的世界在每一幅插画里都画成了圆球。世界是圆的，不是平的，现在已成了大部分神学家的意见。有趣的是，在一个世纪以前，在基督徒因为这种信念被送上火刑柱的时候，那艺术家就已经支持着这种意见。但是，光凭这一点还不能宣判这书死刑。插图画家还踏进了更危险的领域。在三幅图案的右上角还出现了第二个金箔圆球，表现的显然是太阳。地点的放置显得暧昧。

阿尔叶抬头望着威斯托里尼。“你相信这意味着太阳中心的异端邪说么？”

“‘意味着’！拉比，别装糊涂了。这显然是支持撒拉森天文学家的异端邪说，支持哥白尼的。哥白尼的书上了禁书目录。显然还支持帕多瓦那个伽利略，而伽利略也马上就要被带到宗教裁判所去为自己的谬论承担责任了。”

“但是这些画是可以不往那方面解释的。两个圆球和那些同心圆是可以只当作装饰看的。只要不故意挑剔，那类意思就可以忽略，不会有人注意……”

“可我就是找问题的。”威斯托里尼喝光了杯里的酒。拉比又忧心忡忡地给他满上了。“就因为那位伽利略，教会现在特别注意这类异端邪说的扩散。”

“多姆·威斯托里尼，我求你了，看在我对你可能有过的一点好处上，看在我俩多年的友谊上，你对这书就开开恩吧。我知道你学识渊博，也尊重美，你看看，这书多美呀！……”

“那就更有理由烧掉了。说不定哪天它就会引诱不知情的基督徒，把你们那应该受到谴责的信仰当作好东西呢。”这时，威斯托里尼情绪振奋起来，陶醉于一种感觉：拉比完全被他控制了，他那流畅甜美的嗓音嘶哑了。威斯托里尼从没见过他为一本书那么动过感情的。他突然产生了一个念头：今天下午这快活还可以拖延下去。他举起空杯对着窗户，仿佛在研究那杯子优美的曲线。

“说不定……但是不，我还是不提出的好……”

“神甫？”阿尔叶往前一靠，目光殷切，摸索到酒囊，又给神甫的杯子斟满了。

“好的，我可以把犯禁的几页删掉。”他的指头在犊皮纸上摸索着，翻过来又翻回去。“四页，不算多。那就留下了关键性的画，逃出埃及的故事。那是这书的主要内容……”

“四页，”阿尔叶想象着刀子拆开犊皮纸书页的情景，胸腔里确实感到了疼痛，而且尖锐，仿佛那刀子插着的就是他自己。

“我有个想法，”威斯托里尼说，“既然你说你这书是赌运气赢来的，我们再赌一次运气，决定它的命运怎么样？你赢了，我就保留书，只删改；我赢了，书就烧掉。”

"怎么赌？"阿尔叶低声说。

"怎么赌？"威斯托里尼往椅背上一靠，咂着酒考虑。"不下棋，我看。我有个预感，下棋你准能赢我，跟赢那商人一样——他是哪儿来的，你说是？"

阿尔叶又紧张，又生气，一时想不起刚才是怎么编造的了，只好假装咳嗽，掩饰慌乱。

"阿布利亚。"他终于冲口而出。

"对，是阿布利亚，你说的是那里。我可不愿让自己的运气跟那倒霉的人一样。我没有扑克可打，也没有骰子可掷。"他翻着书，懒洋洋地说，"我想起来了，我俩来抓一种阄。但是，为了配合打赌，我写通过检查时用的三个字：我审讫，一个字写一张纸条。你蒙上眼睛抓阄。如果顺序抓对了，我就把那字写到书上，顺序不对，我就不写完，你就输了。"

"但是那就意味着我得在三对一的机会里连赢三次。机会太少了，神甫。"

"太少？对，也许太少。那就这样吧：第一次抓对了，就可以去掉那个阄，第二次再抓，机会就提高到了一对一，这就公平了，我觉得。"

阿尔叶望着威斯托里尼的手在羊皮纸纸条上写着让他着急的字，然后一个个扔进桌上的空盒里。他的心猛然一跳，注意到醉醺醺的神甫所忽略的一个细节：他选中的一张羊皮纸纸条比另外两张要差一些，厚一些。威斯托里尼写在那纸条上的恰好是当中那个"审"字。阿尔叶感谢上帝。突然间，他的机会增加了许多。他把手伸进盒子时，祈祷着上帝指引他的手。他的指头很快就摸到了那较厚的羊皮纸，扔开了。现在的机会是一对一：是对还是不对；是黑暗还是光明；是祝福还是倒霉。选择生命吧！他抓住一张，取了出来，交给神甫。

威斯托里尼的表情没有变，把纸条反扣在桌上，拿起《哈加达》，翻到希伯来文最后一页，翎管蘸上墨水，用漂亮的字体写了一个“我”字。

阿尔叶竭力不让高兴在脸上流露。《哈加达》已经得救。他只要选择厚纸条，这可怕的游戏就结束了。他的手再次伸进盒子，这一回他默默地感谢上帝。

他把厚纸条交给了威斯托里尼。这一回神甫的面孔不可能不动声色了。他嘴角往下一撇，把《哈加达》拉到面前，怒气冲冲地写上了“审讫”两个字。

然后，他瞪着笑眯眯的阿尔叶，“除非我签上名写上日期，这几个字还是一文不值的，当然。”

“可是你……可是我们俩……神甫，你是承诺过的。”

“你大胆！”威斯托里尼突然站了起来，在沉重的橡木桌上撞了一下，撞得杯里的酒直晃。酒已喝到使他蛮不讲理的程度，脾气赶走了快活。

“你怎么敢说什么我的‘承诺’？你拿你这不讲道理的胡编乱造来找我——坦率讲吧，你说你这书是赢来的，就显然是在撒谎。还说什么我的‘承诺’。你居然认为我对你好，还推论说我是你的朋友。我真恨不得载了你们那受到诅咒的祖宗逃离西班牙的船根本没有到达陆地！威尼斯给了你们安全的家，只订了几条简单的规矩，可你们仍然不遵守。你们还违背国家的规定，办什么印刷所，把你们攻击我们受祝福的救世主的肮脏东西四处传播。你，犹大，上帝给了你聪明，让你有了学问，可你在上帝的真理面前却很顽固，掉头不顾上帝的慈悲。滚开吧你！告诉这书的主人，不管他是谁，就说是拉比赌运气把它输掉了，那他们就可以不必为那么多金箔给烧掉心疼了！——你们犹太人爱黄金，这我知道。”

“多门尼科，请你……你要我做什么都行……请你……”拉比的嗓子嘶哑了，他喘不过气来了。

“滚出去！现在。否则我就以传播异端罪控告你。你愿戴上脚镣到奴隶船上去做十年苦工么？你愿到里兹去蹲黑牢么？滚出去！”

犹大跪了下来，亲吻着神甫的长袍。“你愿对我怎么做都行，”他叫道，“但是，一定要救下这书！”神甫的唯一回答是把拉比推倒在地。拉比吃力地站了起来，趔趄着出了房间，出了大厅，出了门，来到了小运河边。他在哭，在喘气，像哀悼的人一样揪着头发。他周围的行人都转过身来盯着这个发了疯的犹太人。他感到了他们的眼光和仇恨。他跑了起来，血液在他裂了缝的心室里打着漩，凝滞了，流不动了。他的脚踩到坚固的石头上时，似乎有拳头敲打着他的胸膛，而且是巨人的拳头。

侍童捧了蜡台到来时，威斯托里尼刚从所余无多的酒囊里倒出了最后一杯。开始时光线微弱，他也醉意朦胧，曾把侍童当做阿尔叶又回来求他了，于是龇了龇牙。但是侍童逐渐进入视野，威斯托里尼做了个同意的手势：应该点燃桌上的蜡烛了。

侍童出了门。威斯托里尼把《哈加达》拉进了那圈烛光里。他开始听见自己头脑里的声音，那是他一般不容许自己听见的，但入夜之后——有时在梦里，喝得太多的时候，他却……

那声音，那黑屋，那羞耻感，那刺痛的恐惧感。进门台阶右手的神龛里的圣母雕像。孩子的手，捏在一只长满老茧的大手里，大手牵着小指头去抚摩那光溜溜的木头：圣母的脚趾。“你一定要摸，要常常来摸。”那荒凉的城市的飞扬的尘土，各种话语的声音：阿拉伯语，拉迪诺语，柏柏尔[1]语——究竟是些什么语言，他再也想不起来了。还有一种他绝不能再出口的语言。

“Dayenu！”他大声叫出那个字，“够了！”

他揪着油腻的头发捋着，仿佛能从心里把回忆抓出来扔掉。他现在明白了那些日子的真相——也许他一直就明白。过去的真相他绝不能想，甚至不能梦见。他看见了圣母被砸断的腿，看见了滚出来的羊皮纸小卷轴。他吓坏了，他尖叫起来。他被人粗野地抓住了，他在挣扎。但是他那流泪的眼睛是看见的。他看见的是希伯来文的手抄本，被隐藏的门柱圣卷。他看见的是“全心爱主，你的上帝……”，他看见希伯来字母被那人的靴子踩进尘土里，而那人是来抓爸爸妈妈的，抓去当作暗藏的犹太人处死。

那时也有一本《哈加达》，他肯定，藏在他们想说被禁止的语言时就进去的那个密室里。妈妈点燃蜡烛时在闪动的烛光里的脸，那么深的皱纹，那么饱经风霜。但是妈妈的眼睛，对他微笑时那么慈祥的眼睛。妈妈的声音，在烛光里唱着祈祷文的声音，那么轻柔，简直就是悄悄话。

不，不对，那一切根本没有过。太多的希伯来文的书扰乱了他的心。那一切只是梦罢了，是噩梦，不是记忆。他开始用拉丁文祈祷，想淹没其他的零碎的声音。他举起酒杯，手却索索地抖，酒洒到了羊皮纸上，他甚至没注意到。“我只相信一个上帝，全能的天父……”他抓紧酒杯，举了起来，送到唇边一饮而尽。“我相信耶稣基督，天父唯一的儿子，我们的主……出生，但没有经过妊娠……我只相信神圣的天主教，罗马教皇的天主教。我只承认一种

① 北非民族之一，主要为伊斯兰或从摩洛哥移居埃及的游牧部落人。

可以宽恕罪孽的洗礼……”他满面泪痕。

“乔万尼·多门尼科·威斯托里尼，我是！我是乔万尼，多门尼科，我是威斯托里尼。”他喃喃地念着这名字，一遍又一遍。他伸手去取酒杯，空了！他的手捏紧了。薄薄的威尼斯玻璃捏碎了，玻璃片扎进拇指肚里，他却几乎没感觉到，虽然血在滴，混进已在羊皮纸上洇开的酒里。

他阖上《哈加达》，给它染上了棕黄色的污迹。烧掉。乔万尼·多门尼科·威斯托里尼。现在就烧。不要等宗教法庭宣判执行。我要到上帝的神坛去。我，乔万尼·多门尼科·威斯托里尼。我要去，因为我是……乔万尼·多门尼科·威斯托里尼——我是……我是……我是不是……是不是？我是不是以利亚胡·哈可海恩？

不是！我从来就不是！

突然，他用那受伤的手捏起了笔。他翻开书，找到地方，写上了名字：*乔万尼·多门尼科·威斯托里尼*。那就是我，我主1609年。

他把笔往房间那头一扔，脑袋搁在桌上，搁在《哈加达》的封面上，嘤嘤地哭了，他的世界开始颠三倒四地旋转。

汉　娜

一九九六年春，波士顿

“非常遗憾！”拉兹伸手到篮子里取来还温热的印尼木薯片。“真正情况我们是永远也不会知道了。”

“我明白。”整个晚上我都很少思考别的问题。我从餐馆窗户望出去，看见一层楼下的哈佛广场。脖子上围了围巾的学生从无家可归的流浪汉身边走过——那些人在他们所习惯的大门口乞讨。四月中旬，气温却再次陡降，留下还没全融化的肮脏的残雪，被推到街道角落，积成顽固的雪堆。哈佛广场在温暖的夜晚是可能给人歌舞升平的感觉的，充满活力、特权和希望，但它也可能是世界上最凄凉的地方之一，一个冷冰冰的迷宫，寒风凛冽——小青年们在那里浪费青春，为争取文凭彼此搏斗，进行自以为是的竞争。

发现血迹时的最初欢乐过去后，我落入了抑郁——那感觉我已熟悉，一种职业性的危险感。我好像面对着一个住在古籍书页里的精灵。如果你走运，你就把他放出来一会儿，他就会以往日的模糊情景回报你。可换个时候，他却能在你还没看出眉目之前就噗一声把那情景吹走，然后双臂一抱，站在你面前：到此止步。

拉兹忘记了我的心情，还在不断地絮叨。“血迹里潜伏着戏剧性。”他大口喝着杯里的黑皮诺葡萄酒。

拉兹的妻子阿芙萨娜一周要到普罗维登斯住三个晚上，因为她在布朗学院得到了一个助理教授的职位，讲授诗歌。因此我和拉兹就单独在一起吃饭，可以畅所欲言地大谈其本行。可我们所能够做的仍然是猜测，这叫我很懊恼。

“我不知道你怎么能就着红酒吃印第安人的食物。”我设法换个话题。我啜着啤酒。

“有可能是一出热闹的戏，”拉兹坚持不懈，还在说。“热情的西班牙人为争夺这本书，大打出手，长刀子，短匕首……”

“更可能的是某个笨蛋在切逾越节蛋糕时失了手，”我不客气地打断他，“别找长颈鹿了。”

“什么？”

“这只是个说法。‘如果那东西是四条腿，长鼻子，吃干草，你得先考虑它是马，然后再考虑长颈鹿。’事实上这是我妈妈的话，有时用以指责她的住院医生。没有经验的大夫总喜欢诊断出罕见的综合疾病，尽管病人的体征只够得上纯粹的常见病。”

“哎呀，你可真扫兴，说是长颈鹿不是刺激得多么！”拉兹伸手取来瓶子，又给自己斟满了。《哈加达》不是他的计划，他不像我那样感到挫折。“你可以做一个DNA鉴定，我估计……查出流血的人的种族来源……”

“倒也可以，可是你不能做。要想取出足够分量的标本，你得破坏羊皮纸。何况即使我提出了建议，我也怀疑他们能否同意，而我并不愿意。”我掰了一块印尼木薯饼，跟犹太无酵饼差不多，挺脆，却索然寡味——就是《哈加达》插图里那黑种女人手上拿的无酵饼。那又是一个我解不了的哑谜。

拉兹继续啰嗦，“如果你能让时光倒流，出现在问题发生的时候……就好了。”

“那好，我敢说是他老婆对他大叫，‘你这个笨蛋，你看你把我们的书弄成了什么样子！’”

拉兹傻笑起来。我情绪一不好，他就认输了。他一直有几分浪漫气息。吸引他去搞沉船回收品研究的也正是那点浪漫，我估计。服务员送上一碗辛辣的咖喱肉，我把那辣酱淋到饭上，吃了一叉子，眼泪直流。我喜欢这东西。我在哈佛时就靠它过日子。在全世界我所吃过的食物里，那辣味差不多是我最喜欢的：老家悉尼的马来亚餐馆那种鱼酱霸王对虾就是这味道。有时候食物可以起治愈作用。我吃了几口，觉得好过了一些。

“你说得对，”我说，“要是时光能倒流回去，是可能有点意思的。那时候这《哈加达》还是某个家庭的书，还在使用，没有变成展览品，锁进玻璃橱窗……”

“啊，我不知道，”拉兹说，他还在心怀忧虑地戳着咖喱肉。他只吃了一小勺，就把剩下的部分往他盛着木豆的盘里拨。“它现在还起着当初人们想让它起的作用，或是一进博物馆就可能起到的作用。这书是为教诲人而制作的，现在它还在教诲着人。它教给人们的东西可能比《出埃及记》的故事还多。”

“你是什么意思？”

“啊，从你告诉我的话看来，这书曾反复经历过人类的同一类劫难。你想想看，你是生活在一个能容忍差异的社会里，就像和谐时期的西班牙。一切都在哼着曲子前进，有创造性，繁荣昌盛。然后那种恐怖就莫名其妙地出现了。这种仇恨，这种要把‘对方’魔鬼化的必要性——差不多是它一猖獗，整个社会就土崩瓦解。宗教裁判，纳粹，塞尔维亚的极端民族主义分子……同样的老问题，同样的老问题。我似乎觉得此时此刻的这本书就是对那一切的见证。”

“挺深沉的嘛，对一个有机化学家而言。”我忍不住杀了他一枪。拉兹对我皱了皱眉头，然后哈哈大笑，问我打算在泰特讲什么。我告诉他，我打算提交一篇论文，谈土耳其手稿的结构和维护问题：它们装订时的开本大小在使用时常常造成损坏，而令人惊讶的是，许多维护专家还不知道怎么处理。从这个问题起，我们又谈了些关于我的亿万富翁委托人的琐事，关于对大学博物馆藏品出售或交换的意见，有赞成，也有反对。哈佛藏品的重要工作全都是由拉兹的实验室做的，因此他对这个问题有激烈的看法。

“手稿放在大学图书馆里，方便学者阅读是一回事；落到私人收藏家手里，锁进圆穹地下室，又是另外一回事……”

“我知道，你倒真该看一看这家伙的圆穹地下室……”我的委托人住在布拉托街一幢古老的大宅院里。他挖建了一个水平最尖端的保险库，里面绝对塞满了宝贝。拉兹每天都有机会接触到精美绝伦的东西，要能给他印象可不容易。但是在我绝密地告诉他那富豪弄到手里的某些珍品时，他的眼睛也瞪大了。

从那个讨论我们又转向了博物馆的一般政策，再转向了更花哨的同行话题：露水夫妻，亦即图书馆人员的爱情生活。这讨论差不多就是那晚谈话的全部。有一会儿我玩着盐瓶子。在检查血迹的整个激动过程里，我们都没有看过我从羊皮纸上刮来的食盐晶体。我告诉拉兹，明天我还得麻烦他一次，因为我真想用他那光谱摄像比较仪观察一下那些晶体。

“非常欢迎，任何时候都欢迎，你知道我们很喜欢你来斯特劳斯，永远欢迎。这里还有份工作等着你，你什么时候伸出手都可以来。”

“谢谢，伙计，我很受鼓舞。但是我没办法离开悉尼。”

我估计我们关于那个小圈子的闲话，谁对谁怎么样了之类的，跟随后出现的情况有关系。我们离开餐厅时拉兹把一只手搭在我的臀部。我转身望着他。

“拉兹？”

“阿芙萨娜不在这儿，”他说，“这有什么不好呢？‘友谊地久天长’[①]嘛。”

我低头看着他的手，用两根指头把它从我身上捻开了。“看来我得给你换个名字。”

“什么？”

“从此以后我就不该叫你拉兹，而叫你老鼠了。”[②]

“啊，算了吧，汉娜，你从什么时候起变得这么一本正经了？”

“啊，我们来看看，似乎是两年前吧？你是那时结婚的吧？”

“好吧，我决不相信阿芙萨娜在普罗维登斯会过着修女式的生活，那么多眼睛水灵灵的，样子也水灵灵的大学生坐在她脚面前，我不知道……”

我双手捂住了耳朵。“饶了我吧，你们那婚姻安排的细节我不需要知道。”

我转过身就离开了他，匆匆下了楼。我看我对某些问题确实有点一本正经，没错。我喜欢忠诚，我是说。你要是一个人过，那就怎么过都行。自己过，也让别人过。睡人，也给人睡。若是不愿意信守承诺，你还结婚干吗？

我们尴尬地走完了去我宾馆的几个街区，没有说话，然后勉强告了别。我上楼进了房间，觉得很失落，带了几分凄凉。如果我找到了一个我真爱的男人，愿意跟他结婚，我是不会像拉兹对婚姻那

---

① 原文为苏格兰文：Auld Lang syne，苏格兰诗人罗伯特·彭斯的著名诗歌的名字，在中国普遍称为《友谊地久天长》。

② 老鼠，rat，与拉兹的拼写 Raz 辅音相同。

么轻率的。

荒唐的是，睡着后我却梦见了奥兹仁，梦见我们在甜食角的面包作坊他那公寓房的楼下，只是炉子变了，成了我那邦迪套间里的德龙牌炉子。我俩没做别的，在烤松饼。我从炉里取出烤盘时，他来到我身后，他的前臂靠在我的前臂上。松饼烤得很泡，从烤盘里膨胀出来，热气腾腾，香喷喷的。他拿起一个，放到我嘴边，松饼壳一进嘴就酥了，我尝到一种奶油样的浓郁的美味。

有时候松饼就是松饼，可在那梦里却不是。

电话铃不断乱响，我以为是自己的起床闹铃，翻过身拿起话筒，放回架上。两分钟后，铃又响了。这一回我坐了起来，注意到数字钟上红光闪出的时间：两点三十。如果是闹铃，那就早了四个小时，坐柜台的服务员可得挨一顿好训。我不高兴地嘟哝了一句，“哼？”

“是西斯博士么？”

“唔。”

“我是福瑞奥索医生，麦克斯·福瑞奥索。我是在奥本山医院给你打电话。我们这里来了一位萨拉·西斯医生……”

任何人接到这样的电话都会非常着急，立即惊醒过来瞪大了眼的。可是睡意朦胧的我却觉得妈妈半夜在医院是最平常不过的事。“唔，啊？”我哼了一声。

“她受了重伤，我相信你是她的直系亲属，是么？”

我突然坐了起来，在陌生旅馆里的黑暗里失去了方向，摸索着电灯开关。“出什么事了？”我嗓子嘶哑了，仿佛吞下了一把盥洗室的刷子。

“机械震动。机动车现场。不需卧床，触诊有痛感，疑为胸腔……”

“等一等，住嘴，你说英语好么？”

“但是我以为……西斯医生……”

“我妈妈才是医生，我是文学博士。”

“啊，啊，她出了车祸。”

我首先想到的是妈妈那双手，她很注意保护自己的手。

“她在哪里？我能跟她说话么？”

“嗯，我看，你应该来这儿一趟。她……啊，坦率地说吧，她一直有点不好办。她给自己签了 AMA[①]——啊，意思是拒绝医嘱。但是她在医院走廊休克了——意思是，昏过去了。脾破裂。腹腔大量积血。我们正在给她作手术准备，现在。”

我记下医院地址时手在发抖。我到达她那里时，她已离开急诊室，进了手术室。福瑞奥索医生是个年轻的住院医师，高而瘦，眼圈带了早晨五点还没睡觉的阴影。在我穿上衣服，找到出租车，赶到那里去的短短的时间里，他又已做了一台枪伤和一台心脏病突发手术。因此他几乎记不清我是谁了，是看了我的准入证才想起来的。妈妈坐在一辆由一位八十一岁的老太太驾驶的车里。老太太到达医院前已经死亡。她们撞在了斯托罗车道的防护栏上。跟其他的车没有关系。“警察找你妈妈做了现场笔录。”

“怎么回事？伤得那么严重，还准许警察找她做笔录？”

“警察到达时她还清醒，显然在给另一个伤员做人工呼吸。”他又望了望记录，“她还跟急诊医生争论，要求现场给受伤的妇女插管。急诊医生要求立即送急诊室时，她很难对付。”

---

① Australian Medical Association（澳大利亚医学协会）的缩写，被误会为 Against Medical Advice（拒绝医嘱）了。

那倒是的，我想。如果是我的话，我倒会采纳她的意见。“那么，她那时情况既然不错，后来又怎么样了？”

“你的问题出在脾脏上。很凶险。你基本上正常，只是有点痛，却不知道你在大出血；很久以后才发现问题，血压突破了最低点。这是她在晕厥前给自己下的诊断，你知道……”这时我的脸色一定在发青，因为他没有再讲内出血的问题，而是问我要不要坐下来。

“那位老太太，你有名字没有？”

他刷刷地翻着夹板上的记录，“德丽拉·沙兰斯基。”

这名字对我完全没有意义。我努力按福瑞奥索医生告诉我的路线找妈妈在医院的哪一块。但是这场无妄之灾的整个情况使我心乱如麻，我大约转错了六次弯才找对了地点。我在一张塑料椅上坐了下来。那椅子毛茛花色，在医院整体的泥灰色里几乎显得刺眼。然后我就无事可做了，只好等待。

妈妈从手术后的恢复病房被推出时，一只手臂上挂了静脉滴注，管子有园艺水管那么粗。她的一边面颊全撞伤了，肿了，一定是撞在车壁上了。她有点晕，但是立即认出了我，对我歪扭地笑了笑——那可能是她对我发出的最发自内心的笑。我抓住她那只没有大口径滴管滴注的手。

“这边半斤，”我说，“那边八两，西斯大夫仍然在医院上班。”

她轻微地呻吟了一声。“但是，医生总得有脾脏才能在医院上班的，”她低声说，“抵抗不了传染……”她的声音喑哑了，眼睛湿润了，大滴大滴的泪珠从可怜的受伤的面颊上流过——三十年来我还没见妈妈哭过。我抓起她的手亲吻着，自己也哭了。

他们让我留在她房里，坐在一种苏丹式躺椅上。不到十五分钟，镇静剂和止痛片又让她昏睡过去。那倒是好事，因为她情绪很不好。我在那倒霉的椅子上无法重新入睡，只有昏头昏脑坐着，静候天亮，听着逐渐聚集在外面走廊里的声音。早班人员正收拾着药品和血压计，为即将到来的选择接受手术的可怜虫们做准备。我思考着自己要做的一切：给泰特现代美术馆打电话，取消我的报告；通知妈妈的秘书简奈恩，让她更改在悉尼等着妈妈的日程；给警察局打电话，弄清楚妈妈的法律责任——如果有的话。若是在悉尼，事故导致死亡很可能还得调查。如果妈妈还得待在波士顿为这类事出面，她心情一定很糟。

我终于为这些事激动了起来，出去找了电话，向各地打去。伦敦现在还是上班时间，悉尼的医院里也还有人值班，虽然已是半夜。我回房时妈妈已经醒了。她一定感觉好多了，因为她恢复了她那神经外科主任西斯医师的声音，给了为她换管子的护士好一顿训斥，大谈其插入套管的位置。我进房时注意到她的眼睛落在了我身上。

“我还以为你已经走了呢。”她说。

“没有，要摆脱我可不那么容易，我刚才是给简奈恩打电话去了，你知道，得通知她……你感觉怎么样？”

“很不好过，他娘的。”妈妈从来不说脏话，除了偶尔说个四个字母的词[①]，出口就像棍子。澳洲式的轻佻的口语式谩骂她是不屑使用的。

“要我给你办什么事么？”

“找个合格的护士。”

我望了那护士一眼，是为妈妈的不客气表示歉意，可那人并没

① 英语里有好几个骂人的词都是四个字母，如 damn，fuck 等，算是轻微的粗口。

感到丝毫不安。她只转了转眼珠，耸了耸肩，继续给她量体温，量血压。事实上对护士粗暴并不像妈妈的作风。我明白她一定是痛得难受。我倒真有件事应该告诉她：她那医院里的护士都崇拜她。其中有一个上了医科学校，然后又做了实习医生。有一天那人在妈妈的办公室听见我和妈妈吵架，就把我拉到一边。我一定是满脸“别把我当战败者看”的表情，不乐意她来管那闲事。可是她却说妈妈还有个我不了解的一面，否则我就不会对她说出那样可怕的话了。她说在外科医生里，实际上只有妈妈是鼓励护士提问题的，也鼓励她们承担更有技术性的工作。“大部分外科医生你一问问题他就转开身子，认为你翘尾巴了什么的。可是你妈妈却为我弄到了成熟年龄入医科学校的入学申请，还给我写了推荐信，让我上了学。”

我想起来了，我那时对那实习医生还不大客气，基本上是让她多管自己的事，少操别人的心。可是在内心深处我却为她那些话骄傲。问题是，妈妈觉得了不起的东西我却受不了。一谈起医学问题妈妈就成了传教士，而我就像一个牧师的离经叛道的女儿。

护士离开房间后，妈妈有气无力地做了个手势。“对，事实上你可以为我做一件事。拿出本子和笔，记下下面的地址。”

我记下了她给我的街道名称，布鲁克林某处的一条大道。

“我要你到那里去。”

“干什么去？”

“那是德丽拉·沙兰斯基的家。今天晚上他们举行七日服丧[①]。那是犹太人的哀悼仪式。”

“我知道那是什么意思，妈妈。”我说，带了几分唐突。“我得过一个《圣经》希伯来文学位。”我想说，叫人意外的倒是你也

---

① 犹太教在近亲葬礼后所进行的正式哀悼，为期七天。

懂得七日服丧。我一直怀疑她有一点反犹太情绪。妈妈的偏见明显地分成两面。对于病号她不看肤色，看新闻却偶然发表几句含糊的评论，带种族意识的，“阿尔巴尼亚懒汉”呀、“血腥的土耳其人”呀什么的。同样，她在安排专业医疗进修时却往往把有头脑的犹太人送到他们渴望的地方去。不过，她从没带过一个犹太人回家吃饭。

“这些人，沙兰斯基家的人，不可能知道我的。他们不会喜欢陌生人到那儿去的。”

“他们会喜欢的，”她在床上挪了挪身子，因为用了劲，皱了皱眉头，“他们会要你到那里去的。”

“为什么？说来说去，这位德丽拉·沙兰斯基究竟是谁呀？”

她深深地吸了一口气，闭上了眼睛。“现在已经没用了，一调查，一切也都暴露了，不管他们在这儿是什么情况。”

“什么？你究竟说的是什么呀？”

她睁开眼笔直地望着我。“德丽拉·沙兰斯基是你的祖母。”

我在那高大的红砖建筑的台阶上站了很久，努力鼓着勇气想敲门。那地方在布鲁克林我所喜欢的地带，边缘部分靠近阿尔斯通，那里卖玉米煎饼，附近是一间出售犹太教允许的货品的杂货铺。那里的街道生活一半是艺术学生的放纵，一半是犹太人的规矩。

即使没有另外一群吊客来到我身后，差不多把我裹进了屋，我也还有很好的机会，根本不用我敲门。十来条喉咙全在大声说话，于是门开了，有人递给我一杯伏特加。总之我就没想到七日服丧期会是这样的。我估计他们属于俄国犹太人的俄罗斯部分。

那屋子无论从那传统式的外表看，或是作为八十一岁老太婆的住处看，都完全不是你以为的样子。屋子的内部以非常现代化的形式完全开放。白色的墙壁，光线从设置得体的天窗射入。屋里全是插着虬曲的枝条的高而瘦的陶瓷花瓶，巴塞罗那椅和各种包豪斯风格的摆设。

远处墙壁上有一幅非常巨大的画，是能看得你目瞪口呆的那一类。一片绚丽燃烧的澳大利亚的天空，只有一线色彩鲜红的沙漠，是画幅下部四分之一处的寥寥几笔涂抹成的。那么简单，却那么大气磅礴。那是一九六〇年代早期为画家赢得盛名的几幅作品之一。在愿为澳大利亚艺术下工夫的重要博物馆里你都能见到那个系列的画。但这只是他若干幅杰作之一，是我所见到过的最好的。我们自己(我是说我妈妈)也有那么一幅，挂在她贝尔维尤山豪宅区的住宅里。对那幅画我从没有想过那么多。她有好几幅纪念品画作：布雷特·惠特莱、西德尼·诺兰、亚瑟·博依德。永远喜欢大名鼎鼎的大男孩。她能有一幅阿龙·沙兰斯基的作品倒是顺理成章的。

那天早上妈妈和我谈了相当久，直谈到我发现自己弄得她很疲劳为止。我已叫护士给她吃了点药，她睡着后我去怀德纳图书馆查找了阿龙·沙兰斯基的传记，查阅了他的情况。一切都在那里，很容易找到。1937 年生，父亲是乌克兰集中营的幸存者，波士顿大学的俄语和俄国文学教授，1955 年被聘请到南威尔士大学创办第一个俄语系，携全家来到澳洲。阿龙在东悉尼技术学院上了美术系，在到北部地区实习时开始创作了后来使他成名的画作，在澳洲艺术界成了个咄咄逼人的后起之秀。有话就说，不留情面。一接触沙漠环境和因此而引起的采矿工业破坏问题，他就极为政治化。我记得在报上见到过他被抓的报道，因为在铝土矿山静坐抗议被捕，我觉得就是那个报道。那时的警察都很粗暴。警察拽住他黑色的长发在沙地上拖。这事闹成了严重的丑闻，我记得。他拒绝了要求他不回矿山地区的保释条件，跟十来个土著人一起坐了一个月的牢。出狱时取得了监牢严重虐待土著居民的第一手资料，很有发言权。出狱后在某些圈子里成了个大英雄。即使是保守派人物也得客客气气地听他说话——如果他们还想有机会弄到他的画的话。每一回他开画展都造成疯狂的抢购，不管定价多高。

然后，到了二十八岁，他的情况突然急转直下了。视力开始下降，发现长了瘤子，压迫着视觉神经。他冒险做了精微摘除术，几天后却死于"术后综合征"。

在人物概评或无数的讣告里有一件事没受到注意：给他做手术的神经科医生的名字。在那个时代的澳大利亚，医生是不准在新闻上披露姓名的，那政策体现了一种医学道德。虽然我不处于能确切了解情况的地位，但我怀疑：三十出头的没有了自我怀疑，那使她有可能给他做他那很难摘除的瘤子手术。可那是她做的么？如果是的话，她就必须面对一种古老的传统：医生不能为跟他有直接感情纠葛的人做手术。

萨拉·西斯是阿龙·沙兰斯基的情人，动手术时已经怀上他的孩子四个月。

"你以为我不爱你父亲么？"

她脸上是一副彻底呆住了的神态，像是我告诉她洗脸盆里冒出了一头河马。下午我从怀德纳回到医院，到达时她还在睡觉，我所能做的只是不摇醒她。到她终于睁开眼时，我几乎躬身到了她面前——一肚子的疑问逼得我快发疯了。我们谈了起来。有问有答，也有长时间的沉默。那是我俩之间最长的一次没有拌嘴的谈话。

"我为什么不能认为你不爱他呢？你从来就没提起过他，没有，一次也没有。等到我终于鼓起勇气问你时，你也只会转身就走，一脸的懊丧。"对那个时刻的回忆至今伤害着我。"你知道吗？从那以后我就深信自己是一次强奸所生下的孩子，或者……”

“啊，汉娜……”

“而且，很显然，你一见我就受不了。”

“那当然不是事实。”

“我……我认为，一定是我让你想起了他或者什么……”

“你确实让我想起他，你太像他了，从生下来那一分钟起就像。你一直就有的酒窝，你那头形，你那眼睛，后来又是你的头发——颜色和质地都一模一样。你注意力集中时的面部表情——跟他画画时一样。我心里想，对，她像他，但是以后她是会像我的，因为她跟我在一起，是我在抚养她。但是你并不像我。你感兴趣的都是他爱的东西，一向如此。就连你的笑也像他。你生气时的样子也很像……每一次看到你我就想起他……然后，你进入了青春期，你对我似乎那么仇恨……仿佛那是对我的一种惩罚。”

“惩罚？你是什么意思？为什么受惩罚？”

“因为我杀了他。”妈妈的声音突然很低了。

“啊，为了上帝的缘故，妈妈！你一直叫我别把自己弄得那么戏剧化。没能挽救病人跟杀死病人怎么能是一回事！”

“他不是我的病人。你疯了么？你跟我一起生活了那么多年，就没学会一点医学知识？我要是能给我爱得死去活来的人动手术，我还能成什么医生？我当然没有给他动手术，我只做了检查，进行了诊断。他抱怨说视力模糊。他长了个瘤子，良性，生长缓慢，没有丝毫生命危险。我建议他做放射治疗，他试了，但视力伤害仍然继续。他要求动手术，愿意承担风险和一切。所以我向他推荐了安德生。”

神话般的安德生么？我一辈子都听到他的名字。妈妈事实上很崇拜他。

“那么，是你为他找了最好的医生。那你干吗还责怪自己？”

她叹了一口气。“你不会懂的。”

“可你能给我机会懂得……”

“汉娜，你有过机会，很久以前。”然后她闭上眼睛。我坐在那里挪来挪去，不能相信我们又回到了以前那……跟以前那……不是在那样的时刻，我不知道还有那么多问题。

屋外，天快黑了，但在医院里面却无法知道。走廊的寂静里塞满了救护车的咂啷声和寻呼机的哔哔声。我不知道是否是因为用了药，她又迷糊了。但是她随即动了动，说起话来，眼睛仍然闭着。

“你知道，在我申请神经外科医生职位时，他们不愿把那职位给予妇女。有两个评估人直言不讳地指出那是培训的浪费。我以后会嫁人生孩子的，绝对不会行医。”

她嗓子提高了，生硬了。我可以看出，她的心正回到了那个房间，面对着那几个想否定她一心追求的未来的人。“但是第三位评估人是系主任。他知道我考了全年级的最高分，实习也一直表现特出。他对我说：‘西斯医生，我只想问你一个问题：你能想象吗，除了做神经外科医生，世界上还有什么你可以做的工作？因为，如果回答是肯定的，那我就建议你撤消申请。”

这时她睁开眼睛望着我。“我一秒钟也没犹豫，汉娜，对于我，别的都不存在。什么都不存在。我不想结婚，不想有孩子，我要放弃一切普通人的正常欲望。我曾经设法让你理解，汉娜，如果能做到的话，那是多么惊人、多么神奇的事业！最困难的神经外科手术，像这样的外科手术，你知道你的手指尖上掌握了一个人的思想和性格，而你的技术——我不但挽救着生命，汉娜，我还挽救着使我们成为人的东西。我挽救的是灵魂。但是你从来就不……”她又叹了一口气。我又在座位上挪了挪。传教士又登上了她的布道坛。这一套我全听过了，也知道会往什么地方说下去。而那却不是我想去的地方。但是她突然换了挡。

“我的怀孕是个错误，我很生自己的气。我不想生孩子，从来不想，但是阿龙却很激动，他让我也激动了起来。”妈妈那蓝眼睛一直盯着我，而且闪光了。

“在某些方面，我和他是最不像会成为情人的。他是那么个激进派的偶像破坏者，扔西红柿的，而我却是……”她住了嘴，手在床上神经质地摸来摸去，抻平着并没有打皱的床单。“在我遇见他之前，汉娜，我从没抬头看过前面，从没自愿把一分钟花在与医生无关的事上。而在我做了医生之后，也从没把一分钟花在跟做个更好的医生无关的事上。政治呀，大自然呀，艺术呀——这一切都是他介绍给我的。我不相信什么一见钟情之类的滥调，可我们之间却正是一见钟情。那感觉我以前从没感到过，以后也没有过。他一走进我的诊断室，我就感觉到了——”

一个助理护士倒退着进了病房，拖了部茶点小车。妈妈的手在发抖，我帮她端着杯子。她喝了几口就挥挥手，让护士拿走了。“美国人是沏不出好茶的。”我抖松了枕头，她调整了一下姿势，因为使劲不禁呲了呲牙。

“要我给你叫点什么东西吗？”

她摇摇头。“已经麻醉得够呛了。”她说。她深深地吸了一口气，鼓了鼓劲，又说下去。“第一天，我回家时就有一幅画等着我，就是挂在饭厅侧面板壁上的那幅。”

我吹了声口哨。即使在那时，那画也得值一百万。“我从可能的求婚者得到过的大体就只有一束花，事实上已经蔫掉。”

妈妈苦笑了一下。“对，”她说，“意图表达得很清楚。还附有一张他的字条，现在还在我手上，一直就在，在我的皮夹子里。

你要是愿意，不妨看看。”

我来到她的衣物柜，取出了她的手袋。

“皮夹子放在拉链袋里。对，就在那里面。”

我把它取了出来。“就在我的驾照后面。”

话很短，只有两行，是用绘画炭条写的，字体很大，龙飞凤舞。

> 我的作品就是我，
> 我为此而来。

我记得这一行，引自杰拉尔德·曼利·霍普金斯的一首诗。阿龙在下面还写了一句：

> 萨拉，你就是我的她，
> 请帮助我完成追求。

我瞪大眼望着那字，想象着那写字时的手，那是我父亲的手，我从没拉过的手。

“我给他去了电话，为那幅画道了谢。他请我到他的画室去。那以后……那以后我们一有空就在一起，直到结束。时间不长，只有几个月，真的。我常常猜测，如果我们继续下去，如果他还活着，我们能不能长期……最终他说不定会仇恨我，跟你一样。”

“妈妈，我没有……”

“汉娜，你别说了，说也没意思。我知道你一直没有摆脱一个事实：你小时候我不是一天二十四小时，一周七天陪你的妈妈。到了你的青春期，在跟我的关系上你很可能是棵仙人掌，不肯让我靠近你。我常常进到屋里，听见你和格丽塔一起哈哈大笑，可我一到你们面前，你们就闭了嘴。我问你们说的什么笑话，你就对我绷出一张石头脸说，‘你不懂。’”

那倒是真的。我确实是那么做的。那是我惩罚她的一个小招数。我摊开双手放在膝头上，做了个投降姿势。“那是很久以前的事了，到现在。”我说。

她点点头。“对，全都是很久以前的事了。”

“出了什么问题呢，那手术？”

“我向安德生提出这手术时，没有告诉他我和病人的关系。我已经怀孕了，也没人知道。白大褂的覆盖力是惊人的。总之，安德生请我参加手术，我拒绝了，找了个蹩脚的借口。我还记得他望着我时那样子。往常，只要有机会参加，我是赴汤蹈火也是要干的。因为那种类型的瘤子，你得从颅骨底下往里做，翻开头皮……”

她住了嘴。我发现自己已不自觉地举起手，捂住耳朵，想阻挡那恐怖的叙述。她瞪了我一眼，似乎要撕掉我的皮。我像个心虚的小孩子一样，放下了手。

“总之，我选择了不参加，却又找了个理由在安德生出手术室时逗留在那附近。他在脱手套，我永远不会忘记他抬起头时那张脸。我以为阿龙一定是死在手术台上了。我是使尽全身力气才勉强站稳了的。‘正是你所诊断的脑膜瘤，但是视神经鞘黏连太广。’他设法从视神经鞘上剥离瘤子，恢复神经供血，却遇见太严重的黏连。总之，我从他的话里听出：阿龙的视力是再也无法恢复了。我也在当时当地就明白：阿龙是不会认为那还算活着的。事实上，阿龙并没有醒来发现自己瞎了眼。当天晚上他流血了，而安德生不在。到他们把你爸爸送回手术室清除血块时……”

这时护士进来了，打量了妈妈一眼。妈妈有多么激动是很清楚的。护士对我转过身来。“我觉得你最好让病人休息一会儿。”她说。

“好了，你走吧，”妈妈的声音显得费劲，似乎说那几个字花了她极大的力气。“到时间了。你该去跟沙兰斯基家的人见面了。”

“汉娜·西斯？”我从德丽拉·沙兰斯基墙上那幅画转过身来，发现面对着一套熟悉的眉眼，我自己的眉眼，只是长在一个老得多的人头上。

“我是德丽拉的儿子——另一个儿子，约拿。”

我伸出手，他却一把抓住我的双肩，把我拉向他。我感到浑身不自在。我还是小女孩时就渴望有个家。妈妈是独女，跟她父母不亲密。她爸爸搞保险业务赚了很多钱。我还没出世时他就把妻子带进了努萨的网球和高尔夫休闲圈子。在姥姥因心脏病突发去世之前，我觉得还见过她一次。没有多久，我姥爷就跟另一个人结了婚，是个网球教练。我妈妈不赞成，因此我们从来没去看过他们。

现在我突然到了这里，周围全是陌生人，也全是我的直系亲属。人数不少，三个堂哥，一个姑妈——显然还另有一个姑妈，在雅尔塔做商务代表。还有约拿伯伯，是个建筑师，帮德丽拉翻新过房子。

“听说你妈妈慢慢好了些，我们就放心了，”他说着把一绺捣乱的黑发神经质地往后一甩。那动作，我发现，也跟我在镜子里的动作一样。“妈妈八十岁以后我们谁都不赞成她继续开车，可她是个倔强的老把式。”爷爷去世已经十五年多，他说，她已经习惯于凡事自己干了。“十年前她回到美国得了个博士学位，因此我以为，她不乐意我们对她指手画脚是可以理解的。但是，对你妈妈，我们却都非常难过。如果有什么我们能做的……”

我向他保证，妈妈被照顾得非常好。消息在神经外科会上一传开，整个医生网就行动起来了，就跟自己家的人出了事一样。没有一个波士顿的病人所受到的注意和照顾会超过她的。

“啊，这次的悲剧把我们送到你面前，妈妈会很高兴的。终于有这么一天！”

“非常遗憾的是，你和你妈妈没有留在澳大利亚——我小时候要是有个奶奶，那多好呀。”

“啊，我们在澳大利亚住过，还住过好几年呢。妈妈想给我机会拿到建筑学学位。我在机械学院读夜校，白天在新南威尔士建筑师公司做事。塔隆加动物园的厕所就是我设计的。如果你有机会在那里撒尿的话……”他傻笑了，“唔，就厕所而言，那倒真不错……”他放下酒杯望着我，似乎有话要说，却又犹豫不决。“你应该知道，妈妈曾经求萨拉让我们跟你见见面，让你成为我们家庭的一员，但是萨拉不同意。她坚持不让我们接触。”

“可你刚才还说你妈妈是谁的命令都不听的，她为什么又听萨拉的呢？”

“我觉得她很为难。但是她知道我们就要搬回这儿来了。我猜她是感到自己在你们母女生活里戳一个大洞后又走掉，是不公平的。但是她找到了你接受学前教育的地方，你知道，她下午常在管家来接你时到那里去等着看你，她为你担心，她说你看去是个可怜巴巴的小丫头……”

“唉，她看得太准了。”我说，我的嗓子嘶哑了，忍不住嘴唇发抖，弄得我很尴尬。太残忍了，对德丽拉残忍，她一定非常渴望见到她的小孙女，那是他儿子留下的唯一骨血；对我也残忍，如果我早有了这个家，我就是跟现在不同的一个人了。

“可是妈妈为什么又保持联系呢？我是说，昨天晚上她们怎么又到了一起呢？”

“财产的事。阿龙的委托——他在遗嘱里要求用他的版权建立沙兰斯基基金。”

“当然。”我说。那是妈妈的几个董事会之一，要求她做董事的人很多，有公司，也有慈善机构。她有会长的威望，也拿会长的薪金。但是我从来没觉得她关心过任何一个董事会。沙兰斯基基金对她就一直似乎是个额外的负担，它的利息跟那机构不完全相称。

“阿龙在动手术前写了一份遗嘱，建立了基金，委托德丽拉和萨拉代管。我估计他以为那样就可以把她们俩捆到一起了。”

这时另外有人来了，约拿转过身去跟她谈话。我呆望着书架上的画。只有几幅，嵌在朴素的银框子里。有一幅画的是德丽拉。还是个年轻妇女，穿白色的透明硬纱外衣，领子上有斑斓的银星。眼睛很大，不知道为什么着意打扮，弄得那么漂亮，眼睛激动得水汪汪的。还有一张是阿龙的画室照片，身上沾满颜色，一味思考着面前的画布，好像身边没有摄影师。还有家里人的合照，成年礼吧，我猜，勃里塞舞，可能……漂亮的人们手臂搂着彼此的肩膀，笑眯眯的眼睛，肢体动作表示他们在一起很高兴。

他们对我都非常热情，给我送食物，甚至拥抱我。我不习惯拥抱。我努力把自己改造得适合这种背景，改造成一个半俄罗斯族的犹太人，一个可能一辈子叫做汉娜·沙兰斯基的人。

玻璃桌上放着伏特加酒瓶，我不断被吸引了去。已经不记得喝了多少杯了，不断地喝，我喜欢那带点醉意的纷忙。每个人都在谈着德丽拉的故事。约拿的妻子谈的是，她刚结婚时约拿老说她做的逾越节丸子跟他妈妈做的不一样。“我试着单独打蛋白，用手轻轻揉所有的材料，做成了一种可爱的丸子。但是不行，从来就不是德丽拉的丸子。有一天我受够了，把所有的东西往搅拌器里一扔，全成了高尔夫球，很硬。可你猜约拿怎么说，‘就像德丽拉做的！’”

还有另外一些这类的故事。从那角度看，德丽拉并不是老一套的犹太人妈妈或奶奶。约拿的儿子，一个年龄比我略小的家伙，谈到他爸爸妈妈第一次离开他，让他一个人过周末的事，据说是跟德丽拉奶奶在一起。“奶奶在门口迎接了我，把锡箔纸装的两只外卖鸡塞进我手里说，‘回家跟朋友们快快活活过周末吧，只是小心别给自己也别给我惹麻烦。’那可是一个被保护得过分的十四岁的孩子的美梦，我告诉你。”

约拿和他的妻子装作吓坏了，把脸埋进了双手。“我们要是知道的话……”

我说我过一会儿就得走，我还得去看妈妈。其实我完全不想去，但是我却非离开那地方不可了。我已经站立不稳，部分原因是伏特加，但那只是部分原因。一个晚上不够弥补三十年来错过的故事。错过的爱。

我回到旅馆才意识到，自从妈妈出事以来，我对妈妈的复杂的新感情融化成了一个愠怒的小疙瘩。那是一种我一辈子都熟悉的感觉。光是知道她曾有可能成为一个具有伟大爱情的女性是不够的。对，她肯定忍受过痛苦，失去了一辈子的爱情，为此她有过满肚子的痛苦。可无论怎么看，我的日子也不完美。穷困，得不到原谅，青春期像噩梦一样。这还不够，所有的决定最终都是由她做的，而付出代价的却是我。

我进浴室呕吐了一气，那是在我进大学后几乎从没有过的事——至少没有因为喝得太多。我拿块湿毛巾搭在脸上，在床上躺下，努力不理会那房间旋转动荡的感觉。头痛又闯进来的时候，我决定不取消泰特美术馆的发言了。妈妈就让她那些医生同行照顾去，我知道他们会的，她一向就是工作第一……

他也是工作第一。我脑子里这话是她的声音。他就是那位确实把工作看得高于爱情的人。他本来没有必要冒着生命危险动那手术的。他得到了那么多东西，情人，家庭，未来的孩子，可所有这些都没有他的工作重要。

那好，那就让他俩都见鬼去吧。还是这么办好，他们会照顾好她的。

余醉很折磨人，可不是你在七小时飞行里愿意受的罪。感谢那位亿万富翁，我至少又坐进了头等舱。航班空姐送来烤焦了的沙文鱼，我取了一片，想象着坐在我背后那些跟纸板样的鸡和橡皮样的意大利面食作斗争的可怜虫们。即使坐了头等舱，食物仍然很难吃。没错，鱼是炸过的，而且炸得不错，却留在铁格子上又烤了一个半小时。总之，我真正想要的是水。我在等着收盘子时，拿起了撒盐的小塑料瓶，撒了几粒盐在手上。妈妈出事后我就没想过回拉兹的实验室，确实没想过。我既然没有出现，他是会认为我仍然对他冷淡的。作为善意的表示，我还没有到，他就已经做完了分析。他在我旅馆的桌上留下了一个潦草写就的字条。我把它展开，放在面前铺了台布的折叠桌上。

你没错，是 NaCl。不过，是海盐而不是岩盐。看看吧，犹太人在十五或十六世纪是怎么制盐的。也许不是餐桌上的盐？是海上冒险么？符合你所知道的地点西班牙或威尼斯么？？？昨天晚上犯了傻，对不起。伦敦如何，盼告。

你的伙伴　拉图斯·拉兹

我笑了。典型的拉兹，又在往长颈鹿上乱猜了，他那沉船事故倾向会促使他从海盐往海难想。但是，我会接受他的建议查一查的。总之，犹太人认可的盐是怎么做的？我不知道。这是调查的另一条思路，另一条线索。说不定囚禁在那书里的精灵可以让我瞥见点什么东西。

我让白色的颗粒从手上落下，掉到一片边上发黄的蔫了的莴苣叶上。在我身下几千英尺看不见的海洋里，含盐的浪涛在黑暗中汹涌澎湃。

盐　水

一四九二年，塔拉戈纳*

YHVH** 的话精练，
如银如金地精练。
几个字母一出现就精练。
精确地镌刻,光明耀眼。
全以色列都能见到，
在空中穿掠,向八方飞散，
在一个个石碑上刻满。

——《光辉之书》***

* 西班牙加泰罗尼亚塔拉戈纳省的首府，邻近地中海。
** 耶和华的古希伯来语写法。
*** 犹太神秘主义对摩西五经的注疏。

大卫·本·绥山并不是粗心人，可他的心老在高深的问题上，因此常受妻子米利暗的咒骂：跟姨妹在市场迎面闯过却没有点头招呼呀，卖鲭鱼的半价推销小黄鱼，吆喝着，他却没听见呀什么的。

因此他对自己何以注意到那青年就很难解释了。这青年不像别的乞丐或小贩那样吆喝，只是一声不响坐着，眼睛搜寻着来往行人的面孔。说不定引起本·绥山注意的正是他那沉默。在喧嚣拥挤的人群里他是唯一平静专注的人。不过，也可能完全不是，他只是在冬天照耀的一缕淡淡的阳光里带了点金黄色罢了。

那青年在市场边缘占了一小片土地，被城墙包围。在这种季节，那是个潮湿多风的角落，是个不能吸引顾客的可怜地方。正是为此，当地的商贩就把它留给流动小贩或因战争而逃亡的安达卢西亚难民了——安达卢西亚的难民正从这座城市里经过。南面的战争驱赶了许多人。到他们逃了这么长的距离后，身边的值钱的东西已经卖光了。在市场边缘找到地点的难民设法出售的都是些不值钱的东西，破旧的手套和外衣呀，居家的旧用品呀。但是展开在那青年面前的却是一张皮，皮上放了许多画了画的羊皮纸，色彩鲜艳，很引人注意。

本·绥山停下脚步，在人群里挤着，想看得清楚些。他蹲下来，为了保持平衡用手指撑着冰凉的地面。正如他所感到的，那些画确实绚烂夺目。本 · 绥山见过基督徒祈祷书的插图，却还没有见过这样的。他躬下身子仔细地看着。他简直不能相信自己的眼睛了。这是熟悉《米德拉什》[①]的人画的，或是在熟悉《米德拉什》的人指导下的艺术家画的。一个念头在本 · 绥山心里出现，他高兴得了不得。

“这是谁画的？”他问。青年瞪着他，明亮的棕色眼里只有不理解的茫然。估计是听不懂当地的土话吧，本 · 绥山说起了阿拉伯语，然后是希伯来语。可那人的目光依旧茫然。

“他是个聋哑人。”一个只有一只手的农民说。那农民叫卖着一个修补过多次的面团木钵和两把木头勺子。“我在路上见过他和他的黑奴。”本 · 绥山更仔细地打量了一下那青年。他的衣服虽因流离而污迹斑斑，质地却很好。

“他是谁？”

那人耸了耸肩。“那黑奴说了些瞎话，说是他的父亲以前做过最后一任埃米尔[②]家的医生。但奴隶都是些什么人，你是知道的，喜欢瞎编故事的，对吧？”

“这人是犹太人么？”

“他行过割礼，因此不是基督徒，而他那样子又不像是摩尔人[③]。”

“那奴隶在什么地方？我想多了解些关于这画的情况。”

---

① 犹太教解释、讲解《圣经 · 旧约》的布道书卷，是犹太教的通俗性典籍。分为两种：《哈拉哈》，庄重严谨；《哈加达》，更有趣味性。犹太教家庭的孩子从小就要学习《米德拉什》。

② 伊斯兰国家的首领，从酋长到国王都可以叫埃米尔。

③ 中世纪伊比利亚半岛（今西班牙和葡萄牙）、西西里岛、马耳他、马格里布和西非的穆斯林居民。

“我们来到阿利坎特海岸后不久的一天晚上，那奴隶就溜掉了，肯定是逃回伊夫里齐亚[①]老家去了。我老婆倒是慢慢喜欢上了这孩子，这孩子挺随和的，从没有跟她顶嘴。但我们来到这里之后，我也设法让他明白，他得卖掉点东西做盘缠。他一共也就只有这些画了。书上的金子倒是真的，你知道。你想买一张么？”

“我全要。”本·绥山说。

米利暗把肉往方框上一顿，力气太大，把大卫的面包片顿破了，汁水往桌上流。

“你看你，你办的是什么事呀，邋遢家伙！”

“米利暗……”他明白她脾气的根源不在破面包。她的女儿路蒂已经跳起来擦着汁水。妻子还在骂，大卫见女儿的双肩耷拉了下来。路蒂讨厌吵闹。大卫叫她麻雀，因为她让他想起一种神经质的小鸟。她很像麻雀，一个灰棕色的小东西，暗褐色的眼睛，灰暗的肤色。爸爸常常用没食子、松香和硫酸铜熬制墨水，几个炉子常由她管，因此她身上总带点那臭味。可怜的小麻雀，他想。这孩子温和，乐意干活，有可能嫁给一个善良的小伙子，远离她妈妈那刻薄的舌头。但她没有财富，脸蛋也不漂亮，而在这个恪守神谕的家庭，虽不在乎那类东西，她却又因行为肮脏的哥哥而受到排斥。

米利暗结实得像个旧马鞍，在那姑娘的畏怯面前没有耐性。她把女儿狠狠地推开，从她手上抓过抹布，夸张地使劲擦着桌子。“你揽到的活老是很少，这你比我更明白。可你却花两个月的收入去买画儿！拉克拉还说，你连价钱也没跟那小青年讲一讲。”

大卫想压下心里对拉克拉的不友好的念头，那家伙总是清楚整

---

① 中世纪对包括现在的突尼斯、利比亚和阿尔及利亚之内的地区的总称。

个卡哈尔[①]的生意，连最细微的情况都知道。

“米利暗……”

“你的侄子就要结婚了！好像我们的开销还不够多似的。”

“米利暗，”大卫大大地提高了嗓门，那对他可是极不平常的事。“我买这画正是为了他那婚礼。我正在为约瑟的儿子和他的新娘抄写一份逾越节用的《哈加达》，你还不明白么？我可以让书页跟这些画配合，装订成一本书。那时候我们就可以送出一份很有分量的礼物了。”

米利暗噘起了嘴巴，把一绺鬈发塞到细麻布头巾后面。“啊，要是那样的话……”米利暗一辩论起来，是宁可舔苦胆也不肯认输的，但是这回这消息却让她轻松了，像是脱下了夹脚的皮靴。她一直就在为礼物的事发愁。堂·约瑟夫的长子跟散兹家的小姐结婚，你难道能带了菲薄的礼物去么？她一直在着急。拿大卫抄写的光秃秃的《哈加达》送给那样的阔绰人家，不是太寒碜么？可这些画上又是黄金又是天青石、孔雀石什么的，有了这些，品位就大大地提高了，她必须承认。

大卫·本·绥山对钱并不在乎，对地位更不在乎。他是在整个绥山家族里最穷的人，他也根本不在乎。但他对全家的安宁却非常在乎。他发现很难缠的老婆消了气，这才放下心来。关于那手稿的想法也叫他满意。要是在十年前，他可能会为使用那些形象是否恰当而犹豫——即使是这样的宗教形象。但是他哥哥是个宫廷官员。他举行宴会，享受音乐，跟非犹太人并无区别，虽然他决不会把这想法对哥哥当面说起。那么，他的儿子为什么就不可以拥有一本可以跟基督徒最漂亮的祈祷书媲美的《哈加达》呢？伟大的拉比杜蓝曾坚持只用美丽的书给学生讲课。这一切，拉比说，都强化灵魂。

---

① 犹太人定居点。

“我们每一代有势力的富翁都努力创造过美丽的手抄本，这是我们民族的美德之一。”杜蓝拉比曾说。

对，他既没有势力也没有财富，但是在全能的上帝的支持之下，这些美丽的绘画却落到了他手上，落到了他这双天生就有本领创造出和谐抄本的手上。他把自己的抄本当作了一种荣耀。他感到自己具有书法师(即用上帝的语言抄写的人——的天赋，这已经使他感到富足，虽然给他们赚来的金币不多。他有许多时候都感到，要向老婆说清这个道理非常困难。但是，在他带了些许微笑望着收拾着桌子的妻子时，他却高兴了，这一回她似乎理解了他。

他在凌晨的第一缕灰色的阳光里工作，米利暗来叫他吃早饭，却被他挥手赶走了。他们的屋子像卡哈尔的大部分房屋一样，两间歪斜的小房，一间蹲在另一间顶上。于是本·绶山就只好挪到户外来工作了，即使在严寒的冬季也一样。从街门到房屋只有十步，整个空间里挤满了坛子，里面都是浸泡在石灰水里的皮张。有的皮张还绷在架子上，等着几缕微弱的阳光慢慢晒干。有的皮张上还有厚厚的脂肪和血管，等着他用圆刀精细地剥离。但是，他还有一摞刮好的皮张，他把它们仔细地分了类，寻找出可以制成跟那批插画匹配的羊皮纸的绵羊皮。选出了最好的羊皮后他就让路蒂去加工，用浮石加白垩打磨光滑。他在院子里冰凉的泉水里洗过手，就在书写桌边郑重地坐了下来，用骨质尖笔在准备好的书页上仔细地画格子。他的字母就要从这些隐约的横线上往下挂。格子打好了，他在脸上搓了搓冰凉的手。

“为逾越节写好《哈加达》。”[1]他低声说。然后他拿起火鸡翎管，插进墨水里。

---

[1] 原文为希伯来文。

הא לחמא ענא[1]

Ha Lachma an'ya……这是痛苦的面包。

火一样的字母似乎烧进了羊皮纸。

……是我们祖先在埃及土地上吃的。无论是谁，只要饿了，就请进来吃吧……

本·绥山的肚子咕咕叫了，抗议他没有吃早饭。

无论是谁，只要匮乏了，就请进来庆贺。

今年匮乏的人很多，因为国王和女王在南方进行的没完没了的战争，强征了许多赋税。本·绥山想管住他那心猿意马——书法师的心里只能充满神圣的话句，不能为日常杂事分神。“为逾越节写好《哈加达》。”他对自己悄悄说，让心灵平静下来。他的手写着表示理智的字母 shin[2]。老和摩尔人打仗，表现的是什么“理智”呢？几百年来穆斯林、犹太人和基督教徒不是一直在这片土地上过得心满意足么？“和谐时期”就有好几百年。有句话是怎么说的？基督徒组织军队，穆斯林建造房屋，犹太人聚集财富。

今年在这里，明年在以色列地上。

---

① 希伯来文，真理，前进。

② 用英语字母转写的希伯来文第 21 个字母，意思是理智。

今年在这里，谢谢堂·森涅尔和堂·阿布拉凡内尔，但愿能刻下他们的名字为他们祝福。他们用黄金晃花了斐迪南[1]的眼，让他那王室的耳朵听不到嫉妒的富人们的仇恨的嘀咕。

今年，奴隶们……

本·绶山想起了服侍那聋哑青年的奴隶。他多想跟他谈一谈，打听打听那些精彩的画幅的来历呀！书法师的笔从墨水瓶转到羊皮纸上，他脑海里浮现出一个精瘦的黑人的形象。那人拄着棍子沿着一条风沙弥漫的黄色的路，向一片泥砖住房走去。有一个家庭在那里等着他，他们还以为他已经死了。是的，他也可能现在已经死了，或是被锁在奴隶船的桨边干活，背上有斑斑的血痕。

他就像这样写着，直写到天光暗淡。他一面跟心里的杂念作着斗争，一面一个一个字母小心翼翼地写着。黄昏时他叫麻雀给他拿来一件干净的长袍，向浸礼池走去。他希望用浸泡仪式洗去身上的日常喧嚣，让他向神圣的工作充分敞开心扉。回来时他清爽了，他叫麻雀给灯灌满了油，他还要写到深夜。米利暗嗅到点燃的灯心的浓烈气味，就像黄蜂一样飞出房来，借着油价大骂，却让大卫训斥了一顿，这训斥激烈得不平常，她只好嘟哝着收了兵。

问题出现在清晨宁静的时分，那时星星还在漆黑的天空闪耀。由于斋戒、寒冷和明亮的灯光，他手下的字母突然飘飞起来，飘成了个耀眼的轮子，旋转着。他的手落到羊皮纸上。每一个字母都在燃烧，每一个字都站起来在空中旋舞。然后，所有的字母燃成了一

① 斐迪南(1452—1516)与伊萨伯拉(1451—1504)同为亚拉冈和卡斯提尔两王国的天主教国王。宗教裁判所迫害和1492年的驱逐犹太人运动他们都要负重大责任。

片大火，从中现出四个字母[①]，以全能的上帝的神圣的名字光辉地燃烧着。对本·绥山而言，那火光太强烈，太甜蜜，他晕了过去。

等到早上路蒂发现他时，他已经倒在写经桌下，人事不省，轻霜凝白了他的胡须，但是他已抄出许多页，比一个书法师孜孜不倦抄写一周的分量还多，而且每个字母和每个字都完美无缺。

那天早晨路蒂把他弄上了床，可到了下午，他又坚持起身工作去了。他的手重新成了普通的书法师的手，脑子里还是那些不受拘管的凌乱的世俗杂念，但是他的心仍然受到昨晚那神秘幸福的触动。那感觉第二天还追随着他，抄写稳定地、顺利地进行着。

到了第四天，需要抄写几周的东西已经接近完成。外面的大门却传来了轻微的敲击声。本·绥山烦恼得直咂嘴，路蒂却一声不响鸟儿般地飞过了乱七八糟的院子，一拉门闩开了门。认出了站在门口的女人，路蒂挺直身子，急忙用双手整了整头巾。她转身对着爸爸，瞪大的双眼里满是恐怖。

那女人跨过门槛时，本·绥山恼怒地扔掉了翎管笔。她怎么敢，他连她的名字也不愿提，她怎么敢找上门来了？愤怒像酸一样刺激着他空落落的胃，把火烧火燎的疼痛送进了肚子。路蒂被他那表情吓了一跳，急忙从门口回来，往屋里跑。

那女人说着她那甜润的妖娆的话。

本·绥山决心不听她说话，只用希伯来语说："那陌生女人的嘴唇滴着蜂蜜，屁股却苦得像艾蒿。"那是他对他儿子说的最后一句话——他的儿子！他的《卡迪什》，他眼里的瞳仁，他心里的根子！——那已是他儿子穿过那门去到基督教的洗礼盆，然后去到祭坛之前的事。大卫·本·绥山那天还租了一件外套。两年已经过

---

① 即本章篇章页提到的 YHVH。

去，可无论儿子去了哪里，对儿子的回忆仍然跟随着爸爸，仍然生动，仍然火烧火燎。而现在，她却来了，他那头痛的根源来了还谈着一个在他家里再没人提起的名字。

“我没有儿子！”他大叫，转过身，跟着路蒂往内室门走去。

才走了两步他却停下了。那女的刚才说什么来着？

“晚上警察带了法警来，他跟他们打了起来，他们打了他。他一叫，他们又拿铁塞子塞进了他的嘴。一个人抓住他，另一个人拧螺丝，塞子张大了，大到我觉得他的腮帮都给撑破了。”现在她哭了起来。他听得出那声音不再圆润而是嘶哑了，因为哽咽。他仍然不肯回头看她。“他们把他送到了法庭，我跟着他们去了那里，要求知道他的罪名，是谁告他的。他们又转向我，说我有罪，怀上了马拉诺[①]异教徒的孩子，玷污了基督徒的血统。我是胆小鬼，因为我离开了那里，跑掉了。一想到我的孩子可能生在宗教裁判所的地窖里，我就受不了。我来找你们，因为我不知道还能乞求谁。我爸爸没有钱交赎金。”她撒这谎时，她那甜润的声音低了下去，像孩子般地脆弱了。

这时大卫·本·绥山倒真望了她一眼，也望了望她那鼓起来的肚子。他那爱与失落混合的感情似乎熔融了他的骨髓。他的孙子，他那个不是犹太人的孙子。他像喝醉了酒一样摇摇晃晃地穿过小院，向沉重的木门走去，对着她那满是泪痕的脸关上了门。

年轻人吃力地说着话。他们扭松螺丝，把金属球从他嘴里拔出来时，拔掉了四颗破碎的牙。嘴唇两角也扯破了。他张嘴想说话，一股鲜血冒了出来，流过下巴，滴到肮脏的罩衫上。他想举手擦擦

---

① 指中世纪时，西班牙被迫改信基督教而实际上仍信原来宗教的犹太人或摩尔人。

嘴唇，手却被铐住了。

“你还没告诉我我犯了什么法呢，神甫，我怎么忏悔？”

他发着抖。他只穿了件睡衣就被抓到了这里。宗教法庭的房间没有窗户，墙壁上挂满黑布。仅有的光源是六支蜡烛，点在一幅十字架上的耶稣画像两侧。桌上的台布也是黑的。

宗教裁判员的脸藏在头罩深处，是看不见的。烛光里只依稀看得见他那苍白的手，指尖攥紧，靠紧看不见的下巴。

“鲁本·本·绥山……”

“仁纳多，神甫，我的基督教教名是仁纳多，我的全名是仁纳多·德尔·萨尔瓦多。”

“鲁本·本·绥山，”神甫重复道，好像没听见他的话。“你现在承认了就好，为了你永生的灵魂，也为了……”他停顿了很久，指尖轻微地敲打着。“也为了你必死的肉体。因为你即使在这里没有向我自由宣布你的罪孽，到了‘放松室’，你也肯定会交代的。”

仁纳多感到肚子里的东西在化成水。他拿戴手铐的手紧紧地捂住了肚子。他吞了吞唾液，可嘴里没有。他的声音是一把锉子。

“我不知道你们想象我干了什么！”

屋角，书记员的笔沙沙地写着，记录下仁纳多说的每一个字。沙沙声把仁纳多带回了家，来到卡哈尔那院子里，父亲的翎管笔在羊皮纸上沙沙地写。但是他父亲写的都是光荣的字，不像这人的任务是记录下被控告人的每一个无可奈何的申辩和每一声呻吟和叫喊。

头罩里面发出一声夸张的叹息。“你为什么要对自己这么做？承认了就和解了。许多人都承认了，然后就出去了。为了一两个理由穿上圣·本尼托的忏悔者的衣服，总比死在火刑里好些吧？”

一声呻吟从仁纳多嘴里漏出。他可以闻到上一个异教徒所受的火刑的刺鼻的烟火味。那是个潮湿的日子，火刑的臭味低低地压在城头。六个人早就烧死了，三个人在最后时刻承认信奉了邪说，在点火前被绞死了。另外几个也是活活烧死的，他们发出的尖叫总在他梦里出现。

头罩里又发出一声夸张的叹息。白色的手挥了挥。第三个人从阴影里走了出来。高个儿，脸上戴着皮面具。

“水。”神甫说。戴面具的点了点头。神甫站起身来离开了房间。大个儿对仁纳多伸出了手，粗暴地脱掉了他的睡衣。鲁本·本·绶山是作为学者度过儿童时代的，受到的训练是在写经桌上躬着身子书写，准备跟随他爸爸的职业。但是在他改名仁纳多之后的两年里，他却是每天都在户外工作，在罗莎的爸爸的橄榄林里或橄榄油榨房里做苦力。他本来不可能成为大个子，但是现在的他胳臂却强壮有力，长了肌肉，晒成了棕红色。不过，此刻脱掉衣服的他跟身边那大个儿一比，看上去就不堪一击了，何况肩上还有警察殴打的严重伤痕。

卫兵狠狠地向前搡了他一把，他们从黑房间下楼往“放松室”走去。仁纳多看见梯子靠在大石盆上，捆绑用的绳上还留着前一个挣扎者的血污，那里还有将要塞进他鼻孔里去的木塞子。他再也控制不住自己的括约肌了。一阵可怕的臭味立即充满了房间。

…………

大卫·本·绶山认真地穿好衣服，穿上破得最轻的一件宽松长袍，整理好顶圈，让头罩高雅地垂在肩上。路蒂吃力地补缀着爸爸仅有的长袜上的洞时，流着眼泪。

“这儿，笨丫头，给我。”米利暗把袜子抓了过去。路蒂的手因为老做磨羊皮纸的粗活，变得很粗糙，干细活不如妈妈灵巧。米利暗很快就用细针缝补得几乎看不出来了。“我们现在需要的是快！”妈妈说着把袜子扔给了丈夫。“谁知道他们拿我的儿子怎么办了呀！”

“你就没有儿子，”大卫粗声大气地说。“这你可不能忘记。我们为儿子守过七天丧了。我是去为一个遭到严重灾难的陌生人办事的，我只能尽力而为了。”

“多想点能让你平静的事吧，傻瓜，”米利暗说。“但是别再打扮了，赶快走。我求你！”

大卫穿过狭窄的小巷去到他哥哥的房屋时，胆汁直往上冒。他从来没有感觉到贫穷的压力有那么大！而每一个犹太人和每一个改信人①都明白，宗教裁判虽是为了纯洁西班牙教会，可也是为了填满王室的钱袋。大部分囚徒只有在付出巨额罚金后才可以走出法庭的门——或是跛着出来，或是躺在担架上出来，那得看在那里待了多久。但是约瑟夫愿不愿为一个背叛了信仰的侄子(连他爸爸都说他死了)付出那么大一笔钱呢?

由于受到自己的羞辱和忧愁纠缠，大卫是来到哥哥漂亮的大屋门口才意识到门里的混乱的。约瑟夫以高雅自居，他家通常都平静安详，仆人也都恭谨规矩。但是今天院子里却满是骚乱的声音。大卫在心里想了想日期，婚礼还是下个月的事，那么这片喧嚣不可能是为喜事做准备。哥哥的看门人认出了他，引他进了门。他看见约瑟夫最好的骟马已从马厩牵出，卫士和仆人的马也都在配备鞍鞯，准备出发了。

这时约瑟夫本人也已从门里出来了。他穿好一身旅行服装，正跟一个风尘仆仆的人专注地谈着话。大卫费了点时间才认出那人是堂·艾萨克·阿布拉凡内尔的秘书。开始时约瑟夫谈话太专注，目光从弟弟身上瞥了过去，因为他挤在忙乱的仆人群中。但是到他的

---

① 对西班牙和葡萄牙境内改信基督教的犹太人和穆斯林的统称。

目光扫了回来，瞥见了那躬着背的不出声的人影时，面色便柔和下来。约瑟夫·本·绥山很爱他这弟弟，也很尊重他，虽然两人的社会重要性的相对差异在他们之间形成了一种障碍。哥哥向弟弟伸出手，把他搂过来紧紧地抱住了。

“是什么东西把你带到这里来的，弟弟，为什么满脸晦气？”

大卫·本·绥山在来别墅的路上已演练过一套求情的话，可现在却突然说不出来了。他哥哥显然只想着自己无数的事务，额头上急出了深深的皱纹。

“那是因为我的……有个人遭到了……就是说，遇见了不幸。”他结巴着说。

约瑟夫脸上闪过一星不耐烦，随即抑制了自己。

“不幸从四面向我们逼来！”他哥哥说，“来吧，我正要在出发前吃一点面包，来，跟我一起匆匆吃一点吧，然后再告诉我，要我做什么。”

大卫觉得他哥哥那“匆匆吃一点”可能抵得上他自己寒碜桌上的一顿宴席。肉是新鲜的，不是腌过的，还有冬季难以找到的水果和非常淡雅的糕点。大卫却连尝也没胃口尝一尝。

大卫掏出了心里话，约瑟夫摇摇头，叹了口气。“若是换个时间我是愿意把这年轻人赎出来的。可他却是在一个不祥的日子里被这厄运赶上的。我担心我们今天首先要关心的是犹太人，对不起，弟弟。就让放弃了我们的信仰的人去面对自己的选择所带来的后果吧。现在我得走了，还得非常快。我要去格拉纳达。我得把我们所搜罗到的每一文钱都带走。堂·艾萨克·阿布拉凡内尔的秘书来了，”他对那位先生点了点头，那人筋疲力尽地倒在靠枕上。“他是骑马来告诉我这个最严重的问题的。国王和女王在准备一道驱逐令。”

大卫倒抽了一口气。

“对，正是我们所担心的那样。他们把格拉纳达的投降看作是神圣意志的昭示：西班牙即将成为一个基督教国家。因此他们的意图就是为他们的胜利感谢上帝，宣布西班牙不许任何犹太人停留。犹太人的选择是改信，或是离开。他们已经秘密酝酿好了计划，但女王终于悄悄告诉了她的老朋友堂·森涅尔。”

“可国王和女王怎么能做出这样的事呢？保证了他们打败摩尔人的可是犹太人的钱，至少是犹太人募集的钱呀！”

“我们已经被榨干了，弟弟，现在我们就像一条挤光了奶的牛，要被送进屠宰场了。堂·森涅尔和堂·阿布拉凡内尔在准备着最后一份建议——坦率地说是一份贿赂，看看是否能否决那打算。但是他俩都不抱希望。”约瑟夫对屋角那筋疲力尽的人挥了挥羊腿骨，“把女王对堂·艾萨克说的话告诉我弟弟吧。”

那人用手抹了抹脸，“我的主人告诉女王，我们的人的历史表明，想毁灭犹太人的人自己是会被上帝毁灭的。女王的回答是，我们面临的决定并不从她来，也不从她丈夫来。‘把那决定放进国王心里的是上帝，’她说，‘国王的心在上帝手里，正如水在河里。上帝愿水在哪里拐弯它就得在哪里拐弯。’”

“而国王自己呢，”约瑟夫插嘴道，“又把这一切压力都推到女王身上。但是跟国王夫妇最亲近的人却知道，女王的话实质上反映了她那忏悔神甫的意见。但愿那人的名字能被抹掉。”

“我们已经向他俩提供了很多钱，你还能提供更多的钱么？”

“三十万金达克特。”

大卫用双手捂住了脸。

“对，我知道，一个叫人目瞪口呆的数字，比一个国王的赎金还多，是一个民族的赎金。但我们还有什么选择？”这时约瑟夫·

本·绥山站了起来，对弟弟伸出了手，“现在你明白我今天为什么挪不出钱给你了吧？”

大卫点了点头。两人一起回到忙乱的院子里。骑马的侍从和仆人已经上了马，大卫陪哥哥来到马身边。约瑟夫上了马，再从马鞍上欠下身子对着弟弟的耳朵说：“我相信你不需要我叮嘱：我们的话不能外传，传开了是会引起恐慌的。如果我们还能让两位陛下倒向我们的话，就没必要引起眼泪和哭啼。”他那马精神奕奕，很不安分，大摇大摆站好了，烦躁着想走掉。约瑟夫狠狠一带缰绳，对弟弟伸出手来，“我为你的儿子感到抱歉。”

“我没有儿子！”大卫回答，但是那话出口时已变成了颤抖的耳语，耳语被淹没到铁蹄敲击石头的铿锵声里了——他们已快马加鞭跑出了大门。

仁纳多四天来时而昏迷时而苏醒。他醒来时面颊贴在铺着干草的石板地上，干草是尿泡过的，还有耗子屎。他一咳嗽就吐血块，还吐透明的长皮，那东西到手指上就断了，好像是从内脏上蜕下来的，身子已经从肚里裂开了。他口渴，但开始时够不到水罐，等到可以用战抖的双手掀起罐子向嘴里滴水时，吞咽的痛苦又叫他昏死了过去。在睡梦里他再次被捆在了斜靠的梯子上，水像瀑布一样往他嘴里灌。不自觉的吞咽把一根窄长的布条冲进了肚子，越冲越深。

仁纳多没想到痛苦竟能达到那种程度。他默默地(因为说不出话)祈祷着死亡，但他的祈祷却得不到回应，因为他醒来时还躺在那里。老鼠的红眼睛在黑暗里对他闪光。到了第五天，他已经是苏醒时多，昏迷时少了。第六天，他可以挣扎起来靠墙坐住了。现在他能做的就是等待和回忆。

在他被灌到第五罐水时宗教裁判官来到了“放松室”。这时布条已被灌到喉咙深处。仁纳多感到窒息，干呕着，混乱地扭动着。他们又把梯子放正了。他终于见到了不利于他的证据，明白需要承认的是什么了。神甫用两个指头拈着那东西，像捻着什么排泄物：一根棕色的长带子，连着个小方盒子，里面写着上帝的话，是爸爸用他那无懈可击的书法写的。

“你这个改信人就是一场瘟疫，从教堂中心瘟起，”神甫说，“你偷偷做你那肮脏的祈祷，让你这撒谎坯子混到我们里面来污染教会。”仁纳多无法回答。对那指控他不能承认，也不能辩解。他喉咙里塞紧了布条，说不出话来。神甫站在那里时，梯子被倒了过来，又灌了他一罐水。最后，他们又突然使出可怕的蛮力，把灌进肚子里的布条扯了出来。仁纳多觉得似乎五脏六腑都从嘴里拽出来了，又昏死了过去。苏醒时，他仍然单独关在牢房里。

倾泻。[①]

把愤怒倾泻于不认识你的诸民族！

因为不知道别的还能做什么，大卫·本·绥山已经直接回到了他的写经桌，抄写起了接近《哈加达》末尾的“上帝倾泻他的愤怒”[②]。但是他的心里却翻滚着跟墨水一样的毒汁。他的手在发抖，字也难看了。他可以听见米利暗的悲伤跟愤怒在屋子里交战，点着他哥哥的名字滔滔不绝地骂，又对可怜的麻雀吼叫。而麻雀，他估计，是在劝慰妈妈，却没有成功。他一句话也没有提他哥哥那重大的使命，也没提现在悬在犹太人全体头顶的命运。他的思想飞

① 原文为希伯来文。
② 同上。

旋着，从在迫害公署的鲁本，到他们在敌人包围下时的灾难，再到可怜的小麻雀。起来，亲爱的，赶快走掉。他必须给她找个丈夫，而且得快。既然他们必须走上前途渺茫的流放的路，她就需要比他所能给予的更强有力的保护。他在心里考虑了一个个可能的人选。割礼执行人阿伏拉模有一个年龄相当的儿子，人品还好，但是结巴，斜眼。可阿伏拉模不像会忽略路蒂的一个污点：她是个改信人的妹妹。屠宰员莫仪思倒是个健壮的人，几个儿子也结实，是更好的保护人，但是他们都任性，怪脾气，而且莫仪思爱钱，大卫却没有钱。

他从来没有在这个问题上或在任何问题上跟路蒂本人商量。如果商量了，那结果将会令他大吃一惊。他没有意识到，但他对他女儿的爱里含有轻蔑，在他认为她孝顺、善良时也模糊地觉得她可怜。跟很多人一样，大卫把“驯服”跟“软弱”混为一谈了。

路蒂过着一种她爸爸难以想象的秘密生活。三年来路蒂都浸润在《佐哈尔》（亦即《光辉之书》）的学习里。她独自秘密地学习着喀巴拉[①]——以她那年龄和性别，是不准许学习喀巴拉的。一般认为，要四十岁以后的犹太男性才能逐渐接近危险的神秘主义领域，而女人是不配学习神秘主义的。但是本·绥山家族却出过几位著名的喀巴拉专家。从小姑娘时起，路蒂就意识到《佐哈尔》在她父亲精神生活里的威力和分量。她爸爸那一群推心置腹的学者在屋里聚会学习，研讨着深奥的文本时，路蒂就努力地听着——她假装睡着了，却保持了清醒。

如果说路蒂在灵魂里有着秘密生命的话，她那圆胖的身子里也已经有了秘密的生命。她不能取爸爸的书看，因为她爸爸不会允许。但是她在把爸爸写好的书送到装订铺里去时，却见到过她所需

① 犹太神秘哲学。

要的书。装订工米查是个未老先衰的青年，面颊苍白，头发稀疏，他老婆一来到装订铺，他就揪自己那稀疏的头发。他老婆纤弱、土褐色、总是生病，生孩子生得体力不济了，似乎总有几个孩子哭哭啼啼地跟在她身后。

路蒂还记得在她提出借书时，那装订工望着她时的那新的表情。她一开始说她爸爸要借书，米查立即看出了那是谎话。卡哈尔的人都知道大卫·本·绥山虽然穷，他那图书馆里的藏书却惊人。他猜出了她的意思，也明白了她违背的禁忌有多严重。既然那样严厉的诫命她都敢于破坏，他分析，在其他方面他也就有可能引诱她破坏诫命了。作为借给她书籍的报酬，他把她推倒在从装订台上掉下的柔软的碎皮堆上。她嗅到了精美的皮子的浓香，而他那双善于在肉上加工的手，也在抚摩着她那隐秘的地方。她第一次同意这种交易时很害怕，他拉起她那粗糙的棕色的羊毛衣服，分开她那带肉窝的大腿时，她颤抖着。但是他的抚摩却很温柔，而且很快就让她舒服起来。一种她从没猜到过其存在的快乐向她展示出来。在他把舌头放到她两腿之间，像猫一样舔舐着她时，她感到了一种肉体的狂欢，类似那些字句在罕见的夜里、在那山洞中给她带来的精神的狂欢——她飞升了，飘飘地翱翔起来。

她开始意识到，这两种犯禁的欢乐之间应该有着某种联系：原应是制止她进行这种学习的性别事实上促进了学习的可能；而她现在这自愿奉献的肉体也提供了获得灵魂欢乐的手段。因为她了解了肉欲的力量和肉体的欢乐，也就发现了理解(而不是原谅)她哥哥背叛家庭和信仰的思路。他相信，如果爸爸没有那么苛刻和僵化，而是早一点向鲁本暗示《佐哈尔》的种种神秘和种种美丽，鲁本就不会、也不可能陷入另外一种信仰的罗网。

但是鲁本受到的教育都是法律文字。他每天坐在写经桌上，做着最呆板的工作，老是受到爸爸的挑剔。他还能听见爸爸那声音，永远平静，从不叫喊，总在挑剔。“字母‘拜伊特’①当中的空白应该跟顶线和底线之间的宽度相等。这儿，在这个线上，明白了？你留得太窄了，把它擦掉，这一页重写。鲁本，你现在必须知道字母‘太特’②的左下角是方的，而右角是圆的。你在这儿写反了，看见没有？这页重写。”重写，重写，重写。

她爸爸没有为鲁本开启旋转于黑墨水中的荣耀之门，可她心里却发着白炽的光。任何一个小小的字母都是一首诗，一个祷告，一道大门，通向上帝的光辉。每个字母都是它自己的路，有它自己独特的神秘。她爸爸为什么不把其中的某些部分告诉哥哥呢？

她想到字母拜伊特时，想到的不是线条的宽度和空白的准确度，而是种种神秘：它是数字2，是双，是对，是房屋，是上帝在人世的房屋。“他们将为我建造殿宇，我将在它们里面居住。”是它们里面而不是它里面。他要跟她住在一起，她要成为上帝的房屋，成为超越的房屋。仅仅一个小小的字母里就存在着通向欢爱的路。

时间一长，路蒂的心就对装订工绽放了，两人之间产生了爱情。装订工建议他俩设个密码，在要求跟对方接触时使用。路蒂提出的就是表示成双成对的字母拜伊特。她发现那字母写在给她爸爸的账单上，就知道米查的老婆离家了。她又在爸爸写给装订铺的指示上写上那字母，即使有人在场也不出声地表示她有时间，即使耽误了，家里人也不会找她。她不知道哥哥鲁本跟他的情人是否也设过暗号：树上画个符号，或是拿一块布怎样一挂。这类东西一定会有的，因为罗莎跟大部分基督徒一样，也不识字。

---

① 写作ב。
② 写作ט。

鲁本就是为那个时刻活着的。一天的工作结束，他终于要从写经桌边解放，出去办事了。路蒂注意到他跳起身来时的样子：他突然活跃了。她也注意到外出让他脸上越来越多欢笑，步伐也特别轻快了。

在他被打发到罗莎爸爸那里去买橄榄或橄榄油时，他怎么可能不注意到他那女儿也在日益成熟呢？路蒂可以准确地猜出事情是怎样发生的，虽然她哥哥相信罗莎的耳朵很纯洁，决不会想到对她说出关于肉体激情的脏话。

他改变信仰后就结了婚，随后两家便生疏了。路蒂曾在市场上偶然遇见过哥哥。她知道大家都认为她不该搭理他，只能低下目光走掉，仿佛哥哥不是犹太人而是陌生人。但她的心却并不那么守规矩。她让人群把她挤到他面前，借拥挤作掩护，伸手抓住哥哥的手。那手的感觉多不同了呀，粗糙多了！从笔下解放出来，却去使用枝剪。她紧紧地捏住他，把所有能灌注的感情都灌注进手势里，然后就匆匆走掉了。

第二次见面是在两三个礼拜之后，他做了准备，把一张纸条塞进她手里，要求跟她见面。提出的地点在城南的艾思布鲁桂里。艾思布鲁桂是洞窟的意思。那干燥的白色山坡上有不少洞窟，其中有一个特别深邃而且隐秘，是他们儿童时代喜欢躲藏的地方。以后他在跟罗莎秘密恋爱时也曾带她去过那里。他并不知道那也是路蒂现在偷读秘笈的地方。他们第一次见面时很紧张。虽然她很爱哥哥，却也忍不住责备了他，因为他给家人带来了痛苦和耻辱。但她哥哥为人善良，这一点她打心眼里明白，她孩提时代所获得的温暖大部分就是从哥哥那儿来的，而不是她嘴碎的妈妈或心不在焉的爸爸。很快，他们就每周都见面了。那一天他告诉她，他们已经有了孩子，春天就要出生了，说时他哭了起来。

“只有在你自己快要做爸爸时，你才终于明白爸爸对你的感情。”他低声说。路蒂把他的头搂到腿上，抚摩着他的头发。他的声音受到压抑，“爸爸提起过我么？”

“从来没有，”她尽可能温和地说，“但是我相信他无时无刻不在想念你。”她用手摸着晒白了的有窟窿的石头。那东西让她想起骨头和不受喜爱的尸骨罐子。她那红润的热烘烘的手心毕竟只会瞬息即逝。他俩都会死去的，骨头很快就会被吸干，出现许多花边样的洞孔的。那时谁还会注意她哥哥曾让神甫在他前额上滴过水，用拉丁文念过几句祷告词呢？路蒂就在这洞里感受到了上帝的存在，她在无所不在的上帝面前战栗了，上帝的存在将烤干水滴，把神甫口里那呼吸吸走。

就在那时，她心里产生了一个念头：给他一个纪念品，纪念父子两人一起在上帝面前度过的时日。那似乎不会有什么伤害。

“我会带给你一个东西。”她说。下一周她果然带来了。

大卫·本·绥山不耐烦地寻找着女儿，“麻雀！”他叫，“我在找你，丫头，这回你得赶快，别磨蹭。”

路蒂把擦地板的刷子往桶里一扔，双手和膝盖离地站了起来，揉着被地砖硌进肉里的地方。“可我还没擦完地板呢，爸爸。”她轻声说。

“地板你就别管了，我有件事不能再耽误了。”

“但是妈妈会……”

“你妈妈由我来对付。”他爸爸的态度里有几分偷偷摸摸，那是路蒂从没有感到过的。爸爸的目光盯在街门口上。“我要你把这个包裹送到装订工那里去。详细的指示我已经给了他。他知道该怎么办的。这本书必须在堂·约瑟夫回来时交给他。他们在等他安息日那天及时赶到。现在就去，女儿，快。我不愿给那流氓口实说我拖拉。”

路蒂来到井边，匆匆地但仔细地洗了手，拿起小包，裹到一块布里。她爸爸平时那么稳定的手此刻却在发抖。她在感到那纺织品所包裹的金属时立即认了出来。那东西是她经常擦的。擦时很紧张，生怕掉到地上或是伤害了银丝。那是她们家唯一的宝贝。她的眼睛瞪大了。

“你望什么呀？这事跟你没关系。”

“但这是妈妈装婚书的盒子！”她惊叫。婚书本身就是路蒂所见过的最美丽的东西。那是大卫自己制作的。年轻的书法师想起新娘就感到陶醉。他还几乎不认识她。婚书的每个字的每个字母都是他写的，作为对他那时相信会成为他灵魂伴侣的女人的奉献。爸爸的父亲见到那婚书时，很为自己的儿子骄傲，花了比预计要多的钱买了个漂亮的盒子。

“爸爸，”路蒂发出了尖叫，“你不会是打算让我把这当作工钱付给装订匠吧？”

“不是当工钱付！”大卫自己的内疚和犹豫使他话语不多。“《哈加达》必须有个与它相称的封面。我们还能在什么地方找到银子做装饰呢？装订匠在塔拉戈纳城外找到一个金银匠。那人愿意免费做这活，因为想借此向散兹家推荐自己。此时他就在装订铺等着。所以你得现在去，马上就走！”

他曾经想过卖掉那婚书盒筹集儿子赎金的一部分，但那盒子上镌刻有上帝的话，若是卖给基督徒，是可能被融化来铸银币的，那就太可耻了，甚至可能是罪孽。但是他信仰的核心里却有一个基本信条：挽救人的生命比所有的诫命都重要。于是他想出了一个办法：他可以用那银子来装饰《哈加达》，让神圣的东西仍然神圣，而那样精美的礼物是一定能让哥哥慷慨解囊的。他怎么可能不呢？大卫对此深信不疑。那是他可以抓紧不放的唯一的微弱希望了。可他看见路蒂仍然站在他面前，伸出手，好像要把盒子还给他，便更加心急火燎了。

“但是妈妈不可能同意的……我……我……我担心她会生我的气。”

“非常肯定，我的麻雀，她会生气，可不是跟你生气。正如我所说，其中有一个道理，不用你担心。现在你赶快去，别让那坏蛋因为你的迟缓拖延了工作。”

以后的事实是，她爸爸其实用不着为这问题担心。不管米查有什么别的毛病，他却是个很自负的工匠。他知道本·绥山给他送来的这份手稿大有可能成为一本美丽非凡的书，可能在最阔绰的犹太社会里给他带来名气。这样的机会他可不是每天都有的。于是他把小一点的订货全都放到一旁，一心一意来干这份活儿。

《哈加达》放在工作台上，已经用最柔韧的羔皮纸装订好，用复杂的工具压上了浮饰图案。封面正中还留了一个空白。

银匠是个刚出师的青年，但是很有设计天赋。他急忙从路蒂手上接过小包，打开，仔细看了看婚书盒。“非常精美，这种好东西毁掉了真可惜。我要向你妈妈保证做出一个配得上她的牺牲的东西。”他有一小片羊皮纸，他把它展开在工作台上。他已经为封面中心的徽章设计了草图，代表散兹家族的双翅图案跟本·绥山家族的玫瑰花图案的相互拥抱，还设计了一组美丽的锁扣，也是用玫瑰和双翅别出心裁地构成的。

“必要时我可以连夜赶做，按照你爸爸的愿望，赶在安息日晚前装订好。”他仔细裹好了书和盒子，立即告别。他急于在天黑前赶完从塔拉戈纳回家的路，怕天黑后有盗匪出没。

路蒂用手指摸了摸已经缝好的一叠叠摺页，装作在检查缝工，直拖到银匠离开了店铺。她在装订台上见到了表示秘密团圆的字母拜伊特，写在一张小羊皮纸上。

装订工舔着嘴唇从门口出来了。她感到他的手搂着她的腰把她往凹室里推。凹室里她所熟悉的皮子的浓郁气味使她激动起来。她对他转过身子，用肥胖的双臂搂住了他瘦削的腰，扯掉他的围腰，脱下了里面的长袍。他在她嘴里的味很强烈，是咸的。

她站到街上自己家门口时，仍然感到他的味道。赶晚餐已经迟了，可她还是怕进门。她估计爸爸妈妈还在为婚书盒失踪的事争吵。但到她终于鼓起勇气踏进门时，见到的却是妈妈在唠叨着她爸爸每天都被埋怨的种种不是，跟往常一样。她知道只能如此。没有暴风骤雨，只有平时那种低潮的唠叨。路蒂的眼睛盯着自己的面包，没有看爸爸，虽然很想看。她猜测着他撒了个什么谎，她迫不及待地想问他。但是世界上有些事是可能的，有些事却不可能。路蒂知道两者的差异。

到第三次审问时，仁纳多已经衰弱得站立不稳，必须由警员一边一个抓住他。他坐在挂满黑帷幕的房里，嗅着蜡烛的气味和他自己的恐惧的难闻的臭味。

“鲁本·本·绥山，你承不承认那些犹太人的祈祷用品是你的？”

他努力想说话，但是从他那痛苦的喉咙里发出的声音却很微弱。他想说他并没有如那经文匣所意味的做犹太人的祷告。他离开爸爸家时就已经跟犹太祈祷分了手。事实是，他是爱上罗莎后才爱上她的教会的，但是为他施洗的神甫也解释过：耶稣也常是这样下定决心的。他对罗莎的爱只是主对他的爱的一小部分，让他先尝尝灵魂得救的甜蜜。他在心里进行过斗争，直到他终于相信了耶稣确实就是犹太人所期盼的弥赛亚。他喜欢神甫对天堂的满怀希望的叙述，但说不定最主要的倒是：他喜欢有一个几乎任何时候都可以让他抚摩身体的妻子，而不是等着他的生硬的诫命，娶了个犹太妻子一个月倒有半个月必须节欲。

他保留了那经文匣，并不因为他怀念犹太祈祷，而是因为怀念自己全心全意爱着的爸爸。他起床或睡觉时都把那皮带捂在身上，不是要祷告，而是要想一想爸爸和他写在匣子里那羊皮纸上的爱。但是对宗教裁判所的神甫们来说，爱犹太人本身就是一种罪孽。

于是他点了点头。

"在记录上写明，犹太人鲁本·本·绥山承认了犹太化活动。现在你就得承认你用这些东西败坏了你的妻子。有一个揭发人说见你们俩一起祈祷。"

仁纳多感到新的一波恐惧浪潮袭来。他的妻子，他那一无所知的无辜的妻子。他决不能成为她痛苦的原因。在衰竭的状态下他鼓起了最大的力量摇头。

"承认，你把你们那邪恶的祷告教传给了她，而且强迫她跟你一起祈祷。我们有人证明。"

"不，"仁纳多终于说出话来，他沙哑着说，"他们撒谎！"这话是从他被撕破的喉咙里发出的。"我们只做《我们的主》[①]和《福哉，马利亚》[②]的祈祷，只做那两个。我妻子不知道我把犹太人的东西带进了屋。"

"你签订婚书时带着这东西没有？"

仁纳多摇头。

"那么，你搞犹太化多久了？"

---

① 见《圣经·新约·路加福音》第11章第2至4小节；《圣经·旧约·马太福音》第6章第9至12小节。

② 拉丁文祈祷词，共七行。

他张开破裂的嘴唇低声说：“只一个月。”

“你承认你搞犹太人化只有一个月？”

他点头。

“那么这些东西是谁给你的？”

仁纳多惊得一缩，这问题他可没有预料到。

“是谁给你的？交代名字！”

仁纳多感到房间在旋转，他抓住椅子。

“交代名字！我再给你一次机会。”

神甫做了个手势，戴面具的壮汉向他走来。警员抓住仁纳多，拽他离开了椅子。他们把他押出房间，沿着灯光暗淡的楼梯下去时，他保持了平静；他们把他捆到梯子上，把梯子倒立在水盆上时，他保持了平静；他听见井水灌进水罐时，不出声的哽咽震动着他的身体，可他仍然保持了平静；他是在他们抓起布条，掰开他的嘴时叫出声来的。那一个字痛苦地烧灼着他的喉咙。

“麻雀！”

警察到基督教徒地区抓人时，总故意把时间放在深夜。那样，被抓的人最平静，而且慌乱，不容易进行强有力的反抗，也不会在邻里间引起骚乱，使问题复杂化。但是宗教裁判所、宗教法庭却从不派自己的士兵进入卡哈尔。它关心的是根除假装接受基督教信仰的人的异端活动，而不是坚持错误的旧信仰的人。官府的任务才是处理影响基督教徒的信仰和引诱他们脱离正确信仰的人。而管老百姓的官府却是什么时候愿意都可以派兵抓人的。

因此，那喧嚣的敲门声是在下午出现的，它打破了大卫·本·绥山的房屋的宁静。那时天还很亮。家里只有大卫。米利暗到浸礼池去了。路蒂到装订铺去了，她要去看她是否能拿到爸爸要求装订好的书，然后赶在黄昏前送到伯伯那里去——估计伯伯也该回来了。大卫心里很烦，因为他注意到这丫头出去办事又跟往常一样，迟迟不归。

本·绥山拖着腿来到门口，同时叫喊着，无论那客人多么没有教养，他们怎么能这么傲慢地敲门！他拉开了门闩，见到站在门口的人时，他的话才哑在了嘴上。他倒退了一步。

来人闯进院子，有一个对着水井吐了一口痰，有一个故意缓慢地转动身子，让刀鞘刮到放着大卫脆弱的书写工具的长凳上，几个墨水瓶滚到了地上。

"把路蒂·本·绥山交出来。"武装人员里个子最高的人发出命令。

"路蒂！"大卫低声说，惊讶地瞪大了眼睛。他原本肯定是来抓他的。"一定是弄错了。你们不可能来找路蒂的。"

"路蒂·本·绥山，听见没有！"那人提起一条穿靴子的腿懒洋洋地踢翻了大卫的写经桌。

"她……她不在家！"大卫说，吓得头皮刺痛。"她出门给我办事去了。可你们找小路蒂能有什么事？"

那士兵的回答是抡起拳头对书法师打了过去。大卫晃了几晃，没有站稳，往后一倒，一屁股摔到地上。他痛得想叫，却已经岔了气，张开嘴没发出声音。

那当兵的一躬身扯掉了他的头巾，一把揪住他银色的发髻，把他提了起来。

"她去哪儿了？"

大卫退缩着，慌忙叫说他不知道。"是我老伴儿打发她去的，我……"

话还没完，当兵的一扭他的头发，把他扔到地上。一只靴子踢到他一面脑袋上。

他的耳朵轰地一响，他感到那边脸上像火在烧，然后就是湿漉漉的。

另一只脚又踢在他的腮帮上。他感到骨头在彼此搓磨。

“你女儿哪里去了？”

他即使想回答，他也已张不开嘴，说不出话，因为腮帮被踢破。他伸手想保护被踢破的颅骨，却感到有什么东西死沉死沉地压到了头上。他的左半身不能动了。他躺在那里，在拳脚之下，没有了力气，渗入大脑的血液继续扩散，把他全部的光明抹掉了。

罗莎·德尔·萨尔瓦多好几天没有睡好觉了。她那大肚子使她无法睡个舒坦姿势。那晚早些时候爸爸生了气，拳头落到她脸上，现在那里还在一跳一跳地疼。即使疲劳使她迷糊了，也仍然做噩梦。今晚她梦见的是儿童时代的一匹马，一匹额头上有个白星星的黑骟马。它老戴着眼罩在榨油房里耐心地转圈拉磨。有一天，那马摔瘸了腿，爸爸就找来了屠户。罗莎记得那人是怎样用一根铁螺栓放在她老朋友的头上，用锤子狠狠砸去的——就在那星星的位置。作为小姑娘的她为马的死大哭了一场。但在梦里，那马却没死，而是嘶叫着倒立起来，螺栓还插在额头上，鲜血随着飘飞的马鬣泼洒。

罗莎醒了，出了一身汗，在黑暗里坐了起来，听着他们家老屋夜间的声音。那农家住房从来就没平静过。老木料常出现的绽裂声，爸爸醉酒酣睡后吃力的鼾声，耗子在存粮的细颈土罐间的抓刨声。这些声音平时都给她安慰，今晚却不行了。她用手揉了揉肚子。这些梦肯定能吓得她血流不畅，但血是应该营养孩子的。她担心肚子里的孩子会变得畸形。

她为什么会让自己爱上一个犹太人？她爸爸就警告过她，“别相信他，他说他会为了你而放弃信仰，但是他们从来不会。到末了他要怪罪的仍然是你，那怨恨是会毒化你们以后的日子的。”

若是情况只是这样反倒好了。一种常见的痛苦，老年变味的婚姻而已。而现在很有可能的是：他们俩谁都到不了老年。她爸爸拒绝交纳赎金，而她的丈夫没有赎金就得上火刑柱。她乞求爸爸买回丈夫的命，却因此挨了打。她在婚姻问题上的顽固选择把全家人卷入了危险，爸爸说。现在全家都被怀疑为秘密犹太人。任何一个希望在油料生意上减少竞争者的嫉妒的邻居，或任何一个觊觎他们家优质树林的贪婪者都可能去密告他们。可能都告些鸡毛蒜皮的事：她妈妈吃火腿给噎了呀，她爸爸星期五就换了衬衫呀，她，罗莎，晚上一大早就点蜡烛了呀。很清楚，他爸爸怕的就是这个。每天晚上他都折磨自己，在竞争者的名单里找，在有意见的顾客里找，在有了困难他帮助得不够大方的亲戚里找。他责备她妈妈很久前曾买过犹太肉店的肉，因为它在市场上比基督教徒肉店便宜。这时罗莎真希望躲到屋子里的任何地方，只要不被爸爸看见。有一回他在打她时还大叫，说他真恨不得她小产了，让她那被犹太血统污染的孽种生下来就死掉。而使罗莎非常内疚的却是：在挨打时她竟也抱过那种希望。

她一激动反倒放松了，下了草垫去取披风。她需要空气。沉重的农舍门被她一推，就嘎嘎地响。那是个温和的夜晚，肥沃的土壤味带来了最早的春的暗示。她在肩上披了一床毛毯，却没有拿灯。她从小到大在树林里跑，那双脚已经认得去树林的路。她喜欢树木，喜欢它们那虬结蟠曲的强力，喜欢它们不顾一切地活着的倔强劲儿——被雷击或林火烧焦后，看上去已经死了，却还能在老干上发出绿油油的新芽。她必须像橄榄树，她用手抚摩着那粗糙的树皮，做出了决定。

警察和警官骑着马沿着从城市来的路跑过时，她就在那里的树林里。她家房里亮起灯光时，她就躲在树林的阴影里观望。在警官对农村房舍进行登记时，她听见了妈妈恐惧的叫喊和父亲抗议的吼叫。如果对他们家的指控得到证实，他们家的一切都会被王室没收的。她往地上一缩，拉紧土色的毛毯遮住白色的睡衣，并用泥土和凌乱的树叶盖住自己，她害怕火炬往树林走来。但是他爸爸一定对警官撒了谎，隐瞒了她的下落，因为他们连草率的搜查都没做一做。她无可奈何地望见爸爸妈妈被带走了。然后她就跑了起来，以那因为怀孕而缓慢的奇怪步伐穿过了一片片的树林，走过了邻居的土地。她不能去向邻居求救，她不可能知道他们是否向宗教裁判所告过密。过了邻居的土地，地势突然向艾思布鲁桂方向上升。她可以躲到那里的山洞里去。她跟仁纳多秘密恋爱时曾多次在那里见过面。她当初为什么要向他走去呢？为什么要把这样的痛苦带到家人头上呢？胎儿的身体挤压着她的肺叶，她爬山时几乎喘不过气来。尖锐的石头扎得她的赤脚生疼。她很冷，但恐惧驱赶着她继续前进。

她一到达山洞口就垮掉了，喘着气。第一次阵痛发作时她还以为是突发的疼痛，但是，阵痛再次出现，不严重，但是不会认错了。那是一种压力，像是马肚带抽得太紧。她叫出了声，倒不是因为收缩痛，而是因为婴儿就要出世了，那个她并不想要的婴儿，那个可能成为怪物的婴儿。而她孤身一人。她非常害怕。

听见装订铺的门打开时，路蒂和米查正在储藏室里。装订工骂了一声。“待在这儿别出声，太不巧了。”他关上了储藏室沉重的门，抻着皮围裙走了出去，徒劳地遮盖着肥胖的肚子。他强压着不快，调整了表情，准备迎接顾客。

他一见走进车间的是个士兵而不是顾客时，就改变了面容。《哈加达》已经装订好，摆在柜台上，精美漂亮，族徽擦得锃亮，锁扣光彩奕奕。他和路蒂一直在欣赏，直到欲念征服了他俩。米查礼貌地打了个招呼，走到士兵和长凳之间，把《哈加达》巧妙地拂到一堆羊皮纸底下。

但是那士兵对书本没有兴趣，对环境也几乎没有注意。他从工作台上抓起一根粗针，挑着指甲，挑出了一片片小瀑布样的油腻的污垢。米查惊慌地注意到那脏污掉到了一张已经准备好的羊皮纸上。

“路蒂·本·绥山。”士兵说，直奔主题。

米查使劲咽了口唾沫，没有回答。他内心的慌乱表现为一脸的茫然，那士兵当作是愚蠢。

“说，笨蛋！你卖酒的邻居说她进这屋里了。”

否认没有用。“你是说书法师那女儿么？啊，对，你一说我倒想起来了。来过，来给她爸爸办事。但是已经走了，跟一个……啊……银匠走在一起……我估计是从佩雷罗来的。她家跟那人有业务往来，好像。”

“佩雷罗？她去那里了么？”

装订工犹豫了。他不愿出卖路蒂，可他也不勇敢，他要是对官府撒谎被查了出来……可是，如果在他的铺子的储藏室里找出了路蒂，那官司也够他受的。

“她没有告诉我去哪里。长官，您得知道，没有结婚的犹太姑娘是不跟家庭以外的男人说话的——简短的，业务上必须的话除外。”

“你们这些犹太娼妇要干什么，我怎么会知道？”士兵说。但是他已经往门口转过身去。

“我可不可以问一句……就是说，老总，你可不可以告诉我，像您这样重要的人怎么会关心起一个寒碜的书法师的女儿来了呢？”

那年轻人，跟大部分横蛮的人一样，是不会放过叫人害怕的机会的。他转身走进店里，阴阳怪气地笑着，“寒碜，也许，可再也不会是书法师的女儿了。书法师早已跟你们这个该诅咒的民族的人一起登上了去地狱的路。他女儿么，也就要跟他去了。她哥哥就要上火刑柱了，她也会跟他走的。他招认说她引诱他搞犹太化活动。”

米利暗从浸礼池回来了，她已经准备好以新娘的身份跟丈夫见面。从去年就出现的某些迹象告诉她，要求她从事清洗仪式的月份已经不会多。她知道自己会怀念那些日子的：对肉欲的限制，对重新交合的期盼。

从月经开始往后的十天里，大卫和米利暗遵照家庭纯洁的古训，是连手都不会碰的。今天晚上他们却要做爱了。他俩之间性格的摩擦有多严重，肉体结合时的欢乐就有多强烈，而且并不随年老力衰而减弱。

米利暗倒免掉了眼见丈夫死去躺在院里石板上的血泊里的痛苦。那粗暴的喧嚣吼叫整条小巷都听见了，那意思人们也都明白。武装人员一离开卡哈尔，他们就来做必须为邻居做也应该做的一切了。

米利暗一见屋里做好了七日服丧的准备，立即想起了鲁本。鲁本接受基督教洗礼后他们就为他做了七日服丧，表示儿子在他们心里已经死掉。但现在她才打心里感到儿子是真死了。他爸爸放宽了尺度，决定给他举办犹太仪式。她扶住了门框。

邻居们搀扶住她，带她进了屋，然后她才逐渐明白了事实。大卫已经洗干净身子，穿上白色的服装。现在邻居们已用白床单裹好尸体，送到了墓地。安息日快到了，犹太法律要求立即安葬，不能延误。

她丈夫安葬后，米利暗点起了守灵的蜡烛。她要把自己交给悲伤。她的丈夫死了，她的儿子在禁书圣署定了死罪，她的女儿……到哪里去了？几个迟钝麻木的士兵闯到墓地查问哀悼的人：死者的女儿到哪里去了？米利暗使劲想，希望弄个明白。对她的第一个悲剧大卫之死，她无能为力。第二个，他那进了监狱的儿子，除了祷告，她所能做的也很少。但是第三个，路蒂，却是另外一回事。对她也许还不太晚。如果能找到她，发出警告，她也许还能藏起来，或是溜出城去……

她正思考着，邻居们却拥挤起来，为约瑟夫·本·绥山让出一条道。约瑟夫还穿着旅行服装，他赶到弟媳面前表示了哀悼。因为旅途疲劳和悲哀，他的眼睛红红的。

“我一到家仆人就告诉我出了这事，我马上就来了。悲伤之上又加上了悲伤。大卫！我的弟弟……如果我在他要求时就给你儿子付了赎金，也许还不至于……”他的嗓子哑了。

米利暗说得又急迫又刺耳，把哀悼的人吓了一跳。“是得怪你没有付赎金！可做了的事已经做了，上帝会审判你的。你现在必须救救我的路蒂……”

“弟媳，”约瑟夫打断了她的话。“现在你跟我到家里去吧，我要保护你。”

米利暗没有听懂，只茫然地望着——她的注意力无法集中到他的话上。她在守灵时不能离家，这他当然知道。而且，穷归穷，她也不愿离开自己这家，到大伯子家过寄人篱下的日子。他怎么能认为她可以放弃自己那小房屋和关于它的一切记忆呢！米利暗对她的大伯子一条条地提出理由时，她那暴躁的声音竟然差不多正常了下来。

“弟媳，”他平静地说，“很快，非常快，我们也都得离开自己的家，离开关于家的记忆了。我们全都得寄人篱下了。我真希望能在自己家里给你安排个地方。可我所能给你的，也只能是在我们不知何去何从时，留在我身边而已。”

约瑟夫缓慢而痛苦地对满屋的人解释了几个礼拜以来所发生的一切。一般不会在公共场所互相接触的丈夫和妻子现在搂到一起放声痛哭。路过那小房偶然听见那哭声的人，会以为大卫·本·绥山确实是个善良而虔诚的人。可谁会想到他的死竟会引起这样冲动的感情呢？

约瑟夫没有告诉米利暗的邻居们（鱼贩子，羊毛工之类的淳朴的人），为了赢得国王和女王的心思和灵魂，他们进行了长达一个月的争论，也没有告诉人们他们所采用的策略。他只简单地告诉人们，领袖们都已经竭尽了全力。为犹太人陈情的人中有女王的朋友，当年曾促进过她跟斐迪南的秘密婚姻的拉比亚伯拉罕·森涅尔。那人八十岁了，曾做过王后的神圣兄弟会警察部队的司库，也做过卡斯提尔的税务官。他那么豪富，又那么重要，光出行随员就得使用三十头骡子。跟他在一起的还有著名的经师、圣徒和宫廷财务顾问艾萨克·阿布拉凡内尔。阿布拉凡内尔是在一四八三年赢得财务顾问的职位的。可就在同一年，女王的忏悔神甫托玛士·德·托克马达也被任命为宗教法庭大裁判官，为肃清堕落的异端而努力。

推动驱逐犹太人提案的是托克马达。在第二次征服时期他无法发泄仇恨，那时国王和女王还得依靠犹太人的钱财和税收来支持对摩尔人的战争；还得依靠犹太商人支持在艰难的征途上和崇山峻岭之间跋涉的军队；还得依靠能说流利的阿拉伯语的犹太人使基督教徒和伊斯兰各国之间的谈判顺利进行。但是，随着对格拉纳达的征服，战争结束了，再也没有阿拉伯统治者需要对付了，而在改信人里面又可以找到足够的技术力量了，翻译，科学知识，工匠技术，医药人才，全都有了。

驱逐令是在国王和女王签署法令之后四周才正式宣布的。在那四周里他们要求严格保密。这就给了森涅尔和阿布拉凡内尔希望：国王和女王的决心还没有下定，如果劝说得法，说不定还能出现转机。这段时间里他俩每天都在筹措更多的款项，争取更多的支持者。最后，阿布拉凡内尔和森涅尔在阿尔罕布拉宫的宝座殿里跪到了国王和女王面前。在国王和女王背后的上方，一道温和的光从带花格的雪花石膏窗户照射下来，落在两人烦恼疲惫的脸上。两人都在辩解，“照顾我们吧，啊，陛下，”阿布拉凡内尔说，“对您的臣民别那么严厉吧，为什么对您的仆人这么做？还是从我们这儿获取黄金和白银的好，即使要付出以色列家庭的全部财产，只要我们还能留在这个国家。”然后，阿布拉凡内尔提出了他的奉献：三十万金达克特。斐迪南和伊萨伯拉彼此望了望，好像犹豫了。

通向前屋的一道秘密门打开了，托克马达突然闯进了宝座殿。他一直抵触地听着他们赞美犹太人的忠诚和对王国的奉献的话。高处窗户的光照耀着他捧在胸前的一个金色的耶稣受难十字架上。

“看看这受难的耶稣吧，他就是被加利利人犹大以三十个银圆出卖的。”他大吼起来，“两位陛下难道还要再次出卖他么？耶稣在这里，拿去吧。”他把十字架在两个宝座前的台子上一放。“拿去吧，出卖他吧！”他转过身来，大踏步出了房间，黑色的袈裟扇起一阵旋风。他甚至没有请求两位陛下同意他离开。

阿布拉凡内尔瞥了一眼他的老朋友森涅尔拉比，看到的是失败的懊丧。后来，阿布拉凡内尔在国王和女王听不见的地方发泄了心头的愤怒。“正如毒蛇用泥沙堵住了耳朵，听不见弄蛇人的声音一样，国王因为宗教裁判官的肮脏，对我们硬起了心肠。”

装订工是在本·绥山灵堂里出现的最后的好友。他是在等安息日临近，把别的悼念客人都赶回家去之后才出现的。他要尽可能秘密地跟米利暗谈话。

他的策略成功了。无论大伯子约瑟夫·本·绥山怎样真诚地请求也拒绝跟他一起走的米利暗，现在已是独自一人——不过，堂·约瑟夫仍然求她留下了一个仆人陪伴她。仆人宣布米查求见时她很生气。她需要时间思考。她怎么可能离开卡哈尔呢？那是她所知道的唯一的世界。她是在那里出生的；她的父母都是在那里生活和去世的。他们的遗骨现在就埋在犹太人的墓地里，现在又加上了她丈夫的遗体。一个民族的人怎么可能离开他们的死者没有人照看呢，何况还是留在基督徒中间！犹太人一离开他们就会刨开地来牟利，让所有去世的亲人不得安生的。何况还有老弱病残，不能上路的人，还有快要生孩子的妇女，她们怎么办？她的思路跳到了她那被判了死刑的儿子的媳妇身上。她至少应该是安全的，还可以在家里把孩子生出来，还有家人照顾她生下一个她永远见不到的孙子。她又流泪了。可现在又来了个傻瓜装订工，她还得努力镇定自己。

米查按照常规进行了哀悼，然后靠近米利暗，近得超过了习俗界限。他把脸靠近她的耳朵。“你的女儿，”他说。米利暗一听就僵了，准备接受更惨痛的消息的打击。米查匆匆讲述了士兵的搜查。若是换个时候，米利暗那灵敏的头脑是会让她怀疑路蒂为什么在装订铺久久不回的，因为她去那里的唯一目的只是问问她爸爸什么时候能拿到《哈加达》，因此有可能追问起路蒂在装订铺储藏室干的事。但是悲伤和担心却磨钝了她的心智，她的全部注意力只落到了装订工后半截话上。

“你是什么意思，‘走了’？一个小姑娘怎么可能在晚上‘走了’，上了去南边的路？而且安息日马上就要开始了。你这是什么胡说八道！”

“你女儿告诉我，她知道一个可以躲藏的安全地方，她在安息日之前就可以到达。她打算就在那里躲到可以通消息时再告诉你。我给了她面包和一皮囊水。她说她在那躲藏地点还存有些食物。”

然后米查就走掉了，穿过卡哈尔的小街小巷匆匆地回了家。米利暗心神恍惚，因为心急——路蒂能知道什么秘密地方——居然忘了问他《哈加达》的事了。

但是装订工已经在路蒂坚持之下把《哈加达》交给了她。可他在回家的路上却怀疑了：那样做对不对？他来到家门口时，正好号角声传来，宣布安息日的开始。他踏进门去，那微弱的羊角声跟婴儿的哭叫声混杂到一起。他也就把那姑娘和她的苦难撇到了一边——他自己的烦恼就已经够多的了。

路蒂沿熟悉的路来到洞窟时，也听见了微弱的哭声。路蒂在黑暗里走路很有把握。这种非法夜行她已搞过多次，是为了从爸妈睡觉的房里偷跑出来秘密读上几小时书。但是那意外的声音使她突然在陡峭的路上停了步。岩石上自然松动的小石块在小路上沙沙地掉，落到了下面干燥的岩石上。

哭声突然停止了。“谁在那儿？”一个微弱的声音在叫喊。“为了救世主的爱，救救我吧！”

路蒂几乎没听出是罗莎的声音——因为缺水，罗莎的舌头肿了，恐怖与痛苦又已使她筋疲力尽。她一个人已经收缩了二十个小时，此时收缩越加厉害了。路蒂跌跌撞撞地钻进了山洞，高声说着安慰的话，摸索着自己藏在那里的灯和打火石。

灯光照着一个凄惨的伤病的形象。罗莎背对岩壁坐着，双膝缩回去靠紧了胸部。睡衣沾染了血和其他分泌物。她用皲裂的嘴唇发出了“水”字。路蒂赶快把水囊放到她嘴边。罗莎喝得太多，一秒钟后就蜷起身子喘着气。呕吐才到一半，收缩又抓住了她。

路蒂努力克制着自己的恐惧。她对婴儿出生到世界上的过程只有非常模糊的印象。她母亲总不肯谈身体的问题，以为路蒂在订婚前用不着知道。卡哈尔很拥挤，一家一家挨得很紧，她听见过妇女生孩子的叫喊声，知道那是件又痛苦又危险的事。但是她没有想到会出现这么多血和排泄物。

她转身找东西揩拭罗莎呕吐后的脸。找到的只有很难闻的布片，是她在长夜读书时用来包裹长夜读书时吃的干奶酪的。她把那布片拿到罗莎面前时，那姑娘又吐了，但是这回却已没有可吐的东西。

夜，捱了下去。这一次的疼痛终于没有休止了。罗莎吼叫得喉咙太痛，只能发出锉子般的声音了。路蒂只能给罗莎擦擦额头，在痉挛时搂住她的肩。难道这孩子就生不出来了么？她害怕知道罗莎两腿间出现的情况，但是等到那姑娘又因新的疼痛叫喊起来手脚乱划时，路蒂只好很不乐意地换了个地方，跪到了她哥哥那么心爱的女人面前。一想起哥哥和哥哥此刻可能受到的痛苦，路蒂就产生了某种勇气。她温和地分开了罗莎的膝盖，却由于恐惧和惊惶倒抽了一口气：孩子那黑糊糊的头已经顶到使着劲的紧张的皮肤之间。罗莎又收缩了，路蒂克服了恐惧，摸到了那脑袋。她设法把指头放好，想抓住小脑袋，拽它出来。但是罗莎太衰弱，使不起劲。好多分钟过去了，一小时过去了，没有进展。三个人陷在那里。婴儿在不肯放松的产道里，罗莎经受着痛苦，路蒂心惊胆战。

路蒂手脚并用地爬到罗莎受伤的脸面前。“我知道你累，我知道你痛苦，”她悄悄地说。罗莎呻吟着。“但是今天晚上只有两个结局：或者是你鼓起劲，生下孩子，或者是你就死在这儿。”

罗莎大叫，伸手要打她，却已经没有了力气。可她的话毕竟打动了她，下一次痉挛开始时她就聚集起身子里那点残余的力量。路蒂望着那脑袋在拱，肌肉在分开。她窝着手扶住头，把它轻轻地捧了出来，然后是肩膀。转瞬间，婴儿已落到她的手里。

是个男孩。但是太长的产程挣扎使孩子吃不消了，小手小腿在路蒂的手里微弱地划动着，平静的脸上没有爆发出哭喊。路蒂用小刀很不是滋味地割断了脐带，用她从自己披风上撕下的一块布裹起了孩子。

“他，他死了么？”罗莎悄悄地说。

“我看是的。”路蒂清醒地说。

“那样倒好。”罗莎说。

路蒂从跪姿站了起来，把孩子带到洞窟后面。她的膝盖被石头硌得生疼，可那不是她满眶眼泪的原因。一个妈妈怎么敢因为自己的婴儿的死亡而高兴呢？

“帮帮我，”罗莎叫道。“还有个东西……”她尖叫起来。“是妖怪！是妖怪要出来了！”

路蒂转过身子。罗莎扭动着，想靠石壁站起来，避开自己产后的胞衣。路蒂望着那闪亮的一团打了个寒噤。然后她想起了猫。猫在院子角落产崽之后，也有乱七八糟的胞衣出现。你这个愚蠢的迷信的基督教下贱女人，她心想，发泄着她对这个女人的愤怒和妒忌。她把那软唧唧的东西拉了下来，向罗莎靠进了一步，如果不是她脸上那在微弱的灯光下也清楚的伤痕唤醒了她的怜悯的话，她可能一巴掌打了过去。

“你是在农场上长大的，以前就没见过胞衣？”

路蒂的愤怒和悲伤使她跟罗莎谈不下去了。她一句话也没说，就把洞窟里的储备分成了两份，又把米查给她的奶酪、面包和水分了一半，放到罗莎身边。

“既然你不在乎你的儿子，我就把他按犹太葬礼埋掉了吧，我估计你也不会当成什么大事。太阳一落山，安息日就结束了，我就把这个身体送进泥土里去。”

罗莎发出了一声深长的叹息。“既然还没举行洗礼，也就没有什么区别了。”

路蒂用外衣的剩下部分把自己的食物裹好，挂到肩上。又在另一个肩膀上挂了个口袋，里面是个用几层皮子仔细包好再用皮带拴住的包裹。然后她伸手抱起死婴。孩子却在她手上动了一动。路蒂低头一看，看见了她哥哥的那双眼睛，温暖、善良、信任，眨巴着回望着她。她没有对罗莎说一个字。罗莎已经筋疲力尽，缩成一团，陷入半睡眠状态。路蒂很快就走出了洞窟。她一上了山道，就尽快往山下走，只求那包袱安全——她怕孩子的哭啼会暴露出他还活着的秘密。

星期天，正午的钟声刚刚敲过，西班牙各地的王家传令官就吹起了号角。市民们聚集到市镇广场，静听亚拉冈和卡斯提尔的国王和女王的命令。

路蒂一身基督教妇女的服装——不大合身，那是她从罗莎卧室的箱子里擅自取来的。为了听得更清楚，她挤过聚集在渔村主要广场上的人群，靠近了传令官。文告很长，缕述了犹太人的背信弃义和以往对制止犹太人腐蚀基督教信仰的措施之不力。

“据此，朕命令……凡在我两王国及其领地定居、停留或暂住之犹太人，无论男女，无论长幼，必须在今年(一四九二年)七月底之前离开两王国，不得擅自返回或居住，否则一律处死。”犹太人离开时不许携带黄金白银或珠宝，所欠重大债务必须偿还清楚，贷出款项一律不许收回。路蒂站在那里，春天灼热的阳光照在她所不习惯的头罩上。她仿佛感到世界崩裂了。她周围的人全都在欢呼，赞美斐迪南和伊萨伯拉的名字。她感到了从没感到过的孤立。

这个村子里没有犹太人，这是路蒂在到萨尔瓦多家尽情搜取之后选择到这里来的原因。她认为那不是盗窃，因为她拿走的东西都是用来抚养萨尔瓦多家的外孙的。她在村子里找到一个乳娘。她编了个蹩脚的故事，说是她姐姐在海上失踪了。幸运的是那妇女又无知又愚蠢，没有怀疑路蒂的说法，也没有问刚生了孩子的妇女怎么会到了海上。

人群解散了，唱着歌，叫喊着对犹太人的种种诽谤之辞。路蒂跌跌撞撞地走向了一道泉水，在石头上沉重地坐了下来。她面前的路每一条都通向黑暗。回家见妈妈，就是把自己交到宗教裁判官手里；继续勉强冒充基督徒也不可能。她骗过了一个迟钝的农民妇女，但是要找房子住和买东西吃，她那故事太脆弱，肯定会被戳穿的。按照国王和女王对犹太人的要求当个改信者，变成基督徒，也是难以想象的。

路蒂坐在那里，下午了，天光逐渐暗淡了。若是有人仔细看看那汤团样的姑娘，就会发现，她在轻轻地点着头，祈祷着上帝，请求指引。但路蒂根本就不是他们所注意的那种姑娘。

终于，到斜阳把白色的石头映成橘红时，她从那地方站了起来，拉掉基督徒的头套，扔到泉水边，再从身边的口袋里取出自己的围巾和外套。那上面有犹太人的明显标志：黄扣子。她在穿过广场，从基督徒身边经过时，扬眉吐气了一番：她用愤怒和决心回望了他们的注视。她就像这样来到了码头边的棚屋，带着婴儿的乳娘在那里等她。

太阳落山了，黑暗掩护着她，好奇者的目光看不见她了。路丝[①]·本·绥山往海里走去，没有名字的婴儿紧靠在她胸前。她到水淹近腰部时解开婴儿，解开包裹布，把它顶在头上。婴儿那棕色的眼睛对她眨巴着，小拳头一解放出来就对着空中挥动。“对不起了，小家伙。”她温和地说，然后把他按到黑暗的水面之下。

海水包围了婴儿，抚摩着他的每一寸肌肤。她抓紧他的上胳臂，然后放掉。水必须淹没他的身子。

---

① 即路蒂。路丝是她的正名，路蒂是爱称。

她低头望着那挣扎着的小身体。她虽然在抽泣，表情却坚决。潮水升起，拍打着她，退潮的浪正要卷着婴儿离开，路蒂已经伸出双手抓紧了他。她把他从水里抱出时，海水像闪亮的急雨冲刷着婴儿光滑发亮的皮肤。她把婴儿对着星星举起。此时她脑袋里的吼叫比潮水还要响亮。她对着海风大哭，为手里的孩子说："听呀，以色列，主是我们的上帝，主是唯一的。①"

然后，她从头上取下包裹布，裹上孩子。那天晚上，在整个亚拉冈地区，犹太人都被赶到了洗礼泉前，由于害怕流放，改变了信仰。可路蒂却洋洋得意，藐视了一切，把一个非犹太人变作了犹太人。因为孩子的妈妈不是犹太人，浸礼仪式的举行很有必要。现在，仪式已经举行了，激情还在胸中涌动，路蒂已在计算着日子。她的时间不多了。到了第八天，她就得找人为她扮演盟友的角色。如果一切顺利，那就会是新的国土上的事了。那时候她将给孩子决定姓名。

她把孩子紧紧地搂在胸前，回头向海滩走去。她想起了那书还在身上，用皮子裹紧放在挎包里。她拉了拉皮带，不让海浪冲刷到，可仍然有几滴咸水流进了严实的包裹。书页上的水干掉之后，留下了痕迹，沉淀出晶体，那晶体五百年没有变化。

到了早上，路蒂就要去找船。她要用从装订皮上撬下的银徽章做自己和孩子的船费。而他们将在什么地方见到陆地，却掌握在上帝的手里——如果还能见到的话。

但是今天晚上她要到爸爸的墓地去，向他唱卡迪什，向他介绍他的犹太人孙子。这个孙子将用他的姓漂洋过海，进入上帝认为适合赐予他们的未来。

---

① 原文为英语字母转写的希伯来文。

汉　娜

一九九六年春，伦敦

我喜欢泰特现代美术馆，真是喜欢，尽管它收藏的澳大利亚艺术品没有几件。首先，连一幅亚瑟·博依德的画都没有，叫我一向很不高兴。其次，我当然要直接去找沙兰斯基的作品。我有一种冲动，要查查他的全部作品。我知道泰特有他的东西，也知道我一定看见过，只是想不起。到我终于找到它的时候，我才明白了我想不起的原因。它不怎么让人记得住。小小的，早期的，几乎没有后来其他作品那种大气磅礴的迹象。典型的泰特，我想，收藏澳洲人的便宜货。不过，那毕竟是他的作品。我站在那里想：我父亲画的。

妈妈为什么没有告诉我？我至少可以跟这些东西一起长大吧。那不是没有意义的事：具有欣赏他留下的美的能力，为我的父亲感到骄傲，而不是一想到他就总受到耻辱的浪头的冲击。我凝望着那画，用针织衫的袖子擦着眼睛，但是没有用。大滴大滴的眼泪仍然不断涌出。我站在那里，一个班的穿苏格兰方格呢短裙和运动夹克的英国小学生在我周围挤来挤去，我忍不住了，抽泣起来。这是我平生的第一次，它使我表现反常。我慌乱了，情况更糟了。一场难以抑制的、伤心的、非常尴尬的抽泣。我靠到墙上，努力控制着自己，想靠墙壁站住。可是没有用，我觉得自己在慢慢往下滑。我终于瘫软了，蹲在那里，抽动着肩膀。英国人都离我远远的，仿佛我是放射性的。

几分钟后一个警卫来到我面前，问我是不是病了，需不需要帮助？我抬头望了他一眼，摇了摇头，吸了口气，想停止抽泣，但是我控制不住自己。他在我身边蹲了下来，拍了拍我的背，“什么人去世了么？”他低声说，声音很温和，带着强烈的方音。约克郡方音，也许是。是的，我点了点头，“我父亲。”

“啊，这样啊。是挺伤心的，爱。”他说。

过了一会儿，他伸出一只胳臂，我抓住了，我俩尴尬地站了起来。我喃喃地说了声谢谢，放开他的手，踉踉跄跄穿过走廊，寻找着出门的路。

我走进的却是一间展厅，里面满是弗朗西斯·培根[①]的画。我在一幅我一向最喜欢的作品前站住了。那还不是他真正的名作，并不常挂的。画上有一个往远处走去的人，似乎在往风的方向倾斜。前景却是一只黑狗，在追着尾巴转圈。这画既带天真，又有些不祥。培根抓住了狗的特色，绝对抠得很准。但是这一回，我透过满眼泪珠看去，吸引了我的却根本不是狗，而是那往远处走去的男子汉。我凝望了他很久。

第二天我在布鲁姆斯伯里的旅馆房里醒来时，倒是觉得轻松了，净化了。有人主张只要大哭一场，什么问题都可以解决，对此我一向怀疑。但是我确实觉得好过了许多。我决心把注意力集中到大会上。事实上，如果你可以忽略发言人那笨拙的土音的话，有几份论文还是有用的。英国的艺术界对落魄贵族的次子[②]，和叫做安娜贝勒·某某-某某[③]，穿黑色紧身裤，亮橘色开士米衫，散发着淡

---

① Francis Bacon，(1909—1992)，英国画家。作品风格怪诞，以表现孤独、暴力和恐怖为特色。
② 长子才有继承权。
③ 安娜贝勒，希伯来语中指美丽的女子。

淡的湿拉布拉多犬的气味的女人来说，绝对是块大磁石。我总是发现自己到了他们中间就退化成了旧石器时代的澳洲佬，使用起我在现实生活里做梦也没想到使用的字眼来，比如“伙伴”、“华丽丽”什么的。而到了美国，却又颠倒了过来。尽管我小心翼翼，却还得注意自己，否则就会掉进他们所说的“语言适应”里去。开始把 water 里的 t 吃掉，塞个 d 进去，或者想的是小道，说的是人行道，想的是电筒，说的是火炬。我估计我在英国会抗拒得更厉害，因为妈妈老撇出一种高雅的、气派的腔调，令我联想到她那假正经。我小时候跟她说话，她实际上还真感到受不了。“确实，汉娜，你那几个元音呀，就像给卡车碾瘪了似的。谁都会以为我每天早上送你去的地方是西郊乡下，而不是双水湾最昂贵的托儿所。”

为了摆脱我已经让自己陷入的乡下佬味，我决心集中注意力写已经上了目录的《哈加达》论文。多少是由于波士顿诸多遭遇的影响，我的文章已经拖了下来。出版社的最后期限快要到了。一个回澳洲家里去探亲的报人朋友玛丽安建议我住到她在汉普斯特德的农舍去。因此会议一完我就钻到她那里去过了两天。那是一幢可爱的木制小农舍，旁边有一个起伏不平的墓园，长着深蓝色的美洲茶。苔痕处处的花园墙壁上爬满瀑布一样的玫瑰花。那房子古老，叽嘎地响，侏儒怪一样的比例。门框很低，檩子波浪形，向下弯曲，专撞马虎人的脑袋。玛丽安个子矮，跟我不一样。超过五英尺十英寸的人就倒霉了——那是厨房天花板的高度。我在那里参加过晚会，高个子只好通夜哈着腰，像个鬼鬼祟祟的土地神。

我觉得最好是给奥兹仁一个电话，告诉他我的论文写到什么地方了。但是我给博物馆打电话，图书馆馆长助理的回答却是简单的两个字，“不在。”

“你估计他什么时候能回来？”

“确切地说，我不知道。明天以后说不定在这儿，也说不定不在。”我试了试他的公寓，但电话那头无人接听。我只好继续写作了。我喜欢在玛丽安的小书房里写东西，那是房顶屋檐下的一个小间，光线非常合适，眼前的景物一直通向伦敦。在罕见的没有雨、雾和污染的好天气里，还可以一直望到南部丘陵。

我对于论文很有信心。虽然没有我一向希望的轰动发现，却也觉得对于绢蝶属和失去的银锁扣的见解拓展了新的领域。要等从装订中找到的白毛标本查清楚后再作最后的润色。那问题我问过阿玛丽·萨塔，她说我可以请博物馆很多动物学家看看，“但是真正懂得毛发的却是警察，无论是动物的毛还是人类的毛发。”她认为最好的地点还是法院的实验室。我读了太多的P·D·詹姆斯[①]的小说，我决定把它搁到伦敦再说。我有一个幻想，要看看真正的现实跟虚构的小说是怎样统一的。

我很幸运，玛丽安在首都警察厅还真有很不错的关系。玛丽安是《伦敦书评》的编辑，也写文章。在伊朗宣布要“修理”萨尔曼·拉什迪[②]之后，还写过不少关于萨尔曼·拉什迪的文章，而且是拉什迪在最困难的年代所信得过，还敢于固定见面的人。她因为描写苏格兰场[③]的细节，还跟苏格兰场的人建立有深厚的关系。我在玛丽安家的晚会上见过那人一面。他进厨房肯定是要弯腰的，因为他高达六英尺二英寸，即使弯了腰也还属于辉煌品种。他玩了个花头，安排我跟首都警察厅的毛发纤维实验室的人见了面。“这可是违

---

① P. D. James(1920—2014)，英国当代最著名的推理小说女作家被尊为“推理小说第一夫人”。

② Salman Rushdie(1947—)英国籍印度人，1989年发表了长篇小说《撒旦诗篇》，被伊朗穆斯林宣布为亵渎了先知穆罕默德，被缺席裁判死刑。

③ 伦敦警察厅的代称。

背政策的，”玛丽安警告我。“你得小心点。但是显然，实验室那人确实叫这本书的故事迷住了，她打算用自己的时间给你作检查。”

我也渴望知道奥兹仁是否有机会继续对绢蝶的调查，查出那《哈加达》在二战时期藏到了哪一个山村里。如果他有了新的信息，我就打算写进论文去。一般说来这类文章都像艾尔湖[①]一样干涸。非常技术性，就像在维也纳的那个法国人马特尔的报告。全是死板的东西：书页共分了多少叠，每叠多少张，装订线状况如何，装订孔有多少，等等，呵，哼！可我想把我这一篇写得与众不同。我想让人注意书后面的人，写出制作、使用和保护这本书的不同的手。我要我的讲述抓住读者，甚至形成悬念。因此我把历史背景的某些环节反复地进行了修改，作为添加到技术讨论中的佐料。我努力创造着一种和谐融合的感觉，像夏夜在美丽正式的花园里的诗歌晚会，说阿拉伯语的犹太人跟穆斯林和基督教邻居自由往来。我虽然不可能知道那绘画的人和书写的人，可我仍然努力通过技术细节的讲述让人们意识到他们的状况。书里的楼阁和房屋是什么样子，这类艺术家跟社会环境怎么相处。然后我打算围绕宗教裁判和排犹驱逐的戏剧性的可怕逆转，形成紧张情绪，让人们体会到火刑、海难和恐惧。

写不下去了，我给汉普斯特德的当地拉比打了电话，问他关于盐的问题。犹太人怎么样决定什么盐不可以吃？“问我这问题的人之多能吓你一跳。”他多少有点厌倦地说，“一般说来，是否是犹太人可以吃的盐，不决定于盐，而决定于它是否可以用来腌肉。换句话说，它是否能把血水腌出来，因为坚持食品禁忌的犹太人是不吃血的。”

“那么你的意思是，晶体颗粒大的盐犹太人都可以吃，是吧？不管是开采出来的岩盐，还是晒出来的海盐？”

① 澳洲中部的一个盐湖，是个时令湖，只偶然有洪水出现，平时总是干的。

“对，”他说，“而且不能有添加剂。如果有，比如葡萄糖，那是和碘一起加到盐里的。那在逾越节就可能引起争议，因为葡萄糖是粮食做的。”

我没有费工夫请他解释为什么到了逾越节犹太人就不能吃粮食，因为我相当肯定，在《哈加达》的故事里，不会有人往盐里加葡萄糖。但是我也确实使用了盐的痕迹来自海盐的事实来描写《哈加达》的海上旅行，很可能是在大排犹时期的旅行。我引用了那时的一些生动的描述，描述了那可怕的强迫大迁徙。

我已经写到了威尼斯，写到威尼斯最早的犹太人社区，写到一般性审查的压力和对犹太书籍审查的特殊压力。我还写了意大利的犹太人社区和亚得里亚海对岸的犹太人社区之间的经济和文化上的联系。暗示说那书可能是随着一个犹太教圣歌领唱人来到波斯尼亚的。那人叫科亨，在意大利受过培训。我聚精会神地写着——在顺利的日子可能写得很陶醉——那时你已经掉进了兔子洞，世界上其他的东西全消失了①。这时门铃响了，我气得几乎要爆炸。

我可以看见一辆厢式信使车停在小巷里。我下楼去开门，没来由地发了一通脾气，说是玛丽安的什么包裹打断了我的注意力。但是信使送来的却是我的一封信，是泰特美术馆寄来的。我不知道会是什么，签了字，拆了信。里面是一封快信，来自波士顿，已经转寄过一次了。那东西跟着我在地球上转。

我裁开信封，很好奇。里面是一张从玻璃底片相片复印出的相片和一封简单的信，笔迹华丽，是茨威格夫人写的。相片上是一个男人和一个女人，正经地摆着姿势。女的坐着，男的站在后面，一

① 这里使用了英国童话家路易斯·卡罗尔的《爱丽丝漫游奇境记》的故事。小姑娘爱丽丝掉进了兔子洞，从此开始了她在奇境里的漫游。

只手放在她肩上。有人围着女人那四分之三侧面的脑袋画了个圈，一个箭头指着她的耳环，估计是茨威格夫人画的。

茨威格夫人的信没有引言，也没有收尾，只是一种书面形式的尖叫。

“看这个！！！

“这位太太戴的不就是我们遗失的锁扣的一部分么？？？还记得马特尔所描述的那翅膀么？？？却原来，密托在装订完那本《哈加达》之后就因为砷中毒死掉了。他害了淋病——维也纳至少有一半男人害淋病，而这位夫人的丈夫法朗兹·赫什菲尔德就是给密托治淋病的医生。我能发现这一切，是因为他们实际上曾以杀害伏洛瑞安·密托的嫌疑审问过赫什菲尔德。赫什菲尔德无罪释放，他只是想帮助那家伙而已。关于此案，最近还发表了不少文章，成了我们所进行的对奥地利排犹活动里的灵魂探索的一部分，只是费时太多。

“收到此信后，请电话见告！”

我当然立即去了电话。

“我还以为你不会来电话了呢！我知道澳大利亚人的发言都排在后面，可是，她能有多厌烦？”

我解释了那信，说是刚才收到。“好了，如果我们还能找到那另外一部分，玫瑰花，那就好了。我还在搜索，相信我。这倒比在这儿干这些非干不可的活儿有趣得多……”

我瞥了一眼手表，发现如果再不溜掉，就有可能错过苏格兰场的约见。我对茨威格夫人胡诌了几句热情洋溢的感谢之词，一边披短衫一边找出租车号码，坐地铁去已经来不及。等出租车的时候，我又试了试奥兹仁的电话，想告诉他银锁扣的消息，说不定还向他吹嘘吹嘘我的论文写得多顺利。博物馆的助手还是像昨天一样唐突，“不在，回头再打！”

我叫了一辆无照“黑车”，因为伦敦的黑色出租车已经贵得离谱，我从希思罗机场进城时几乎闭过气去——还没出哈默史密斯，表上打出的价已相当于一百澳元。来到我面前的是一部破烂的灰色货车，但司机是个长得不错的西印度群岛人，一头梳成小辫的精彩长发。那车隐约有点印度大麻味儿。我说了目的地，他迷糊了一会儿才明白过来。

“你有案子么，女士？”

“什么？”

“不干净？”

“啊，你说我跟警察？不，伙计，我找警察有事。”

他仍然在实际地址前一两个街区就停了车。“他们那地方有狗嗅着呢，女士。”他解释道。这一段路黑色出租大约要六十镑，可他只要了我十镑，即使天在下雨我也没有抱怨。伦敦的雨跟悉尼不一样。悉尼的雨不会老下，可一下就让你知道，很有分量，瓢泼大雨，把街道下成瀑布。而在伦敦，蒙蒙细雨大体是没有个完，但是你几乎就不用打伞，太细了。事实上我拿伦敦和悉尼哪个平均雨量更大跟伦敦人打过赌，赢过好几瓶饮料。

大门口有个女人在徘徊。我开始上台阶她就出了门。

“是西斯博士么？”

我点了点头。她衣着随便，六十岁左右，结实得像砖砌的屋子，是个女牢看管型，不像科学家。她握手时使劲捏着我不放，几乎在台阶上就推了我转过身去，往街上走。

“我叫克拉丽莎·梦泰古-摩尔根。”又是一个“某某-某某”型的姓，不过这一位少了点斯隆[1]风格，身上发散的是实验室药品

① John Sloan(1871—1951)，美国画家，以描绘城市日常生活的风格著名，代表作有《星期日》《在晾干头发的妇女》《后院》《格林尼治村庄》等。

而不是实验室的气味。“我非常抱歉不能请你进去，”她说。仿佛我是到她家参加什么高级茶会似的。“为了保护证据链之类的东西，这儿的程序非常严格，要批准一个非内部人员的客人进入，确实困难得出奇，尤其是非执法人员。”

我失望了，我很想知道她对那毛发的评价，我告诉了她。

“啊，这个嘛，我倒能全告诉你，”她说，“但是，我们为什么不到这里面躲躲雨呢？我还有点喝茶的时间，大约十五分钟。”

我们来到一家冷清的小三明治店外，那里摆了些胶合板桌子。没有别的客人。我们俩都叫了茶。在伦敦，即使在蹩脚的店铺里你一般也能买到不错的茶，盛在壶里。不像在美国，即使在最高级的地区，也是在一杯温吞水边挂一小袋茶叶。

热气腾腾而且浓酽的茶一来，克拉丽莎就开始了对毛发的分析。句子简短、清楚，非常精练。上了法庭我可不愿她成为我对手的证人。

“如果是犯罪现场的问题，我们要问的第一个问题是：它是人类的毛发还是动物的毛发？这很容易判定。你先看毛发的表皮。人类毛发的表皮很容易辨认，它相当光滑。动物毛发表皮的状态却各不相同，有花瓣形的，有带刺的，都决定于品种。你弄点表皮碎片，仔细观察它的类型看看。不能下最后结论的表皮很少。还总有个毛髓的问题，亦即毛发的中心部分。动物毛髓很规则，人类毛髓却往往难以归类。然后还有色素。动物毛的色素微粒是往毛髓分布的，而人类毛发色素却向表皮分布。你带标本来没有？”

我把标本给了她。她戴上眼镜，把信封对着日光灯看了看。

“运气不好。”她说。

“什么？”

“没有发根。发根放大后可以说明许多问题，而且当然，DNA

也在那里。在这一点上你可是不走运。从自然脱落的毛发上总可以找到溢流物。哺乳动物在任何时间段里都会脱落毛发的三分之一，你知道……但是我只能说现在这毛发是被切断的，而不是脱落的，也不是拔掉的。这些情况我要回到实验室确认。”

“你依靠毛发标本破过案么？”

“啊，很有几桩。最不费劲的是在受害人身上找到的人类毛发跟嫌疑人的毛发一致的时候。那就把嫌疑人给你带到了犯罪现场。我感兴趣的几个案件要复杂些。有个人掐死了他的前妻。婚姻破裂之后他就搬到了苏格兰，女方仍然住在伦敦。他非常小心，制造了很可靠的不在现场证明，说他那天全天都在肯特郡他父母家里。是的，他确实在那里，却不是全天。调查人员注意到他的父母有一只老在汪汪叫的小狮子狗，那狗身上的毛跟受害人衣服上发现的毛一致。可那也不能下最后结论，虽然确实引起了调查人员的兴趣。他们在格拉斯哥搜查了那人的家，发现了一个新近挖过的花圃。掘开花圃，发现他把谋杀时穿的衣服埋到了那里。衣服上有许多狮子狗的毛。”

这时克拉丽莎望了望手表，说她最好还是回去工作了。“我今天晚上就给你看看这东西。晚上九点左右给我家去电话——这是电话号码。那时我再告诉你我的发现。”

我并不匆忙，于是坐地铁去了汉普斯特德，到湿漉漉的荒原上去轻松逍遥地散了一会儿步。回到玛丽安家，我热了一罐汤，捧上楼去准备修改论文。我决定试试能不能接通奥兹仁家。

刚一打出就有人接，是男人的声音，却不是奥兹仁，压低嗓子应道：“Molim？”

“对不起，我不会说波斯尼亚语。奥——奥兹仁在不在？”

那人轻松地换成了英语，可嗓子仍然压得低低的，几乎听不清：“奥兹仁，他在家，但是现在不能接电话。请问你是谁？”

“我是汉娜·西斯，是奥兹仁的同事——我是说，我上个月跟他在一起工作过几天，我——”

“西斯小姐，”他打断了我的话。“我能不能建议你在图书馆另外找个人帮忙？现在这时候不恰当，我的朋友现在不考虑工作问题。”

我有了一种你想问问题，却已知道答案，因而不想听答案的感觉。

“出什么事了？是阿利亚么？”

那头发出一声深长的叹息。“是的，说来抱歉。我的朋友前天晚上才得到医院电话，说孩子发高烧，大面积感染。今天早上孩子就已经去世了。我们马上安葬他。”

我吃力地咽了口唾沫，不知道说什么好。传统的阿拉伯话是，“愿一切悲伤此刻都留到你身后。”但是我完全不知道波斯尼亚穆斯林彼此怎样吊唁。

“奥兹仁还好么？我是说——”

他再次打断了我的话，萨拉热窝人显然没有太多时间听局外人说轻松话。“他是个失去了唯一的儿子的父亲，怎么可能‘还好’呢。不过，如果你问的是他是否会跳米利契卡河，那倒不会，我不这么想。”

我感到难堪，胃里直翻，但那无缘无故的讽刺让我的情绪结成了一团怒气。“你没必要用那种口气。我只是想……”

“西斯小姐，我是说，西斯博士。别的古书专家说你是西斯博士，我应该记得的。对不起，冒犯了。但是我们这儿都疲于奔命，忙着准备丧事，而你那位同事又逗留得太久，在……”

“什么同事？”现在轮到我打断他了。

“那位以色列人，扬托夫博士。”

“他在你们那里？”

“我还以为你知道呢。他说他跟你在一起研究《哈加达》。”

“啊，唔，算是吧。”阿密泰有可能在悉尼实验室给我留过话，说要来萨拉热窝，而那边的人却忘了告诉我。不过对此我仍然怀疑。他到那个城市去就令人费解。我不明白他凭什么又找到奥兹仁的住处去了。奥兹仁还在为死去的儿子难过，那就不仅仅是显得特别了。但是很显然，从这傻瓜我也得不到更多的信息。我在考虑是否请他告诉奥兹仁我为他感到沉痛时，那头事实上已经挂了话筒。

我为是否从伦敦继续去萨拉热窝感到了犹豫。但是我突然给航空公司去了电话订票。我对自己的解释是，去看看阿密泰在干什么。正如我说过的，我可不是个软弱人，不能被人当卫生纸用。我关心的根本不是那悲痛的爸爸。在这样的情况下，跟奥兹仁重新见面的念头和我的决定几乎没有关系。

我跟航空公司谈了好一会儿，安排了联系方式，刚放下话筒，电话铃响了。

“是西斯博士么？我是首都警察厅法医处的克拉丽莎·梦泰古-摩尔根。”

“啊，嗨，我还打算九点钟给你去电话呢，我……”我不知道她是怎么弄到我在玛丽安处的电话号码的，因为我并没有给她。不过我随即想到，如果你在苏格兰场工作，这类东西是很容易到手的。

“没有关系，西斯博士。我是觉得我刚才的发现相当有趣，希望跟你分享。那是猫的毛，可以作为最后的结论。表皮鳞片的最初形态是尖的，而且锐利。但是，你的标本还有一点很奇怪。”

“有什么奇怪？”

“表皮奇怪，你看。表皮上有少量动物身上见不到的微粒，在黄色光谱里出现很浓的染料。这样的微粒你在人类头发上可以见到，比如染过或增亮过的女性头发。但是我从没见过动物标本上有这个的。我认为你会同意我的说法：猫一般不会染毛的。”

白　毛

一四八〇年，塞维利亚*

我的眼里溢出忧伤；水面布满小雨坑。

——阿比德·本·艾布拉斯

* 西班牙第四大都市，也是西班牙唯一有内河港口的城市。

在这儿我们感觉不到阳光，即使像这样过了许多年，我仍觉得这是最痛苦的事。在家乡时我生活在阳光里。热气烤干了黄土，晒干了盖房的草，烤得干草炸裂。

这儿的石头和砖瓦却永远冰凉，即使正午也如此。光线像敌人一样偷偷钻到我们之间，从窗上狭窄的花格中钻进来，从高处暗淡的翡翠和红宝石窗格里射下。

在这样的光线下我的工作很难做。我只好不断把画页往一小方块适当的光线下挪。这种持续的不安影响了我，使我难以集中注意力。我放下笔，伸了伸双手。我身边的小伙子不等我招呼，就站起来去找送冰果子露的姑娘。她是新近才来内丹尼尔·哈－勒维家的，我不知道他是怎么得到那姑娘的。说不定是感恩的病人作为礼品赠送的，跟我一样。要是那样的话，那倒是一笔重礼。她是个娴熟的丫鬟，在砖地上丝绸般静静地飘动。我一点头，她就跪下来，斟下一种我不认识的铁锈色的液体。“是石榴。”她带着陌生部落的土音说。她那眼绿得像海，但皮肤却闪着南部某些地区的色调。她在杯上低下身子时，喉咙处的衣服松开，我注意到她的脖子是一种金棕色，像擦伤后的桃子。我设想着用什么颜色才能配出那种色调。冰果子露很好喝，她的调制使糖浆下沁出了水果酸。

“上帝保佑你的手。”她站起来时我说。

“愿你的祝福也降临自己头上，有如充沛的甘霖。”她喃喃地说。然后我见她的目光落到我的作品上，瞪大了眼睛。她转过身时嘴唇嗫嚅着，虽然她的口音叫人难以听懂，我却觉得她祷告的意思完全不同。于是我低头看着我的画板，想看出她眼中的我的作品。医生转身歪着脑袋打量我，伸手拈着卷曲的胡子。他在思考有趣的问题时常常如此。我把他画出来了，毫无疑问，像极了，可以说是画活了。

难怪那姑娘吃了一惊。这让我想起自己那次意外。那是胡曼第一次把惹恼了偶像破坏者们那幅惟妙惟肖的画给我看的时候。但是，如果胡曼现在能见到我，吃惊的怕倒会是他了。我是一个穆斯林，却在给犹太人干活。胡曼当年训练我时可没想到我会遭到这样的命运。而我自己倒是习惯了。我刚到这儿时还为给一个犹太人当奴隶感到羞耻，可现在，我唯一的羞耻就只是我是奴隶了。而让我有这感觉的倒是那犹太人自己。

我的世界发生变化时我才十四岁，原是个重要人物的宝贵儿子，从来没想到过会叫人卖掉，成为奴隶。人贩子带我到胡曼家那天，我们似乎经过了我们所知道的世界各行业的铺子。他们在我头上套了个口袋，让我无法逃跑。但即使透过麻布，种种气味和声音也都能告诉我，我们是在哪些行当间行走。我记得硝皮铺门口的臭味，帆布便鞋铺那条街的细茎针茅草的甜香，还有武器铺的叮当，织毯铺织机的沉闷的喀哒，还有工具铺检查货品时偶尔出现的刺耳的声音。

最后，我们来到了藏书楼。那时押解人揭开了我的头罩，我看见书写坊占了最高的楼层，面对着南方，享受着最好的光线。绘画坊在楼下。商人带我从坐着的人身边经过时，没有人停工抬头偷看过我一眼。胡曼工作坊的助手都知道胡曼要求聚精会神，也知道违规后的惩罚有多厉害。

两只猫睡在他丝质地毯的一角，胡曼“嗾”了一声，挥手把它们赶开，又做个手势让我跪到它们的位置。他对押解我的人冷冷地说了一句，那人躬身割断了我手腕上那肮脏的绳索。胡曼伸手抓起我的双手，翻过来看了看捆出道道的地方，骂了那警卫几句，让他走了，然后对我转过身来。

“那么，你说你是个‘创造者’①”他说到最后这个字时声音成了耳语，像是刷子刷过光滑的纸张。

“我幼时起就画画。”我回答道。

“画那么久了么？”他说，一快活，眼睛周围的皱纹绷紧了。

“斋月②快结束时我就满十五岁了。”

“是么？”他伸出指头很长的手摸了摸我没有胡须的下巴，我退缩了一下，他猛然举起手，仿佛因此要打我，却又垂了下来，放进了长袍的口袋。他没说话，只望着我，直望得我脸上发热，低下了头。为了填补寂静，我冲口而出：“我最擅长画花草。”

他收回了手。我见他用拇指和食指捻出一个小小的绣花丝绸口袋，取出一粒很长的大米，波斯人喜爱的那一种，递给我，说，“你这个‘创造者’，告诉我你看见了什么？”

我仔细看那米粒，大约嘴唇已像傻瓜样耷拉下来。米粒上画了一场马球戏。一个运动员纵马奔驰，向结实的球门冲去，马尾飘

---

① 原文为 Mussauir，阿拉伯语。下文也提到这个词。
② 伊斯兰教历第九个月月名“莱麦丹”的俗称。

扬。另一个运动员已上了马，仆人正递给他球杆。那马的鬃毛梳成几股历历可数，骑马人的缎子短衫也清晰得能认出质地。这似乎还不够惊人，米上还有题词：

百年丰收尽一粟，
大千世界在此心。

然后他取回米粒，把第二粒米放在我手心里。这一粒却平常，跟一切米粒一样。"既然你特别擅长花草，你就得在这上面给我画个花园，我要你在上面画上你最擅长的花和叶，充分展示你的才能。我给你两天时间。你的位置在那边，在他们中间。"

然后他转过身去，拿起了自己的画笔。他只对房间瞥了一眼，一个小伙子就跳了起来，手上小心翼翼地捧起一钵早已调制好的红得像火的朱红，那红色舔着碗的边沿。

要说我没通过父亲的考试，倒不算太意外，我想。被抓之前，我画着父亲知道药性的花草过日子。花草一画出来，无论离我父亲多少里外，甚至隔着几重语言障碍的草药医生也都能准确知道那是什么植物，不管他们叫它什么名字。我曾自认为那要求是很高的，而且以父亲认为我可以画而得意。

我出生时我父亲易卜拉欣·塔瑞克已是个老人。我出生在一个后裔众多的家庭里，几乎没有奢望过引起他的注意。我有六个兄长，大哥穆罕默德的年龄即使做我父亲也算大的。事实上他有一个儿子就是在我之前两年出生的，我的童年时代的一段时间里虐待我的人主要就是他。

我父亲个子很高，虽然背有点驼。他面部清瘦，皱纹很多，却仍然英俊。晚祷之后他就来到院里，坐在柽柳下的编织物垫子上，听女人们报告当天的情况，欣赏她们的纺织品，温和地提出些关于我们(最小的孩子们)的问题，了解我们的表现。我母亲还在世时，跟他坐的时间最久，我模糊地意识到母亲在他面前的特殊地位，心里暗自高兴。他一来我们就放低了声音，即使还在玩，也不那么放肆了。不知道为什么，我们总是玩着玩着离他坐的位置越来越近。母亲们皱眉头示意，甚至挥手驱赶，我们都不理会。最后，父亲就会伸出一只长胳臂，把我们中的一个抓到他身边，把那幸运的家伙放到垫子上，跟他和蔼地说上几句。我们捉迷藏时，他有时也会让一个孩子躲进他长袍的褶子里，在被找出来尖叫时，他也哈哈大笑。

他有几间房，一间睡觉用的朴素的小屋，一间放满书籍和卷轴的图书馆，和一间放满大口杯和罐子的工作间，都是我们绝对不能进去的。即使我的秘密朋友蝾螈某天下午逃出我的口袋，沿着它熟悉的地板溜掉，而且总抓不住，我也没有胆量进去。那时我七岁，母亲死去也差不多一年了。别的女人对我都不错，特别是穆罕默德的妻子，她的年龄比爸爸的其他妻子更接近我母亲。但是尽管母亲们都关心我，想接近她的渴望却总咬啮着我的心。我估计小蝾螈就是我填补自己心里的空白的方式之一。

我终于赶上蝾螈时，恰好来到了图书馆外面。我的手悬在它那漆黑的皮上，它的心怦怦地跳着。我把手放低，它立刻像水一样从我指头缝里迅速溜走了，然后身子扁得像钱币，钻进图书馆门下不见了。我父亲出去了，或是我以为他出去了，我只犹豫了一会儿，就推门进了图书馆。

一般说来父亲是个讲究秩序的人。但那秩序并不表现在书籍上。后来，到我在他身边工作时，我才明白那天下午在图书馆所见的混乱的原因。他存放在那房里的卷轴都靠一堵墙摆着，挤得紧紧的，从地板一直放到天花板。因此卷轴的圆头都被挤瘪了，成了蜂窝状。不过，他的藏品却秩序井然。那秩序他记在脑袋里，因为他可以不假思索地把一个个卷轴抽出来，在工作台上展开，两只胳臂牵着，弯下身子细看。像这样看上一段时间，或是几分钟，然后就突然站直了，让卷轴“叭”一声卷好，再把它拨到一边，往另外的墙壁走去——那里放着几十本装订好的书卷。他选出一本翻了起来，哼上一声，走上几步，又把那书拨到了一边，然后找书写工具。他在一张羊皮纸上潦草地写几个字，丢下笔，再重复刚才的全过程。最后，地板上扔的东西就跟台子上一样多了。

在我爬到长凳下，推开纸张和落下的书卷时，我觉得我那蝾螈找到了一个最美妙的藏身之处。我还站在那里，父亲穿便鞋的脚已经出现了。我放弃了抓蝾螈的企图，尽量静静站着不动，希望他是为找一个卷轴而来，马上就会离开，我可以走掉而不被发现。

但是他并没有离开。他手上拿了根绿油油的树枝，他放下树枝就开始了我刚才说的那没有间歇的仪式。半小时就这样过去了，一小时也过去了。我站得僵硬了，承受重量的腿麻了，痛了。但我没敢动。父亲继续工作。他写完推到一边的纸从工作台上掉了下来，他拿来的树枝也掉了下来。到他的笔也落到我身边时，我心烦了，也胆大了，拿起了笔。我研究着树枝上的一片叶子。我喜欢那叶脉分割树叶的格局。它似乎跟我父亲和兄长们接见客人的厅堂墙壁上的镶嵌图案相像，很有规则，有明确的走向。我就在爸爸扔下的纸的角上画起了那片树叶。那笔对我是个奇妙的东西，几根细毛固定在一根翎管上。我用那笔，如果手能稳定，思想能集中，就可以准确地把握住对象的娇美。墨水干了，也还可以从爸爸不耐烦地书写时滴到地板上的墨汁里去补充。

也许是我的动作吸引了他的目光，他的大手伸过来抓住了我的手腕。我的心别别地跳，他把我拉出去站到他面前。我仍然盯着地板，非常怕在我所爱的脸上看见怒气。这时他叫出了我的名字，并没有什么不高兴。

“你知道你是不准到这里来的。”

我告诉了他我的蝾螈的事，声音颤抖着，请求他原谅。“但是我怕它给猫吃掉。”

我说话时他松开了手，用大手抓住我的小手，轻轻地拍着。“但是蝾螈也有自己的命运，跟我们一样。”他说。“可你这是什么东西？”他抓起了我另外一只手。我手里还捏着画过的纸。他看了一会儿画，没有做声，然后就把我赶出了房间。

那天晚上我在院里总往人后躲，不愿引起他的注意，希望他别提我犯规的事。后来，我跟别人一起回到了席子上，没有受到处分，我庆幸自己的计划获得了成功。

第二天，爸爸在领着全家做完早祷后把我叫到了他身边。我开始反胃，以为终于要受处分了。但是相反，爸爸拿来一支很好的笔，一点墨水和一张他只潦草涂写了一部分的旧卷轴。“我要你练习，”他说，“你的技术如果能进步，对我可以大有帮助。”

我在绘画上花了许多功夫。每天早上我放开抄写《古兰经》经文(这是我爸爸要求每个孩子都做的功课)的木板，就不再跟孩子们玩游戏或做家务，而是取出羊皮纸，一直画到手指麻木。我因为爸爸注意我而得意，特别高兴的是我还能对他有所帮助。到我十二岁时，我已经拥有了相当的才能。从那以后我每天都有一部分时间跟他一起。我为他画了些可以帮助几十个国家的陌生人治病的书。

在胡曼画室第一天的后半下午，我的感觉是：那些甜蜜的岁月和其中的学问都抛弃了我。到天色暗淡时，我的手已经累得发抖。

笔画太细，旁观的人根本看不见我的绘画动作。我在书写间角落里的草荐上躺了下来，感到自己很没有用处，而且害怕。眼泪刺激着我疲劳的眼睛，我一定是忍不住哭出了声，因为在我身边垫子上安顿的人粗声告诉我，一定不能着急。“你没有给安排到装订室去就该高兴了，”他说，“在那里，学徒要学着抽金丝，要细到可以穿进罂粟子的小洞里去。”

“但是如果我不能干这活儿，胡曼就不会要我，而这是我唯一的手艺。”我在被俘后来到这里的路上曾见过一些跟我年龄差不多的外国青年，有的在狂涛巨浪里吓得要死，紧紧抓住索具不放；有的在白得耀眼的石矿上采石；有的则满身脏污，佝偻着从矿井的黑洞里爬出来。

“你不是第一个失败的人，相信我。他会给你找个差使的。”

他真给我安排了工作。他几乎看也没看我那大米一眼，就扔开了。他安排我去跟“底子调制机”——视力模糊或双手颤抖的画家或书法家——一起干活。我整天跟那些痛苦的人坐在一起，用珠母摩擦每一张羊皮纸，说不定要擦一千次，把纸磨光滑。这样过了不久，我的手指起皱了，一片片地脱皮。我很快就连画笔都拿不起来了。我在被俘后一直不肯绝望，可那时我终于向绝望让了步。

我一直不许自己想家或想起离家时的情况。我们正在庆祝，父亲的几个妻子正在高兴地呜呜地唱。去麦加朝圣的大篷车正要在鼓乐声中出发。我一直不允许自己回忆最后一次见到父亲时的情况，可现在我却阻挡不了他那形象的出现了。银白色的头发上沾着鲜血和灰白的纸，嘴唇上冒出一个鲜红的痰泡——他正使劲做着最后的祈祷。他的眼睛，那绝望的眼睛，搜寻着我的脸。那时柏柏尔人抓住了我，树干样结实的手臂疯狂地卡住我的喉咙。我挣扎着摆脱了他的手，只来得及为父亲叫了一声，说出了他已经没有力气说出的话："真主是最伟大的！万物非主，唯有真主！"我感到一棍子打来，我跪了下去，还在为他叫喊："我依靠真主！"

又是更加凶狠的一击，醒过来时，嘴里已有铁的味道。我脸朝下趴在车上，周围是我们家被劫掠的财富。车正在往北走。我忍住疼痛抬起哐哐响的头，从车边栅栏望了出去。我父亲躺在远处，成了沙漠热风里颤动着的一团靛青色的破布，上面是第一只兀鹰的闪着黑光的羽毛。

我跟"底子调制机"一起干了三个月。现在我可以回顾往事不用害怕了——我这一辈子将在单调的敲打刮擦和痛苦的回忆里度过了。我可以接受一个事实了：我在那里学到了很多东西，向伐瑞斯学到的尤其多。伐瑞斯跟我一样生在海那边的伊夫里齐亚。跟我不同的是，他是自愿来这里的，想在当年强盛的安德鲁斯[①]的"残存国家"实践他的艺术。他跟别的人不同，从不吹嘘他原有的高超手艺，也不参加大苍蝇一样嗡嗡个没完的争论和唠叨。

伐瑞斯的眼睛老是雾蒙蒙的，像冬季的天空。他的视力遭到疾病伤害时他还很年轻。我跟他熟识之后，终于问他为什么不去找城里一个了不起的医生给他治治。我知道有一种手术有时可以恢复模糊的视力，虽然我自己没见过。我父亲是使用草药而不是用探针恢复视力的，但是他曾让我见过一套很好的画，说明手术是怎样在有技术的人手下进行的。对眼球作精微的切开手术，拨开眼翳的窗户，让眼翳退到后面去。

"我切开了，"伐瑞斯说。"埃米尔自己的医生给我做的，做了两次。但是你看，效果并不满意。"

---

① al-Andalus，阿拉伯语对西班牙的称呼。

“安拉把他长期困在云雾里，让他在那里为他画过的画赎罪。”这颤抖的声音来自哈基姆老头。他原是个书法师，夸耀说他这一辈子的事业是抄了二十部《古兰经》，那神圣的字全都刻在了他的心头。如果他那话是真的，那么，即使是《古兰经》也没有软化他的心。从他那噘起的嘴唇说出的温和的话只有祈祷文，其他的就是一连串残忍暴戾的话语。此刻他从自己的垫子上爬了起来——他刚才坐在那里打盹，逃避他那份苦工。他扶着拐杖颤颤巍巍来到我们坐着工作的地方，举起棍子对伐瑞斯戳了戳：“你想像安拉一样创造世界，因此受到了安拉的惩罚。”

我带着疑问轻轻碰了碰伐瑞斯的手臂，但是他摇了摇头。“无知，迷信，”他喃喃地说。“为安拉的创造而庆贺并不是跟造物主竞争。”

老头提高了声音。“创造人的形象的人是最坏的人。”他吟诵着，说话声变成了阿拉伯祈祷文的花哨形式。“你竟然傲慢到怀疑起先知的话了么？”

“愿和平降于先知，我从不能怀疑他的话，”伐瑞斯叹了口气，他显然已多次遇到过这种争论。“我怀疑认为你那话是真话的人。《古兰经》绝不能怀疑，可它对这类问题并没有说话。”

“它说过！”此刻老人已在尖叫。他佝下身来，泛黄的白胡子几乎触到了伐瑞斯低下的头。“《古兰经》不是用 sawwara 来描述安拉是怎样用土块做人的么？因此安拉就是 mussawir。你说你自己是创造者，就是篡夺了创造了我们大家的安拉的地位！”

“够了，”这时伐瑞斯已提高了嗓门，“你怎么不把你来到这儿的真相告诉这孩子呢？”他的手没有颤抖，目光像鹰隼一样锐利，“他是因为丑化了画家的艺术才被开除了的。”

“做了安拉的工作而被开除！”老头子叫道。“我割破了他们的喉咙！把他们全砍了脑袋！为了拯救埃米尔的灵魂，我把他们全杀光了！”他嘎嘎地笑，好像开了个不宜公开的玩笑。

我给弄糊涂了，望着伐瑞斯，但是他全身都在发抖，额头上沁出了汗珠。一滴汗珠落到面前的羊皮纸上，把整个上午的辛苦全糟蹋了。我把手放到他手臂上，他把我抖开了。他拨开自己的珠贝，站起来把老头儿粗暴地搡到了一边。

两天以后胡曼把我叫了去。我穿过工作间，注意到上次因为恐惧而没有看清楚或忽略了的东西。正要研磨成颜料的色彩鲜明的天青石块，闪着光芒的白银银饼，还有在屏风后凹间里，一个不让一丝风吹到的老人。他正从一摞蝴蝶翅上取下一片片熠耀的颜色。胡曼做了个手势，让我跪到我那天跪过的地方——地毯的一角。一只猫躺在他双手的臂弯里。他把它抱起来靠着下巴，脸在它丰厚的毛里埋了好一会儿。然后，出乎我的意料，他把猫递给了我。

“抱住！”他说。“你不怕猫，对吧？”我摇摇头，伸手接过猫。我的双手，给工作打起了老茧的坚硬的手，伸进它松软的毛里。那猫看去很大，事实上是个裹在一大团云雾样的毛里的小东西。它喵地叫了一声，像个婴儿，然后蜷在了我的怀里。胡曼拿出一把锋利的刀子，刀柄对着我，我退缩了。他肯定不是要我杀猫吧？我脸上露出了慌乱。他眼角的皱纹绷紧了一会儿。

“你知道我们笔上的毛是从什么地方来的么？”他问。“是承猫的好意送给我们的呢。”他抓起另外那只猫放在怀里，抚摩着它的下巴。那猫翻过身来，伸直了脖子。他抓起喉咙上六七根最长的毛，把刀子伸了下去。

他再次望着我时，我怀里的猫已伸直身子，挤开了我的袖子，把一个白爪子跟我的前臂放到了一起。

“你的皮肤，”胡曼轻声说。他盯着我，我想拉下袍袖，遮住手腕。但是他伸手制止了我。他继续盯着，却没有看我。我知道那目光，那是我父亲望着肿瘤时的目光。他在检查时忘记了人，虽然肿瘤是长在人身上的。胡曼再次说话时，却是对他自己而不是对我说的。“是蓝烟色……不，像正在成熟的梅子，还带了一层灰白的绒毛。”我不安了，不喜欢这种逼近的注视。“别动，”他命令，“我一定要把这颜色画出来。”

于是我坐在了那里，直到光线暗淡下来。那时他却突然把我赶走了。我去到工作间角落里的空草荐上，不知道他叫我去是为了什么。

第二天胡曼交给我几支他让人新做成的笔。几根固定在翎管里的猫毛。有大有小。有的只有一根毛，是画最精细的线条用的。他还给了我一张磨光了的羊皮纸，“给我画一幅像，”他说，“你可以在工作间里找任何一个人做对象。”

我选了给锤金箔的人做助手的小伙子，我觉得在许多最美丽的书里，他那脸形和杏仁眼都是理想的小青年形象。胡曼瞟了那画一眼，就把它扔开了。他突然站住了，做手势让我跟了去。

胡曼的私人房间布置在工作间以外不远的地方。有一条带拱顶的通道连接。房间很大，铺了锦缎垫子，排满了靠枕。在一个角落里有一组放书的小箱子和柜子。胡曼在最漂亮的箱子前跪了下来，打开雕花的箱盖。他恭恭敬敬地取出里面的小书，放在读书台上。“这是我的师父‘精笔毛兰纳’的作品，他是全世界的珍珠。”说着他翻开了书。

那形象闪着微光，我从来没有见过那样的画。在小小一页上，画家创作出了一个生活和动作的世界。题词是波斯文，我不懂，但图画却很动人。描写的是一场豪华的婚礼。有好几百个形象，可是没有两个形象雷同。每一块头巾都有不同的质地，不同的结法；每一件长袍都有不同的款式，绣着或是嵌着上百种藤蔓花纹。望着那画，你可以听见丝绸的簌簌声和锦缎的嚓嚓声，那是人们绕着新郎王子在转圈。我已经习惯于见到画里的正面或侧面的人物，但是这位画家却不限于此，他画出的人像角度各有不同。有的是四分之三侧面，有的却低着头，有的又抬起下巴。有个人的头完全背着画家，我们只见到一个耳朵背。尤其惊人的是，每一张面孔都是独一无二的，跟生活里一样。我几乎可以从有的人眼里的表情看出他们的思想。有一个因为参加了婚礼而洋洋得意；有一个在冷笑，也许瞧不起那华而不实的炫耀；还有一个则诚惶诚恐地望着他那王公；第四个则轻微地做着鬼脸，仿佛新腰带系得他不舒服了。

“现在你看见了吧，大师是如何造就的？”最后，胡曼说。

我点了点头，眼睛仍然离不开画面。“我觉得……就是说，看来……”我神经质地吞了口气，努力整理着思绪。“他画出的东西内容深厚，跟生活一样。这些人似乎谁都可以从画面上走出来，生活下去。”

胡曼猛然吸了一口气。“正是这样，”他说，“现在我来让你看看，我是怎么得到这本书的。这书是为那王子画的，可它为什么又不再是王子的宝贵财产了呢？”

他弯下腰翻开了书，下一幅画同样生动，同样看得人眼花缭乱。画的是王子去新娘家的喜庆队伍。但这一回我的欣赏却变成了惊惶。这些人物和上一篇的形象有一点不同：每个喜庆的人脖子上都画了一道蛮横的红线。

“干这事的人自称反偶像者，破坏偶像的人。他们相信自己做的是神的工作。”他关上书，对那样的亵渎他看不下去了。“他们涂上这些红道道，象征的是割断他们的喉咙，你看。这些像这样被剥夺了生命的形象就再也不能跟上帝创造生命竞赛了。五年前一大群这样的狂信之徒围攻了藏书楼，破坏了很多杰出的作品。因为这个道理你在这儿就见不到肖像画了。但是现在有一个不能拒绝的要求。我要求你再试试你的手，”这时他降低了声音，“我要求的是逼真，你明白么？”

我下定决心绝不失败第二次，我观察了工作间里的人的面孔。最后选定了处理蝴蝶翅膀的老人。他的表情里有一种专注，我认为自己能捕捉住。他的平静和与动作的简洁对我也有帮助。

我画了三天。我一直望着那老人。我曾学过观察不熟悉的植物，那时我不但把以前画过的其他植物完全忘记，而且把我对植物的设想也完全忘记(有主干，叶子以这种那种角度伸出，叶子其实是绿色的，诸如此类)。我像那样望着蝴蝶老人，努力把他看作一种光和暗、虚与实的结构。我在心里为画纸打出格子，把他的脸分割开来，似乎每个格子都是独立的，包含着独特的信息。

我不得不又要了好几张纸，这才找到了表现栩栩如生的形象的手法。我把作品交给胡曼时，手在发抖。他没有说话，表情也没有变化，但也没有把作品扔到一边。他抬头看我时，分析着我的脸，然后伸手摸了摸我的下巴，和第一次见到我时一样。

“我意外地遇到一个机会，相信你也许合适。埃米尔需要在他的宫闱里指定一个画工。这样的人需要净身。当然，像你这样的未成年的小伙子最为合适。”

我感到血从我脸上流光了。回到画庐后我心里太紧张，只吃了一两口东西。现在我脑袋里出现了浪涛澎湃的声音，又似乎在辽远处听见了胡曼在说话：“一种轻松到极点的生活，谁知道最后的影响会是……总之，只需付出很小的代价……这儿有好几个人至少可以画得跟你一样好……”

我一定是想站起来，也许已经站了起来，总之，在我倒下之前，我看见自己的手臂挥过胡曼的台子，颜料钵打翻了，天青石蓝的潮水流过了地板。

我醒来后发现，他们已经把我放在胡曼私人住处的锦缎沙发上。胡曼低身望着我，眼圈周围的皱纹像褶皱的犊皮纸。“看来我们用不着麻烦净身工了。”他说，“多么幸运，我们太幸运了，受到你这样的欺骗。”

我口干，想说话，却说不出。胡曼递给我一个杯子，里面是酒。我喝光了。

“别着急，孩子，伊夫里齐亚的穆斯林的女儿喝酒不会那么急的。说不定你连自己的宗教信仰也骗了我们？”

“万物非主，唯有真主；穆罕默德，是主使者。”我低声说。“我到今天之前还没有尝过酒的滋味。我现在喝了酒，是因为我在书上读到酒给人勇气。”

“我倒不觉得你缺少勇气。像你这样在我们当中靠谎言生活肯定需要足够的勇气。你是怎么到这里来的，就这么穿着男孩子的叶拉巴[1]么？”

胡曼很清楚，我是在去麦加朝圣的驼队里被马林王朝[2]的人抢来，卖给他做仆人的。“是我父亲要求我一离开城市就女扮男装的，”我说。“他相信在越过沙漠时我如果能骑着马走在他身边，而不是整天关在不通风的轿子里，会舒服些。他还说我装扮成男孩子也更安全一些。事实也证明他说对了……”这时种种回忆压迫着

① 穆斯林穿的带风帽的长外衣。
② Banu Marin，柏柏尔人 13 到 16 世纪所建立的穆斯林王朝。

我，空肚子喝下的酒也使我的脑袋发昏。胡曼伸手扶住我的肩膀，让我轻轻地倒在他长榻的靠枕上。他望着我摇摇头，“我一直认为自己是最能明察秋毫的。现在知道了事实，才发现，这似乎是不可能看不出来的。我确实是老了。”

他伸出手来，再一次摸了摸我的脸。但是这一回他的抚摩却像薄雾一样轻柔。他在长榻上我的身边躺了下来。我的衣服早已被解开，他的手很容易就找到了我的胸部。

很久以后，在我可以清楚地思考时，我安慰自己说，我可能遇见的强奸方式要多得多，也恶劣得多。事实上，从柏柏尔袭击者在沙丘顶上出现时起，我就一直估计着这事的到来。胡曼那双有名的手没有给我留下伤害。在我挣扎，推打，想摆脱他的时候，他只用一个擒拿动作就制服了我，没有伤害。即使在他进入我的时候，也不粗暴，那件事给我的震惊大于疼痛。我相信我事实上比许多新娘在婚床上受到的痛苦还要少些。可在他让我站起来时，我仍感到液体在大腿之间流动。我蜷起双腿，跪在他的长榻边。我呕出的酸臭的酒落在了他精美的地毯上，一直到我呕空了为止。他发出一声长叹，整理好袍子出去了。

我在他私室里一个人哭了很久。我一桩桩回忆着我生命里的损失，从母亲之死到父亲被杀，再到我自己成为奴隶。而现在，我来到了这个阴暗的新地方，我的身体又遭到了最原始方式的掠夺。一个自我安慰的念头出现了一会儿：父亲死了，不可能知道我这耻辱。但是我立即明白过来，他死去时一定是想象着这种可能性的。我又呕吐了，但已吐不出什么。

胡曼给我送来的阉侍很年轻。他那样子让我感到，有的人甚至比我损失还严重。我那自怜的潮水开始消退。那是个波斯孩子，不会说阿拉伯话。我预计胡曼在考虑送什么人来时，已经考虑过这间题。那人熟练谨慎地换掉弄脏的地毯，然后送来了盛玫瑰花温水的银罐和银盆。他做手势表示他可以帮助我洗澡，但是我让他走了。一想到让别人碰到我的身子我就反感。他给我送来一件长袍，然后拿走了我的旧衣服——举在前面很远，仿佛它在发臭，我估计它也确实在发臭。

那天晚上我大部分时间都没睡着。晨曦微露时，我意识到胡曼不会来了，这才放了心，筋疲力尽地迷糊过去，却受到梦境的骚扰：我似乎又坐在了草垫上，听着母亲在织布机边哼唱。但是在我扯她的袍子要引起她注意时，向我转过来的却不是她那张微笑着的耐心的面孔，而是一张遭到蹂躏的尸体的脸，那冷酷的目光穿透了我。

那男孩拿来了新衣服，叫醒了我。我无法估计会是什么衣服。既然命定了要在宫闱里过日子，我就要被打扮成宫女么？但是那孩子送来的却是贵族夫人的服装。一件跟我的肤色非常般配的朴素的玫瑰红长袍和几张较深的玫瑰色轻纱，非常薄，要当作面纱遮住头发我还得叠成双层。最后还有一条最轻柔的蓝黑色的美利奴①丝绸海依克②，从头顶一直覆盖到脚趾。

我穿上以后就坐在卧榻上，心里再次涌起了绝望。胡曼的声音打断了我的哭泣。他站在门外，要我允许他进来。我吃了一惊，没有回答。他又问了一句，声音大了些。我控制不住自己的嗓子，便没出声。

“做好准备吧，”他说着，推开了帷帘。我感到满心惊惶，急忙后退。

“安心，这一次之后我们见面就不会多了。以后如果你工作上

---

① 一种丝绸。
② 阿拉伯人的罩袍。

有麻烦，材料上或是技术上的，就写下来告诉我。根据我的回忆，你是识字的，没错，是吧？——对于一个姑娘来说，这倒是很奇怪的，也是我们受骗的原因之一。你以后要不时地把作品样本送来给我检查。我会尽可能为你作答，给你指示。如果我发现需要改进的地方，也会写下意见送给你的。虽然你距离提升为主子还非常遥远，可从你所获得的地位看，一般还是可能成主子的。不管你对我怀什么感情，不要怀疑我的技巧或是你自己的技巧。我们在这里创作出的东西比我们谁的寿命都长。牢牢记住，这可是比什么……个人情绪都重要得多。”

我忍不住发出了一声抽泣。他后退了一步，冷冷地说：

“你以为自己是唯一被捆绑来，受到作践的人么？埃米拉[①]自己也是戴了枷锁从一道道城门走进来的，而且是被一个骑着战马的人用枪尖逼着走的。那人后来就成了她的丈夫。”

这话倒不用他来告诉我。关于埃米尔那美丽的囚徒的流言早已作为淫荡猥亵的话题在“底子调制机”中流传开了。那几个月里我虽然没精打采，这故事也曾引起过我的兴趣，因为它在某些方面触动了我自己的遭遇。大家对这事似乎各有看法。

埃米尔在他较早的统治时期曾拒绝过对卡斯提尔人照常进贡，这使他名声大振。从那以后他就说，“皇家造币厂不造别的，只造刀剑。”结果是小冲突不断。在一次战斗里埃米尔闯进了基督徒的部落，抓来了收税官的女儿。对于埃米尔在战争里进行掳掠谁都不说什么，先知穆罕默德不也在自己的部队打败了犹太人或基督徒后，抓他们的女人做老婆么？时不时地给宫闱补充一些俘虏是理所当然的事。强奸也曾在短时间内合法化，形成婚姻。可让全城的人

---

① 埃米尔的正妻，视不同情况相当于酋长夫人，伯爵夫人，公爵夫人或王后。

大为惊讶的是：埃米尔竟把那俘虏提得超过了埃米拉。埃米拉是塞维利亚的贵族，埃米尔自己的表亲，他的继承人的母亲。埃米拉被赶出了宫殿，住到她城外的家里。据说她曾长期搞着阴谋，寻求艾布·西拉吉的帮助，而艾布·西拉吉却因为在信仰问题上凶狠而恶名昭著。这场分裂在宫闱之外广泛流传，甚至传到了城外。现在的谣言是：卡斯提尔国王正在想法子加以利用。

这时波斯阉侍进了屋，送来了冰果子露。胡曼做了个手势，要我喝一杯。“埃米尔给了我命令，我现在就向你转达，以免发生误会。埃米尔常要出征，离开城市，你知道。他曾经嘱咐，在这样的时候他还会怀念埃米拉的模样，因此想得到她的画像，在想念时取出来看看。”

“因此你只给一个人画像，所有的画像都只让埃米尔一个人看，他在独自一人的时候看。你的画像不会遭到偶像破坏者破坏的，你也不必担心离经叛道的罪名。”

他说这话时，我大部分时间都望着我捧着酒杯的手，我受不了他那脸的模样。但是现在，我抬起头鲜明地望着他了，他也回望着我，似乎要逼我说话。我却没有说话。他拿起了海依克，递给我。

“现在，把它披上，是我带你进宫的时候了。”

我妈妈曾教过我披上海依克后怎样走路，像没有用脚一样轻俏地飘动，有如水鸟漂过水面。但现在我过了几个月男孩子生活，已忘掉了那套本领。我们在居住区拥挤的小巷里行走时我打了几个趔趄。商队客栈院子里那些身穿色彩鲜艳的夏季服装的商人俨然是片开花的原野。有穿大条子花布的波斯人，穿藏红花色和靛青色叶拉巴的伊夫里齐亚人，还有东一群西一个小心谨慎地往来的穿黄马裤的犹太人。按照法律，即使在正午火热的太阳惩罚着他们时，他们也是不许在头上披头巾的。

我们终于到达通往宫殿的大道时，太阳已是炽热耀眼。一百年前曾是白色的宫墙已被富含铁质的泥土涂红，变成了茜草色，调子温暖，恰似玫瑰。我抬头，用没被遮蔽的一只眼看见了镌刻在巨大的拱门上的题词，不计其数，仿佛是一千个善男信女的声音，在飞向天空时被旋卷的石头建筑阻挡在了那里。除却真主无胜利者。

我进了那地方一道道巨大的木门。我心里明白自己可能永远出不来了。一个老妇人，面部坼裂，有如干涸的河道，带我来到了后宫。

“那么，这就是阿尔-摩拉[1]了？”干瘪老妇说。摩尔女人，在这新生活里，我连名字都没有了。

“对，”胡曼回答。“但愿她好好干活。”就这样，我像个工具一样给交了出去，然后就没人理会了。胡曼向我道别，我没有回答。但是那老太婆在我身边关上门时，我却突然产生了一种冲动，想转身跑出去，抓住胡曼那讨厌的手，求他把我从宫殿里带走。那里的高墙突然显得像监狱了。

被俘后我在心里产生过种种畏惧。我想象着自己到最肮脏的地方干最劳苦的活儿，挨打，受气，弄得筋疲力尽。现在那老太婆伸出一只手，要走了海依克，把它交给了一个美丽的男孩——那孩子跟在她后面，我估计只有七八岁。她做了个手势让我脱掉便鞋。门里已为我准备好了绣花拖鞋。她做了个手势，让我跟进去。我们沿着柱廊穿过了好多个房间，它们的华丽只有诗人能够描述。

起初我觉得周围的墙壁都在动，天花板在向我扑来。我抬起手好像那样可以让自己站稳。我对那炫目的一切闭上了眼睛。睁开眼时，我强迫自己只看屋里的一片小天地：上了釉的砖，蓝配绿的，棕黄色的，黑配淡紫的，组合得那么精巧，令人感到像轮转的焰

① al-Mora，阿拉伯语，摩尔女人。

火，围绕着墙壁的下三分之一旋转。到我可以抬头看时，才发现那向下扑的天花板事实上是高耸的穹隆顶。从顶上倒挂下的一片灰泥的森林，每一个形象都是它的邻居的回音与和声。

我们似乎走过了无穷无尽的房间，它们各不相同，非常可爱。有一两次，一个婢女从我们身边溜过，对老太婆恭恭敬敬地点头，飞速地对我投来好奇的目光。我们穿着拖鞋穿过长身玉立的柱头的迷宫，经过迤逦不断的水池。水池静得像镜子，倒映着盘绕在池上的无数题词。

最后，我们开始登上石头台阶，来到宫殿的一个渐高渐窄的区域。到得顶上，老太婆就靠着墙喘起粗气来。她从长袍褶子里掏出一把巨大的青铜钥匙，插进锁孔，开了门。那房是圆的，除了对面墙壁高处的两扇拱顶窗之间有精美的石雕和绘画外，墙壁一律素白，全无修饰。家具也少：一张祷告用的丝质的精美波斯小地毯；一张窄窄的卧榻，盖了几个色彩鲜明的靠垫；一张镶嵌了珠母的矮几；一个书架；一个雕花的檀香木箱子。我来到窗前，踮起脚尖，双手放上窗棂，使劲一撑，往外望去。外面是树木葱茏的花园，结满了果实。我认出了无花果、桃、杏、榅桲、酸樱桃，果实累累，让人看不见树下的地面。

“这里你住怎么样？”老太婆第一次说话了，年纪老了，声音嘶哑，但是温文尔雅。我从窗棂落下，转过身，感到有点尴尬。“他们告诉了我你的任务。给你安排这么一间房，一个人住，平静，没有干扰，便于工作。我看不错。这房从上一位埃米拉离开宫殿后就没人用过了。”

“很好。”我说。

“有个姑娘给你送喝的，需要什么特别的东西，你就告诉她。你会发现，你在这儿的需要大部分都可以得到满足。”

老太婆转身要走，做了个手势让那男孩也跟着去。“对不起，”我急忙说，我脑袋里塞满了问题。“我能不能问一声，为什么这后宫的人这么少？”

老太婆叹了口气，用手掌根捂住太阳穴。“我可以坐一坐么？”说时她已放松了她那孱弱的身子，坐进了卧榻。“我估计你来这城里不久。”

她这话更多的是叙述，而不是询问。

“你是在一个多灾多难的时期到来的。现在的埃米尔心里只有两件事：跟卡斯提尔的战争和他对一个现在他叫做纽若的姑娘的胃口。”她那双像一对明亮的石子埋进满是皱纹的脸里的眼睛，紧盯着我。“埃米尔傻劲一来就把他表姐撒哈尔和她的全家人都赶走了。他对谁都信不过。他知道他表姐，也知道她对搞阴谋的兴趣。他把妃子们也全打发掉了——匆匆忙忙送给了他宠幸的官员。他怕妃子们会成为撒哈尔和她的儿子阿布·阿布德·阿拉赫复仇的工具。阿拉赫敏锐地感到了对他母亲的这种侮辱。

“当然，纽若初来时除了身上的破长袍，一无所有。可现在她有了一班人伺候：我本人，还有一群只受过一半训练的部落姑娘，她们在这城里没有需要效忠的主子。”

她这番无所顾忌的话叫我非常吃惊，我关心地望了望墙边站着的裹着头巾的男孩。“别担心他，”她说，“他是纽若的弟弟，原是要成为娈童，作为对他姐姐的一种恩宠的，可现在埃米尔没那么办，而是要我把他训练成侍童。”她又叹了口气，但眼里泛起了轻微的笑意。

“你觉得我不够客气么？你要是见过他们那东西萎缩下来像狗一样喘气，你自然就不会客气了。我原是这位埃米尔的爷爷的妃子。那老淫棍把我弄到他床上去时，他那身肉已经在散着死亡的臭味。而这位呢，”她脑袋往宝座大厅一歪，说，“却是吃我的奶长大的，然后我还一直照看着他。他生下来就顽皮，长大后成了个血腥的暴君，把城里每个可能挑战他王位的贵胄青年都砍了头。现在，王位到手了，他又全扔了出去，让整个城市面临危险，就为了挠一挠他那发痒的地方。”

她一晃脑袋，咕咕地笑了。“惊到你了！别介意我这老舌头出言不逊。我太老了，腰太弯了，弯到不能再弯了。”她轻松地站直了身子，这就否定了她身体不行的说法。“究竟怎么回事，你马上就会知道的。你明天就要去见埃米尔了，我会打发姑娘来带你的。”

我打算谢谢她的坦率，正想开口，却发现还不知道她该怎么称呼，“请问，您怎么称呼？”

她笑了，又咕咕一笑。“我怎么称呼？我的称呼太多了，不知道告诉你哪一个好。那老头子希望他那枯萎的宝贝每晚都硬起来玩我的时候，就叫我穆娜。‘如果愿望能变成马，叫花子就有马骑’，对吧？”嘎嘎声没有了，她那脸自己闭合了。“然后，我就生下了我那健壮的儿子，那时我就成了乌穆·哈尔布。我那儿子只是死在他哥哥枪尖下的一位勇敢的青年而已。他的名字似乎至今还卡在大家喉咙上。然后他们就只叫我凯比拉了。”

旧人，那么她就是“旧人”，而我是“摩尔女人”。除了我们这枯萎的血肉和黑色的皮肤，我们都不是人。我突然瞥见了自己在这儿，这豪华的监牢里的未来。没有名字，受苦受累，疲于奔命，伺候着该受蔑视的人。那念头的痛苦一定流露到了我脸上，因为她突然向我靠近了一步，把我迅速搂进她那瘦骨嶙峋的怀里。“小心点，我的女儿。”她悄悄地说，然后溜走了。男孩像影子一样跟在她身后。

第二天早上，我在玫瑰花香里醒了过来。阳光已照在厚重的墙壁上，我还没有感觉到。玫瑰花香更浓郁了。即使到了今天，那香味还带来绝望的回忆。我从榻上爬起来，穿上衣服，做了祷告，然后等着。一个姑娘送来了热水，让我盥洗，另一个姑娘送来了一个盘子，盛着杏子浆、酸奶、几圈热腾腾的纯面包卷和六七个成熟的无花果。我尽量吃，然后又是等待。我不敢离开房间，怕埃米拉召唤时我不在。

但是午祷到了，又过去了，然后是晚祷，最后是黑夜。我在疲惫中站了起来，上床睡了。那一天没有谁传唤，第二天也没有。终于，到了第三天下午，凯比拉和那小侍童来传唤我了。凯比拉的老脸拉得很长，很严肃。她关上门，靠在门上。“埃米尔的头脑发了昏，”她匆匆说，声音嘶哑，压得低低的。在那空洞洞的院子里，不知道她担心谁会听见。“他是昨晚才骑马回来的，已经很晚，就和埃米拉在一起，黎明早祷时才跟贵族们开了会，给他们安排了任务，然后就要求他们留下，跟他一起在庭院里快活快活，那就是，”她瘪着嘴咝咝地说，“让大家看他老婆洗澡。”

“祈求上帝饶恕！”我不能相信她这话。一个男人看见别人的妻子揭开面纱已经是要打架的事，让别人看自己老婆的身子更是难以想象的耻辱。“什么样的穆斯林能干出这样的事？”

“什么样的男人能干出这样的事！一个男人，竟能这样粗俗狂妄。”凯比拉说。“贵族们吓坏了，大部分都怀疑是他想找借口杀他们，离开这儿时都在脖子上抹画着。至于埃米拉么……她怎么样你自己就可以见到了。埃米尔听说你来了，就要求画一张像，明天他早祷一结束就上马出发，那时就把像带走。”

“可那是不可能的！”我大叫。

“不管可不可能，命令就是你得画出来。他因为还没有画出像来，已经非常生气了。因此你现在得赶快跟我走。”

那美丽的小侍童等在门外，抱着胡曼给我送来的装颜料的箱子。

我们来到大厅，凯比拉敲了敲门说，“我把她带来了。”

一个婢女一开门就往外溜，因为急于走掉，几乎跟我撞了个满怀。她的脸有一面通红，仿佛刚挨过耳光。凯比拉伸手一推我的后腰，让我往前走。小侍童轻手轻脚地跟在我身后，放下箱子也出去了。我发现凯比拉自己也没进屋。等到我意识到她并没有打算引见我，或做点什么能让第一次见面轻松些的事时，我心里不禁一阵慌乱。我听见她在我背后轻轻地关上了门。

埃米拉一个人背对我站着。她是个苗条的女人，一件绣花长袍从肩膀沉重地直拖到脚跟，在地砖上撒开。头发还带湿润，自然地披散在身后，颜色却惊人。因为它不是一种而是多种。浓重的金色跟温暖闪亮的焦茶色交替出现，再从下面被几道突然的火苗似的红色照亮。尽管还紧张，我已经在思考着怎样表现那些颜色了。这时她已转过身来。她脸上的表情赶走了我的种种设想。

她眼睛的颜色也惊人，是蜂蜜样的深金色。她刚才还在哭，红眼圈和深浅不一的苍白皮肤就是明证。但是她已经不哭了，脸上不是悲伤而是愤怒，她直挺挺地站着，仿佛有一根铁旗杆为她撑腰。但即使如此，也许因为要摆出那王家气派太费力气，她全身上下那微微的颤抖也依稀可见。

我不知道她是等着我鞠躬还是匍匐跪拜，便请了个安。她没有回答，只盯着我看，然后抬起一条修长的胳臂，做了个厌恶的手势。“你有命令，就开始吧！”

“但是，您说不定愿意坐着，埃米拉，因为我画画的时间会很长的……”

“我就站着！”她说，眼眶里突然含满了泪水。她确实就那么站着，在那个剩下的下午的漫长时间里，就那么一直站着。我打开箱子安排材料时，她那受到伤害的目光怒气冲冲地注视着我，直望得我的手发抖。我用全部意志力赶走了喧嚣在我心里的杂念，鼓起勇气按照需要抬起目光打量她，研究她。

她的美丽用不着我描述，因为已经有不少有名的歌曲和诗篇颂赞。我一直画着，没有休息，她也完全没有动，眼睛也从没离开过我。和卓唤祷的声音穿过厚重的墙壁隐约凄凉地传来，我问她是否想停一停，做个晚祷。她只晃了晃满头丰美的长发，盯着我。终于，到快要叫人点灯时，我觉得我的画大体像她了，剩下的装饰部分可以到我的房里去完成，那就简单了。如果埃米尔想得到的是一幅他妻子的画像，表现出她美丽的面孔和皇家的仪态，那么，他已可算如愿以偿。

我站了起来，让她看看我的作品，她看了，用的仍是那毫不畏惧的愤怒的目光。如果说她的表情也有过变化的话，那也只是刹那间闪过的胜利的火花。即使在我收拾工具时，她也还静静地站在那里。直到那小侍童进了屋。“佩德罗，”她把他叫到面前，靠到他身上，满怀温情地匆匆地亲了亲他的额头。然后，她就对我们背过了身子，我们离开时她也没理会。

我补做完拖迟了的晚祷，吃了东西，喝了水，用新的目光看了看画。这时我才清楚地看见她已做到的事。她站在那里，表明无论埃米尔对她有过什么疯狂的侵犯，她也仍然没有屈服。埃米尔带走的将是一位不曾被他征服的王后的像，一块没被他砸破的岩石。在我研究那画像时，我还意识到另外一点东西：她的力量背后曾有过挣扎的眼泪和颤抖，对此我完全没有描绘，因为我知道她不愿把它表露在他面前。因此，我成了她的同谋。

为了完成我为新主子画的第一幅作品，我熬了一个通宵。早祷还没到，凯比拉已在抓挠我的门，我把画给了她。我太疲倦，已经无法注意她的反应。但是我可能知道，无论我是否征求意见，她也会告诉我的。

“‘屋里有了狗或肖像，天使是不会进屋的，’这难道不是我们先知的话么？如果埃米尔要开罪真主，他在你身上已找到了恰当的工具。但是，即使是埃米尔，我也怀疑他会不会喜欢你画得太逼真。”她笑了，那是一种淡淡的满足的苦笑。然后，她就离开了。我太疲倦，不知道自己得到的是嘲笑还是赞美。我不等唤祷时间到来就做了祷告，倒到卧榻上睡着了，睡了很久，而且很沉。

在随后的几周里，我就似乎根本没睡醒过。我以为还会召我去埃米拉的房间，再给我机会画一幅画，比第一次那狂热的作品的布局更恰当，刻画也更充分。但是日子一天天地过去，没有谁来召唤我。

埃米尔骑马走了。不是为了小冲突，而是去长期围攻一个基督徒的山城。那城市控制了这个城市的几条关键性的供应路线。他离开后的头几个礼拜，我把注意力集中到研究这新环境里的一切上。我探索了后宫，画下了它的砖瓦，泉水，雕刻的文字。但是，即使有这些有趣的东西分散了注意力，我也还剩下许多时间没有事做，也没有朋友。

我在一个一个美丽寂静的屋里漫游时，渴望着有意义的工作（比如我为爸爸做的那些），渴望着我们那土墙屋里的忙碌生活。有时甚至怀念起“底子调制机”之间那些粗野的拌嘴。在那几个月里我至少还因为苦役太重，没有尝到闲得无聊的苦味。有几天我就完全待在屋里，呼吸着能使人昏聩的玫瑰花香。而到黄昏时我往卧榻上一倒，又莫名其妙地筋疲力尽了。

像这样过了几个礼拜，我打发了一个送冰果子露的姑娘去找了凯比拉。我央求她让埃米拉同意我给她画张像。得到的却是干脆的拒绝。

"那么，我能不能给你或是那小侍童画张像呢？"我问老太婆。有一天，在我画圆拱之间的一块题词时，那孩子佩德罗就站在我身后，以他那不像孩子的罕见的沉静望着我的手，一站几个小时。但是凯比拉却不肯让我为她或那孩子画像。

"埃米尔是否禁止制作肖像是一回事，我却不会主动鼓励画像。"她说。她对这事虽然坚决，却不凶狠。我对她的信仰力量感到惊讶，她竟然承受了这么多年连续不断的打击。我不知道她对现在服侍着一个奥斯曼帝国的非穆斯林臣民是什么感觉。

我对她提出这问题时，她对我温和地笑了笑。"对世界而言，她已经不是拉耶了。埃米尔宣称她信仰了伊斯兰教——赞美全能的真主。但是我知道她其实没有。我听见她做基督教祈祷，呼唤她的耶稣和她的圣地亚哥……可是耶稣和修道会似乎都没听见，不过……"她又嘎嘎地笑了笑，走掉了。

那天晚上我躺在自己的草荐上，想着我对异端的宗教多么无知，我不明白为什么基督教徒和犹太人都那么倔强，不肯承认先知们的印玺。我猜想着埃米尔的妻妾是从什么家庭掳掠来的，埃米拉是否还怀念自己儿时所熟悉的仪式。

埃米尔回宫殿时玫瑰花的香味已经淡了，花瓣也已零落。他是晚上骑马来到宫门的，怕的是给老百姓看见。他在战争中负了伤，流着血。凯比拉早上来叫我时，告诉我他额上中了一箭，箭头一定在坏东西里泡过，他那受伤的眼皮腐烂了，发臭了。可他并没有找人看伤，甚至没有脱下发臭的战袍，就直接去了纽若那里。凯比拉告诉我这话时，皱巴巴的脸更缩到了一起，好像埃米尔身上那臭味还在她鼻孔里。

对于埃米拉让我到她房里去的召唤，我像傻瓜一样感到欣喜，我太渴望有事做了。我急于接受工作的挑战，便匆匆穿过几间大厅，爬上了石头台阶。可在我见到她的那一刻我已意识到了自己的愚蠢。我面前这个女人似乎有一团愤怒的火在内心深处燃烧。她的头发用一串串珍珠和耀眼的宝石精美打扮过，似乎更映衬出了她一绺绺的红发的光辉。但是她只披了一块素净的长丝巾，松松地挂在身上。给我拿箱子的仆妇立即默默地溜掉了。我望着地下，回避着她目光里那可怕的怒火。她一耸肩膀，让丝巾落到了地上，我抬头看她时，她已是全身赤裸地站在我面前。

我非常难为情，望向了别处。

“现在这样子，”她那话咝咝的，仿佛像蛇。“就是我主子今天要你画的。画吧！”

我跪了下来，伸手取笔，但是没有用。我手上的颤抖和心里的痛苦不让我抓住笔。《古兰经》的语句烙在我心里：让有信仰的女人低下目光，保持贞静，只露出外表的装饰，用面纱掩住胸部。我怎么能画裸体的女人呢？画了她就是玷污了她。

“我说过了，开始画吧！”这时她的声音更大了。

“不。”我低声说。

“不？”她咝咝地说。

“不。”

“你这是什么意思，傲慢的黑婆娘？”她的声音成了高而细的嘶叫，像出自一头无路可走的狐狸。

“不，”我说，我自己的声音也哑了。“我不能画。我知道被强奸是什么意思，你不能让我支持强奸你的人。”

她向我走来，抓起我画箱的沉重的盖子，抓起时我听见风从我耳边扇过，我甚至没有伸手保护自己，只是等着它砸到我头上。盖子叫她一扔，在石地板上摔了个粉碎。她又抓起一罐颜料，也扔掉了，虫子红溅满了砖墙，顺着墙壁流淌。她发了狂，寻找着东西想再扔。我站着，抓住她的双腕。她比我高多了，也壮多了。但是我一碰到她，她却瘫软了，向我倒了下来。我弯下腰拾起丝巾，给她盖上。我用双手搂着她，我们俩一起倒到了卧榻上，躺在了一起。两人辛酸的泪洇湿了睡垫。

从那天早上起，我们就昼夜都在一起过了。我给她画了好多幅美丽的肖像。我是为她画，也是为自己画，是为了画画的快乐。啊，我给埃米尔画了一张，让他带到快战败的围城部队去了，画的却不是他的妻子，而是一个斜靠着的形象，面部认不出，大腿和乳房作了带挑逗性的安排，跟纽若一点也不像。据说那傻瓜很喜欢。

黑暗里，她的声音。“你睡觉时哭了。”她伸出修长的手，轻轻放在我胸脯上。“你的心跳得厉害。”

“我梦见父亲了——秃鹫撕扯着他的……啊，我讲不下去了……”

她紧紧地搂着我，对我轻轻地哼着歌，让我想起了母亲那温柔的声音。

另一个晚上。我醒过来向她翻过身去。月光在她眼睛上闪烁，她的双眼睁着，呆望着黑夜。我轻轻地碰了碰她的手，她翻过身来对着我。月光照到她的眼睛，眼里噙满没流出的泪，湿漉漉的。她慢慢地讲了起来。

他们把她父亲钉在了她家门口的铁柱上，在她父亲无可奈何地扭动痛苦的时刻，他们在他面前杀死了她母亲。她跟弟弟妹妹只好躲在房屋地板下的空隙里，听着父亲痛苦的尖叫。然后他们放火烧了房子。她跑了出来，牵着弟弟的手，却踩着母亲的血摔了一跤。妹妹继续跑，弟弟留下来帮她。她看见一个骑士抓住了妹妹，拉上了马背。妹妹后来怎么样了，她再也无法知道。

她跟弟弟一起跑着，在慌乱中闯到一匹战马的跑道。“我以为它那蹄子会把我们踩碎了。”她说。但是骑马人却兜转了马头。“我抬起头来，看见他那眼睛从头盔的眼缝里盯着我瞧。他取下披风，扔下来，把我盖住了。”

其他的骑士看出主子的要求。有人想抓走她弟弟时，她就搂着孩子，请求埃米尔救他。

“他答应了我的请求，为了报答他——上帝赦免我——我假装对他产生了欲望。直到今天他也不知道他靠近我时，我有多么抵触，心脏在怎样收缩。他进到我身体里的时候，我唯一的感觉就是我父亲的痛苦，像野兽一样被钎子刺穿……”

这时我用手捂住了她的嘴巴。“别说了。”我悄悄说。我尽量温和地抚摩她的皮肤。在黑暗里我看不见自己的黑手，只见到那黑影摸过白色的肌肤。我努力让我的抚摩柔和得像影子。很久以后她才伸出手来抓住了我的手，亲了一亲。“而他……在我跟他睡过觉以后，就从不曾觉得有人的抚摩能叫我愉快过。”她说。她转过身来，用一只手肘撑起身子，注视着我。我就是在那时忘记了自己还是奴隶的。那是个错误，现在我才意识到。

不到一个月，宫殿的其他部分传来谣言，说是开了个紧急会议，会上有激烈的争论。敌人打破了埃米尔的包围，重新控制了山头。我们的部队被赶回周围的平原上，正乱糟糟地设法控制主要的供应线。可关键在于，他们再也不能后退了，尤其在这个时候。因为如果在收割完成前失掉了供应线，到了冬天城市就要挨饿。

围绕在高窗户前的膨胀了的玫瑰果正在成熟，埃米拉斜靠在窗下的长榻上。我在为她画像，在努力让泛红的玫瑰果的光跟她头发的红光协调。她虽然还悲伤，面色却平静。她捻着脖子上的珍珠。

“你的手艺给你带来了幸运，我觉得。如果这城市沦陷，你至少还有东西可以向征服者提供。”

我的笔掉了下来，落在地砖上，给灰白的砖釉画上了一条番红花色的道道。

“别那么一副吃惊的样子，”她斥责我。“这些墙壁很厚，但是，即使是最厚的墙壁，也可以被背叛攻破。”

“你有理由担心背叛么？”我问。

她一晃脑袋，轻轻一笑：“啊，是的，我有理由。埃米尔的儿子阿布·阿布德·阿拉赫在宫殿里进进出出，他的小集团正在随着他父亲命运的衰落而壮大。”

我说过，她个子高挑，伸手就能摸到高高的窗棂。这时她站起身来，抓住了一枝挂在那里的玫瑰果，伸出手时露出了已经鼓出的肚子。她，也在成熟。但是对这事她一个字也没提，因此我也没有提。那孩子对她是否也跟造成孩子的动作一样可憎呢？在知道她对这事的感觉之前还是别提为好，我觉得。

她用手转动着玫瑰果枝，“我并不指望明年春天还能在这儿看见玫瑰打苞。”她说，声音既不悲哀，也不恐惧，只是平铺直叙。但是我脸上的表情一定很可怕，因为她来到我面前，把我搂到怀里。“我们不知道命运，也无法改变命运，”她轻声说。“对这类问题还是现实点好。但是我们还有当下的时间，因此在可能的时候，最好还是珍惜眼前。”

我努力那么做了，我把恐惧推开，有时几个小时，有时一连几天。我曾经担心会在这宫殿里衰老下去，此刻我希望的却只是在这里过一辈子。

晚上越来越冷了，黎明时我醒来，发着抖。我是一个人躺在床上。她跪在窗户边祈祷，用的不是阿拉伯语。她手上有一本小书。

“纽若？”

她惊得一个哆嗦，好像想隐藏那书，向我转过来的脸显得沉重。

“别叫我纽若！”她声音粗暴，吓得我一缩。她声音柔和了。“那名字叫我想起埃米尔的臭味。”

“我应该怎么叫你？”

“以前我叫伊萨伯拉，那是我的基督教教名。”

“伊萨伯拉……”我说着，在舌头上品味着这陌生的名字。我伸出双臂，她来到我面前。我问她可不可以看看她那书。她合上书页时我瞥见过它的色彩。我俩一起看了。一本美丽的书，满是辉煌的插图。那些画既不追求准确地复制自然，也不理想化或形式化地表现自然，而是把两种手法有趣地融合到一起。这幅画里的圣徒和天使跟下一幅里的可能没有什么区别，但是有些细节却被艺术家表现得像生活里一样：一只小狗，一张木桌，或是一根麦穗。

“这叫《时辰书》[①]，”她说。“跟你们天亮时做‘晨礼’，黄昏时做昏礼等一样，基督教徒也照做，早晨的叫‘早祷’，黄昏的叫‘晚祷’，如此等等。像这样，就可以按祷告把一天分成几个时段。”

“这个画家画得很好，”我说。“那上面的字你能读么？”

“不行，”她说，“我不认识拉丁文。但是大部分的祷告辞我

---

① *Book of Hours.*

都背得，在祷告时图画也能帮助我。这本书是一个医生带给我的。他很善良。”

“但是医生……他肯定是犹太人，是吧？”

“当然是，内丹尼尔·哈－勒维是个虔诚的犹太人。但是他对各种信仰都尊重，各种信仰的人都找他看病。否则他怎么会给埃米尔看病呢？这书是一个基督教病人的家属给他的，那人已经死去。”

“可他如果知道了你对基督教的上帝祈祷，那不是很危险么？”

“我相信他，”她说。“我真正能相信就只有他了，还有你。”

她那金色的眼睛望进了我的眼睛。她的手在我的一边面颊上轻轻地摸了摸，绽出了一个对她极为罕见的开朗的微笑。我转过头来靠在她肩上，想抓住点她的温暖——趁那温暖还存在的时候。

骑兵来了，他们突破外围城墙，正践踏着桃金娘庭院。马蹄敲击着石地，刀剑铿锵，人声鼎沸。

她的冷手抚摸着我温暖的肩膀。“你睡觉时在哭，”她轻轻地说，“又梦见你父亲了么？”

“不，”我说，“这回没有。”

我们在黑暗里躺了一会儿，没有出声。

“我觉得我知道你梦里的情况，”最后，她说了。“那类念头也折磨着我。沉默的时候已经过去了，我们必须做个计划。我一直在想着怎么办最好。”

“Allahu akbar，”我喃喃地说，“是的，就是；要来的，会来。”

这时她转向我，抓住了我的双手。

“不，”她的口气坚定而迫切，“我不能像你一样把自己的生命交给上帝的意志支配。我必须做好储备，为我，为我弟弟，为肚子里这东西，为我们能活下去。”她一只手抚着鼓起来的肚子。她终于承认了那东西。“我需要保护，这个城市看来是会陷落的。如果陷落了，阿布·阿布德·阿拉赫就会杀死我，这我可以肯定，他不会愿意见到这孩子出世，他要利用战争的混乱来掩盖他的罪行。”

她起身，在房里不安地徘徊。“如果不是为了佩德罗……我们的房子旁边就有个修道院，那里的修女对我很好。我常常想，那些女人多么幸运啊，完全与世隔绝，非常安全，姑娘时代没嫁人，不用一个又一个地生孩子，直到高烧或大出血要了她们的命。我一直就想跟她们在一起。”这时她低下了她那可爱的头。“我原是要做基督教徒的新娘的，可结果……”她捂着肚子保护着它。“我认为，无论发生了什么情况，修女们都是会接受我们的。到了那里我们就安全了。她们的话就连卡斯提尔的国王都听的。”

我坐起来，难以置信地望着她。进入异教徒的修道院 ，一辈子关在那监牢里，我可受不了。她怎么能提出这种建议呢?

“他们不会让我们在一起的，不会让我们像现在这样。”我说。

“不会的，我知道，”她说。“但是我们可以彼此见面，可以活下去。”

可那是什么样的生活？为我并不接受的信仰撒谎，被迫去崇拜偶像。活着，做祷告不发自内心，没有艺术，也不跟人接触。不过我只说了一句：“可你弟弟不能来。”

“不能，”她说。“佩德罗不能来。”

埃米尔一听说妻子怀了孕，就直接打发来了医生。即使在伊夫里齐亚，我也听说过这医生。内丹尼尔·哈－勒维的医术跟他的诗歌同样有名。他用阿拉伯文写非常美丽的诗歌。我从没想到过一个犹太人也能精通我们的诗歌，精通神圣的《古兰经》的语言。但是，在犹太人和阿拉伯人肩并肩工作的安德鲁斯，这样的事并不是没有听说过。我还找了些他的诗歌，用怀疑的眼光进行过分析，结果是，他那美丽的文句所传达的深情使我热泪盈眶了。哈－勒维给宫廷出的主意远远超出了医药的范围。凯比拉说，若不是因为那医生的智慧，和他有时缓和埃米尔更加残酷的冲动的才能，我们的君主大有可能早就从他的宝座上滑下去了。

医生来时我正在为佩德罗的画像作最后的修改。最近埃米拉曾要求我让她休息，不再画像。我觉得那是因为她不放心，怕孩子在肚子里的生长影响了她的容貌。在我看来她那更圆润的面孔，更丰满的乳房倒是很美的。但是她坚持我让她休息。有一天她倒掉了一个光亮的银盘里的枣子，把银盘竖立在墙上，把我叫到镜子面前，望着我的影子。“给你自己画个像吧，我要你尝尝叫人死死盯着是什么滋味。”她哈哈地笑着，却很认真，而且坚持，不顾我的犹豫。我第一次的努力成果她并不喜欢。“你对自己可要宽容点。带点温情看看吧，”她说。“我要是有你那手艺，倒想给你画一幅像呢。”于是我就望着自己的脸，故意忽略了损失和忧患在我脸上刻下的皱纹。我画出了一个伊夫里齐亚时代的我自己，一个受到保护和宠爱的女儿，没有经历过恐惧和流放，没有做过奴隶。她对这像感到满意。“我喜欢这个姑娘。我要给她命名为穆娜·阿尔-埃米拉，意思是‘埃米拉的梦想’，你觉得怎么样？”

我勉强笑了笑，装作接受了赞美。此时一大群燕子从高高的窗前掠过，挡了挡太阳。我突然感到一阵阴寒，当时不知道为什么，事后才明白过来。凯比拉第一天(那一天似乎已经很辽远，虽然并不远)就告诉过我，她的名字也曾叫做“穆娜”(梦想)。权势人物的欲望和梦想很可能很薄情，这我早就知道。但我也知道它只藏在那深沉的地方——不方便承认的，或者太痛苦不愿承认的东西，即使对自己。

一般情况下，那医生一来我就走掉了。但是那天我刚拿了东西要走，他却做了个手势让我留下了。他过来看了看佩德罗的画像，很赞美，问了一个有关我所受训练的问题。我告诉他我原来在胡曼家做过事。他一听，就露出了吃惊的样子——因为我是个女的。我告诉他我有段时间曾经女扮男装，因为那样似乎更安全，却没有细讲。他虽没有追问这个，却也没有再问别的。“不对，”他说，“你受的不是宫廷训练。我在你的作品里看到了更多的东西，有一点……训练不足。说不定是不够成熟，或者，我该不该说是，多了些诚实？”于是我向他谈起了我的父亲，谈起了我学着为他的医学文件绘制插图时所感到的骄傲。

“那么我是见过你的作品的，”他说，口气里充满了惊讶。“我很崇拜易卜拉欣·塔瑞克，他的草药是无与伦比的。”我骄傲得脸都红了。“可是你父亲出什么事了？你怎么会到这里来了？”

我简单地谈了谈情况。我谈到我父亲那极其惨痛的死亡，谈到他被丢弃，没有人埋葬时，他低下了头。他一只手放在眼睛上，喃喃地做了个祷告。“他是个非常伟大的人，他的工作救了很多人的命。我向他的不幸遇难致哀。”然后他就打量起我来，是医生的评估式的审视，其中带着强烈的同情。我懂得他的病人为什么那样崇拜他了。“他很幸运，养了个像你这样的孩子，对他能有那么大的帮助。我只有一个孩子，可他……”他的话没有说完。“唉，我真希望有一个像你这么有技术的人为我工作。”

这时埃米拉说话了。她的话几乎让我的血液凝固。

“那你就一定把她带走，医生，阿尔-摩拉就是我的礼物，报答你给我那么多的照顾。这事由凯比拉负责，如果你喜欢，今天就可以带走。”

我望着纽若，目光里带着乞求，但是她一脸平静。只有太阳穴的轻微跳动表现了些许情感——如果还有一点的话。她简直像扔掉穿过的衣服一样扔掉了我。

“现在就走吧，收拾你的东西去。”她说。“你的颜料箱可以拿走，还有几本金箔银箔书。我要医生得到最好的东西。”然后又像才想起来似的说，“医生，我让我的弟弟佩德罗也跟阿尔-摩拉一起去，如果你愿意接受的话。他可以做她的学徒，正如你所说，学到跟她一样娴熟的技术。”这时她转向了我，声音里带着极轻微的哽咽。“帮我好好教他。”

情况就是这样了。我再次成了工具，用完之后就给了别人。这回我似乎又成了保护她弟弟的盾牌了。她已经转过身去，在听医生讲话。医生满心欢喜地表示感谢。用他的话说，我就是一份“非常丰厚的礼物”。那是位伟大的医生，是以同情心著名的。可他对一个奴隶的感情的同情心到哪里去了？

他俩讨论着我，我却站在那里发抖。埃米拉甚至没有转过身来正面望我一眼。她对我挥了挥手，好像要把我当大头苍蝇一样赶走。

“去吧！”她说。“现在就走，我把你遣散了。”

我还站在那里没有动。

“现在就走，你要是想活命的话。”

她还以为她是在救我的命呢。我的命，和她心爱的弟弟的命。她躺在黑暗里时早就考虑好了——全都设想好了。是什么时候？在多久以前？却没有跟我商量过。因为她知道跟犹太人在一起，我和她弟弟就可以活下去。因为阿布德·阿拉赫和他那派人也非常需要哈-勒维的医术，要找他看病。我收拾东西时手在发抖。我手上还拿着我正在画的像，她却踏进房里从我手上夺走了。“这个我要留下。注意——把那一幅也留下——穆娜的肖像。”说这话时她的眼里闪着泪花。

我想说，别这样。我想说，多给我几天几夜跟你一起吧。但是她已经背过身去，我知道她的坚毅顽强，她是不会转过头来的了。

我就是这样来到这里的。我在这儿已经差不多生活和工作了两年。她像那样把我送走也许是对的，但是我心里的感觉却不是那样。埃米尔的伤中了毒，她所担心的情况出现了。阿布德·阿拉赫趁机推翻了他。那时纽若已经做好了种种储备，她直接去寻求女修士的保护。时间成熟后，医生就在那里为她接生了一个健康的女儿。生女儿是不会让阿布德·阿拉赫担心的。倒不是他统治的时间有可能长到需要继承人，而是卡斯提尔人的气焰越来越嚣张了。我们未来的情况谁又能逆料呢！医生没有谈这事。即使我们要离开这里，也全没有准备的迹象。我相信他认为，无论是谁掌权，都还离不开他。但是我却没有把握卡斯提尔人能有头脑高度评价他的医术。

我现在倒没有什么可抱怨的。在这里我不再被叫做阿尔-摩拉了。我住进医生的府第里时，他问我叫什么名字，好把我介绍给他的妻子。在我说叫阿尔-摩拉时，他就摇了摇头。“不是这个，而是你爸爸给你取的名字。”

“扎赫拉，”我说。我意识到最后一次听见这名字时是我爸爸嘴里叫出的，他在警告我劫匪扑来了。“扎赫拉·本·易卜拉欣·塔瑞克。”

医生为我恢复的东西还多，不光是名字。我给他做着重要的工作，这工作使我感到了和爸爸的联系。我画的每一株植物和图解都是以对爸爸的纪念奉献给安拉的。医生虽然是个很虔诚的犹太人，却尊重我的信仰，容许我祷告和斋戒。他见我匍匐在他藏书室光秃秃的地板上，就给我送来一个祷告用的垫子，比我留在宫殿里的那个还好。他的妻子也很慈祥，以温和的家法管理着一班亲信，使一家人过得恬静安详。

春天月圆的日子，她还邀请我参加他们的家宴。那邀请让我吃了一惊，出于尊重我也参加了，虽然我不喝在他们的仪式中占了很大分量的酒。仪式是以希伯来语进行的，我当然不懂。但是医生却花了很大的工夫向我解释他们所说和所做的事。那是一次很动人的宴会，庆祝希伯来人在一个叫做麦西[①]的地方摆脱了奴役。

他还在一个时候告诉我，他非常悲伤，因为传统要求父亲把这仪式的每一个细节都教给他的儿子，可他唯一的儿子本杰明却是个聋哑人，无法理解。他是个温和的孩子，并不简单。他喜欢跟佩德罗一起玩，佩德罗成了他的贴身侍仆，事实上是我的没有名义的徒弟。照顾这个需要帮助的孩子对佩德罗也有好处，除了跟随我的工作，那也给了他事做。事实上他在跟我的学习中并没有表现出什么才能。我觉得他越来越喜欢那孩子了，这让他想念姐姐时也好过了一些。我尽量填补他姐姐的空白，但是我们都知道，那种缺失是无法填补的。

我主动承担了一项任务，为本杰明秘密画一组画，叙述犹太人所相信的开天辟地的故事。医生有很多关于他的信仰的书，但是只有文字，没有基督徒那种用以帮助人们了解祈祷文的图画。犹太人跟我们穆斯林似乎一样，不愿绘制人像，但是考虑到生活在寂静里的本杰明被关在他的信仰的美丽动人仪式之外，我就想起了伊萨伯拉那本祈祷书，那书上的人像，和她说它们帮助她祈祷时那样子。

① 以色列人对埃及的称呼。

于是我认为，这样的图画同样可以帮助本杰明。我认为医生和他的上帝是不会因为我画这画而生气的。

我一次又一次地向医生夫妇提起，他们也总乐意向我解释犹太人对种种事物的看法。我思考了他们的话，就努力设计出一种小孩能看懂的图解方案。我突然觉得我已经知道了许多，因为犹太人的上帝创世的说法跟我们神圣的《古兰经》上的正确说法并没有多大出入。

我画出了上帝把光和暗分开，上帝创造陆地和水的种种形象，我画出了上帝创造出的圆球形的世界——这是我爸爸的看法。我最近还跟医生谈过这问题。这事虽然很难有什么把握，他却说，有一个事实：我们穆斯林天文学家的计算比任何人都要先进得多。他说，如果要他在穆斯林天文学家的意见和天主教神甫的教条之间进行选择的话，他是不会选择神甫的。而且，无论怎么说，我都更喜欢圆形和曲线，因为它们和谐，画起来也更有趣。我要我的画有趣，要那孩子喜欢。为了这个，我在天堂的花园里画满了我儿童时代心里的动物，花斑豹和呲着牙的狮子。我希望他能喜欢。

为犹太人绘制这份礼物时我使用了胡曼剩下的最后的精美颜料。我不知道他会产生什么感想。我马上就得去市场增添颜料了。但医生的文本需要的颜色只是简单的墨水，不需要天青石，番红花之类的，肯定更不需要黄金。因此我很高兴使用这类颜料。那可能是我这辈子最后一次使用了。我还有一两支用胡曼的猫的细白毛做成的笔。但是，这些笔也用坏了，开始脱毛了。

有时我向医生问起犹太教的问题，却往往发现自己被一些顽固的人的叙述弄得晕头转向——他们常受他们那上帝的惩罚，感到失望。我画了挪亚与洪水的故事，罗得的火城和他那被化作了盐山的女人的故事。我下了苦功夫设计出一些画面，清楚地表现了春季节日的故事的全部因素，其中有的还挺可怕。例如，麦西那地方的国王为什么终于向摩西投降了？怎样表示故事里的恐怖，瘟疫的恐怖，或是头生子之死的恐怖？我想让本杰明懂得我画里的孩子全都死掉了，但是我初画时，他们看上去却像是睡着了。昨天我得到了一个想法。我想到了偶像破坏者，想到他们在他们破坏的书的画面上的人物脖子上画上红道道表示死亡。因此我在每个睡觉的儿童嘴上都画上了些阴影，表示死亡天使的黑暗力量偷走了生命的呼吸。我画出的形象叫人极为激动。我不知道本杰明是否能够看懂。

下一次逾越节宴会马上就要到了，我打算在会上把这些画送给医生。我目前在画一幅表示节日喜宴的画。我让医生坐在宴席首位，本杰明坐在他身边，然后是他盛装的妻子，他妻子的几个跟他们同住的妹妹。我又想起让自己也来参加宴会。我给自己穿上了番红花色的长袍——我永远喜欢番红花色——画时我把那颜料用光了。这幅画是我自己的画里最喜欢的。我签上了医生给我恢复了的我自己的名字，觉得很得意。我把几支好笔都用掉了——那已是我最后的几支单毫笔了。

我把我的头画成一个凝神谛听的角度，想象着我在听医生讲述摩西的故事。摩西藐视麦西的国王，使用国王的神杖从奴役下解放了他的人民。

我真希望我也有这样的神杖，把我自己从奴役下解放出来。事实上自由是我此时此地所缺少的主要东西。我在这儿做着诚实的工作，生活也够舒服的。可这毕竟不是我自己的国家。自由和国家，犹太人所渴望的就是这两件东西，那也正是犹太人的上帝要通过摩西的神杖赐予他们的东西。

我放下猫毫笔，想象着有了那神杖后的情况。我看见自己向海岸走去，海水分开了，我过了海，一段一段缓慢地走，踏过黄沙弥漫的路走回家去。

汉　娜

一九九六年春，萨拉热窝

萨拉热窝机场没有联合国警卫人员等候我，理由很简单，我没有告诉过任何人我要来。

我到达时已经很晚。在维也纳转机耽误了两个半小时。从维也纳机场到萨拉热窝终点机场不到半小时，却很叫人震动。我离开维也纳机场时那里基本上是个灯火辉煌的大超市。可萨拉热窝终点机场却萧条，空落，还是军事化的。出租车出了机场大门，进入的街道仍然黑暗得不自然，修复的街灯也还很少。不过，机场周围的环境那么残破和荒凉，少点灯光我看也许是一种福佑。虽然我不像第一次来时那么提心吊胆，可等到我住进旅馆房间，在身后关上门时，仍然感到一块大石头落了地。早上我给联合国办公室的哈密什·萨冉去了电话，问他我是否可以悄悄地看看博物馆的新展馆。正式仪式要到二十四小时后才能举行，但是他说，让我在被邀的大员们光临之前去看看，博物馆馆长也不会有意见，他可以肯定。

博物馆就在以前曾经叫作“狙击手小巷”的宽阔的大道上。在我离开后的两周里，经过了一番波将金村式[①]的突击打扮，清除了瓦砾堆，填平了路上的几个最可怕的弹坑。电车又行驶起来，给城市带来了一些正常的印象。我上了博物馆熟悉的台阶，被陪伴进了馆长办公室，喝了那非喝不可的土耳其咖啡。哈密什·萨冉笑眯眯地坐在那里。联合国在波斯尼亚也办对了一件事，获得了一点好评。萨冉开了几句玩笑，就跟馆长一起陪我下了大厅，来到新展厅。那里有两个保安人员守卫。馆长用密码开了门，你能听见光滑的新门闩拉开的声响。

展厅很可爱。光照完美，均匀而不过分。艺术品状态传感器描出了指示温度和湿度的线条。我检查了图像：十八摄氏度，可以高或低一度。湿度百分之五十三，恰到好处。墙壁发出新水泥的干净的刺鼻味。我认为进入这样的空间是可以鼓舞大部分萨拉热窝人的士气的，它跟外面那残破的城市恰成强烈的对比。

一个专门制作的柜子占据了展厅正中央。《哈加达》就在柜子里的一个玻璃金字塔下，既可以防灰沙，防污染，也可以防人。墙上是与《哈加达》有关的展品——正教徒的偶像，伊斯兰的书法，天主教圣歌的篇页。我从它们一个个面前慢慢走过。选材极佳，思想丰富，我意识到了奥兹仁发挥出的智慧。每一个展品都和《哈加达》有关——或是材料相同，或是艺术风格相关，无声中表达了雄辩的观点：多种文化之间的相互影响与相互丰富。

最后，我转向了《哈加达》。那柜子是一位橱柜大师的作品，用的是一种漂亮的去节胡桃木。那书在画了《创世记》的那一页翻开——书页的翻开都有日程规定，不让某一页受到过多的光线照射。

我透过玻璃往下看，设想着那艺术家，设想着插到番红花色里去的画笔，设想着克拉丽莎·梦泰古-摩尔根所指明的猫毛——两

---

① Potemkin(1739—1791)，俄罗斯帝国军人及政治家，叶卡捷琳娜二世的情人。传说他统治当地时为了应付女皇巡幸，而在她巡游的沿途建了许多假村庄，以营造繁荣富足的假象，因此有“波将金村”的典故。

头剪得整整齐齐，蘸了黄色的颜料，却来自艺术家的画笔。西班牙笔更常用松鼠毛或白鼬毛，而伊朗细密画画家的选择的原料却来自两月龄的长毛波斯猫的咽喉部位。它叫 Irani qalam，伊朗笔，现在更多的是指风格，而不是工具了。可是，这些微型画的风格和技巧又根本不是伊朗式的。那么，一个住在西班牙的装饰画家，按照犹太人的要求作画，为什么又使用起伊朗画笔作画，画的又是欧洲的基督教风格呢？克拉丽莎确认了这反常的情况，这对我的论文起了很大的作用。它让我找到了理由分析，在那个和谐时期，知识往惊人的距离之外传播的方式。它穿过充分建立的种种渠道，把西班牙的艺术家和知识分子跟巴格达、开罗和伊斯法罕的同行联系到了一起。

我站在那里凝视着，心里猜想着那漫漫长途是谁在跋涉？是笔？还是制作笔的工匠？我想象着在西班牙画室里，有人第一次使用这种高级画笔时，那白色的细毛轻柔的嗖嗖声滑过精心准备的羊皮纸时所引起的震动。

羊皮纸。

我眨了眨眼睛，向陈列玻橱靠过去，我怀疑自己亲眼见到的东西了。脚下的土地似乎崩塌了。

我站直了身子，转身对着萨冉。他那满面笑容一见我的面孔却迟疑了，我那脸一定是跟新刷的石灰一样惨白。我努力控制住自己的声音。

“卡拉曼博士在什么地方？我需要见到他。”

“出问题了么？是展览柜？还是温度？”

“不是，不是，没有问题……不是展厅的问题。”我不愿引起公开的混乱。谁都不声张，反倒更有机会处理好问题。“我要见卡拉曼博士——关于我的论文。我刚意识到忘记了一处必要的修改。”

“我亲爱的西斯博士，目录已经印好了，凡是修改都得……”

“没有关系，我只是要告诉他……”

“我相信他在图书馆，要不要我通知他过来？”

“不用，我认识路。”

我们出了门。新门在身后轻轻地关上，咔哒一声锁住了。萨冉在翻译着馆长的正式告别辞，我却不客气地打断了他的话，离开了他俩，向走廊转了回去。为了避免奔跑，我只能那么做了。我闯过图书馆的几道巨大的橡木门，匆匆穿过藏书处的窄巷，差点跟一个忙着给书籍还架的管理员撞了个满怀。奥兹仁在办公室，坐在书桌前，跟一个人说话，那人背对着我。

我闯了进去，没有敲门。奥兹仁大吃一惊，站了起来。他脸色苍白，形容憔悴，眼下有黑影。我一时几乎忘了，他的儿子入土才四十八小时多一点。同情的浪潮一冲击，我的焦急下降了一些。我走上前去，双手搂住了他。

他绝对僵硬了身子，向后退，摆脱了我的拥抱。

“奥兹仁，为阿利亚的事我非常沉痛，也确实为这样的闯入感到抱歉，但是我——”

“哈罗，西斯博士，”他打断了我，口气平淡而客气。

“哈罗，汉娜！”我转过身时，椅子里的人站起来说。

“沃纳！我还不知道呢，谢谢上帝，你在这儿！”沃纳·亨利希，我的老师，同行里的赝品侦破顶级专家。他会支持我的，他马上就会看出问题的。

“我当然在这儿，汉娜，亲爱的。我不会错过明天的仪式的。可你没有告诉我你会来。在我的想象里你已经回家了。你来参加开幕式了，太好了。”

“是的，如果我们不加快行动，明天怕就举行不成开幕式了。有人把《哈加达》偷走了。我认为一定是阿密泰，他是唯一可能——”

“汉娜，亲爱的，且慢……”我激烈地挥着手，却被沃纳握住了手。“平静点，告诉我们……”

“胡闹，”奥兹仁抢过沃纳的话说，“《哈加达》就在展柜里，我亲自锁好的。”

“奥兹仁，那是赝品，展柜里那东西，是一个绝妙的冒牌货——氧化了的银锁扣，污渍，洇开的颜料。我是说，大家见到的是个假货，假得高明，一个完美无缺的赝品。完美无缺，只有一点例外。而那一点是不可能复制的，因为它已经断货三个世纪了。”我几乎喘不过气来了，只好停下。沃纳在拍我的手，仿佛我是个歇斯底里的孩子。他那手工匠般地结实，指甲却修剪得无懈可击。我扯掉我那没保养的难看的露指手套，在头发里抓了一把。

奥兹仁站着，他此刻苍白了脸。

“你说的是什么？”

“羊皮纸。”他们用来制造羊皮纸的羊，那个品种的羊，学名叫 Ovis aries Aragonosa ornata 的，从十五世纪起在西班牙就绝种了。他们使用的羊皮纸，细胞孔的大小和分布都完全不对……他们那羊皮纸是用另外品种的羊皮制作的……”

“只看了一页，很难分辨，绝对。”奥兹仁紧张地说，很简短，嘴抿得很薄。

“我可以下结论。”我深深地吸了一口气，尽量避免换气过度。“那个很微妙，没有花很多时间对比过各种羊皮纸是看不出来的。我的意思是，对我说来那是再明白不过的事实。沃纳，你是能一眼就看穿的，我知道你能。”因为关切，沃纳皱起了脸。“阿密泰到哪里去了？”我问。“出国了么？如果他走了，我们的麻烦就大了……”

“汉娜，别这样。”沃纳柔和的声音里带着锋芒。我看出来了，刚才被我看成关心的神态，其实是愠怒。他并没有把我的话当真。在他面前我还是从地球另一面来的小学生，一个还有许多东西要学的小姑娘。我转向了奥兹仁。他肯定会听我的话的。

“扬托夫博士就在这儿，就在萨拉热窝。”奥兹仁说。“他是举办明天开幕式的犹太社会的客人。可他完全没有接近过《哈加达》。从你上个月离开到现在，《哈加达》一直锁在中央银行的穹顶地下室里，直到我们在严密警卫之下把它取出来放进按照你规定的尺寸定做的匣子里，再由我密封，然后又由我亲手打开蜡封，解开绳索，把匣子放进展柜。这一整段时间它片刻也没有离开过我的手。展柜有艺术品状态设备保护，展厅有传感器交叉保护，有二十四小时摄像头监视，还有警卫员保卫。你的这些指控只是自己在发傻。”

“我？奥兹仁，伙伴，连你也没有看出来么？以色列人一定是多少年来都在想得到这本《哈加达》……战争时期出现过那么多谣言，你一定听说过的……而阿密泰，他当年是做过突击队员的，你知道么？”

沃纳晃动着他那满头的银色白发。

“我真不明白。”奥兹仁只茫然地望着我。我不懂得他为什么那么消极，真恨不得把他摇醒。说不定他还处在因阿利亚之死而造成的麻木里。这时我想起了我给他住处打去的那个离奇的电话。

“那天晚上阿密泰在你家干什么，究竟？”

“汉娜，”他那一直冷淡的声音现在带了些寒气。“我为那本书冒过生命危险，如果你是想暗示……”

沃纳举起了手。“我可以肯定西斯博士什么也没有暗示，但是我认为我们不妨检查一下。”他的手在发抖。我说的关于阿密泰的话显然关系到他。“来吧，亲爱的，让我们看看，究竟是什么让你那么烦恼。”

沃纳摇晃一下，抓住我的手臂，我突然为他担心了，他看出赝品时一定会非常震惊的。

奥兹仁从桌边站了起来，带领我们下到那没有尽头的走廊，穿过几个展厅——玻璃工人还在工作，把遮住博物馆许多破碎窗户的塑料板换成玻璃。奥兹仁对警卫们点了点头，取出密码打进了钥匙板。

“我们能取出来么？”

“不能，除非解除整个系统的武装。”奥兹仁说。“把你认为自己所发现的东西指给我们看吧。”

我指给他们看。

沃纳躬下身子往展柜里看。他查看了我指出的位置好几分钟，然后站直了。

“我可以放心地说我不赞成你了，亲爱的。毛孔分布跟我在许多那类羊皮纸样品上所观察到的完全一致。我们可以把这一页跟你在维护时为存档所拍摄的照片作个比较，那你就可以放心了。”

“但是底片我都寄给阿密泰了！他正是用那底片制作这个赝品的，你们还没看出来么？然后他就用这个……假玩意的照片代替我那照片。你们现在必须通知警察，让边境政府和联合国提高警惕……”

“汉娜，亲爱的，我肯定你弄错了。而且我认为，你必须谨慎从事，别拿这种荒唐的罪名扣到一个受人尊敬的同行身上。”

沃纳的声音低低的，口气带着劝慰。他仍然把我当个过分激动的小孩看待。他把一只手放到我手臂上。“我跟阿密泰·扬托夫认识而且一起工作已经三十多年，他的声名无懈可击，这你是知道的。”然后他转向奥兹仁，“但是也许，卡拉曼博士，我们还是解除全系统的武装，全面检查一下抄本为好，怎么样？”

奥兹仁点了点头。“对，我们当然可以那样做，也必须那样做。但是我还得通知馆长。安全系统的设计要求我们两人共同输入密码，才能批准关闭。”

随后的一小时是我职业生涯里最奇怪也最难堪的一小时。沃纳、奥兹仁和我一页一页地翻看了抄本。凡是我指出不正常的地方他俩都表示没有看出问题。他们当然要来了传真照片，照片跟抄本当然一致，这我早知道。沃纳深信不疑，全无动摇，跟他一比，我的意见就没有多少价值了。奥兹仁，正如他自己所说，为那本书冒过生命危险，也坚定不移地认为安全上不可能存在漏洞。最后，自我怀疑的耗子开始咬啮起我自己来，我全身的皮肤都渗出了小小的热汗珠。也许是因为前几天太紧张了吧：妈妈的车祸，发现了父亲的真相所引起的震惊，阿利亚的死讯。还有别的：我见到奥兹仁时他那凄惨的目光，那憔悴的面容。我产生了一种感觉，那感觉对我还陌生，但我知道是什么。那时候我才明白，我回到萨拉热窝是为了他，而不仅是为了这书。我一直在思念他，苦苦地思念他。有人说爱情盲目，我开始相信自己是在疑心生暗鬼。

检查完了，奥兹仁和沃纳对我转过身来。

“那么，你打算怎么办？”奥兹仁说。

“怎么办？我？我要求你们申请个搜查证，对阿密泰箱子里的一切，包含三角绷带和手绢什么的，都进行检查。我要求你们关闭边境，以免他把抄本交给同案犯带走。”

“汉娜，”奥兹仁的声音很低，“如果我们这么做，会造成国际纠纷的，就为了一个判断，一个亨利希博士和我自己都认为没有根据的虚假判断。而亨利希博士的专业水平又无可怀疑。还有，这地方有一种特殊的紧张，这种说法一旦传出，某些人就会选择相信，即使它事实上毫无根据。为了一个原以为可以代表我们的多民族理想的艺术品，你反而可能在族群之间造成分裂，而且把自己弄成傻瓜，毁掉你的职业名声。如果你百分之百地肯定自己比沃纳·亨利希还高明，那你就继续走，通知联合国去。但是，博物馆是不会支持你的。”他停了停，然后一锤敲了下来。“我也不会支持你。”

我再也说不出话来了。我只好挨个儿望着他们俩，然后望着书。我把手放到装订上。我的几个指尖寻找着我修补过磨损的羊皮纸的小区域，只在新线和老线交错的地方感到在有点轻微的凸起。

我一转身就出了展厅。

萝　拉

二〇〇二年，耶路撒冷

我必使他们在我殿中、
在我墙内有记念、有名号。*

——《以赛亚书》

* 参见《圣经 · 旧约 · 以赛亚书》，第56章第5节。

现在我已经是个老太婆，早上很难受。这些日子我醒得很早。我认为惊醒我的是寒冷，它唤醒了我骨头里的疼痛。谁都不知道这儿的冬天有多冷。它不如萨拉热窝的山上冷，但也已经够冷的。一九四八年以前这公寓是一个阿拉伯人的房子的一部分。古老的石头把寒气吸进了缝隙，我又供不起暖气。但是，我也可能只是醒得早了一点，因为害怕睡得太久。我知道有一天——那日子离现在不会太远了——寒气就会从石头里爬出来，钻进我躺在这狭窄的床上的身子里，那时我就再也起不来了。

那又怎么样？我已经活够了，超过了我的定数。在我出生的时间和地点出生的像我这样的人，是不会为即将到来的死亡（我这种死亡）抱怨的，我已经是死得其时了。

我得到了一份养老金，但是数目不大。因此我一周还去工作几小时，大部分都在安息日。如果你不虔诚，安息日是最容易找工作的。正统派犹太教徒那天不工作，有家的人要一起享受团聚。多年前我在安息日找工作还得跟阿拉伯人竞争，但是自从“起义”[①]之后，宵禁的时间很多，哨岗也很多，有一半的阿拉伯人到不了工作地点，或是不能按时到达，于是再没人请他们。我为他们难过，真的，我为他们只好受这样的折磨难过。

不过，我现在找到的工作他们却并不想要，想要的人不会多的。而我自己呢，已经跟死者和解了。照片里那些站在即将成为她们的坟墓的大坑边的妇女，那些被做成人皮灯罩的妇女，再也困扰不了我了。

我打扫展览柜，掸去橱柜上的灰尘时，想着那些女人。想想她们是好事，为了记住她们。不像照片里那样赤身露体或惊慌失措，而是像她们本来的样子，在家里，被爱，在日常生活里做着日常的事。

我也想到那些身上的皮被绷成了灯罩的人。你一进博物馆首先见到的展品就是她们。我观察过一些观众，他们在看出那是什么东西时，一转身就走掉了。他们太痛苦，看不下去。可我呢，我在望着它的时候，感到的却几乎是一种深情。就我所知而言，那很可能就是我妈妈的皮。假如情况略有变化，甚至还可能就是我的皮。

对我说来，打扫这些房间是一种特权。我可以说，虽然我又老又迟钝，我的打扫却非常干净。打扫完后，地上没有丝毫灰尘、磨损或指印污迹。我能为死者尽的力也就只有这个了。

在我得到这份工作之前很久，我就常来这里。不是来博物馆，而是来花园，因为凯马里夫妇(谢立夫和斯泰拉夫妇)在“义人花园”里有一块纪念牌。他们的名字跟其他为拯救我这样的人而冒过巨大风险的非犹太人放到了一起。

从那个夏末在萨拉热窝城外的山上分手之后，我就再也没有见到过他们。那天晚上我非常害怕，我连一句像样的告别话都没有说，甚至没有道谢。

---

① intifada，阿拉伯人 1987 年在加沙地带发起的一场大规模的反以色列运动。

那晚他们带我去见的不是别人，而是一个乌斯达莎的官员。他跟一个犹太妇女秘密结了婚，所以只要可能，他就帮助我这样的人。他为我安排一切都很容易。我带了合法证件就往南走，在意大利地区安全地度过了剩下的战争岁月。后来，铁托上了台，我平生第一次也是最后一次成了重要人物。在几个月的时间里，我们都是社会主义大英雄，是跟铁托一起上过山的青年游击队员。我们在山里死去的种种事实却都被忘记了，谁也不提，连我们自己也不提。我在新的部队里得到了一份工作，到一个游击队的伤员之家做了个副官，在斯普利特海边的一幢旧大楼里。我就是在那里见到布朗科的，那个做过我们的队长又抛弃了我们，让我们去死的布朗科。他的腰和肚子都挨了子弹，样子很可怕。他几乎不能走路，老在生病，发高烧。

我跟他结了婚。别问我为什么，我是个蠢女孩。但是你什么人都没留下，一个人也不记得你，于是，任何一个跟你有过一些共同的过去的人对你就显得很特别了。即使是像布朗科那样的人。

在我们的婚姻满一周年之前很久，我就已经意识到了自己的错误。他的伤毁掉了作为男人的他，而他却似乎莫名其妙地怪上了我。他要我满足他，做各种奇怪的事。我不装假正经，我确实努过力，但是我太年轻，太纯洁，至少在那方面……咳，要我做那些他所要求的事，对我实在太困难。如果他还有一点点温柔，我也不会有那种感觉的。但他是个蛮横的人，即使在病床上。我大部分时间都觉得成了他的工具。

我在报上读到谢立夫·凯马里将以与纳粹合作罪受到审判时，我就告诉布朗科我要到萨拉热窝去给他作证。我还记得布朗科望着我时那样子。他靠在窗户下一张圈手椅上。因为我的工作和他那伤员英雄的地位，我们在伤兵营家属区有自己的房间。他身子往前一探，在地板上敲着棍子。那是夏天，非常热，阳光从面对海港的狭窄的窗户射了进来。

“不行。”他说。深蓝色的海水闪着光，我只好举起手挡住眼睛。

“你那‘不行’是什么意思？”

“你不能去萨拉热窝，你是南斯拉夫部队的军人，跟我一样。你不能反对党的意志，从而危害我们的地位。他们既然认为应该对他起诉，总是有道理的。像你这样的人没有资格提出疑问。”

“但是艾凡提·凯马里并不是合作分子！他仇恨纳粹！在你布朗科抛弃我们的时候，是他救了我的命。如果他没有冒那么大的危险，我早就活不到今天了……”

他打断了我。他嗓门很大，我一反对他，他就用他那大嗓门，即使是为他的靴子要不要擦这样的小事也都如此。兵营的墙壁很薄，他知道我有多么不愿邻居听见他那咒骂。

他已经习惯于他一提高嗓门我就让步了，但是那一次我却坚持了我的立场。我说他可以对我大喊大叫，可我还得坚持正确的做法。他又是发誓、又是咒骂，我仍然不肯低头，他就扔棍子打我。他身体虽然衰弱，瞄得却还很准，那金属包头打到我的下巴底下，把我打晕了。

最后，在审判期间他设法把我监视了起来。我可以去上班又回来，却总有人看住我。那做法很卑鄙，我不知道他对他们说了些什么，找了个什么借口，让他们监视我。但是他把我控制在了斯普利特，我没有办法去萨拉热窝。

在那些日子里，我觉得自己已经没有了眼泪。我在战争时期流得已经够多的了，战后，在听见爸爸妈妈小妹和大姨的命运时，我又流了许多。大姨那衰弱的心脏是在被带到克路西亚去的卡车上崩溃的。多拉到了那里又饥饿又衰弱，两个月后也死了。妈妈挨过了痛苦，几乎拖到了战争结束，但是他们又把她送进了奥斯威辛集中营。我以为我的眼泪已经哭干了，可我又为谢立夫哭了一个礼拜。他肯定会被绞死或者枪决的。我为斯泰拉哭，留下她一个人带着那美丽的小儿子。我也为自己哭，因为嫁了这么个野兽，受到这样的屈辱——他污蔑我，说我是卖国贼。

一九五一年布朗科因为胃部感染并发症死去了，我没有为他伤心。我早听说铁托准许犹太人到以色列去，因此我决定离开自己的国家——我在那里我已经一无所有，到这儿来重新开始。我在思想深处以为可以找到末底改，多年前我在青年近卫军时的老师。你看，我还很幼稚，还是个傻姑娘。

我终于找到了末底改，在赫茨尔山的军人公墓。他在一九四八年的战争里阵亡了。他是青年先锋队的队长，是在带领基布兹[1]的男女青年战斗时，牺牲在耶路撒冷的路上的。

我只好一个人在这儿生活了。日子还不错。艰苦，对，活儿多，钱少。但是不坏。我没有再结婚，可有段时间也找了个情人。一个大个儿，乐呵呵的卡车司机，是从波兰来的，属于内盖夫沙漠[2]的一个基布兹。我在市场上他的摊子上买东西，他跟我开开玩笑，事情就这样开始了。我因为希伯来语蹩脚有点不好意思，他就逗我，直逗到我笑了。很快，他每一回拉基布兹的产品进城，就都来看我。他请我吃他参加生产的枣子和柑橘，下午我们就在一起睡觉。阳光从窗口射进来，我们的皮肤带着柑橘香，我们的吻带着肥大的黏甜的枣子味。

---

① 以色列人在以色列建立的以共同劳动共同所有权为基础的农业生产社区。
② 在以色列南部。

他如果求婚，我是会嫁给他的。但是他在波兰还有妻子。是在华沙从犹太人区被抓走的。他说他一直不知道她的情况，也无法知道她是死是活。也许那只是一道界限，一个让他保持距离的办法，我不知道。我觉得他是因为自己活了下来而感到内疚。因为他怀着希望，因为他尊重对她的记忆，我反倒更喜欢他了。可总之，在基布兹有别人接了他那司机活儿之后，他就越来越少进城了，最后索性不来了。我想念他，至今还怀念那些下午。

我的朋友不多。直到今天我的希伯来语也不高明。啊，我也可以应付，这儿的人已经习惯了从外国腔调和错误的语法里听出意思，因为大家几乎都是从别的地方来的。但是，要用希伯来语对别人倾诉自己的心事，我却找不到那么多词语。

我也慢慢习惯了这里的干热的夏天，成熟的棉花地，耀眼的阳光和瘦骨嶙峋不长树木的山坡。可耶路撒冷的丘陵虽然不是家乡的崇山峻岭，冬天有时也会下雪。只要我闭紧了眼睛，我仍然可以设想自己还在萨拉热窝。尽管有很多朋友认为我那么想是个傻老太婆。我有时还到老城阿拉伯区的咖啡馆坐一坐，那里的咖啡带着家乡的香气。

南斯拉夫战争时期，这儿来过一些波斯尼亚人。以色列又接受了很大一批难民，其中有些是犹太人，但大部分是穆斯林。因此在一段时间之内我还可以说说家乡话，那真是太美妙了，多么轻松愉快。我自告奋勇到安置中心去帮人们填简单的表格——这个国家喜欢表格——或者是给他们读公共汽车时间表，给他们的孩子安排预约见牙医。我是偶然看见谢立夫·艾凡提·凯马里的讣闻，才知道他已经去世的——是在有人扔掉的一本旧杂志上。

我心里的一块石头落了地。好几年来我都以为他被枪毙了，因为那是对所有跟纳粹合作过的人的判决，但讣闻却说他是在长期卧病之后死去的，还说他是国家博物馆的图书馆监管，那正是他在我认识他时的职务。

我觉得那不但是从他身上，而且似乎是从我身上，撤消了判决。我再一次有了机会做我应该做的事：为他作证。我花了两个晚上详细记述了他为我做的事，把它送到大屠杀博物馆，以色列犹太大屠杀纪念馆。不久我就收到了斯泰拉的信。她在他们萨拉热窝的房屋被塞尔维亚人的迫击炮摧毁之后就带儿子去了巴黎，在那里居住。她说，巴黎的以色列大使馆为他们举行了一个很温馨的欢迎会，又说她理解战争结束后我没能帮助他们的原因，还说，她很高兴我幸存了下来，而且过得不错。她说，谢谢你告诉了全世界，我的丈夫在犹太人还没有几个真正的朋友时，曾是犹太人的非常好的朋友。

自从他们在博物馆花园为凯马里竖碑后，我就常到那里去。那使我的心情宽慰了些。我常在柏树下拔野草，从花圈上摘掉枯萎的花朵。有一天，图书馆一个管理员见我那样做，就问了起来，然后又问我是否愿意到那里去做个看门的。

安息日非常安静，有人可能说是安静得凄凉，可我并不在乎。事实上我讨厌我那擦拭器擦地板时的噪声。我喜欢的倒是一个一个房间地走，不断用掸布默默地掸来掸去。掸图书馆费的时间最长。我问过一次，助理馆长告诉我，那里有十多万册书和六千多万页文件。那可是个好数字，我以为。每个死者有十页，那是为没有墓碑的人竖立的一种书面纪念碑。

一本小书能在这么多书里出现，你想想，似乎是个奇迹吧！说不定也真是个奇迹。我就认为是个奇迹。当然，那些书架我已经掸了一年多。我有一个习惯，每一周都取下一段书架上的书，掸掸书下面，掸掸书后面，然后掸掸书页顶上。当初我做清洁时，斯泰拉就是那么教我掸凯马里家的那么多书架的。因此我觉得我那样一做，对他俩和那时的记忆就多少出现了，也许使我发现它的正是那些记忆。

那天我来到图书馆，找到了我上周做过清洁的一段书架，开始从下一段书架取书。那里大部分是比较古老的书，因此我往旁边放时特别小心。于是，它就到了我手里，我翻开它。我一下子回到了艾凡提·凯马里在萨拉热窝的书斋里，那时斯泰拉在我身边发抖。我意识到——但那个时刻我却似懂非懂——艾凡提一定是做了什么让她非常恐惧的事。然后我仿佛听见了艾凡提·凯马里的声音："藏书的最好的地方很可能是图书馆。"

我不知道该怎么办。就我所知道的而言，这书是应该在这儿的。但是，这么著名的古书的手抄本竟然像那样塞在架子上，又似乎太奇怪了。

他们问起我的时候，我就是那样说的——图书馆馆长、博物馆馆长，还有一个我不认识的人。那人看去像个军人，但是似乎对那书的事很熟悉，对艾凡提·凯马里也似乎很熟悉。我有些紧张，因为他们似乎不相信我，不相信这样的巧合真能出现。我一着急，就想不起"奇迹"的希伯来文词 peleh 了，我说 siman，那只是"迹象"的意思。

但是那位像军人的人终于听懂了我的意思。他对我非常善意地笑了笑，然后转身对那几个人说，哎，为什么就不能说是"童话"[①]呢？这书的整个故事，它能够保存到今天，已经是一连串的奇迹了，为什么不能加上一个？

---

① kinderlach，用英语字母转写的希伯来文。

汉　娜

二〇〇二年，阿纳姆地*，古努美伦季**

* 位于澳大利亚北海岸线半岛地区，是澳大利亚土著民族保留地。
** 季雨季节之前的时期，从 10 月到 12 月。

他们终于找到我的时候，我在一段陡峭的石壁上的山洞里，距离最近的陆上运输线也有一百澳里。

一个原住民小伙子带来了一个很奇怪的消息，我不知道该怎么理解。他挺聪明，也有点恶作剧，所以我开始时还以为他在开玩笑。

“不，太太，这回可不是玩笑。堪培拉那边的人整天都在来电话。我们一直告诉他，你们去未开化区已经一个礼拜，但是他们的电话打了又打，布彻还对他们发过脾气呢。”

布彻是小伙子的叔叔，是裸颈鹳观察站——我们不做野外工作时住宿的一个畜牧站的负责人。

“那人说明要干什么没有？”

小伙子脑袋往旁边一歪，那动作意思含糊，可以是“没有要干什么”，可以是“我不知道”，也可以是“我没有权利告诉你”。

“你还是来一趟好，否则连我也会挨布彻骂的。”

我爬出了洞子，阳光耀眼，我眨巴着眼睛。太阳是个明亮的茜红色的大圆盘，照红了穿透陡峭的黑赭岩面的岩层。下面，长枪草的嫩芽把平原染成了动人的新绿。昨夜暴雨留下的水洼被阳光一映，闪着一片片银光。我们已经进入古努美伦季了——原住民把一年划作六季，古努美伦季只是其中之一，而白种人却简单地划分为旱季和雨季。古努美伦季带来了第一场暴风雨，再过一个月，整个地区就将被洪水淹没了。所谓的路，原本就是很勉强的土路，那时就无法通行了。我原希望能赶在另一个大雨季到来之前做好这一带的洞窟记录，也尽量做一点维护工作的。我最不希望的就是坐两个半小时颠得骨头疼的车，回到畜牧站去跟堪培拉的一个什么小丑通话。但是我却在远处的小道尽头望见了挡风玻璃的闪光，那是布彻心爱的丰田车。如果消息不是确实重要，布彻是不会让那小青年开他的车来的。

"那好，高个儿，你就到前面通知你叔叔去：吉姆和我下午茶时去他那里。我涂完这里几条硅胶树脂就跟上你。"

小家伙一转身跳蹦着下了岩层。他是个精瘦的男孩子，作为十六岁的人显得矮小(所以人家都叫他高个儿)，但是他在岩石表面爬上爬下却比我快二十倍。我回到山洞。跟我合作的考古学家吉姆·巴达雅在那里等着我。

"至少我们今晚可以在床上睡个好觉了。"他说着，把硅胶树脂筒给了我。

"啊，听听你这话吧，多娇气！在悉尼你总为你这家乡吹嘘，说自己多么想念它，现在淋了一夜雨，有人在你面前拿小温暖、小床铺一招，你就只恨自己跑得不够快了。"

吉姆傻呵呵地一笑。"好厉害的巴兰达[1]。"他说。昨天晚上那雨简直是一顿鞭子。接二连三的闪电照亮了被风刮弯了腰的白橡胶树，一阵阵狂风几乎把我们帐篷的帆布都刮飞了。

---

① 阿纳姆地土著人的用语，指白人。

“可怕的倒不是雨，”吉姆又说，“而是他娘的蚊子。”

他这话我无可争辩，在那地方根本不存在平静安详地观赏壮丽的落日之类的美事。黄昏到临就是对百万蚊子敲响的聚餐钟声，我们就是当天的饕餮对象。一想到蚊子我就浑身发痒。

我们在我们认为雨水可能流下的岩壁顶上射成一条硅胶树脂，像黏稠的口香糖，目的是把雨水从有可溶赭土的岩画上引走。这一带的峭壁上有丰富的艺术品：咪咪岩画，遒劲活泼的狩猎人形象，非常精彩。吉姆的民族，米拉尔人相信那都是精灵们的作品。而他同族的另一群人，考古学家，他们建立了一种理论：这类岩画里最早的作品出现于三千年前，几千年来都有饱学的长老担负着在必要时举行典礼复原岩画的责任，但在欧洲人到来之后，米拉尔人逐渐不再住在岩石地区的洞窟，不再住在洞里了。他们搬出来为巴兰达——定居的白种人工作，住到畜牧站，或是城里去了。我们现在的工作就是保护他们所丢下的东西。

我干的工作是我从不曾想象过的。但是萨拉热窝摧毁了我的信心。虽然我有一部分也相信是奥兹仁和亨利希错了，但是大部分的我，也就是胆怯那部分的我，却被带毒性的自我怀疑的洪水淹没了自信。我回到家里，感到屈辱，失去了价值，对自己的专业没有了把握。我在悉尼的实验室里生了一个月的闷气，来找我的工作，但凡带挑战性的我都拒绝。既然我在萨拉热窝犯过那样令人难堪的错误，以后我还敢对什么东西作出判断呢？我算老几？

然后我就接到了约拿·沙兰斯基的电话。他有两件事要告诉我：一是德丽拉留给了我一笔可观的遗产。再一件就是：他们家族希望我接替我妈妈在阿龙基金董事会里的职位。显然，其他的董事都已经投过票了。我有一种想离开实验室一段时间的需要。因此我决定花点时间，用继承来的钱去看看那基金究竟是干什么的，再看看我对它能否有所作为。

妈妈发现被排挤了，很不高兴。开头我也不高兴，我认为她把基金看做了自己跟阿龙的最后联系，受到他的家族那样排斥，她所感到的痛苦之深，我是可以想象的。

我回到悉尼后几周，她也回到了悉尼。她出院之后给自己放了个假，到加州一个舒适的温泉疗养地疗养了一段时间。“我回到悉尼总得像个样子吧，”她在电话里告诉我。“医院那些兀鹰会绕着我飞的。”我到机场接她时，她那样子很惊人，什么事都可以做了。但是我送她回到家里时，却注意到她嘴角吃力的皱纹，眼睛下面的阴影，她是在靠意志力控制住自己。

“你还可以再休息休息，妈妈，要等有了真正的把握才可以恢复工作，你知道。”

她坐在床上，由我给她打开行李。她蹬掉了她那“马诺洛”还是“周仰杰”或者其他什么牌子的鞋——我不明白她干吗让自己受那种鞋的折磨——往枕头上一靠。“我有一个八级神经瘤手术要做，后天。你知道那是什么样的么？不知道，你怎么可能知道。啊，那就像是从一碗豆腐里拈出卫生纸碎屑……”

“妈妈，拜托……”我觉得快呕吐了。“我再也不会吃豆腐了。”

“啊，看在上帝的分儿上，汉娜！你能不能有五分钟别那么唯我主义？我只不过在以你能理解的方式向你作解释。”（我亲爱的老妈妈，她从来就不会放过一个机会让我感觉自己像是枝形吊灯上最暗淡的灯泡。）“那是很难的外科手术，要做好几个钟头。我是故意那么安排日程的。我就是要让那几只兀鹰看到我还不是尸体，还不好吃。”她闭上了眼睛。“我现在想睡个午睡。把毛毯递给我好么？剩下的就别打开了。你也不用留在这儿……有管家在，我可以应付得很好的。”

之后几天，她就听到了沙兰斯基家族要让我取代她在董事会职位的消息。她把我叫到贝尔维尤山。我到达时她坐在阳台上，对着桌子出气，面前是一瓶打开的“神恩山”酒。对妈妈来讲，酒的质量高低就说明谈话的严肃程度。这一回，我看得出，是重量级的。

她在波士顿医院的病床上就要求过我，要我对我生父的事保密。我认为她是发傻——我是说她多年前跟谁睡过觉有谁会注意呀，但是她要求我照顾她的地位。我也真照顾了。即使出现了基金的事之后我仍然在照顾。

“如果你参加了那董事会，他们就会提出各种各样的问题。”阳光渗过盛开的蒂宝芪纳花丛，闪出紫色的光。凋谢的赤素馨花瓣撒满了修剪过的草地，散发出浓郁的清香。我啜了一口那醇浓的酒，没有说话。“那些问题很尴尬，对我。车祸已经使我在医院处境危险。戴维斯和哈灵顿早已迫不及待，想提出传染病议题，还有些人对我被提名做主任从来就耿耿于怀。我不得不比平常加倍努力地工作，向他们证明我哪儿都没打算去。在这个节骨眼上，如果插上这……”她没把话说完。

“哦，不过事实上我的技术可能还是有用的，你知道，对沙兰斯基基金。”

“技术？你能有什么技术，亲爱的？我是说，你根本不懂得非营利性资金的经营，我还没有注意到你在投资界能有什么奇才呢。”

我抓住酒杯的柄，望进设拉子酒里。我喝了一小口，让香味在口腔里飘浮。我决心不让她打发我走。

“我有艺术品维护技术，妈妈，我认为自己在这方面可能有所帮助，在艺术品维护项目里。”

妈妈把酒杯往桌子上狠狠一顿，我惊讶的是酒杯竟然没破。

“你花了这么多年玩糨糊纸片，已经够糟糕的了。不过，书么，跟文化总还有些关系。可你现在又决定不玩了，不知道又要去什么地方，去拯救什么原始人那没有意义的糊涂乱画。”

我望着她，想象着自己的下巴真的已经掉了下来。

“我真不明白，”我冲口而出，“像阿龙·沙兰斯基这样的男人怎么会爱上你这样的女人？”

从那一刻起，可怕的无所顾忌的极端仇怨就结成了。斗嘴时你把心里全部的恶毒思想和怨气都发泄出来，不留余地。你把苦酒放到对方面前，强迫她喝下。我只好再次听到：我一向是多么令人失望；一个性格渺小，自我怜悯的人，把自己擦伤的膝盖看得比她性命交关的病人还重要。我小时候是个难缠的顽童，少年时就成了个违法乱纪的坏丫头。我不要命地跟沙兰斯基家的人拉近乎。因为忙于纵容少年时的怨恨，弄得成年后感情无所寄托。然后我又成了常见的劣马：浪费了进入真正职业的机会，又去当女商人，虚掷了生命。

你要是跟一个人斗了一辈子，你就知道她的要害。在那之前我在寻找着可以还击的武器。于是我向我所知道的要害之处发起了进攻。“可你连自己心爱的人也没有挽救过来，你那宝贵的医术还能有什么用处？”

她突然露出挨了棍子的样子。我得意了，乘胜追击。“说了半天，不就是为了这个么？可付出一辈子代价的却是我。没有父亲，没有名字，只因为你感到是你自己把那最重要的手术做砸了。”

“汉娜，你不知道自己说的是什么。”

“是这样的，对吧？你把他交给了那位全知全能的安德生，而安德生却把手术做砸了。如果由你来做倒会好些，这是你的想法，对吧？你太傲慢了，而在你应该相信自己的专业造诣的这次手术上——”

“汉娜，闭嘴，你不知道——”

“你原本可能救了他的命的，你是这样想的，对吧？如果他是你的病人，你会掌握好输血的。”

“我确实掌握了输血。”

我因为说话激动，压住了她的声音，所以过了好一会儿才想明白了她的意思。

“你……什么？”

“输血是我掌握的，整个晚上我都在守候他。大出血时我知道，让他出事的是我。我知道他不会愿意醒过来后发现自己成了瞎子。”

我好几分钟震惊得说不出话来。这时一群黄昏归巢的彩虹鹦鹉喳喳叫着从花园飞过。我让眼睛跟随着鸟儿，直到它们那皇家蓝、宝石绿和朱砂红的色彩突然因为我的眼泪而模糊了。我现在不愿重复我对她说过的话。我没有把握我回忆得那么准确。最后我告诉她，我打算把我的姓改成沙兰斯基。

以后我就没有再见到她。连姿态也不做一做了。有一件事奥兹仁说得对：有些故事就是不会有好结局。

现在我完全自主了，我希望能感到更大的自由，但是如果我的生活里有空白的话，它也不会比我一向有的大了多少。她从来就不理解我，也不理解我所做的事为什么重要，我为什么会喜欢它。而那是很重要的问题。没有那一切，我们的谈话就只能是瞎叨叨。

离开悉尼帮了我。一刀两断。沙兰斯基基金的项目都在我几乎没有听说过的地方，比如奥尼佩里和布鲁普。那些地方的矿业公司都打算在难以置信的天然美景和古代文化遗址下挖出巨大的矿洞。基金拨了款项进行研究，如果发现足够的依据支持诉讼，他们就要援助土地上的原住民的传统主人对矿业公司提起诉讼。

我来到父亲画过的风景处不久就意识到：我虽然热爱我的国家，对它却几乎一无所知。我花了那么多年研究入境移民的文化艺术，却从没花过时间研究一直在本土存在的文化艺术。我的眼睛斜视，只盯着古典阿拉伯文和《圣经》希伯来文苦苦钻研，但是这儿的原住民说的五百种语言我叫得出名字的还不到五个。于是我给自己定下了恶补的课程，成了一个新的学术领域“濒危维护”的开拓者。我的工作是赶在铀矿和矾土矿公司有机会把古代原住民的岩画炸成废墟之前，把它们记录成文件，进行维护。

那是艰苦的体力劳动，要到辽远的地区去，往往是在酷暑里步行，背着几十公斤重的装备。有时为了维护一处岩画，你所能做的最多也就是拿起铁锹砍掉入侵的树根，那并不是精细动作。叫我吃惊的是，我发现自己喜欢那工作。我平生第一次晒黑了，长肌肉了。我拿我的开士米衫和丝绸服装换来了方便管用的卡其布装，而且有一天，因为又热又汗，我那法式鬈发不断往下掉，我就索性把一头长发也剪掉了。新的姓名，新的外形，新的生活。跟让我想起消失了的西班牙船只和羊皮纸细胞分布模式的一切都非常遥远了。

我在回加裸颈鹳观察站的卡车上睡着了。我是多么筋疲力尽！那不是你们称为休闲驾驶的车程，那是一百澳里的搓衣板路——不是大沙窝的部分全都是搓衣板。加上大群大群的袋鼠，黄昏时不知道从什么地方钻出来。你若是一扭车头给它们让路，说不定就迷路了。

但是吉姆从能越过驾驶盘顶望见路时起就像那样开着车，所以我们回到了那里。布彻已经烧好了一整条他那天捉到的澳洲肺鱼，用苴茎干调味。苴茎是米拉尔土产，一种酸甜的小草莓。我在叉子上舔着最后那片脆嫩的鱼肉时，畜牧站的电话铃响了。

“是的，她在。”布彻说，把话筒递给了我。

“是沙兰斯基博士么？我是凯司·劳瑞，在DFAT给您打电话。”

“对不起，在哪里？”

“DFAT，也就是澳大利亚外交贸易部，您可是个不大好找的人呢。”

“对，我知道。”

“沙兰斯基博士，我们希望能让您回到堪培拉来，或是悉尼，如果那里方便些的话。我们遇到些情况，想起了您，认为您的地位很可能有所帮助。”

“好的，我两三周后就会回到悉尼，在古吉格季——我的意思是，季雨季节真正到来的时候……”

“啊，好的。可问题是，我们希望您明天就飞回来。”

“劳瑞先生，我的项目才进行了一半。矿产公司正在紧追着威胁这儿的人，两个礼拜左右那悬崖就上不去人了。因此我现在确实不太乐意到别的地方郊游闲逛。你能不能告诉我这一切都是为了什么？”

“对不起，这问题我在电话上不能讨论。”

“你这是那些混账的公司玩的花头吧？我是说，那可就太不像话了。我知道有些角色比龌龊的毒蛇还低级……可是，让你们国家机关来搞他们那肮脏活动不是有点……”

“完全不是那么回事。虽然我们那边的外贸同事为沙兰斯基基金在矿产出口的税收上的负面影响有些抱怨，可那跟我们近东司处理的这个问题并没有关系。我不是因为您现在的工作打电话。这事跟您六年前进行的一桩，啊，相当风光的工作有关，在欧洲。”

我肚子里的鱼肉突然不那么安分了。

“你指的是萨拉——”

“还是当面谈谈更好。”

近东司。我心里烧了起来。“你们管以色列的事，对吧？”

“我说过了，沙兰斯基博士，最好是面对面谈。现在，您要不要让我们安排您明天离开达尔文港的机票？到堪培拉呢？还是到悉尼？”

从悉尼的外交贸易部大楼望出去，风光之美足以让外交人员拒绝国外的职位。我在十楼大厅里等候凯司·劳瑞时，欣赏了阳光熠耀的海港里悠然滑行的游艇。它们在风里频频点头，仿佛是对歌剧院飘扬的白帆致敬。

那里的内部装饰也很舒适。外交部从国家藏品里选出了一些精粹之作，因此接待区的一面墙是一幅西德尼·诺兰的油画《奈德·凯利》，对面墙上则是洛夫·汤姆斯的立意新奇的《十字路口》。

我正欣赏着洛夫那丰富的赭石色画幅，劳瑞已来到我身后。

“很遗憾我们这里没有您父亲的作品——他是位杰出的画家。我们在堪培拉倒有一幅，绝对的美。”

劳瑞是个宽肩膀的高个儿，浅褐色的头发，步履轻松，大摇大摆，略微凹陷的橄榄球运动员型的脸显得严肃——这有道理的，在精英化的私立中学，橄榄球是热门运动。尽管有我们那些人人平等的神话，但澳大利亚大部分外交官仍然有橄榄球运动的背景。

“谢谢您来到这里，沙兰斯基博士。我知道我们这要求有点过分。”

“倒也是的。说来也怪，你们可以在二十四小时之内从伦敦或纽约来到悉尼，但是从北头的某些地方来到这儿却差不多得花两倍的时间。”

“是么？我从来没有北上过。”

典型，我想。也许他佛罗伦萨的每一个博物馆都去过，却没有看见过诺尔朗吉岩上的闪电人。

“我一般都在堪培拉上班，所以在这儿借了一间办公室，跟您见面。玛格丽特……你叫玛格丽特，是吧？”他转身对接待员说，“我们在金辛顿先生的办公室。你可以保证我们不受到干扰么？”

我们经过一个金属检测器，沿着走廊来到角落一间大办公室。劳瑞输入密码，开了门。我的眼睛直接望到了窗户，那窗户提供了一个比前厅更精彩的全景画面，从植物园直到大桥，一览无余。

“你那伙伴金辛顿一定是个庞然大物，”我转身对劳瑞说。因为景色分心，我没注意到屋里有个人。那人一直坐在沙发上，现在已站起身，伸出手向我走来。

“沙洛姆[①]，占娜。”

他的头发稀疏了些，但仍然晒得黑黑的，肌肉结实，在我们这一行里显得与众不同。

我倒退了一步，把双手放到了背后。

“连招呼都不肯打么，伙伴？六年了，还在生我的气？”

我瞥了一眼劳瑞，不知道他了解多少情况。

“六年么？”我尽量让声音显得冷淡。“跟五百年一比，六年可算不了什么。你拿它干什么去了？”

“什么都没干，我没拿它干任何事。”他停了停，走过房间，来到一张漂亮的胡恩松木的办公桌前。桌上有一个文件匣，他拧开了锁扣。

“你自己看吧。”

我走过房间，使劲地眨巴着眼睛。我的手在匣子上摩挲着，揭开了盖子，是它。我犹豫了片刻。我没有手套，没有垫子，也没有触摸它的业务关系。但是我必须看个明白。我尽量小心地把它从匣

① 犹太人问候语，平安。

子里取出来，放到桌上。我翻到《创世记》那一幅，画面就在那里：正确与谬误的区别。我是否懂得自己的技术，区别就在那里。

我把眼泪眨巴了回去。那一部分是放心的泪，一部分是痛苦度日后的自怜的泪，心里想着我受过的六年冤屈。我抬头望着阿密泰时，一切迟疑，一切自我怀疑都消失了，转化成了我平生所感到过的最纯粹的愤怒。“你怎么能做出那样的事？”

使我义愤填膺的是，他竟然对我笑了，“可我什么都没做呀。”

我一巴掌拍在桌上，打得自己生疼。

“闭嘴！”我大叫。“你是个小偷，坏蛋，混账的骗子手！”他仍然淡淡地笑着，平静地、令人气愤和厌恶地笑着。我想扇他耳光，“你给我们这行丢了脸。”

“沙兰斯基博士，”劳瑞说话了，我觉得他是在竭力进行外交斡旋。他向我靠近了一步，把手放到我的肩上。我把他的手耸掉，闪开了他。

“这个人来这儿干吗？他犯下了严重的盗窃罪，应该坐牢的。你可别告诉我他妈的政府也跟……这个……盗窃案……同流合污了……”

“沙兰斯基博士，你还是坐下的好！”

“别叫我坐下！我不愿跟这事有任何关系。这本书为什么会到了这里？你怎么能带了这份五百年的手抄本飞了半个地球来到这里？你怎么解释？这已经超出了道德范围，而是犯罪。我要离开，我要通知国际刑警。我猜你是以为可以借外交豁免权什么的来掩护自己。”

我已经来到门口。可门上没有把手，只有一个钥匙板，我却不知道密码。

“你们最好是放我出去，否则我……”

“沙兰斯基博士，”劳瑞提高了声音。他突然更像个战场上的急先锋，而不是圆滑的外交官了。“你闭一闭嘴，让扬托夫说几句行吗？”

阿密泰已经不笑了。他张开双手，仿佛在乞求。“那主意不是我出的。如果你在发现伪造的时候就来找我，我们是可以共同制止他们的。”

“制止谁？”

他的声音很柔和，几乎成了耳语。“那是亨利希博士的主意。”

“沃纳的主意？”我整个地泄了气，猛然往沙发上一倒。“沃纳·亨利希？”我愚蠢地重复着。“还有谁？你刚才说的是‘他们’。”

“奥兹仁·卡拉曼，我最遗憾地告诉你。没有他，这事是没有法子办的。”一个是我的老师，一个是我的情人。那时他们俩站在一起，告诉我我不知道自己说的是什么。我觉得自己绝对是被出卖了。

“可那是为了什么？而它现在又到了你的手里，来到了这儿。”

“这故事说来话长，”阿密泰在我沙发边坐下，从桌上的水瓶里倒了杯水，递给我，再倒了一杯，给了劳瑞。劳瑞挥手表示谢谢。阿密泰喝了一口，然后说了起来。

“那话长的故事得从一九四四年冬天开始。沃纳十四岁时应征入伍。那时候所有的青少年和老人都被征调，大部分是调去使用高射炮之类，但要求他做的却是另外一种工作。沃纳到了领袖罗森堡特遣部队服役——你知道那是什么玩意儿么？”

我当然知道，第三帝国那只臭名远扬的爪子，在艺术史上最有效率也最讲究技巧的劫匪部队。由希特勒的心腹阿尔弗雷德·罗森堡领导。他以前写过一本书，把德国的抽象派表现主义称作“梅毒”。他组织了德意志文化战斗团，目标是铲除一切“堕落的”东西，其中当然包含了犹太人写作和绘制的一切。

“在第三帝国加速‘最终解决’的时候，罗森堡的部队也在忙着毁灭他们从欧洲掳掠来的大量收藏品。沃纳的任务就是运送犹太教经文卷轴和古版书籍到焚化炉去焚化。他们烧掉的藏品之一就是萨拉热窝的《平卡斯》，”他抬头望着劳瑞。“那是一个犹太人社区的完整记录，无法替代的珍宝。萨拉热窝的《平卡斯》非常古老，其中的文件可以远溯到一五六五年。”

“因此，”我说，“他对希伯来手稿就特别有研究。”

阿密泰点点头。“完全对，因此，他有一种激情：绝不能再让一本书受到损失了。波斯尼亚战争开始的几个月，塞尔维亚人炮轰了东方研究所、国家图书馆和大学图书馆，那也是他过去经历的反映。于是他来找我，要求以色列政府成立一个抢救《哈加达》的委员会。我告诉他，我们对《哈加达》在什么地方都一无所知，事实上还不知道它是否存在。他以为我是在对他保密。然后，战争结束了，联合国决定维护而且展览《哈加达》。可他仍然相信它很危险——他对和平没有信心。他告诉我，有一种极大的可能性：到北大西洋公约组织和联合国失去兴趣时，狂信的伊斯兰教徒就可能控制波斯尼亚。他非常畏惧沙特阿拉伯的影响。沙特有过毁灭阿拉伯半岛一切古代犹太居住地的可怕记录。一个想法折磨着他：《哈加达》有可能再次陷入危险。”

阿密泰又喝了一口水。“我应该更仔细地听听他的话的。我没有想到他的过去使他成了那么一个极端主义者。你可能以为像我这样年纪的以色列人是可以分辨出极端分子的，可我仍然无法分辨。”

“那么奥兹仁怎么样？他肯定是不会相信那些关于波斯尼亚的

话的，是吧？”

“他为什么不相信？波斯尼亚没有保护住他的妻子，也没有救活他的儿子。奥兹仁看到得太多了。他看见过人们被狙击手枪杀，而他们是在从燃烧的图书馆里抢救书籍。他为了抢救《哈加达》冒过生命危险。他也明白眼前这召唤有多紧迫。我认为，在一定的时刻，沃纳可以断定奥兹仁非常容易接受他的观点。”

我却无法让自己相信奥兹仁会那么想。他很爱他的城市，很爱它所代表的东西。我不能相信他会对它失去信心。

悉尼的无情的阳光射进了宽大的窗户，照射在翻开的《哈加达》的页面上。我来到书桌边，拿起书，把它小心地放进文件匣，保护起来。我正要合上盖子，却停住了。我摸了摸装订的边缘，摸到了皮线（我使用的新线）跟旧装订线（伏洛瑞安·密托干的活）交叉处所形成的凸起。我对阿密泰转过身去。

“掌握底片的是你。”

“沃纳说服了我，他说可以得到德国政府的支持，出版一个比我们打算出版的更好的复印本。他很有说服力。他们准备花六倍于我们打算花的钱，用小牛皮纸……那是新德国的一种善意表示。我能怎么说呢？我相信了他的话。我把你那些资料给了他。他当然利用它模仿了每一个可能的细节——甚至你的维护工作。因为他是你的老师，他很清楚该怎么做。”

“可是那天晚上，你去奥兹仁家干什么了？”

阿密泰叹了口气。“我在那里，占娜，因为我也失去了一个孩子。我的女儿。她才三岁。”

“阿密泰，”对这事我完全无知。我知道他离了婚，却没想到他已经有了个孩子。“对不起，是自杀炸弹么？”

他摇了摇头，淡淡一笑。“大家认为以色列人都是死于战争或炸弹的，可我们有些人也能死在家里。我的小女儿是因为心脏病死去的。我失去了孩子，可无论是死于什么，都同样悲痛，我觉得。我是因为送以色列人的捐赠物资去他那里的，那是图书馆恢复工作的一部分，这才听见了奥兹仁的孩子的消息。作为父亲，我为他痛苦。”

好长时间的尴尬的沉默。“你怀疑我，占娜，我不怪你，可你也不应该认为是我干的。”

然后他说了下去：因为在萨拉热窝展出的赝品的质量问题，那《哈加达》被看穿了，他立即怀疑了沃纳。

“可是沃纳为什么又主张送到以色列犹太大屠杀纪念馆去呢？”

“他对那地方很熟。他在那儿做过访问学者，那几年去过好几次。把《哈加达》放到那里对他是最简单的事。把《哈加达》放到那里去就不会有人知道，不会有人研究，也不会有人庆贺了。但是他并不在乎，他只关心一件事：安全。他告诉我他断定大屠杀纪念馆是世界上最安全的地方。即使出了最严重的情况，以色列面临着生死斗争，比起其他任何地方，我们也首先会保卫那里。”阿密泰低下了头，“至少在这个问题上，他是对的。”

“你见过他么？他被抓起来没有？”

“对，我见过他，可他没有给抓起来。”

“为什么不抓他？”

“他住在维也纳一个救济院里，是个非常孱弱，也不太清醒的老头了，占娜。我从他那里听清我告诉你的这些话，就费了好几个钟头呢。”

“那么，奥兹仁怎么样了？他给抓起来没有？”

“没有，事实上他倒提升了，现在是国家博物馆馆长了。”

“可他有这个案子，你们为什么放过他？为什么不对他提起诉讼？”

阿密泰瞥了劳瑞一眼。

“以色列人的意见是：这事还是不要声张的好，”劳瑞说。“这书在以色列给找了出来，这就足以……啊……何况还有亨利希站了出来，他是个可靠的证人。谁也不会觉得激起负面情绪会有什么意义。在外交术语里，那叫做‘狗屎风暴’，我觉得。”

“可我还是不明白。你是说，以色列政府是支持送还《哈加达》的，是吧？你们肯定是可以办到的，使用个外交邮袋什么的就行了，无声外交……”

阿密泰低头望着手。“你知道有一句老话，占娜，两个犹太人就会有三个意见。我们国家的政府里有些派系就会坚持要求把《哈加达》留在以色列。那简直就像突然把光明节集中到一次过似的。”他咳嗽起来，伸手取水杯。“劳瑞先生说到以色列人时，他指的不是实际上的政府。”

我向劳瑞转过身去，说，“那么，外交部介入这场混乱又是什么意思？这对澳大利亚又有什么好处？”

劳瑞清了清嗓子。“总理跟以色列总统是很要好的私人朋友，而总统跟这儿这位阿密泰又是老战友。所以我们就让他们钻了个，啊，空子，让他们来找您。这是一种方便，”他不好意思地笑了笑。“即使我猜想您不太崇拜眼前这位国会议员，我们也希望您看清您可以办的事，伸伸手，帮助我们解决问题。”

阿密泰插嘴了。“我可以把这书偷偷地带到萨拉热窝去，是的，没有问题。但是到了那里又怎么办？相信我，我办了的事已经不轻松——手抄本一路随身携带。我们做了决定，而且冒险把《哈加达》带到了这里，就是因为你，占娜，因为你是最有可能说服奥兹仁把它放回应该放的地方去的。”阿密泰停顿下来。我确实是震惊了，为了理解他的话，我一定是露出了满脸的茫然。

“因为你和他以前的关系的性质。”劳瑞补充说。

这真是太过分了。“我‘以前的关系’你们他妈的怎么会知道？你们怎么敢调查我的私人生活？这地方的人身自由出什么问题了？”

阿密泰抬起一只手。“不光是你，占娜，你是在一个微妙的时期去萨拉热窝的。中央情报局、摩萨德、DGSE①……”

“甚至ASIO②，”劳瑞叫喊起来。“那时候，在前南斯拉夫，凡是脉搏还跳动的人，不是监视别人就是被别人监视，或者两者都是。别把这情况太当你的个人遭遇。”

我冲动了，站了起来。说来倒轻松，如果我回头告诉他他六年前跟谁睡过觉，他作何感想？哼，也许在他干的行道里这是常事吧。但它弄得我满身鸡皮疙瘩。我是个书呆子，不干外交，也不是密探，肯定不是突击队的“听用小姐”——效忠以色列或其他国家。

我几步跨到桌子面前，低头望着《哈加达》。它已然经历过那么多危险旅行。现在，它坐在一个国家的桌子上，而这个国家甚至不是它的绘制人所知世界的一部分。它来到这地方，就因为我。

几年前，我从萨拉热窝回家，曾经去过澳大利亚国家艺术馆档案部，听过好几个小时的采访我爸爸的录音。现在我认得他的声音了。那声音有几层，上层是主层，澳大利亚内陆穷乡僻壤的口音，直白，简短，铿锵，形成于他的青年时代，那时他发现了自己所钟

---

① 法国对外安全局总部(Direction Générale De la Sécurité Extérieur)的缩写。
② 澳大利亚安全情报组织(Australian Security Intelligence Organization)的缩写。

情的东西和决心做的事。可那下面还有几层：波士顿的儿童时代的余音，轻微的俄国腔，还有意第绪语的语法变化。

我的作品就是我，我为此而来。

现在我知道他念出霍普金斯那句诗时是什么声音了。我可以在脑子里听见他的声音。

我的作品就是我。

他创造艺术，我挽救艺术。这就是我的毕生事业，我的作品。但是冒着风险，大风险。而那，非常肯定，不是我的作品。根本不是我。

我转身靠在书桌上，觉得有点发抖。他俩都望着我。

"要是我给抓住了怎么办？身上带着——说夸张点吧，价值五千万、六千万的贼赃，那时候我怎么办？"

阿密泰好像突然对自己的手又发生了真正的兴趣。而观察着植物园草场上晒太阳的厨房办公室人员的劳瑞也似乎出了神。两人都没说话。

"我问了你们俩一个问题：我要是带了这东西给抓住了，被指控偷运一个重要得难以想象的世界文化遗产作品，那时候我怎么办？"

阿密泰瞥了劳瑞一眼。劳瑞好像还不舍得那风景。

"怎么办？"

阿密泰和劳瑞同时开了口：

"澳大利亚政府……"

“以色列政府……”

两人都停下来，彼此望着，做出“你先讲”的客气手势。都有点滑稽了，说真的。劳瑞先开了口。

“看见那地方了没有，摩尔顿湾无花果树下面？”他指着一片拥抱着海湾的绿草山坡。“真是巧了，他们恰好就是在那里拍摄完《碟中谍2》的最后场面的。”

他们在萨拉热窝修了一个新机场。确实很漂亮，却又完全平民化。有舒适的酒吧和礼品商店。倒也正常。

可我的感觉却不太正常。我站在移民线外，很为阿密泰一小时前在维也纳分手时交给我的几片 β 神经受体阻断剂高兴。“这可以制止紧张表情的出现，”他说，“手心出汗或呼吸不畅什么的。百分之九十九的海关官员寻找的都是紧张表情。当然，你还是会感到紧张，那是药片所制止不了的。”

他说得对。我害怕得要命，只好再吃了一次药片。第一次吃的全吐了。

他也把自己从以色列携带《哈加达》到澳大利亚时使用的箱子给了我。那是个黑色的尼龙拖箱，跟别的拖箱完全一样，刚好能塞进飞机上的头顶行李舱。但是有个超级保密的 X 光过滤纤维假背板。“目前的透视技术是查不出来的。”他向我保证。

“我真需要那样的东西么？”我问。“我是说，就算是 X 光在我的箱子里照出了一本书，又怎么样？除了专家谁也不知道那是什么。但我要是带了个偷运箱被查了出来……”

“干吗冒那险？你去的地方是萨拉热窝，那里有人哪怕吃不起饭也要买《哈加达》复制品的，那是那里最受宠爱的东西。任何人，海关官员，排在你身后行列里的人，都有可能认出来的。而这拖箱，它确实是我们的最好措施，不会有人抓住你的。”

我那航班里有六七个伊朗人，结果是，他们给我带来了好运。那些可怜的家伙吸引了到达站厅里的全部注意。萨拉热窝成了想混进欧洲的人所喜爱的入口港，因为波斯尼亚的边界仍然有相当多漏洞，而东欧正采取措施帮助波斯尼亚人进入。我前面的伊朗人的箱子被要求打开了，证件也仔细检查了。我可以看出他没有 β 神经受体阻断剂的帮助，正在发疯似的流着汗。

我来到行列前时，得到的只是一个微笑和一句“欢迎来到波斯尼亚”。我突然间就出了机场，上了出租车。车过了一座巍峨的清真寺，是海湾大亨修建的。然后经过了一个性用品店和一家提供着“世界上二十种品牌的啤酒”的爱尔兰酒店。饱受炮击的假日旅馆翻修过了，现在耀眼得像小孩子的拼装玩具塔，一幢幢鲜亮的黄色。大道两旁种好了大枫树树苗，用以代替围城时被砍去作柴烧的行道树。我们进入巴升察什亚狭窄的道路时，小巷里满是服装鲜艳的妇女和节日盛装的男人。他们冒着零下的低温在卖气球和花朵的小贩间走来走去。

我指着一群穿参加宴会的天鹅绒衫的小姑娘，问出租车司机是怎么回事。

“比拉姆！”他满面笑容地回答。原来如此，我刚才还没明白。斋月刚结束，城市在庆祝穆斯林日历上最盛大的节日开斋节。

甜食角街口那糕点铺挤得水泄不通，我拖着拖箱几乎挤不到柜台前去。糕点师傅不认识我了，六年了，他怎么还能认识？我指着通向阁楼的楼梯。

“奥兹仁 · 卡拉曼？”我问。

他点点头，然后指指他的表，再指了指门，我理解为：奥兹仁很快就要回来了。我在忙乱热闹的铺子里等候空座。然后我在一个温暖的角落里坐下，小口地咬着太甜的糖果，望着大门。

我等了一小时，然后是两小时。糕点师傅古怪地望着我，我叫了另外一份浸在蜂蜜里的甜食，虽然刚才那份还没吃。

终于，到十一点左右，奥兹仁推开了雾气氤氲的门。如果我不是仔细注意着每一张面孔，如果我只是在街头从他面前经过，我是没有把握能认出他来的。

他的头发仍然长而凌乱，但是已经完全变成了银色。他的脸没有圆成大下巴——仍然瘦削，没有丝毫赘肉，但是他的面颊和额上已经刻上了深深的皱纹。他耸掉了肩上的外衣——六年前那件磨损了的外衣，我还记得——我看出他实际上穿的是一套套装，那一定是博物馆馆长所要求的服装。一套漂亮的衣服，做工精良。但是看上去他似乎是穿着它睡觉的。

但是等到我一路道歉挤过椅子和凳子时，他已经上了去阁楼的楼梯的一半。

“奥兹仁！”我叫。他转身望着我，眨巴着眼睛，没有认出我来。我虽然紧张，虚荣却悄悄告诉我那一定是因为光线不好，或是我的头发剪短了。我不愿意认为自己会老了那么多。

“是我，汉娜·沙……汉娜·西斯。”

“我的天。”他没有再说别的，站在那里眨巴着眼睛。

“我能够，你知道，上来么？”我说，“我需要跟你谈谈。”

“啊，我的房间，不那么……时间很晚了，明天到博物馆怎么样？是假期，但是我一早就会去的。”他的惊讶已经过去，他控制了声音，口气正规、冷静、职业。

“我需要现在就跟你谈，奥兹仁。我认为你知道要谈的是什么。”

“我确实觉得不……”

"奥兹仁，我带了个东西，在这儿，在这个拖箱里，"我对拖箱歪了歪脑袋。"属于你的博物馆的东西。"

"天！"他再叫了一声。他在出汗，却不是因为糕点铺的热气。他伸出了手，是"请走前面"的意思。我在窄楼梯上从他身边挤了过去，跟拖箱斗争着。他伸手要接，我却抓得很紧，连指关节都捏白了。店里有人掉头在看我们，包括老板，似乎意识到了什么僵局。我径直上了楼，拖箱在身后碰着楼梯咔咔响，很吵。奥兹仁跟了上去。我听见客人重新喧哗起来，恢复了喝咖啡和假日的闲聊——他们意识到没有热闹好看了。

奥兹仁请我进了阁楼，关上了门，插上铸铁的老门闩，靠到门上。他一头银发拂着房梁，带回了种种回忆，引起遐想的回忆。

小炉格上放着准备好的柴火。上次我在萨拉热窝时柴火还少，我们从未享受过烤火的奢侈。奥兹仁对炉格弯过身去，点燃了火，在发火柴上放了一个柴块。他从架子上取来一瓶瑞齐嘉[1]，倒了两杯，板着脸递给我一杯。

"为愉快的重逢干杯。"他阴郁地说，一口吞了下去。我啜了一口。

"我想象你是来抓我进监狱的。"他说。

"别胡说了。"

"对呀，为什么不？我是该进去的，我就等着进去，六年来我每天都在等。你来倒更好。你比任何人都更有权这么做。"

"我不明白你的意思。"

"我们对你的行为太可怕了。对你撒谎，让你怀疑自己的专业

① rakijah，用英文字母转写的希伯来文，果酒。

水平，怀疑到了那种程度。”他再给自己倒了杯瑞齐嘉。“在你看出漏洞时，就应该到底了。我们是该当场结束的。但我不光是我自己，而沃纳——你一定知道那是沃纳的主意，对吧？”

我点点头。

“沃纳很固执。”他的脸突然皱到了一起，深深的皱纹柔和了下来。“汉娜，自从那书离开这个国家，我就没有一天不懊悔。几个月之后，我就想说服沃纳，让他把书送回来。我告诉他，我要去自首。他却说，即使我自首了，他也会一概不认账，而且要把《哈加达》转移到一个谁也找不到的地方去。那时我才看清了情况，看出了他就有那么疯狂，真能那么干，汉娜……”

这时他向我走了过来，从我手上拿走酒杯，放下，然后抓住我的双手。“我非常想念你，我非常想找到你，告诉你……恳求你原谅……”

我感到我的喉咙哽塞了，我对他的全部感情压倒了我——对他的感情，以后再也没有过别人——在那个引起了种种回忆的房间里。但是，我的愤怒又占了上风，他让我受了多少罪呀！我抽开了手。

他举起双手，手心对着我，似乎是告诉我，他知道自己逾越了界线。

“你知道么？六年来我就几乎没摸过一本书。就因为你，我放弃了，因为你告诉我我错了。”

他走到外凸窗，从那里可以见到一片天空和城市。外面已闪耀着灯光。那是一个活着的城市的灯光。而六年前，那里却是漆黑一片。

“我的行为是不能原谅的。但是在阿利亚死去时，我对我的国家非常愤怒，我向绝望让了步。而沃纳又出现了。他对我的耳朵悄悄地说：那书应该还给犹太人，作为对他们的劫掠的赔偿。那书是他们的，他们能保护它，也有办法保护它，而这个还在成长中的国家却保护不了它——在这个地区，它的名字就是血淋淋的对垒和软弱无能的同义词。”

“你怎么能那么想呢，奥兹仁？是你，一个萨拉热窝人，穆斯林，把这书救出来的，而另一个图书馆人员谢立夫·凯马里也为它冒过生命危险。”他一言不发。“你仍然那么想么？”

“不，”他说。“现在不那么想了。你知道我不是个虔诚的人，但是，汉娜，就在这房里，我躺在床上好多个晚上睡不着。我觉得这一本《哈加达》来到这里是有理由的，它是来考验我们的，看这儿有没有人能够明白一个道理：让我们团结的东西要多于让我们分裂的东西；是一个人，要比是一个犹太人还是穆斯林，是个天主教徒还是正教徒更为重要。”

楼下，糕点铺里，有人发出了一声怪笑。柴块在火炉里崩塌了。

“那么，”我说，“我们怎么放回去呢？”

后来我见到阿密泰，告诉他我们是怎么放回去的时候，他笑了。

“差不多总是那样的。我在部队里办的事百分之九十九都那样。但是看电影和读侦探小说的人却不肯相信。他们喜欢相信有身穿间谍装的侦探，跳落到空调管线，塑料炸药，做成……菠萝蜜之类的样子，到处爆炸。但是常见得多的倒是你们俩那情况：运气、时机，结合了一点点常识。还得感谢穆斯林的斋戒日——那给了你们更大的方便。”

因为是比拉姆节，那天晚上博物馆只留下一个警卫值班。我们一直等到凌晨四点。我们知道早班的警卫是五点上班的。奥兹仁简单地告诉警卫，狂欢了一夜他睡不着觉，决定做点工作。既然是比拉姆节，他就打发那警卫回家去休息，那样，他白天还可以跟家人一起庆祝庆祝。奥兹仁向他保证，自己一定进行必要的安全检查。

我在外面发着抖等候着，直到看见那警卫走掉。奥兹仁让我进了大楼。我们先进了地下室，《哈加达》展厅的传感器控制板在那里。作为馆长他有监控密码，因此对行动的交叉传感可以暂时关闭。监控录像却是另外一回事，它不能既关闭又不触发报警器。但是奥兹仁说他已经考虑过了。我们过了几间大厅，从史前时代的船只和古代藏品前走过，来到了《哈加达》展厅门前。

奥兹仁输入密码时手有点发抖，按错了一个号码。

“我只能再输一次，第二次再错，报警器就响了。”他深深地吸了一口气，又按了号码。密码板对他闪了闪光：接受。但是门并没有开。“是下班时间密码，得有两个人输入，还需要图书馆馆长的密码。你来按行么？我的手老发抖。”

“但是我不知道密码！”

“25，5，18，92。”他毫不犹豫地说。我疑问地望着他，但是他只点了点头，让我按。我按了，门簌一声开了。

“可你怎么知道密码的？”

他笑了。“她做过我九年助手。是个了不起的图书馆人员，但是对数字没有头脑。她记得的唯一数字就是铁托的生日一八九二年五月二十五日，她做什么事都用这个号码。”

我们进了房间。光线保持得很暗，只有允许监控录像镜头拍摄的光度。镜头低头盯着我们，拍摄着我们的每一个动作。奥兹仁带了手电，不用开灯。他还在手电上蒙了一块红色的擦碟布，降低了光度。他把手伸进口袋掏出展柜数码锁钥匙时，手电光围着墙壁晃动了一秒钟。

他一转钥匙，把玻璃板搭了回去。沃纳制作的赝品就翻开在西班牙家宴图那一页上。那热气腾腾的家庭，那神秘的穿着犹太人服装的非洲女人，正是我在原书上找到白毛的那一页。奥兹仁关上沃纳的复制品，从展览柜里取了出来，放在地上。

跟六年前那个时刻我们的行动相反，我把萨拉热窝的《哈加达》递给了他。

他用双手捧着《哈加达》，在前额贴了一会儿，“欢迎你回来。”他说。

他把它仔细地放在垫子上，小心翼翼地翻着羊皮纸，一直翻到家宴图。

我一直屏住气，却没有意识到。奥兹仁伸手要关上展柜了。

“等一等，”我说。“让我再多看一秒。”在永远交出之前我想多看它一眼。

我是后来才意识到自己是怎么在那暗淡的灯光下发现它的，以前我从来就没有见到过。是手电筒发出的红色光亮的色温使一切成为了可能。沿着非洲妇女长袍的边缘线还有些微弱的符号。画家使用了一种比袍子的藏红花色只暗一度的调子。符号的线条纤细到不能再细，是用只有一根毛的笔画的。我当初在白天的光下，或在日光灯的冷光下研究那形象时，那纤细的线条看去只像是阴影，似乎是艺术家表现丝绸褶皱的一种手法。

但是在奥兹仁那蒙了红布的手电的暖光下，我却看清楚了，那细如发丝的线条其实是文字，阿拉伯文字。

“快，快，给我个放大镜。”

“什么？你疯了么？我们没有时间干这些了，你究竟……”

我跨上一步，从他脸上摘下眼镜。我把左眼镜片放在文字的细线上，眯细了眼睛盯着看。

“‘我制作’——这个字可不可以译作‘作’或‘画’？”我的声音嘶哑了。“我为本杰明·本·内丹尼尔·哈一勒维作此画’。这儿还有名字，奥兹仁，还有名字！扎娜，不，不是扎娜，是扎赫拉——‘扎赫拉·本·易卜拉欣·塔瑞克，在塞维利亚时叫‘阿尔·摩拉’。‘阿尔-摩拉’，意思就是‘摩尔女人’。奥兹仁，一定是她，一定是穿藏红花色长袍的女人，这女人就是画家。”

奥兹仁抢回眼镜，我掌握手电不动，他仔细审视着文字。“一个非洲穆斯林，一个女人，萨拉热窝《哈加达》的神秘画家。而我们望着她的自画像已经五百年了。”

这个发现令我非常激动，我已经忘了我们还在放还盗窃的东西。自动拍摄着房间全景的摄像头轻微的呜呜声提醒了我。奥兹仁打开展柜的一面，断然地喀哒一声把《哈加达》关了进去。

“那东西我们怎么办？”我指着顶上的摄像头说。

他做了个手势让我跟他走。他从办公室一个锁着的橱柜里的架子上选了一盘带子。那是按日期放好的。他把选来的带子放在桌上。他已准备好了一个带粘胶的标签。他写好当天的日期就把标签轻松地贴到带子上。那是一周前的同一天晚上同一时刻的录像。

“现在我们得赶在警卫到达之前把你送走。”

出门时我们在警卫席前停了停，奥兹仁填写了日志，说明四点半一班巡逻完成，平安无事。然后他按下摄像头的跳起键，关上了录像。

他匆匆抓了几把，把能形成罪证的带子从塑料盒里扯了出来。

“在回甜食角的路上你把这东西塞进垃圾堆里去，好吗？塞在不惹眼的地方，垃圾很多的地方。我还需要重新设置好传感器，等着向早班警卫交代。然后我就到那里和你见面。我们还得把假的《哈加达》处理掉——”

我俩同时想起，那假的《哈加达》，那暴露罪行的赝品，还放在展厅地板上呢，我们把它留在那里了。

还有十分钟就五点了。如果早班的警卫有一个来得稍早一点，我们就会，正如古典作品里所说，“吃不了兜着走”了。我生命里那随后的几分钟大概是我最想删去的一部分。光说心里蹦蹦直跳可是远远不够。我真心希望自己长了动脉瘤。我闯进奥兹仁的办公室，摸到钥匙，打开箱子，抓出又一盘替换磁带，然后搜索他助手的桌子，想找一个带粘胶的标签，却找不到。

“倒霉！倒霉！”我不能相信就因为少了个倒霉的标签而被现场拿获。

“在这里。”奥兹仁打开一个小木匣子说。他已冲回《哈加达》展厅，重新打进密码，抓起了那假的《哈加达》。我俩一起往警卫席跑。我在大理石地板上滑了一跤，摔得很厉害，膝盖破了，磁带在地板上滑得老远。奥兹仁转身拾起，又拽我站了起来。他用力太猛，几乎把我肩膀拽脱了臼，我眼泪直流。“我太不像干这类事的人了。”我哭了。

“现在最好别顾这个，好吗？马上走，快，拿着它。”他把沃纳的赝品塞给我。“我在甜食角跟你见面。”说着把我推到了门外。

我来到博物馆外一个街区时，看见一个人穿着博物馆警卫的灰色制服，向我懒洋洋地走来，打着呵欠。我从他身边经过时，尽管膝盖很疼，也只好竭尽全力正常地走。来到甜食角时，糕点师傅已生起炉子，干起了活。我一个人跛着脚爬上阁楼楼梯时，他非常奇怪地望了我一眼。我进了房，又燃起了炉火，思考着艺术家扎赫拉·塔瑞克。她是怎么学会画画和写字的？在她那时代的女性里，那可是很不寻常的事。许多无名的女艺术家应该受到的赞美都被湮没了，而这个艺术家却不会，她会成名的，我可以帮助她。

而那也只是个开头。还有另外一个名字：哈-勒维。还有塞维利亚，如果她在塞维利亚，而哈-勒维家族也在塞维利亚的话。那就意味着绘画在前，文字在后……从这几个字辐射出的探索思路所能获得的发现和知识又不知会增加多少。我把奥兹仁的两个枕头在墙壁上一靠。北部将有两三个月湿季，我靠着墙壁，计划起西班牙的旅行。

几分钟后，我听见奥兹仁的声音。他一步两级地跳上楼时还呼唤着我的名字。我听见旧楼梯的横板竖板吱吱地呻吟。为这事他跟我一样，激动异常。他懂得我，也会帮助我。我们将一起调查画家扎赫拉·塔瑞克的真相。我们可以共同努力，让她复活。

但是首先还有件苦事要做。

奥兹仁站在炉火面前。沃纳的仿品拿在他手上。他一动不动。

“你在想什么？”

“我在想，如果我可以实现一个愿望的话，我就希望，这将是我的城市所焚烧的最后一本书。”

太阳还没有出来，正是寒冷时刻。我呆望着火焰，想象着中世纪的宗教法庭的火刑里逐渐烧黑的羊皮纸；想象着被焚烧的书本照亮的青年纳粹的面孔；想象着就在几个街区之外的萨拉热窝图书馆被炮击成了空壳的废墟。书在焚烧。永远是先兆，火刑柱、焚化炉、万人坑的先兆。

“只要烧掉他的书。”我说。卡列班阴谋反对普洛斯帕罗，更多的句子我不记得了，但是奥兹仁倒还能够背得出。

> 记住，
> 先弄到他的书，因为没有书，
> 他就只是个莽汉，跟我一样，
> 任何精灵也号令不动……[①]

① 引用自莎士比亚《暴风雨》第3幕第2场第91至94行。卡列班是海岛上的妖精，被普洛斯帕罗用符咒管住，说此话时正阴谋反对普洛斯帕罗。

透过结了霜的外凸窗玻璃，我望见星星暗淡下来，天空转成了浓郁的绀青色，ultramarine。Ultra，远处，marine，海的。ultramarine的命名说明了天青石来路之辽远，它是从海的彼岸来到扎赫拉·塔瑞克的调色板上的。沃纳研磨了同样的石头做成了种种浓郁的蓝色，而那蓝色也马上要烧成灰烬了。

奥兹仁凝望着手上的书，然后望着火焰。“我觉得自己下不了手。”他说。

我呆望着那赝品。作为仿品，那是大师的杰作，我的老师的杰作。它概括了沃纳平生的学问，也概括了他所教给我的一切：熟谙古代技术很重要，直到你学到了古代工匠师傅的本领。也许，我可以把《哈加达》放进拖箱，带给阿密泰，我想。若干年后他还可以把它宣布为一份礼物，送给以色列人民，伟大的沃纳·亨利希的一件自娱自乐之作。现在，它毕竟已经是真正的《哈加达》历史的一部分——虽然在一段时间之内还需要保密。说不定有一天有人还会把它破解出来。在下个世纪，或是再下一个世纪，某个维护人员还会在真正的《哈加达》里发现我放进去的一粒种子，在第一叠和第二叠书页之间。那是摩尔顿湾的一粒无花果树种，取自悉尼港沿岸的虬曲的树上的无花果里。那是我在悉尼的最后日子里突发奇想放进去的，是我留下的记号。为辽远的未来的一个像我这样的人留下的线索。那人会发现那种子，然后开始猜测……

“这是罪证，”我说，“对你有危险的。”

“我知道，但是在这个城市里，书已经烧得太多了。”

“在这个世界上，书已经烧得太多了。”

虽然在火炉边，我仍然在颤抖。奥兹仁把《哈加达》放到壁炉架上，向我伸出手来，这一回我没有退开。

后　记

《书之人》是一部虚构的作品，灵感来自一个希伯来手抄本的真实故事。那书叫做萨拉热窝《哈加达》。虽然有些事实忠实于这本《哈加达》的已知历史，但大部分的情节和人物却都出于想象。

我是在萨拉热窝做新闻记者时第一次听说到这本《哈加达》的。我在那里为《华尔街日报》报道波斯尼亚战争。那时遭到塞尔维亚燃烧弹轰击的萨拉热窝图书馆已被烧成空壳，散发着焚毁的书本的气味。东方研究所和它那么多了不起的手稿也已化为飞灰。波斯尼亚的国家博物馆经常遭到开花弹袭击，早已残破不堪。波斯尼亚藏品中的无价之宝萨拉热窝《哈加达》的命运没有人知道，成了许多新闻猜测的话题。

战争结束后传出一个消息，说是一位穆斯林图书馆人员恩维尔·依玛墨维奇在炮火轰击中抢救了手稿，然后把它藏到一家银行的金库里。那还不是这本犹太人的书第一次受到穆斯林之手的保护。一九四一年，一位著名的伊斯兰学者杰尔维斯·科尔库特就从一个纳粹将军鼻子底下，把手稿偷偷带出了博物馆，送到高山上一个清真寺里，让它在那里一直隐藏到第二次世界大战结束。那纳粹名叫约翰·汉斯·佛特纳，后来以战争罪刑上了绞架。不过，给了我最初灵感的虽是英雄们的抢救行为，我笔下的那些采取行动的角色却都是虚构的。

《哈加达》第一次受到萨拉热窝学者们注意是在一八九四年，那时当地的一个犹太家庭要拿它出售。那书的发现使艺术史家们激动起来，因为那是最早发现的插图本希伯来书籍。这一发现使以下的理论成了问题：因为宗教原因，人象艺术在中世纪犹太人中已被灭绝。不幸的是，学者们对于那书的创作所知不多，他们只知道地点在西班牙，时间早在十四世纪中叶，大体接近历史上所说的“共存时期”的结束，在那个时期，犹太人、基督教徒和穆斯林一起过着相对平静的生活。

西班牙宗教裁判的动荡年代和一四九二年驱逐犹太人行动时期的《哈加达》历史，现在的人一无所知。小说里的“白毛”和“盐水”两章全是虚构的。但在《哈加达》的一幅家宴图里有一个穿藏红花色长袍的黑皮肤妇女，她的身份之谜也激发了我的创作。

一六〇九年《哈加达》辗转来到了威尼斯，显然是被那里一位叫做威斯托里尼的天主教神甫从教皇的宗教裁判焚烧下豁免出来的。我们对威斯托里尼一无所知，除了因他的签名而得救的若干书上的签名之外。但那时天主教里有许多希伯来文专家都是改变信仰的犹太人，在《酒痕》里我就使用了这个事实。还有，在那一章里那位犹大·阿尔叶的故事的灵感，来自《十七世纪拉比自传》[1]里所描述的莱昂·莫地纳的生平。那书由马尔克·R. 科亨翻译和编辑。关于威尼斯十七世纪时的赌博情况，理查·扎克斯提供了一组非常宝贵的材料。

因为《哈加达》一八九四年被发现时波斯尼亚还在奥匈帝国统

---

① *The Autobiography of a Seventeenth Century Rabbi.*

治之下，它之被送到文化与学术中心维也纳去进行研究和恢复是顺理成章的事。在对当时那城市的气氛，特别是一些细节，比如电话接线员那油滑的态度的描写上，我要感谢腓德烈·摩尔顿的精彩的口述历史《神经紧张的光辉》[1]。同样，白利安·霍尔的《做梦的人》[2]和《难缠的乡村》[3]也为我提供了不可或缺的深刻见解。虽然从现代标准看，这本《哈加达》的重新装订做得不好是在维也纳，但是失踪的银锁扣却是小说作者的虚构。

在写《虫翅》一章之前我跟杰尔维斯·科尔库特家的人进行过多次长时间的谈话。我尤其要感谢塞薇特·科尔库特。她一直站在她丈夫身边，支持着他在法西斯占领萨拉热窝时期的许多英雄式的抵抗行为。我希望科尔库特一家能发现我所虚构的凯马里家庭的人道主义理想能引起他们的共鸣。至于青年的犹太游击队员所遭遇的细节，我的根据是以色列犹太大屠杀纪念馆文集里的米拉·巴泊的痛苦记述。那里的图书馆人员对我也很有帮助。

萨拉热窝的图书馆人员是一批很独特的人。至少其中之一的艾达·布图罗维奇，是在从燃烧的萨拉热窝图书馆里抢救图书时牺牲了的。还有人，比如基摩尔·巴卡西克，则冒着极大的危险，一夜又一夜地，抢救藏书。恩维尔·依玛墨维奇则如前面所述，是冒着激烈的炮轰抢救出这本《哈加达》的。我很感谢两位，他们向我讲述了自己的经历。我也要感谢散若·巴拉纳克，雅可布·芬茨、莫萨达·穆思季克、第纳那·布图罗维克、伯纳·塞提穆斯、比扎勒尔·那基思和B·尼基罗维奇，因为他们的帮助和深刻的见解。

---

① *A Nervous Splendour.*

② *The Dreamers.*

③ *The Impossible Country.*

在研究和翻译方面我要感谢安德鲁·克洛克、奈达·阿利克、哈利玛·科尔库特和帕美拉·J·玛茨。还得感谢纳奥密·比尔思，因为他在哈佛的自然历史博物馆向我介绍了绢属蝴蝶。

哈佛学院图书馆的帕美拉·J·斯匹茨弥勒和地奥·彭斯毫无保留地介绍了他们在古籍维护中的探索。二〇〇一年十二月，安得里亚·帕塔关切地允许我进入了那个非常拥挤的房间——她在那里对真正的萨拉热窝《哈加达》进行了维护。地点在欧洲联合银行，有警卫把守。如果没有联合国的伏瑞德·爱克哈德和雅克·克莱因的帮助，我是无法看到帕塔那精湛的工作的。

我在古老的羊皮纸上溅上了犹太人准许喝的酒；我对光谱摄像比较仪作了细致的解释；我成了个澳大利亚佬(我没有把握我为汉娜所发明的事业能那么值得赞美)，为此种种，都得感谢我的同胞，斯特劳斯维护中心的纳拉延·坎德克。我向安得里亚·帕塔基和纳拉延·坎德克学到了许多关于古籍维护事业和维护技术的知识，但是小说里的角色汉娜·西斯和拉兹姆斯·卡纳哈，跟这两位现实生活里的专业人员却绝对没有任何相似之处。

如果没有那笔拉德克利夫高级研究院的奖学金，我是无法使用哈佛图书馆和博物馆的丰富资料的。为此，我非常感谢德鲁·季尔平·浮士德。朱迪·威约克在那个进修学院有一个实力惊人的工作班子。拉德克利夫的荣誉会员们，尤其是“星期二写作会”的会员们，对我思想和写作的形成提供了数不清的帮助。

我也非常依靠我早期读者的眼光，尤其是格瑞安·桑波恩和约书亚、艾里诺、诺尔曼、托尼所形成的豪威茨团队，以及玛莎葡萄园岛希伯来中心的卡林·布罗曼拉比、杰·格林斯潘、书法师杰依·格林思潘、克里斯丁·法尔玛、林达·冯奈尔、克莱尔·瑞喜尔、玛丽·安德森和盖尔·摩尔甘。

对于我的编辑茱利·斯特恩和代理人克利斯·达尔表示感谢似乎不大恰当。他们永远是我离不开的靠山，也是出版界叱咤风云的两位专家。

最后，也是最重要的，我必须感谢托尼和内丹尼尔，他们给了我灵感和愉快的消遣。没有他们，我将一事无成。

译　后　记

本书叫作《书之人》。《哈加达》是犹太人的一种宗教用书，“哈加达”原意是“讲述”。按照犹太人的习俗，到了逾越节由家长讲述《出埃及记》的历史。《哈加达》就是“讲述”的根据。本书里的《哈加达》是一本古代的小书，外表平常，内容却极精美。其中的图画绚丽惊人，希伯来文抄写也是书法的极品。“书之人”主要指的是创作它的人，想占有它的人，想毁灭它的人，冒了生命危险保护它，抢救它，隐藏它的人，以及它所经历的各个时代和社会里的形形色色的人。

古文物维护专家汉娜·西斯受联合国委托，到战火纷飞的萨拉热窝去维护这本《哈加达》。在维护中她注意到一些小小的异常：书里有一根白毛、一点酒痕、一点虫翅、一点盐的晶体，而一副应有的银锁扣又没有了。研究下去，于是出现了这书背后的许多人。

值得深思的是，她的种种探索暴露了一个痛苦的现实：从蒙昧野蛮的中世纪到现代文明的一九九〇年代，人类不是越来越理性和文明，而似乎是野蛮疯狂如故。而由于冷兵器发展成了热兵器，破坏性还千万倍地增长了。

在创作《哈加达》的中世纪，“书之人”的表现是战争杀伐，宫闱秽事，把妇女当性奴隶——国王甚至命令他的王后脱光衣服洗澡，让宠臣们观看取乐；再就是宗教裁判，对犹太人的歧视，无中生有地罗织罪名，搞逼供信，然后家人连坐，恣意虐杀。

而到了高度文明的二十世纪，这本《哈加达》背后的“人”依然蒙昧野蛮。萨拉热窝的当代野蛮人不但炮轰博物馆、图书馆、研究机构和老百姓的房舍，把文化遗产和家园住宅化作灰烬，而且把抢救文化遗产的人和游行的少年当作活靶射杀，就连偶然进入狙击手视界的妇女和儿童也不放过。这可是无论用什么家仇国恨、民族对立也无法辩解的罪行！

事实上，对于一九九二年的萨拉热窝战争，就连萨拉热窝人自己也是根本想不到的。

拉兹仁（小说中的一个当地穆斯林学者）说：“多年以前，在看见黎巴嫩分裂时，我们就说，‘那是在中东，那里的人很原始’。然后，我们看见了杜布罗夫尼克大火，我们又说，‘我们是在萨拉热窝，跟那里不一样’。……在这儿，这城市怎么可能出现民族战争呢？这里的居民每两个人就有一个是民族婚姻的后代。在这个城市里就没有人进教堂，怎么可能出现宗教战争呢？”

是呀，在一个每两个居民里就有一个是民族婚姻后代的、很少人进教堂的城市里，民族战争和宗教战争怎么能打得起来呢？可那却是无法规避的痛苦的现实。

奥兹仁带了汉娜在萨拉热窝街头的那次闲逛就很引人深思。在那里，基督教的大教堂左边就是犹太教的会堂和穆斯林的清真寺，右边又是东正教的教堂。它们之间只有百十来米距离。几百年来这四个宗教组织在同一个地点陆续修建了各自的恒久性的教堂，距离那么近，说明它们之间从来就是和谐相处的，也从来就是打算和谐相处的。

其实，回顾历史，在一四九二年伊萨伯拉女王和斐迪南国王做出驱逐犹太人的决定之前，在她治下的地区，各民族和各宗教之间也一直是和睦相处的，老百姓把它称作“共存时期”，时间长达数百年之久。按照老书法师本·绥山的说法是，那时“基督徒组织军队，穆斯林建造房屋，犹太人聚集财富。”这话未必准确，可三种宗教就是这样互相依仗，互相配合，和平共处的。书里的描写是：“一切都在哼着曲子前进，有创造性，繁荣昌盛。”

这本《哈加达》里那么多精美的画幅正是这种民族融合的产物。

本书在提到这本《哈加达》的画和伊朗细密画的画笔时，说过这样的话：“可是，这些微型画的风格和技巧又根本不是伊朗式的。那么，一个住在西班牙的画家，按照犹太人的要求作画，为什么又使用起伊朗画笔作画，画的又是欧洲的基督教风格呢？”

你看，住在西班牙人家里的摩尔人画家，使用着伊朗画笔，按照犹太人的要求画出了欧洲的基督教风格的画。这本萨拉热窝《哈加达》里融合了多么丰富的民族文化！

正如书中所说：“知识就是那样往惊人的距离之外传播的。它穿过充分建立的种种渠道，把西班牙的艺术家和知识分子跟巴格达、开罗和伊斯法罕的同行们联系到了一起。”

这正是人们一直赞许和期盼的局面。二十世纪的学者，图书馆馆长谢立夫·凯马里曾经希望：“斯拉夫族的穆斯林以古典阿拉伯文写的抒情诗，遵循的是从达尔马提亚海岸戴克里先宫廷引进的彼得拉克十四行诗的格律。”

吸取各民族各地区的长处，创造出自己的诗歌来，这就是他的理想。说它是一种文学里的《哈加达》也是可以的吧！

可是，《哈加达》背后的人还提醒着大家，一四九二年的西班牙的排犹运动一来，民族驱逐、宗教裁判猛然加剧，使整个国家的犹太家庭流离失所，无数的犹太人遭受痛苦和死亡。而到了二十世纪，希特勒又掀起了更大规模的排犹活动，把数以百万计的犹太人送到奥斯威辛集中营和焚化炉，造成了惨绝人寰的历史大悲剧。在本书里我们就通过萝拉的眼睛看见了犹太会堂里那满屋子犹太人的悲惨处境，和她所听见的不幸结局。这也是纳粹罪孽的一角。

希特勒覆灭了，这种疯狂该可以结束了吧？遗憾的是，仍然没有。在萨拉热窝竟又出现了新的冤冤不解的仇恨，这回不是对犹太人，而是对穆斯林的仇恨了。出现了上述的野蛮的炮轰，和对妇女、儿童和游行少年的毫无道理的狙击。

这种报复有什么根据么？试看看街头这场景：穆斯林的和卓呼唤祈祷了，只有几个老人回应了呼唤，“踅进了鹅卵石铺的院子里，在冰凉的喷泉里虔诚地洗着手和脸……我站了一会儿，看着他们。卡拉曼来到我前面，又转回身来……‘那就是，’他说，‘塞尔维亚人想象中的穷凶极恶的恐怖分子。’”

虔诚的穆斯林已经不多，唤祷时出来祈祷的只有几个老头。他们就是那些人所宣传的恐怖分子么？为了和这些所谓的恐怖分子进行斗争，他们竟然炮轰和焚烧了那么多建筑物，杀死了那么多的无辜的人，焚毁了那么多书籍！这叫人怎么理解？

本书是对种种非理性活动的揭露，揭露也是对理性的呼吁。希望出现理性的和谐的社会。

这部《哈加达》在本书还有一种象征意义。

在大家都以为它已经在内战的硝烟里焚毁时，萨拉热窝的犹太人区却用这书举行了他们的逾越节家宴。社区首脑还在会上发表了讲演，他说：“这本书之大难不毁正象征了萨拉热窝多民族理想的大难不毁。”

在这里他不是说萨拉热窝犹太民族的大难不毁，而是说多民族理想的大难不毁，说明了萨拉热窝的犹太民族是和其他的民族一起共同怀着坚定的理想的。

这本《哈加达》背后的许多坚定的正义人士正是这种理想的表现。他们没有武器，但是有巨大的勇气。为了抢救图书可以牺牲在炮火之下；为了抢救它可以在炮火轰击的图书馆里坚持若干小时解决号码锁问题；为了保护它敢于冒着严重的危险，从纳粹高官的鼻子底下把手稿偷偷带出博物馆，敢于巧妙应付，顶住当面索取《哈加达》的纳粹将军，把它送到高山上的清真寺隐藏。甚至还有几个精通《哈加达》的专家，因为对公开展览这本《哈加达》不放心，担心政局恶化，《哈加达》再次遭劫，居然悄悄用赝品代替，即使违背良心当面撒谎，伤害了自己尊重的人也在所不惜。而受到伤害的人也终于能体谅他们的苦心，和他们言归于好。这些复杂的事迹所反映的复杂环境下的复杂斗争也都散发着理性、胆略与智慧的光辉。

本书作者杰拉尔丁·布鲁克斯，女，美国人，生长于澳大利亚，《华尔街日报》记者，长期在波斯尼亚、索马里和中东等地采访。曾以其长篇历史小说《马奇》(*March*)获2006年美国普利策小说奖。

本书背景包含多个国家和地区。因此多次出现不同国家不同历史阶段的语言文字，拉丁文、西班牙文、意大利文、阿尔巴尼亚文、土耳其文、塞尔维亚文、希伯来文都有。其中有两种情况：一种附有英语译文，译时好办，照译就行。一种却没有附译文。这也有两种情况。一是可以从前后文了解意思的，作者使用它们是为小说增添些不同国度的色彩，另一种，如西班牙文、意大利文和拉丁文，没有附解释，大约作者认为比较浅近，读者可以认识。这些地方译时就要多费些功夫了，好在也终于解决了。最难办的倒是希伯来文。译者连希伯来文字母都不认识，字典更无从查起。只好求救于外力了。我找了我的老朋友，四川省人民对外友好协会的申再望同志。他立即把我提出的问题寄给了他的好友，以色列女诗人芭谢娃(她的诗集《雕鹗的原野》曾由申先生译出，在我国出版)。没有想到的是，芭谢娃女士刚刚因骨髓癌辞世，为我解答问题的竟是她的丈夫 Segal 先生。他显然是忍着悲痛为我作答的，这确实深深地感动了我。我要在这里对中国人民的朋友、诗人芭谢娃女士的逝世表示哀悼，也对 Segal 先生的帮助表示谢意，同时向再望同志表示谢意，并祝愿中国人民与以色列人民的友谊万古长青。

二〇〇九年九月七日

图书在版编目（CIP）数据

书之人/（美）布鲁克斯（Brooks，G.）著；孙法理译.
—上海：上海译文出版社，2015. 7
书名原文：People of the Book
ISBN 978-7-5327-6921-6

Ⅰ. ①书… Ⅱ. ①布… ②孙… Ⅲ. ①长篇小说—美国—现代 Ⅳ. ①I712.45

中国版本图书馆 CIP 数据核字（2015）第 038164 号

Geraldine Brooks
PEOPLE OF THE BOOK

书之人
People of the Book

Geraldine Brooks
杰拉尔丁·布鲁克斯 著
孙法理 译

出版统筹 赵武平
责任编辑 刘志凌
装帧设计 尚燕平

上海世纪出版股份有限公司
译文出版社出版
网址：www.yiwen.com.cn
上海世纪出版股份有限公司发行中心发行
200001 上海福建中路 193 号 www.ewen.co
上海市印刷七厂有限公司印刷

开本 890×1240 1/32 印张 12.75 插页 2 字数 229,000
2015 年 7 月第 1 版 2015 年 7 月第 1 次印刷

ISBN 978-7-5327-6921-6/I·4191
定价：49.00 元